마녀수프

마녀수프

초판 1쇄 찍은 날 | 2014년 3월 24일
초판 1쇄 펴낸 날 | 2014년 4월 1일

지은이 | 화연 윤희수
펴낸이 | 예경원

편집 | 유경화

펴낸곳 | 예원북스
등록번호 | 제396-2012-000132호
등록일자 | 2012. 7. 25
YRN | 제1-0060호

주소 | 경기도 고양시 일산동구 무궁화로 8-28 삼성메르헨하우스 712호 (우) 410-837
전화 | 031-819-9431 팩스 | 031-817-9432
http://cafe.naver.com/yewonromance
E-mail | yewonbooks@naver.com

ⓒ 화연 윤희수, 2014

ISBN 979-11-5630-041-0 03810

마녀수프

YEWONBOOKS ROMANCE STORY

화연 윤희수 장편 소설

C O N T E N T S

Prologue

　한낮의 조용한 카페 안이었다. 재형은 테이블 위에 놓인 커피잔을 꺼림칙하게 바라보았다. 누가 언제 먹었는지도 모를 잔을 대충 씻어 다시 돌리고 그걸 아무렇지 않게 사용한다는 게 그는 정말 이해가 되지 않았다. 21세기에 아직도 이런 비위생적인 문화가 존재한다는 것 자체가 그에겐 아이러니였다.

　테이블 위로 사뿐히 내려앉은 먼지가 재형의 시선을 붙잡았다. 그가 몸을 돌려 테이블에서 조금 멀어졌다.

　"먹는 거 앞에 두고 제사 지내십니까?"

　불쑥. 불퉁한 목소리가 끼어들었다. 가늘게 눈을 늘인 재형이 긴 속눈썹 아래로 테이블 너머를 바라보았다. 제 몫의 커피를 벌써 반이나 해치운 영자가 마뜩잖은 눈으로 마주 저를 쳐다보고 있었다. 재형의 얼굴에 즉시 불쾌함이 드러났다.

저런 걸 얼굴이라고 몸에 붙이고 다니다니. 안구 테러가 따로 없다. 귀밑으로 짧게 달랑거리는 머리가 꼭 바가지를 덮어쓴 것 같았다. 눈만 소처럼 크고, 코도 작고, 입도 작고 뭔가 조합이 웃겼다. 이름과 잘 어울리는 지극히 컨트리한 얼굴이다. 하긴 저 반토막 난 땅콩 같은 몸엔 저 얼굴이 적격이긴 하다.

재형은 유심히 영자의 얼굴을 살폈다. 싱크로 100% 캐릭터가 머릿속에 떠오를락 말락 했다. 나라 뭐라는 일본 작가의 그림이었는데. 뭐였더라.

"봄도 아닌데 춘곤증까지 있으신가? 하긴 아무리 겉모습이 말끔해도 육체적 나이는 못 속이지."

저 겁 없이 나불거리는 입부터 어떻게 좀 바꿔놓고 싶다. 재형이 입을 씰룩거리며 사납게 영자를 쏘아보았다. 그 눈빛을 깔끔하게 무시하며 영자는 재형 몫의 커피를 제 잔에 부었다. 잔을 따라 쭉 흘러내린 커피를 혀로 날름 핥아 먹는 영자의 무심한 행동에 재형이 눈살을 찌푸렸다.

"더럽게."

"더러워요? 뭐가요? 이게요?"

짜증스럽게 툭 뱉어낸 재형의 말에 영자가 눈을 동그랗게 뜨며 혀로 보란 듯 잔을 더 리얼하게 핥았다. 그에 재형의 눈이 점점 더 경악으로 물들어갔다. 뭐 저런 게 다 있나 하는 얼굴로 조금 더 몸을 뒤로 빼는 재형을 영자가 심드렁하게 쳐다봤다.

'그런 게 여기 있네요. 제가 사는 세상엔 널리고 널려서 발에 차이는데. 어떻게 댁에 삼삼한 거로다 하나 놔드려요?'

영자가 심오한 눈빛으로 쏘아대는 레이저를 손바닥으로 간단히 반사시키며 재형이 재빨리 본론을 꺼냈다.

"됐고. 알바 말고 정직으로 일해보는 건 어때?"

재형은 영자와 길게 이야기하며 앉아 있기가 싫었다. 그의 눈빛엔 오너로서의 거만함이 담겨 있었다. 재형은 일개 아르바이트가 쉽게 대면할 수 있는 그런 사람이 아니었다. 영자가 시식 아르바이트를 하고 있던 JU홈쇼핑의 대표였다. 마주한 것만으로도 영광으로 알아야 하는 그런 사람이었다. 게다가 싫다고 제 발로 나간 인간을 다시 영입하기 위해 친히 나선 자리였다. 이쯤 되면 아무리 재형의 인격 모독적인 발언으로 인해 그만둔 것이라 해도 못 이긴 척 얼른 그의 제의를 받아들이는 게 맞았다. 물론 이건 지극히 재형의 개인적인 생각이었다.

도도하게 치켜든 재형의 턱을 물끄러미 바라보며 영자가 짧게 답했다.

"싫은데요."

"왜!"

"싫으니까."

답 한번 칼같이 한다. 어떻게 이렇게 솔깃한 제안을 그렇게 단칼에 쳐낼 수 있는지. 대체 생각이란 건 하고 말을 내뱉는 것인지 그게 의심스러웠다. 언제 일이 있을지 알 수 없는 하루살이 인생을 몸이 허락하는 한 일할 수 있도록 최고의 일자리를 주겠다는데 그걸 마다해?

"그러니까. 그게 왜 싫다는 거지? 어차피 생방 있을 때마다 일하는 건 마찬가지 아닌가? 그걸 좀 더 안정적이게 만들어준다는데 싫다니. 어떻게 싫다는 말이 그렇게 쉽게 나올 수 있지?"

이 자리에 나와 영자와 마주하기까지 얼마나 많은 고민을 하고 결단을 내린 것인데 아르바이트 주제에 감히 회사 사장에게 저따위 거만한 거절을 일삼다니. 재형으로선 도저히 용납되지 않는 일이었다.

"못생긴 게."

"정중하게 사양하죠."

영자가 커피를 홀짝이며 한 손을 들어 사양의 뜻을 밝혔다. 스카우트 제의는 건방지게 거절하더니. 이건 정중하게 사양? 웃기는 소리 하고 자빠졌네. 재형의 입꼬리가 비스듬히 치켜 올라갔다. 그의 눈이 사악하게 번뜩이는 것을 영자가 건조하게 바라보았다.

"어이, 돼지감자."

그가 얼마 전 영자에게 직접 붙인 별명을 들먹였다. 아직 다 마시지 않은 커피를 탁 소리가 나게 테이블에 내려놓은 영자가 씨익 입을 양옆으로 끌어 올렸다. 겉으로 보기엔 참 반듯한 미소였다. 하지만 잔 안에서 찰랑거리는 커피를 힐끔 살핀 재형의 눈엔 그녀의 미소가 결코 좋은 의미로 보이진 않았다.

재형의 입에서 저도 모르게 낮은 신음이 흘러나왔다. 왕방울처럼 초롱거리던 영자의 눈이 게슴츠레하게 내리떠졌다. 의미심장하게 빛나는 영자의 두 눈을 마주 응시하며 재형이 조심히 마른침을 삼켰다. 호기롭게 돼지감자라고 놀리긴 했지만 반응이 심상찮았다.

며칠 내내 재형을 따라다니며 신신당부하던 식품부 김 대리의 말이 머릿속을 맴돌았다.

'영자 씨가 먹을 걸 남겼다는 건 매우 심기가 불편하다는 증거입니다. 그녀가 누굽니까? 먹방의 귀재! 식품 방송의 레전드! 완판의 신화! 그녀가 떴다 하면 그날 판매는 완판이 문제가 아니라 분초가 문제가 되는 겁니다. 몇 분 몇 초 만에 완판이 되느냐! 절대, 절대! 그녀를 자극해선 안 됩니다. 영자 씨가 음식을 남겼다, 그럼 비상등 켜고 조심 또 조심하셔야 합니다. 아셨죠?

귀에 딱지가 앉도록 옆에 달라붙어 나불거린 말을 재형이 잊을 리가 없었다. 단 한 번도 먹는 걸 망설인 적도, 남긴 적도 없는 그녀가 지금 커피를 반이나 남겼다. 일단 비상등 켜고 입단속을 할 필요가 있었다.

"돼지감자는 이눌린이 풍부해 당뇨와 혈압에 아주 좋은 식품이죠."

마치 돼지감자 홍보대사라도 되는 듯 말하는 영자를 재형이 생뚱맞게 바라봤다. 하고픈 말을 꾹 눌러 참느라 그의 눈썹이 들썩거렸다. 지금 그런 쓸데없는 말을 나불거릴 타이밍은 아니지 않나? 놀림에 대한 독설을 퍼붓던가. 아니면 울컥한 김에 버럭 소리라도 지르던가 해야 하는 거 아니냔 말이다.

재형이 혼자 무슨 생각을 하고 있든 말든 전혀 관심 없는 투로 영자가 말을 이어나갔다.

"그리고 그 꽃은 또 얼마나 예쁜지. 아담한 해바라기처럼 생겼죠. 뚱딴지라고 들어는 봤나 모르겠네."

테이블에 팔을 올리고 그 위에 사뿐히 제 얼굴을 기댄 영자가 눈을 약 0.3초 단위로 스피디하게 깜빡거렸다. 뭔가 끔찍한 것을 목격한 사람처럼 그의 얼굴이 심각하게 굳었다. 재형의 몸이 자동 반사 반응을 보이며 멀찍이 물러났다. 으스스 소름이 돋는 팔을 감추려 그가 일부러 느긋한 척 팔짱을 꼈다.

"안 봐도 알겠네. 돼지감자에서 피는 꽃이라면 뻔한 거 아닌가? 오죽하면 뚱딴지라는 이름이 붙었을까. 그 나물에 그 밥이란 말이 달리 있는 게 아니지."

"아침 안 드셨죠?"

참으려 했는데 본능적으로 신랄한 말이 쏟아져 나왔다. 아차! 하는 그의 면전에 똑바로 얼굴을 들이밀며 영자가 엉뚱한 질문을 던졌다. 거리가 너무 가까웠다. 재형의 미간이 와락 구겨졌다. 그가 검지를 뻗어 슬쩍 영자의 이마를 밀어냈다. 그리곤 주머니에서 휴대용 소독제를 꺼내 뿌렸다. 마치 더러운 세균이 몸에 닿기라도 한 것처럼 그는 호들갑스럽게 행동했다. 손수건을 꺼내 정성스레 검지를 닦은 그가 끔찍했다는 듯 진저리를 쳤다.

"역시. 그러니까. 머리가 제대로 안 돌아가지. 속이 비면 머리도 빕니다. 밥 꼬박꼬박 챙겨 드세요. 텅 빈 머리로 돌아다니지 말고."

답 없이 소독에 열중인 재형을 물끄러미 바라보며 영자가 훈계하듯 말했다.

"하아."

재형의 날 선 시선이 곧장 영자에게 쏟아졌다. 기막힘에 절로 헛웃음이 터져 나왔다. 뭐라? 텅 빈 머리? 엘리트 중에 엘리트인 내 브레인을 지금 빈 깡통 취급을 했어?

재형의 입이 벌어져 다물어질 줄을 몰랐다. 말을 하면 할수록 점점 그의 기분만 나빠졌다. 이러려고 나온 게 아니었다. 그냥 선심 쓰듯 정직으로 취업시켜 주고 약간 생색만 내고 돌아갈 예정이었다. 확실히 예정은 그랬다. 한데 일이 점점 이상하게 꼬이고 있었다.

지금 내가 여기서 저 못생긴 돼지감자랑 뭘 하고 있는 거지?

외모지상주의자인 그의 눈에 영자의 외모는 최하점을 밑도는 그야말로 상대할 가치도 없는 외계인급 레벨로 보였다. 평소 같았으면 말도 섞지 않았을, 아니, 투명인간 취급을 당했을 그녀를 지금 그가 상대하고 있는 데에는 피치 못할 사정이 있었다. 일을 벌인 놈이 수습도 하라는 말도 안 되는 요구사항을 영자가 들먹였기 때문이었다. 물론, 이 모든 것의 시발점에 재형의 못된 말버릇이 있었음을 그도 인정하긴 했다.

재형은 문제의 그날을 떠올리며 눈을 게슴츠레하게 떴다.

재형이 직접 생방 현장에 모니터를 간 날이 하필이면 돼지감자 판매가 잡힌 날이었고, 그곳에 영자가 있었다. 세트 한 켠에 마련된 시식코너에서 방송 내내 돼지감자를 맛나게 먹는 것이 영자의 일이었다. 식품코너의 떠오르는 다크호스인 그녀를 대하는 스텝들의 태도는 무척 정중했다. 하지만 그런 사실을 미처 알지 못했던 재형이 그만 말실수를 하고 말았다.

방송을 시작한 지 겨우 5분 남짓. 쇼핑 호스트의 멘트가 나가고 다음 상품 소개를 하는 순서 막간을 이용해 영자가 돼지감자를 날 것으로 아삭아삭 먹기 시작했다. 원래 다른 감자와 달리 돼지감자는 날것으로도 먹을 수 있었고, 식감도 좋았다.

문제는 그다음에 일어났다. 그 모습을 보고 시식코너와 얼마 떨어지지 않은 곳에서 모니터를 하던 재형이 혼잣소리로 뭐라 중얼거렸고, 그 말이 영자의 귓속으로 팍팍 들어가고 말았다.

"신기하네. 돼지감자가 돼지감자를 먹다니. 어떻게 하면 저렇게 못생길 수가 있지? 진짜 더럽게 못생겼다."

순간 모든 것이 정지화면처럼 멈춰 버렸다. 생방임을 유일하게 인식하고 있던 영자가 더 맛깔나게 미친 듯이 돼지감자를 와그작 와그작 씹어 삼켰고, 쇼핑 호스트의 멍한 표정에 당황한 카메라가 서둘러 그녀에게 앵글을 맞췄다. 다행히 금방 모든 것이 제자리를 찾았고 방송 15분 만에 완판이 이루어졌다.

하지만 분위기는 싸했다. 메인이 잠깐 실수를 하긴 했지만 완판 이라는 말에 재형이 흡족한 표정을 지으며 자리에서 일어섰다. 그런 그를 모두가 멍한 눈으로 바라보았다. 기분 좋게 스튜디오 중앙을 가로질러 걸어가던 재형이 묘한 분위기에 우뚝 멈춰 서 사방을 둘러봤다.

"왜. 반품 들어오고 있어?"

탕! 좌중의 시선을 압도하는 거대한 오라를 뿌리며 테이블을 내려친 영자가 천천히 자리에서 일어섰다. 재형의 시선도 영자에게 머물렀다. 아주 잠깐 휙 돌아본 그가 0.1초도 안 돼 시선을 돌렸다. 괜히 못 볼 걸 봐서 눈만 버렸다.

험악하게 미간을 찌푸리는 그를 전 스텝이 경악스럽게 바라보았다. 아까의 말실수도 모자라 재형이 또 경악할 짓도 저지르고 말았다. 지금 누굴 보고 그런 표정을 지었는지 알기는 아는지. 그는 진저리를 치며 못생긴 돼지감자를 연발했다. 그에 전 스텝의 얼굴이 참혹하게 일그러졌다. 자신의 회사에 막대한 이익을 발생시켜 주는 보석 중의 보석을 저렇게 취급하다니. 사실을 알면 기겁을 하고도 남을 일이었다.

이익에 관해선 계산기가 제법 잘 돌아가는 위인이니 아주 잘 알 것이다. 영자가 이곳을 등지고 경쟁회사에 가게 되면 무슨 끔찍한 일이 벌어질지. 생각만으로도 끔찍한 그 일이 벌어지기 전에 서둘러 그의 대책 없는 입을 틀어막아야 했다. 긴급 투입된 피디와 MC들이 다짜고짜 그를 끌고 밖으로 나갔고. 물끄러미 그 모습을 바라보던 영자가 말없이 스튜디오를 벗어났다.

사건은 거기서 일단락되는 듯했다. 하지만 영자는 보기보다 뒤끝이 긴 여자였다. 그녀가 자신의 홈쇼핑에서 아르바이트를 하기 시작한 시점부터 지금까지의 실적을 보고받은 재형은 눈으로 보고서도 선뜻 그것을 믿지 못했다. 그래프는 그녀 혼자서 한 것이라고는 믿기 힘든 수치를 보여주고 있었다. 이어 영자가 아르바이트를 그만두겠다는 청천벽력 같은 통보를 해왔고, 부랴부랴 홈쇼핑 역사상 처음, 시식 아르바이트를 정직으로 영입한다는 결정을 내렸다.

정식 직원 채용을 위해 사장이 직접 나선 것도 이례적인데 그걸 단박에 거절하다니. 재형은 자신이 까였다는 사실을 도저히 받아들일 수가 없었다.

"이봐, 보아하니 생계형 알바생인 것 같은데. 그만하면 자존심 세울 만큼 세웠으니까 이쯤에서 못 이기는 척 그냥 사인하지? 그렇게 팅기다가 정말 다시 못 올 절호의 기회를 놓칠 수도 있어."

"말은 바로 해야죠. 놓치는 게 아니라. 제가 걷어찬 겁니다."

차분히, 그러나 절대 비굴하지 않은 도도함으로 재차 설득하는 재형의 말을 영자가 깔끔하게 정정해 주었다. 듣고 보니 틀린 말은 아니다. 그런데 왠지 기분이 엄청 나빴다. 숨을 깊게 들이쉰 재형의 미간에 내 천(川) 자가 새겨졌다. 생각 이상으로 발랑 까진 여자였다. 아르바이트에겐 플러스알파가 적용되지 않는다. 물론 영자가 특별 케이스인 만큼 다른 아르바이트생보다 상대적으로 많은 돈을 받긴 하겠지만 정직 월급에 비할 바가 못 됐다. 뻔한 현실을 두고 왜 이런 바보 같은 실랑이를 벌이며 같지도 않은 자존심을 내세우는지 재형은 이해할 수가 없었다.

그의 참을성이 점점 바닥을 드러내고 있었다. 천하의 정재형이 이렇게 손수 발걸음까지 하며 평생 상대할 일도 없었을 돼지감자에게 레벨 업을 시켜주겠다는데 그걸 마다해? 이건 정말 용납할 수 없는 일이었다. 드디어 그의 인내에 구멍이 뚫렸다.

"잘 들어, 돼지감자. 내 사전에 불가능은 없어. 한번 하기로 한 일에 중도하차는 없단 말이지. 그러니까 좋은 말로 할 때 그냥 사인해."

"이런, 어쩌나. 그 사전 마지막에 하나 더 추가하셔야겠네요. '불가능은 존재한다'라고."

"뭐?"

더 깊어진 재형의 주름을 건조하게 쳐다보며 자리에서 일어선 영자가 커피를 들어 단숨에 비우고는 불쑥 그의 얼굴 가까이 얼굴을 디밀었다. 급작스런 다가섬에 놀라 재형이 몸을 움찔하자 영자가 비릿하게 웃었다. 그에 단박에 재형의 눈썹이 불만스럽게 들썩였다.

"인상 펴요. 잘난 낯짝에 줄 생기면 곤란하잖아."

"흐음."

낮은 신음을 흘려내며 재형이 주름진 미간을 꾹꾹 눌러 폈다. 피식 싱겁게 웃으며 허리를 곧게 편 영자가 물을 담았던 종이컵을 그를 향해 던졌다. 반사적으로 고개를 돌리고 손으로 얼굴을 가린 그의 등 뒤에서 툭 하는 소리가 들렸다. 돌아보자 제 뒤쪽 쓰레기통에 영자가 날린 컵이 안착해 있었다. 자신에게 던지는 줄 알고 과하게 반응한 것이 멋쩍어 재형이 아무것도 아닌 척 쓱쓱 이마를 문질렀다.

"협상 결렬."

간단히 종결짓고 돌아서는 영자를 멀뚱히 쳐다보다 번뜩 정신을 차린 재형이 손을 들어 까닥이며 급히 영자를 불렀다.

"아직 얘기 다 안 끝났잖아. 야, 거기 안 서?"

"시간은 돈입니다. 저 바빠요."

뒤도 안 돌아보고 말하며 입구로 걸어나가는 영자를 자리에서 벌떡 일어선 재형이 따라 뒤쫓았다.

"너보다 내가 더 바쁘거든. 이렇게 가면 안 되지. 야, 돼지감자!"

"못생긴 돼지감자는 싹 틔우러 갑니다."

재형의 버럭거림에 영자가 건성으로 손을 흔들며 입구를 통과했다. 그녀를 쫓던 재형을 누군가 덥석 붙잡았다. 돌아보자 카페 직원이 그에게 손을 내밀었다. 그가 뭐냐는 듯 쳐다보자 직원이 몰라 묻느냐는 눈빛으로 차게 말했다.

"계산하셔야죠."

"하아."

커피는 지가 다 마셔놓고 돈도 안 내고 내빼다니. 나쁜 돼지감자 같으니라고. 이를 뿌득 갈며 커피값을 지불한 재형이 직원의 손이 닿았던 부위에 즉시 소독제를 뿌렸다. 그리곤 사납게 직원을 쏘아보다 부르릉 소리에 놀라 황급히 밖으로 뛰쳐나갔다.

확실한 존재감을 알리며 요란스럽게 출발하는 스쿠터를 재형이 죽일 듯 노려보았다. 영자의 스쿠터가 내는 모터 소리가 마치 저를 놀리는 소리 같아 재형은 기분이 무척 나빴다.

뿡뿡 뿌웅—

"아우. 불량 돼지감자. 너 딱 두고 봐!"

한껏 소리를 지르긴 했지만 왠지 기분이 씁쓸했다. 젠장, 호언 장담하고 나왔는데. 이제 이 일을 어쩐다. 머리가 지끈거렸다.

1. 나르시스와 돼지감자

감미로운 클래식 음악이 집 안 곳곳 은은하게 울려 퍼졌다. 적당한 온도로 쏟아져 내리는 샤워기의 물줄기에 몸을 맡긴 채 재형은 지그시 눈을 감고 있었다. 온종일 긴장으로 굳어 있던 몸이 나른하게 풀렸다. 낮은 신음을 흘리며 눈을 뜬 재형이 얼굴의 물기를 손으로 쓸어 내렸다.

그가 손을 뻗어 진열장 아래 서랍을 열었다. 서랍 안 가지런히 정렬된 스펀지 중 하나를 꺼내 선반 위 바디워시를 두 번 터치해 묻히곤 입구에 남은 잔해를 깔끔하게 닦아냈다. 부드럽게 마사지하듯 몸의 굴곡을 따라 스펀지를 문질렀다. 다 쓴 스펀지를 밀폐된 쓰레기통을 열어 버리고 깨끗이 거품을 씻어냈다.

그 뒤로 30분을 더 샤워를 하고서야 재형은 욕실을 나섰다. 목욕 가운을 걸치고 나선 재형의 뒤로 뿌연 연기가 모락모락 흘러나왔다. 그의 환상적인 페이스와 어울려 지극히 몽환적인 분위기를 연출했다.

욕실을 나서기 전 파우더 룸에서 이미 머리를 말리고 나오는 길이었다. 바닥에 떨어지는 물기는 하나도 없었다. 곧장 드레스 룸으로 걸어간 그는 망설임 없이 입구에 놓인 바구니에 가운을 벗어 던졌다.

색별로 구분된 옷들이 일렬로 정렬된 채 양옆 진열대를 가득 채우고 있었다. 바지를 꺼내 입고 셔츠 간택을 위해 쭉 손으로 훑던 재형의 미간이 살짝 찌푸려졌다. 에메랄드 컬러의 셔츠 중 하나가 잘못 걸려 있었다. 농도가 짙은 색이 조금 더 옅은 색의 앞자리를 차지하고 있었던 것이다. 한껏 가늘어진 눈으로 그것을 쏘아보던 재형이 다른 셔츠를 꺼내 걸치며 진열장 코너에 보이지 않게 설치된 인터폰을 눌렀다.

—네. 사장님.

최 비서의 긴장한 목소리가 들렸다. 재형의 호출은 느닷없이 튄 불똥처럼 그다지 좋은 의미가 아니었다. 그래서 마음의 준비를 하고 심호흡을 한 뒤에 스피디하게 답해야 했다.

"셔츠 배열 다시 해."

—네. 알겠습니다.

가타부타 의문을 달 필요도 없었다. 하라면 하는 거다. 먼지가 묻었든 순서가 잘못되었든 삐뚤어져 있든 어차피 이유는 단 하나였다. 그의 마음에 들지 않기 때문이었다.

작업은 그가 집을 비운 사이에 신속하게 이뤄져야 한다. 구두 요정이 다녀간 것처럼 아무 흔적 없이 완벽하게. 먼지 한 톨, 타인의 지문 하나 남지 않도록 흰 면장갑과 위생모는 필수로 착용해야 했다. 그 모두를 최 비서가 관리했다. 몇 명의 도우미가 어떤 작업을 어떻게 했는지 최 비서만이 알고 있었다. 재형에게 중요한 건 오로지 청결과 깔끔한 정리 정돈이었다.

재형은 마음을 진정시키며 넥타이와 핀, 커프스 버튼까지 완벽하게 착용한 후 시계 중 하나를 골라 찼다. 전신 거울 앞에 선 재형이 거만한 표정으로 이리저리 고개를 돌려 자신의 모습을 감상했다. 그리곤 시크하게 웃으며 입구 테이블에 있던 향수를 허공에 뿌려 그 아래를 스쳐 지나갔다. 지나치게 강한 향기는 불쾌감을 조성할 수 있었다. 뿌린 듯 안 뿌린 듯 은은하게 풍기는 것이 가장 퍼펙트하다.

응접실을 지나 현관 복도로 나선 재형이 신발장 문을 열어 그 안을 눈으로 훑었다. 파리가 앉다가 미끄러질 만큼 광택이 흐르는 구두 중 하나를 골라 발판 위에 올려놓고 발을 꿰었다. 구둣주걱을 이용해 구김 없이 신고 나서야 현관으로 발을 디뎠다.

뚜벅뚜벅 일정하게 울리는 구두 소리가 현관까지 일정한 리듬으로 이어졌다.

개인 사생활이 완벽하게 커버되는 최고급 빌라였다. 웬만해선 타인과 부딪힐 일도 없었다. 엘리베이터 또한 개인용이나 다름이 없었다. 층별로 사용 가능한 엘리베이터가 정해져 있어 시간대만 겹치지 않으면 거의 혼자일 때가 많았다. 재형도 이곳에 입주한 이래 단 한 번도 다른 사람을 만나본 적이 없었다.

엘리베이터에 올라 손수건을 꺼내 버튼을 누른 뒤 벽과 일정한 거리를 두고 반듯이 섰다. 재형은 피곤에 지친 날이라 해도 결코 어딘가에 몸을 기댄 적이 없었다. 옷이 구겨지는 건 물론이고, 누구의 손이 닿았을지 모를 온갖 오염 물질이 만연한 곳이었다. 절대 닿고 싶지 않았다. 꼿꼿이 허리를 세우고 선 재형이 왼쪽 옷깃에 묻은 먼지를 발견하고 인상을 찌푸리며 손끝으로 그것을 잡을 때였다.

엘리베이터 문이 열리며 누군가 안으로 들어섰다. 동시에 재형의 눈이 빠르게 층수와 불청객을 번갈아 확인했다. 결코, 이곳과 어울리지 않는 인물이 당당한 걸음으로 들어서 그의 좌측 사선 방향 앞쪽에 섰다. 불청객은 명품 가방 대신 철가방을 손에 들고 낡은 헬멧을 눌러쓴 배달의 민족 후손이었다. 재형의 눈이 천천히 철가방 옆면에 있는 붉은 글씨를 훑었다.

광개토 반점.

이름 한번 거창하다. 중화요리로 드넓은 중화반점 시장을 평정하겠다는 의미인 것 같은데. 그렇다고 여기까지 발을 들인 건 좀 아닌 것 같다. 노블리스의 정점에 있는 사회 지도층이 거주하는 곳에 냄새나는 짜장이라니. 분명 집을 잘못 찾은 것이 틀림없다.

재형의 얼굴 가득 불쾌함이 드러났다. 그의 예민한 후각이 격 떨어지는 냄새에 테러를 당했다. 손을 살짝 코에 대자 상쾌한 스킨 향이 콧속을 파고들어 속이 조금 편안해졌다. 심신의 안정을 되찾으려 노력하는 한편 왜 저 철가방이 이곳에 들어오게 됐는지 머릿속으로 열심히 추리를 하던 재형이 순간 엘리베이터 문에 비친 철가방의 얼굴을 보곤 움찔 표정을 굳혔다.

헬멧으로 가려 제대로 보이지 않는 얼굴 중 유일하게 보이는 입술이 비릿하게 치켜 올라가 있었다.

'뭐야, 지금 날 비웃고 있는 거야?'

재형이 눈을 희번덕거리며 헬멧을 쓰고도 제 어깨 중간쯤밖에 닿지 않는 철가방을 노려보았다. 당장 경비를 불러 끌어내지 않는 것을 다행으로 여겨야 할 판에 뻔뻔스럽게 비웃음을 날리다니. 기가 막힌다.

참을성의 한계를 느낀 재형이 한발 나서며 호출 버튼으로 손을 뻗었다. 외부인의 출입을 막지 못한 허술함을 비롯해 빌라의 격을 낮춘 것에 대한 책임도 함께 물을 터였다. 막 재형의 손끝이 호출 버튼에 닿을 찰나였다. 그 손을 장갑 낀 손이 덥석 붙잡았다.

"저기요."

앳된 목소리다. 재형의 한쪽 눈썹이 불쾌하게 치켜 올라갔다. 그가 뚫어버릴 듯 사나운 눈빛으로 낡고 더러운 장갑을 쏘아보았다. 그의 눈이 서서히 그 손을 따라 조그만 철가방에게로 옮겨졌다. 고개를 들어도 얼굴이 시야에 다 들어오지 않을 정도로 신장이 차이가 났다. 게다가 입 바로 위까지 쉴드를 내리고 있어 눈은 볼 수도 없었다.

인상을 팍 구긴 재형이 손을 떨궈내려 세게 쳤다. 하지만 워낙 장갑이 두껍기도 하고 제법 힘을 주고 잡은 터라 쉽게 떨어지지 않았다.

"치워."

말도 섞기 싫었지만 빨리 치워 버리자 싶어 매몰차게 말했다. 한껏 내리깐 눈이 무색하게 철가방은 태평하게 다른 장갑을 이빨로 물어 벗고 주머니를 뒤져 뭔가를 꺼냈다. 불쑥. 명함 크기의 종이 나부랭이가 재형의 눈앞에 들이밀어졌다. 자동으로 고개를 뒤로 뺀 재형이 꺼림칙하게 그것을 내려 봤다.

입에 문 장갑을 뒷주머니에 아무렇게나 쑤셔 넣은 철가방이 잡고 있던 재형의 손을 당겨 그 위에 탁 소리가 나게 종이를 올려놓았다. 재형의 손이 한 차례 부르르 떨렸다. 그의 눈이 튀어 나올 듯 제 손과 그 위에 겁 없이 드러누운 종이를 바라보았다.

"환상의 맛을 자랑하는 광개토 반점입니다. 잦은 이용 바랍니다."

사뿐히 손을 놓고 물러선 철가방이 공손하게 고개를 숙이며 홍보를 감행했다. 재형은 마치 스톱 버튼을 누른 것처럼 굳어 움직이지 않았다. 그의 눈에 종이 한 켠에 묻은 정체 모를 얼룩이 클로즈업되어 비쳐졌다. 이런 말도 안 되는 일이 일어나다니! 그의 호흡이 점점 거칠어졌다. 어쩐지 아침부터 셔츠가 눈에 거슬리더라니. 재수 옴 붙었군.

수전증 환자처럼 부들거리는 재형의 손을 물끄러미 바라보다 고개를 든 철가방이 문이 열리는 소리에 앞으로 돌아섰다. 그때 문에 철가방 밖으로 국물이 살짝 튀었다. 화들짝 놀라며 후다닥 물러선 재형이 벽에 바짝 붙어 눈을 부릅뜬 채 바닥에 떨어진 국물 한 방울을 끔찍하게 바라보았다. 자칫 조금만 동작이 굼떴어도 그것이 제 옷에 튈 뻔했다고 생각하자 소름이 끼쳤다.

어느새 종이를 꽉 움켜쥐고 양손을 위로 반쯤 들어 올린 자세가 되어버린 재형을 문 밖으로 나선 철가방이 시큰둥하게 돌아봤다. 철가방이 쉴드를 올렸다. 눈이 마주치자 재형이 미간을 좁혔다. 낯이 익었다. 어디서 봤더라?

"안 내리세요?"

"……신경 꺼."

엉거주춤한 자세를 보인 것도 낯 뜨거운데 같이 내리자니, 재형의 드높은 자존심이 그걸 허락지 않았다. 재형의 차가운 대답에 어깨를 으쓱한 철가방이 쓱 열림 버튼을 누른 손을 거두며 그의 뒤를 가리켰다. 손가락질당하는 것도 싫다 즉시 고개를 옆으로 돌린 재형에게 철가방이 건조하게 말했다.

"아, 거기. 아까 애기가 코딱지 묻히던데."

"……!"

놀란 재형이 스피드하게 열림 버튼을 누르며 나왔다. 자세히 보진 않았지만 확실히 뭔가가 벽에 묻어 있는 것 같았다. 그런데 그게 코딱지였다니! 재형이 히스테릭한 반응을 보이며 주머니에 있던 소독제를 뒷머리에 마구 뿌려댔다. 그것도 모자라 손수건으로 문질러 대며 난리 법석을 떨었다.

"젠장! 그런 건 진작 알려줬어야지!"

"안 물어보셔서."

물어보지 않는 걸 가르쳐 줄 용의는 없다. 딱 잘라 말하는 철가방을 가늘게 쏘아보며 재형이 이를 드러내 으르렁거렸다.

"그럼 왜 뒷북 쳐. 그냥 끝까지 입 닫고 꺼지지."

"벽에 달라붙어 비비적거리기에 묻을 것 같아서."

"하아. 비! 비비적거리긴 누가."

욱하고 치솟는 화를 애써 억누르며 재형이 낮은 목소리로 말했다. 핏대가 불거진 재형의 목을 무심히 바라보며 철가방이 건성으로 중얼거렸다.

"아직, 덜 굳어서 딱 묻기 좋던데."

말을 끊고 슬쩍 시선을 올려 일부러 눈을 맞춘 철가방이 친절한 목소리로 다소곳이 물었다.

"괜찮으세요?"

허공으로 들어 올려진 철가방의 손끝이 재형의 뒷머리를 가리켰다. 즉시 그의 동공이 불안하게 흔들렸다. 바들거리는 손이 뒷머리로 향하다 바로 앞에서 멈췄다. 희생은 머리 하나로 족했다. 손까지 더럽힐 수는 없었다.

"그럼. 좋은 하루 되십쇼."

깍듯이 인사를 하고 돌아선 철가방의 발걸음이 가벼웠다. 아니, 가볍다 못해 경쾌함까지 묻어났다. 얼음이 된 듯 멈춘 재형의 부릅뜬 눈이 그런 철가방의 뒤통수를 뚫어져라 노려보고 있었다.

'쳐 죽일 놈의 철가방! 너 절대 가만 안 둬!'

바르르 치를 떨며 이를 악문 재형이 뭔가가 바스락거리고 있는 손을 펼쳐 가만히 내려 보았다. 그의 눈썹이 꿈틀거렸다. 와락. 다시 주먹을 움켜쥔 재형이 종이를 한껏 더 구겨놓았다. 라이터만 있었다면 당장 태워 버렸을 것이다. 분노 게이지를 한참 상승시키던 재형의 곁으로 최 비서가 다가왔다.

"사장…… 님."

말끝을 흐리며 걸음을 멈춘 최 비서가 눈을 동그랗게 뜨고 재형을 살폈다. 처음 그는 자신이 사람을 잘못 본 것이 아닌가 했다. 평소 한 치의 오차도 용납하지 않는 결벽증의 최고봉 재형이었다. 그를 본 이래로 단 한 번도 완벽하지 않은 모습을 본 적이 없었다.

"죄송합니다. 제가 사람을."

"닥치고, 헤어샵에 전화 넣어. 지금 당장!"

"예. 예?"

재형의 노기 띤 목소리에 본능적으로 답한 최 비서가 눈을 부릅뜨고 재형을 쳐다봤다. 사납게 최 비서를 돌아본 재형이 입을 씰룩거리며 쏘아붙였다.

"눈깔아. 입 닥치고 빨리 움직여."

"아, 예."

마주한 재형의 모습에서 놀라움과 경악을 동시에 느꼈지만 최 비서는 노련하게 감정을 숨기며 돌아서 휴대폰을 꺼냈다. 앞서 걷는 최 비서의 뒤통수를 죽일 듯 노려보던 재형의 귀에 낯익은 모터 소리가 들려왔다.

뿅뿅— 뿌웅—

소리가 들린 쪽으로 재형의 고개가 돌아갔다. 허리에 팔을 올린 그의 턱이 비스듬히 기울었다. 스쿠터의 움직임을 따라 재형의 시선이 옮겨갔다. 가늘게 내리뜬 그의 눈이 기분 나쁘게 빛났다. 재형의 제의를 깔끔히 거절했던 건방진 시식 아르바이트 나영자였다.

"하아. 미친다."

그의 앞에서 멈춘 스쿠터에서 영자가 느긋하게 손을 올려 거수경례를 했다. 손가락 두 개만 겹쳐 편 건방지기 짝이 없는 불량한 거수경례였다. 빙긋이 입가를 끌어 올린 영자가 상쾌한 목소리로 말했다.

"오늘도 아침 걸렀죠? 에이, 머리 비면 잘 안 돌아간다니까."

"신경 끄랬지."

"난 딱 한눈에 알아봤는데. 눈썰미가 영 아니시네요. 쑵. 사업가가 그럼 안 되는데. 안습입니다."

"난 아름다운 것만 기억해."

"아! 뷰티풀. 그럼 그 뷰티풀한 것들과 영원히 행복하시길. 그
럼. 전 바빠서 이만."

다시 스쿠터가 출발하자 다급해진 재형이 눈을 희번덕거리며
팔을 흔들었다.

"야, 내 말 아직 안 끝났거든!"

소리쳐 불러도 대답이 없었다. 세우라고 흔드는 손은 보이지도
않는지 저만치 멀어진 영자가 예의 바르게 손을 흔들어 안녕을 고
했다.

"내 시간은 금보다 비쌉니다."

"아휴. 저게 진짜! 내 시간은 다이아보다 더 비싸다고!"

예약을 마치고 차를 몰고 온 최 비서가 미처 뭐라 말을 하지 못
하고 차에서 내려 멀뚱히 재형을 바라보았다. 주춤 망설이다 뒷좌
석 문을 열어 시립하고 서자 재형이 신경질적으로 뭔가를 바닥에
내동댕이치며 소리를 버럭 질렀다.

"이 빌어먹을 돼지감자 같으니라고!"

그렇게 연락할 때는 무시하더니. 이렇게 마주쳐서 사람을 농락
하고 달아나? 허리에 한쪽 팔을 올리고 두통이 밀려오는 이마를
짚은 재형이 깊은 숨을 천천히 내뱉었다. 치밀어 오르는 분노에
숨을 제대로 쉴 수가 없었다. 애써 호흡을 가다듬은 재형의 눈에
바닥에 나뒹구는 종이가 보였다. 이를 뿌득거리며 발을 들어 올리
던 그가 순간 동작을 멈췄다.

"흠. 그렇단 말이지."

뭔가 의미심장한 말을 하며 직접 허리를 굽혀 구겨진 종이를 다시 줍는 재형을 당황한 최 비서가 안절부절못하며 지켜보았다. 재형이 들어 올린 종이를 보지도 않고 최 비서에게 건넸다. 얼떨결에 종이를 받아 든 최 비서가 멀뚱히 그것을 내려 보는데 시니컬한 재형의 목소리가 들렸다.

"곱게 펴서 빳빳하게 만들어 가져와."

종이를 바라보는 최 비서의 눈이 덧없이 깜빡거렸다. 차라리 새로 만들어 오는 게 더 쉬울 것 같았다. 한숨을 푹 내쉬며 이걸 어쩌나 고심하고 있는 최 비서에게 당장 재형의 독촉이 날아들었다.

"대답."

"⋯⋯네."

불가능은 없다. 모든 걸 가능케 하라. 언제나 그의 지시는 한결같았다. 좋은 말로 대쪽 같고 다른 말로 지랄 맞은 참 거지 같은 성격의 소유자였다. 마지못해 대답하는 기색이 역력한 최 비서를 가늘게 쏘아보자 꿀꺽 마른침을 삼킨 최 비서가 억지웃음을 지으며 종이를 싹싹 펴서 얌전히 주머니에 넣었다.

쯧. 짧게 한심하다 혀를 찬 재형이 스쿠터가 사라진 입구 쪽을 바라보며 비릿하게 입술을 치켜 올렸다. 그의 눈이 의미심장하게 빛났다.

"어디. 얼마나 환상적인 맛으로 날 매혹시킬지 두고 보자고. 돼지감자."

뒤통수가 유난히 따가웠다. 남들과 똑같은 흔하디흔한 스타일은 절대 하지 않겠노라고, 유행은 앞서 가는 것이지 같이 가는 것이 아니라고. 평소 귀에 못이 박히도록 말하고 다니던 재형이었다. 그런 그가 유행이라고 하기도 뭣한 한참 뒤떨어진 투 컷을 하고 나타났으니 이건 일도 보통 일이 아닌 어마어마하게 큰 사건이 일어난 것이 분명했다. 대놓고 보진 않아도 보이지 않는 곳에서 재형의 뒤통수를 보고 수군거리는 소리가 그의 귀에도 들리는 것 같았다.

"어디 불편하십니까?"

자꾸만 뒷머리를 만지작거리는 재형에게 최 비서가 넌지시 물었다. 재형은 익숙하지 않은 것에 대한 거부감이 있었다. 그는 환경의 변화를 극도로 싫어했다. 그것을 알면서도 최 비서는 모른 척 시치미를 떼며 그의 의중을 떠봤다. 기분이 저조할 때는 대화로 그것을 풀어야 한다는 게 그의 생각이었다.

"네 눈엔 내가 괜찮아 보이냐?"

우뚝 걸음을 멈춘 재형이 서늘한 표정으로 돌아보며 반문했다. 그에겐 최 비서의 배려와 생각 따윈 아무 상관이 없었다. 오로지 자신의 기분과 현재 상태에만 모든 신경이 집중되어 있었다. 뒤에 선 최 비서가 멀뚱히 그를 바라보다 고개를 저었다.

"안 괜찮아 보이십니다."

"그래, 지금 심기가 매우 불편해. 여기저기서 날아드는 눈치 없는 레이저가 뒤통수를 뚫을 것 같아서 미칠 것 같거든."

재형이 몸을 돌려 사방을 훑었다. 가늘게 내리뜬 눈이 무척 매서웠다. 정작 레이저는 본인이 쏘아대는 게 가장 치명적이었다. 재형의 사나운 눈길을 받은 직원들이 찔끔해 서둘러 자리를 피했다. 그제야 만족스러운 듯 거만한 얼굴로 돌아온 재형이 방향을 틀어 걸음을 옮겼다.

자신의 집무실로 향하던 재형의 시선에 시무룩하게 고개를 숙이고 걷는 식품부 김 대리가 들어왔다. 무시하고 지나칠까 했지만 뭔가 찔리는 구석이 있는지라 마뜩잖은 한숨을 내쉬며 멈춰 섰다. 자신을 알아채지 못하고 곁을 그냥 지나치는 김 대리를 눈으로 좇으며 재형이 고개를 갸웃했다. 어떻게 날 못 알아봐? 이 고귀하고 특별한 아우라가 전혀 느껴지지 않는다는 거야?

하아. 믿지 못하겠다는 듯 헛웃음을 터트린 재형이 손을 들어 까닥거렸다.

"김응수 대리."

터덜터덜 힘없이 걷던 김 대리의 걸음이 정말 우뚝 멈췄다. 재형은 자신이 부르고도 제 목소리에 반응해 즉각 제동을 거는 김 대리를 신기해하며 멀뚱히 바라보았다. 서서히 김 대리의 허리가 펴지고 이어 쓱 고개를 돌려 게슴츠레하게 재형을 돌아보았다.

"헉."

며칠 사이 김 대리는 몰골이 더 말이 아니게 변해 있었다. 병든 병아리 마냥 맥없이 축 늘어져 걷는 건 몇 번 봐서 그냥 혀만 차고 말았는데. 얼굴은 거의 저승사자를 눈앞에서 본 것처럼 핼쑥하게 말라 있었다. 자신을 향해 완전히 돌아서 다가오는 김 대리의 검은 아우라에 재형은 부르지 말 걸 그랬나 하며 잠시 후회했다.

"부르셨습니까, 사장님?"

재형을 부르는 억양에 뭔가 울컥함이 담겨 있었다. 바라보는 눈길도 어딘지 모르게 불손함이 느껴졌다. 거만하게 내리뜬 재형의 눈과 슬쩍 올려 치뜬 김 대리의 눈이 허공에서 맞물렸다.

파바박. 불꽃이 튀었다. 절대 물러서지 않겠다는 굳은 의지가 김 대리의 눈에 담겨 있었다. 지끈. 두통이 밀려왔다. 김 대리가 왜 이러는지 모르지 않았다. 오늘도 아마 최도영 이사에게 한껏 깨지고 나오는 길일 것이다. 물론 그 원인은 최근 한 달 사이 현저히 저조해진 실적 때문일 것이다. 그에 어느 정도, 아니, 핵심을 차지한 재형이 못마땅함이 역력한 표정으로 말했다.

"얼굴 좀 펴고 다니지. 사내에서 인상 찡그리고 다니면 보기에 좋지 않아."

그런 재형을 김 대리가 물끄러미 대놓고 쳐다보았다. 김 대리의 눈에서 적반하장이란 네 글자를 읽은 재형이 가만히 한쪽 눈썹을 치커 올렸다. 감히, 어딜 꼬나봐. 그가 매섭게 눈을 부라리자 김 대리가 입을 삐죽거리며 시선을 내렸다. 그러나 반항의 기미는 사라지지 않았다.

"말해. 뭔데."

꽁해서 벌렁거리는 김 대리의 큰 코 평수를 보다 못해 재형이 혀를 차며 하고 싶은 말을 해보라 선심 쓰듯 허락했다. 저기서 더 했다간 정말 두 번 다시 보고 싶지 않았던 김 대리의 추한 눈물을 보게 될 것이다. 그건 재형이 영자를 설득 못했다며 그냥 버려 버리라고 통보했을 때 한번 본 걸로 족했다.

부모가 죽어도 그렇게 서글프게 대성통곡을 하지는 않을 것이다. 끝내는 떼쟁이 아이처럼 바닥에 철퍼덕 주저앉아 발을 동동거리기까지 했다. 그때나 지금이나 김 대리의 행동을 이해할 수 없기는 마찬가지였다. 원래 완판이 되던 것들이 일시에 저조해질 수는 없을 거라 자만했던 것도 있었고, 시간 다툼이지 곧 원상 복귀

될 거라 안일하게 생각했던 것도 있었다.

깊게 숨을 들이쉬며 심호흡을 한 김 대리가 굳게 닫혀 있던 댐 문을 개방하듯 입을 열었다.

"그간 톱을 자랑하던 홈쇼핑 식품부 실적이 아주 바닥을 치며 널브러져서 제 마음이 갈기갈기 찢어지고 부아가 치밀어 몰골 관리에 신경을 쓸 수가 없었습니다. 부디 노여움을 푸시고 하해와 같은 너그러운 마음으로 이해해 주시길 간곡히 부탁드리옵니다."

사극의 한 장면처럼 통촉하여 주시옵소서 버전을 구사하며 한껏 자신을 비꼬는 김 대리를 재형이 가늘게 쏘아보았다. 이놈이나 저놈이나 뒤끝은 기네스북에 오를 정도로 아주 더럽게 길다.

"그깟 실적 좀 떨어진 걸 가지고 뭘 그래. 이제 한 달이잖아. 고작 하찮은 알바 하나 빠졌다고 바닥이 말이 돼? 곧 원래 패턴으로 돌아갈 테니까. 걱정 말고 기다려 봐."

귀찮음이 역력한 얼굴로 손을 내저으며 건성으로 말하는 재형의 태도에 김 대리의 눈에 불이 확 일었다. 발끈한 김 대리가 손을 불쑥 들어 올려 삿대질하듯 재형의 면전 앞에서 허공을 무섭게 찔러댔다.

"고작 그 하찮은 알바 하나가 그동안 우리 홈쇼핑 수입에 지대한 영향을 끼쳤지요. 업계 중간에 머물렀던 순위도 상당 부분 올려놓았고 말이지요."

대들 듯 곱지 않은 말투로 쏟아내는 김 대리의 말에 재형의 인상이 팍 구겨졌다. 무슨 그런 말도 안 되는 소리를 지껄이는 건지. 정신이 나가도 한참을 나갔지. 아르바이트가 무슨 영향력이 있다고 그런 일을 한단 말인가. 요즘 스트레스를 너무 많이 받아 머리가 정상이 아닌 모양이었다.

"그게 말이……."

"되지요. 되고말고요."

말이 안 된다 하려던 재형의 말을 가로채 반론을 제기한 김 대리가 손에 들고 있던 서류를 재형의 얼굴 앞에 척 내밀었다. 자칫 조금만 더 욱했다간 거칠게 서류로 재형의 얼굴이라도 칠 기세였다. 김 대리의 거센 기세에 움찔한 재형이 부러 헛기침을 하며 저는 아무렇지 않다는 듯 무심하게 서류를 쳐다봤다.

"작년, 올해 상반기 그래프 보이십니까? 거침없이 치솟던 실적과 인지도가 하찮은 알바가 사라진 것을 기점으로 점점 내려가다 일주일 전부터 아예 훅 꺾였습니다. 그것도 아래로 곧장."

그래프를 살피는 재형의 눈이 커졌다가 가늘어지며 미간이 확 구겨졌다. 정말 김 대리의 말처럼 상승곡선을 그리며 승승 가도를 달리던 JU홈쇼핑의 인지도가 영자의 하차를 기점으로 점점 하향의 길로 접어들고 있었다. 이 정도는 그냥 일시적인 현상이라고 우기고 싶었지만 재작년보다 더 떨어진 그래프의 종착역을 확인하고서는 차마 입이 떨어지지 않았다.

충격이었다.

어떻게 이럴 수가 있을까. 홈쇼핑 판매의 주력은 식품이 아니라 명품과 뷰티 용품이어야 했다. 그런데 JU의 주력은 단언컨대 식품이었다. 식품으로 유명해진 홈쇼핑이라니. 이건 농식품 홈쇼핑을 능가하는 대단한 저력이었다.

식품부가 잘나간다고 흡족해하긴 했지만 그것에 회사의 사활이 걸렸을 거라곤 생각도 못했다. 뭐 이런 개떡 같은 경우가 다 있지?

JU의 기업 신념은 노블레스 오블리주였다. 최상위 사회 지도층을 대상으로 하는 홈쇼핑 방송이 어떻게 식품 하나에 좌지우지될 수 있는지. 이건 실로 충격적인 사실이었다.

그래프의 끝 점을 뚫어져라 응시하던 재형의 눈동자가 불안하게 흔들렸다. 도무지 받아들일 수 없는 현실에 잠시 멘붕이 온 것이었다. 바들거리는 손을 들어 그래프를 가리키던 재형이 신경질적으로 그것을 빼앗아 서류를 뜯어내 와락 구겼다.

"돼지감자. 네가 내 회사를 저질 먹방으로 하락시켜? 절대 용서하지 않겠어."

갈기갈기 찢어 씹어 삼켜도 시원찮을 돼지감자라 이를 뿌득 가는 재형을 어이없게 바라보던 김 대리가 그의 손에서 서류철을 낚아채 냉정하게 돌아섰다. 미련 없이 성큼성큼 걸어가는 김 대리의 뒤통수를 재형이 사납게 쏘아보았다. 가란 말도 안 했는데 예의 없이 제멋대로 가는 김 대리의 불손한 태도에 재형의 눈에 불이 일었다.

"어디 가. 거기 안 서?"

"바닥에 떨어진 실적 주워 올리러 갑니다."

김 대리가 뒤도 돌아보지 않고 심드렁하게 말했다. 기막힘에 재형의 고개가 모로 기울었다.

"대표가 부르는데 그냥 가? 저게 완전히 간이 배 밖에 나왔네. 저거 지금 제정신 아니지?"

"제정신인 게 오히려 이상한 거 아닙니까?"

"뭐야?"

곁에 구경꾼처럼 섰던 최 비서가 비척거리며 걸어가고 있는 김 대리의 축 처진 어깨를 측은하게 바라보며 안타까운 투로 말했다. 그에 당장 재형의 눈이 불같이 화르륵 타올랐다. 눈을 부라리며 위아래로 쏘아보는 재형의 시선에 최 비서가 마른침을 꿀꺽 삼켰다.

"워낙 실적이 떨어지다 보니 지금 상태가 말이 아닐 겁니다."

그래도 꿋꿋이 제 할 말은 다 하는 최 비서였다. 그에 차게 표정을 굳힌 재형이 눈썹을 의미심장하게 들썩이며 최 비서에게로 온전히 몸을 돌렸다. 뚜벅. 재형이 한 발 다가서자 최 비서가 움찔해 주춤 뒤로 물러섰다. 재형이 조금 더 다가오자 최 비서가 저도 모르게 본능적으로 뒷걸음질을 쳤다. 차가운 벽이 등에 닿고서야 최 비서의 걸음이 멈췄다.

"내 상태도 그다지 정상은 아니라고 했을 텐데."

얼굴을 들이밀며 재형이 최 비서를 몰아붙였다. 코앞으로 다가온 재형의 얼굴을 피해 옆으로 고개를 돌린 최 비서의 입술이 바짝바짝 말라갔다. 너무 가까워 숨소리도 제대로 낼 수 없을 지경이었다. 숨을 멈춘 최 비서의 얼굴이 뻘겋게 달아올랐을 때 재형의 손이 불쑥 눈앞에 나타났다. 슬쩍 시선을 돌려 재형을 쳐다보자 재형이 눈을 부라리며 차게 말했다.

"내놔."

다짜고짜 내놓으라니 대체 뭘 말하는 건지 알 수가 없었다. 최 비서가 멍하니 눈을 깜빡거리며 머뭇대자 재형이 짜증스럽게 툭 내뱉었다.

"홍보 명함."

"……아."

그제야 재형의 요구사항을 알아챈 최 비서가 양복 안주머니에서 명함 케이스를 꺼냈다. 뚜껑을 열어 그런대로 반듯하게 편 홍보 명함을 빼내자 재형이 신경질적으로 그것을 낚아챘다. 동작이 너무 굼뜨다 나무라는 재형의 흘김에 최 비서가 어설픈 미소를 지어 보였다.

그를 깔끔히 무시하며 엄지와 검지로 아슬아슬하게 홍보 명함을 잡은 재형이 뚫어져라 그것을 노려보았다.

"돼지감자. 대체 어떤 수작을 부렸기에 이런 결과를 만들었는지 내가 확실하게 캐내겠어."

"수작이라니요?"

음침하게 영자를 곱씹으며 결의를 다지는 재형의 말에 최 비서가 고개를 갸웃했다. 자신이 알기론 나영자라는 식품부 아르바이트생은 자신의 일에 최선을 다해 JU에 많은 이득을 창출시킨 인물이었다. 그런 사람이 수작을 부렸다니. 그건 정말 말도 안 되는 억울한 누명이었다. 잘했다 성과급을 지급해도 모자랄 판에 중상모략이라니. 대체 재형의 머릿속에 나영자가 어떻게 각인되어 있기에 저런 생각을 하는 것인지 궁금했다.

"이놈 분명히 우리 경쟁사에서 보낸 첩자가 틀림없어."

"설마."

"설마는 개뿔. 너 내 촉을 못 믿는 거야?"

"그건."

답하기를 잠시 망설이는 최 비서에게 눈을 부라리며 재형이 협박에 가까운 동의를 구했다. 그런 사람이 경쟁 회사로 바로 들어가지 않고 중화반점 배달 아르바이트를 할까 자신의 생각을 그대로 말하고 싶었지만 차마 입이 떨어지지 않았다. 지그시 재형의 눈을 마주한 최 비서가 고개를 끄덕이며 마지못해 그의 말에 수긍했다.

"아닙니다. 믿습니다."

"내 말이 틀림없어."

"네."

포기에 가까운 동조였다. 하필이면 불통이 튀어도 참 어이없게 튀었다. 성실하게 자신의 일에 최선을 다한 아르바이트가 스파이 짓이 되다니. 이렇게 기막힌 일이 또 있을까. 본인이 알면 얼마나 치를 떨까. 이러다 정말 괜히 얌전히 잠자는 사자의 코털을 잘못 건드려 큰 사단을 만들지나 않을지 심히 걱정되었다.

"두고 봐. 돼지감자의 추악한 계략을 낱낱이 밝혀서 반드시 그 죗값을 톡톡히 치르도록 할 테니까."

"네."

그러다 도리어 더 돌이킬 수 없는 지경에까지 이르는 건 아닌가 걱정은 되었지만 속내를 드러내지는 않았다. 최 비서는 시치미를 뚝 떼며 본심과는 전혀 반대로 고개를 끄덕였다.

비스듬히 한쪽 입꼬리를 치켜 올린 재형이 눈을 가늘게 빛내며 손에 든 홍보 명함을 팔랑팔랑 흔들어댔다. 광개토 반점의 돼지감자라, 제법 잘 어울리는 구색이군.

"잘근잘근 썰어서 짜장 소스에 파묻어주겠어."

비릿한 미소를 입가에 머금은 채 재형이 휴대폰을 집어 들었다. 홍보 명함에 있는 전화번호를 꾹꾹 누르고 통화 버튼을 눌러 귀에 댔다.

[감사합니다. 환상의 맛으로 당신을 매료시킬 광개토 반점입니다.]

경쾌하기 이를 데 없는 멘트에 재형의 미간이 못마땅하게 찌푸려졌다. 곧 누군가 전화를 받는 소리가 들리고 이어 명랑 쾌활한 영자의 목소리가 들렸다.

[네, 손님. 찾아주셔서 감사합니다. 주문하십시오.]

"짜장 하나. JU홈쇼핑 본사 사장실로."

[죄송하지만 거긴 안 됩니다.]

"왜!"

딱 잘라 거절하는 영자의 말에 재형이 버럭 소리를 질렀다. 서비스 업종이 안 되는 게 어디 있어! 여의도 한강공원에서 몇 번째 나무 밑이라고 말해도 배달이 되는 세상이었다. 배달의 민족 최전방을 책임지고 있는 철가방의 입에서 안 된다는 말이 나오면 되냔 말이다. 방긋 웃는 모습이 그려질 정도로 상큼한 목소리가 휴대폰 너머로 들려왔다.

[면이 붑니다.]

간단명료한 답변이었다. 눈을 치뜨며 홍보 명함에 적힌 주소를 확인한 재형의 입에서 낮은 신음이 흘러나왔다. 광개토 반점은 재형의 빌라에서 스쿠터로 3분 거리 안에 위치하고 있었다. 확실히 짜장면의 생명은 면이었다. 면이 불면 지들끼리 결속력을 끈끈하게 다져 젓가락도 감히 침범할 수 없는 지경에 이르기도 한다. 광개토와 JU의 거리는 적어도 30분은 넘었다. 그럼 당연히 면이 불어날 수밖에 없었다.

"괜찮아. 난 불은 면을 더 좋아해."

재형이 괜스레 오기를 부렸다. 잠시 전화기 저편이 잠잠해졌다. 뭔가를 곰곰이 생각하는 듯하던 영자가 입맛을 짧게 다시며 다시 입을 열었다.

[뭐, 정 그러시다면 배달은 해드리죠. 하지만 토 달고 돈 지불 안 하는 꼬장은 절대 용납 못합니다.]

"날 뭐로 보고. 당장 배달이나 해."

[짜장값은 곱빼깁니다.]

"그건 또 왜!"

[시간은 돈이고 거기 갈 시간에 여기 근처 두서너 집은 더 배달할 수 있는…….]

"준다. 줘."

[접수가 완료되었습니다, 고객님. 최대한 면을 살려 배달하도록 노력해 보겠습니다.]

"오기나 해."

[넵.]

뚝. 고객이 끊지도 않았는데 먼저 끊다니. 바르르 휴대폰을 든 손을 떨며 재형이 이를 뿌득 갈았다.

"그래, 오기만 해라. 돼지감자. 눈물 쏙 빼게 매운맛을 보여줄 테니까."

서비스업 최악의 상황은 그것의 주력 상품에 대해 컴플레임을 지랄 맞고 악랄하게 걸어주는 것이었다. 비열한 미소를 만들어내며 투지를 불태우는 재형을 최 비서가 한심하게 바라보았다. 한두 살 먹은 철부지 어린아이도 아니고 대체 이게 무슨 짓인가 싶었다.

실성한 사람처럼 실실거리며 자신의 집무실로 들어서는 재형을 뒤따르며 최 비서가 한숨을 푹 내쉬었다. 김 대리가 문제가 아니라 지금은 이쪽이 더 심각해 보였다. 그냥 살살 꼬드겨서 영입하는 게 좋을 듯싶은데 재형이 자꾸 일을 더 어렵게 만들고 있었다.

　"그 매운맛에 사장님이 더 심하게 당할 듯싶은데 말입니다."

　"뭐?"

　막 문을 열고 안으로 들어가려던 재형이 최 비서를 돌아보며 물었다. 흠칫한 최 비서가 상냥한 미소를 지으며 아무것도 아니다 고개를 저었다. 하여튼 귀도 더럽게 밝다. 소머즈 귀에 버금가는 뛰어난 성능의 보청기가 새 아이템으로 들어왔다더니 혹시 그걸 직접 테스트하고 있는 건 아니겠지?

　닫힌 문을 꺼림칙하게 바라보다 자신의 자리로 걸어간 최 비서가 자리에 앉다 말고 고개를 갸웃했다.

　"설마, 정말 짜장면을 집무실에 들이겠단 건 아닌지?"

　냄새에 민감한 재형이었다. 그의 집무실은 수시로 공기청정제와 소독을 병행하고 있었다. 그런 곳에 자극적인 향이 있는 짜장면을 배달시키다니.

　"확실히 제정신은 아니야."

　고개를 설레설레 흔들며 최 비서가 자리에 털썩 주저앉았다. 그의 손이 저절로 공기청정제에 닿았다.

　전화를 끊고 무심히 메모를 내려 보던 영자가 그것을 들고 주방으로 향했다. 주방 창구 위에 메모지를 붙이자 국자를 든 주방장 호철이 그것을 확인하곤 힐끔 영자를 바라보았다.

"가려고?"

"불어도 된다는데 가야죠."

"그래? 그럼 뭐."

점심시간이 지나 조금 한가한 시간대였다. 근처 다른 곳도 많을 텐데 굳이 30분이나 떨어진 곳에 주문을 했다는 건 꼭 이 집 음식이 먹고 싶다는 의지의 표현이었다. 그런 마음을 저버릴 정도로 호철은 매정하지 않았다.

채소를 볶는 호철의 뒷모습을 보며 영자는 거만함이 철철 넘쳐 나던 재형의 목소리를 떠올렸다. 더불어 영자가 장갑 낀 손으로 그의 팔을 붙잡았을 때 보이던 놀라 흠칫하던 표정도 함께 떠올랐다. 철가방을 보는 눈빛이 하도 곱지 않기에 그냥 장난으로 홍보용 명함을 건넸을 뿐인데. 정말 시킬 줄은 몰랐다.

"무슨 꿍꿍이지?"

단순히 식사를 위한 배달 요청은 아닌 것이 분명했다. 심각한 결벽증 환자가 이런 작은 중화요리 집에서 짜장면을 시켜 먹을 리는 없었다. 그런 부류의 인간들에겐 모든 것이 불결하고 비위생적으로 보일 테니까. 아무리 생각해도 재형의 의도가 불순하게 느껴졌다.

평소 JU의 스튜디오에 그렇게 자주 드나들면서도 재형과 마주쳤던 적은 없었다. 그래서 사람들이 재형을 사이코에 결벽증 환자라고 수군거리는 소리에도 그다지 신경을 쓰거나 관심을 가지지 않았었다. 어차피 저와는 아무 상관도 없는 일이었으니까.

그는 JU홈쇼핑의 대표였고 자신은 그의 표현대로 하찮은 알바에 불과했다. 평생 만날 일도 엮일 일도 없다 생각했었다. 그런데 생각지도 못한 트러블이 생겨 버렸다.

"돼지감자라."

테이블에 기대 팔짱을 끼며 영자가 혼잣말을 중얼거렸다. 영자는 못생겼다는 말이나 평범의 극치라는 말에는 그다지 자극을 받는 성격이 아니었다. 보는 사람의 관점이 그렇다는데 거기에 토를 달고 내가 뭐 어때서라고 따지고 들 필요는 없는 것이다. 영자가 재형을 허우대만 멀쩡한 정신병에 걸린 나르시스라고 생각하는 것과 별반 다를 게 없으니까.

하나 다른 점이 있다면 영자는 그것을 혼자만의 생각으로 남겼고, 재형은 입 밖으로 내뱉었다는 것이다. 그건 인간성의 문제였다. 그러니 싸가지라는 별명을 옵션으로 달고 다니는 거겠지.

"돼지가 뭐?"

김이 모락모락 피어오른 짜장 그릇을 창구 밖으로 밀며 호철이 빠끔히 고개를 내밀어 물었다. 히죽. 가볍게 미소를 띤 영자가 별일 아니다 손을 저으며 그릇을 당겨 랩을 씌웠다. 묵묵히 단무지와 젓가락까지 챙겨 철가방을 들고 나서는 영자를 호철이 배웅했다.

"면 분다고 급하게 달리지 말고 조심히 다녀와."

"넵."

스쿠터에 오른 영자가 헬멧을 쓰며 명랑하게 답했다. 스쿠터가 시야에서 사라지는 것을 완전히 보고서야 호철이 주방으로 돌아섰다. 다듬어놓은 양파를 도마에 올려놓고 자르려다 말고 호철이 고개를 갸웃했다.

"JU홈쇼핑에는 직원식당이 따로 있지 않나?"

내부 상황이 어떤가는 잘 몰라도 영자에게 얼핏 들은 바로는 그곳 직원식당이 무척 럭셔리하다고 했던 것 같다. 호텔 뷔페 같다던데 왜 외부에서 음식을 시키지?

"하긴 우리 반점 음식이 워낙 맛나긴 하지. 호텔 음식보다 못할 게 없지. 암."

깊게 생각할 필요도 없었다. 음식에 대한 자부심이 투철한 호철이었다. 맛이라면 절대 지지 않을 자신이 있었다. 타다닥. 호철의 경쾌한 칼질에 양파가 순식간에 다듬어졌다. 콧노래를 흥얼거리며 칼질에 박차를 가하는 호철의 엉덩이가 신나게 씰룩거렸다.

최대한 막히지 않는 길을 선택해 신속하게 JU홈쇼핑 앞에 도착한 영자가 스쿠터에서 내려 철가방을 집어 들었다. 당당하게 로비로 들어서는 영자에게 사람들의 시선이 몰렸다. 가던 걸음을 멈추고 대놓고 쳐다보는 사람도 있었고, 그녀를 돌아보다 타인과 부딪혀 휘청하는 사람도 있었다.

여기저기서 수군거리는 소리를 귓등으로 흘리며 영자는 곧장 엘리베이터로 향했다. 철가방의 등장이 그렇게 놀랄 일인가? 엘리베이터 버튼을 누르고 기다리고 있는 영자의 어깨를 누군가 붙잡았다. 보안요원이었다.

"출입증 있으십니까?"

없는 걸 뻔히 알면서 묻는다. 제 어깨에 올려진 손에서 보안요원의 얼굴로 시선을 옮긴 영자가 그를 빤히 쳐다보았다. 그러다 이내 순수함까지 느껴지는 해맑은 미소를 만면에 지어 보였다. 사람을 무장해제시키는 매력적인 미소였다. 당장 끌고 나가겠다는 의지를 드러내며 지그시 힘을 가하던 보안요원의 손이 느슨해졌다. 영자의 시선에 머쓱해진 보안요원이 슬며시 손을 거두며 헛기침을 했다.

"흠. 외부인은 출입 불가입니다."

"배달입니다."

철가방을 들어 보이며 영자가 밝게 말했다. 보안요원의 눈이 철가방 측면에 적힌 광개토 반점이란 글자를 훑었다. 그걸 몰라 묻는 말이 아님을 영자도 알고, 보안요원도 알고 있었다. 슬쩍 시선을 맞추자 영자가 싱긋 웃었다.

"배달 음식도 안 됩니다."

"막으시면 곤란해지실 텐데."

"회사 규율입니다. 죄송하지만 어느 부서인지 알려주시면 통보해 드리겠습니다. 밖에서 기다리시겠습니까?"

자신은 상관없지만 댁이 곤란하게 될 것이다. 말도 안 되는 으름장을 놓는 영자를 무표정하게 바라보며 보안요원이 출입문을 가리켰다. 배달을 온 사람의 잘못이라기보다는 규율을 어기고 시킨 사람의 실수이기에 음식값이라도 받아가라는 나름의 배려였다. 잠시 출입문을 바라본 영자가 보안요원을 돌아보며 말했다.

"대표 집무실이요."

"네?"

자신이 잘못 들었거나, 영자가 잘못 말했거나 둘 중 하나일 거라 생각한 보안요원의 반문에 영자가 눈을 맞추며 또박또박 말했다.

"JU홈쇼핑 정재형 대표 집무실이요."

"누구요?"

보안요원의 동그래진 눈을 올곧게 응시하며 영자가 사내 안내도의 맨 위, 정점을 가리켰다. 따라 시선을 옮긴 보안요원의 고개가 모로 기울었다. 그가 멍하니 혼잣소리를 중얼거렸다.

"무슨 그런 말도 안 되는 소리를……."

"그러게요. 그런 말도 안 되는 일을 하네요. 당신 오너가."

저도 이해 불가다 말하는 영자를 보안요원이 멀뚱히 내려 보았다. 영자를 찬찬히 살핀 보안요원의 눈이 번쩍 빛났다. 어딘가 눈에 익다 했더니 얼마 전까지 식품부에서 아르바이트를 하던 여자였다. 그때 제법 잘해서 피디들이 서로 데려가려고 혈안이 되었던 것 같은데, 어쩌다가…….

"중국집 배달을……."

자신을 알아본 듯한 보안요원의 눈빛에 영자가 말없이 히죽 웃었다. 점퍼 주머니에서 홍보 명함을 꺼내 건네며 영자가 명랑하게 말했다.

"환상의 맛을 자랑하는 광개토 반점입니다. 아시다시피 여기서 잦은 이용은 그렇고 방문해 주시면 감사하겠습니다."

"아이고, 이렇게 멀리까지 배달하려면 힘들 텐데."

"그래서 더 지체할 수가 없습니다."

"네?"

"짜장면이 불어도 한참을 불어서 이미 덩어리가 됐지 싶습니다."

"덩어리?"

"인터폰 한번 해주시겠습니까? 배달값이라도 받아가야 할 것 같은데."

"아. 잠시만요."

믿기는 힘들었지만, 영자가 거짓말을 할 사람으론 보이지 않았다. 서둘러 안내 데스크로 걸어간 보안요원이 직접 인터폰을 누르며 기다려 달라 영자에게 눈짓을 보냈다. 살짝 고개를 끄덕인 영자가 손목시계를 확인하곤 짧게 입맛을 다셨다. 하필이면 입구에서부터 태클이 걸려 시간이 더 지체되고 말았다.

"이거 젓가락이나 들어가려나 모르겠네."

혼잣말을 하는 영자를 보안요원이 흘깃 바라보며 아랫입술을 깨물었다. 뭐라 한소리를 들은 모양이었다. 인터폰을 끊고 곧장 영자에게 다가온 보안요원이 그녀를 손짓으로 부르며 재빨리 엘리베이터 버튼을 눌렀다. 대표 전용 엘리베이터였다.

"타시죠."

열린 엘리베이터 문을 가리키며 보안요원이 영자를 재촉했다. 엘리베이터와 보안요원을 번갈아 보며 눈을 깜빡인 영자가 성큼성큼 안으로 들어섰다. 틈틈이 시간이 날 때 하긴 했지만 살아온 27년 중 나름 배달 인생 10년이었다. 그 10년 만에 보안요원의 에스코트를 받아보기는 또 처음이었다.

"괜찮을까요?"

올라가는 층수를 바라보며 잘근잘근 입술을 깨무는 보안요원의 모습이 무척 초조해 보였다. 괜찮아야 하는 것이 지랄 맞은 오너의 심기인지, 아니면 영자가 들고 있는 짜장면인지 묻는 대상이 불분명했다. 어깨를 한번 으쓱한 영자가 담담하게 말했다.

"아니요."

흠칫. 보안요원의 몸이 작게 들썩였다. 묻기에 정직하게 자신의 생각대로 답한 것뿐인데 보기보다 보안요원의 간이 무척 작은 모양이었다. 짜장 하나가 사람 하나를 들었다 놨다 하다니. 보안요원을 바라보는 영자의 눈에 측은지심이 깃들었다. 그의 곁으로 다가간 영자가 다정히 그의 등을 두드렸다.

"걱정 마세요. 최대한 살려볼 테니. 당신은 당신의 소임을 다한 것뿐입니다."

"그, 그렇죠?"

"제가 알아서 할 테니. 먼저 내려가세요."

"그래도."

"불어도 괜찮다고 본인이 말했으니 한 말에 책임은 지겠죠."

도착음이 울리고 서서히 엘리베이터 문이 열리기 시작했다. 양옆으로 벌어지는 문 사이로 광채가 스며들었다. 눈부심에 살짝 고개를 틀어 가늘게 눈을 뜬 영자의 시선에 뒷짐을 지고 거만하게 서 있는 재형의 모습이 들어왔다.

문이 완전히 열리고 서늘한 분위기를 풍기는 재형의 저승사자 같은 모습이 온전히 드러났다. 그가 천천히 고개를 들어 싸한 눈빛으로 영자를 쏘아보았다. 고개를 돌려 시선을 마주한 영자가 무표정하게 엘리베이터에서 내렸다.

"짜장면 왔습니다."

한껏 분위기를 잡고 서 있던 재형의 면전으로 철가방을 들이밀며 영자가 말했다. 주춤. 눈앞으로 다가온 철가방에 놀라 재형이 저도 모르게 뒷걸음질을 쳤다.

"야, 조심해."

"어디다 둘까요?"

뒤로 물러선 게 머쓱했던지 부러 목청을 높여 신경질적으로 말하는 재형을 무시하고 영자가 주변을 두리번거리며 말했다.

"두다니?"

그건 또 무슨 말이냐 묻는 재형을 멀뚱히 올려보며 영자가 눈높이로 들어 올린 철가방을 손으로 톡톡 두드렸다.

"짜장면이요."

"……."

"집무실로 들어가면 됩니까?"

재형을 밀치며 집무실 쪽으로 걸어가는 영자를 보안요원이 놀란 눈으로 쳐다보았다. 재형의 등장에 놀라 얼떨결에 열림 버튼을 누르고 있던 참이었다. 저보다 더 커진 눈으로 영자를 바라보는 재형의 손끝이 파르르 떨렸다. 저러다 경기하겠다. 열림 버튼에서 손을 뗀 보안요원이 재빨리 닫힘 버튼을 눌렀다. 닫히는 문 사이로 무겁게 발을 떼며 영자의 뒤를 쫓는 재형의 모습이 보였다.

"잠깐만! 돼지감자, 거기 서."

다급하게 따라붙는 발소리에 우뚝 걸음을 멈춘 영자가 재형을 돌아봤다. 그가 비틀거리며 발에 급제동을 걸었다. 닿을까 바짝 긴장해 몸을 사리는 것이 그대로 보였다. 무표정하게 그를 바라보자 그가 멋쩍은 듯 이마를 긁적이다 그녀의 뒤쪽을 향해 손을 까닥였다.

"최 비서!"

간절하게 도움을 요청하는 재형의 목소리에 최 비서가 한달음에 달려나왔다. 오기만 해라 눈을 부라리며 기다리던 것이 무색하게 그는 지금 무척 불안해 보였다. 영자를 불러들이는 구실로 짜장면을 시킨 것까지는 좋았는데 그 뒤는 생각지 못했다.

"이쪽으로."

최 비서가 친절하게 비서실 뒤쪽에 있는 탕비실로 영자를 안내했다. 고개를 끄덕이며 탕비실로 들어서는 영자의 모습에 안도의 한숨을 내쉬며 재형이 적당한 거리를 두고 뒤따랐다. 탕비실 안으로 들어선 영자가 주변을 두리번거리자 최 비서가 부드럽게 웃으며 한쪽에 마련된 티 테이블 위를 가리켰다.

"저기에 올려주시겠습니까?"

"예."

영자가 철가방을 열고 짜장면과 단무지 등을 꺼내 테이블 위에 올려놓았다. 문간에 서서 그 모습을 멀찍이 지켜보던 재형이 그릇 위로 봉긋이 솟아오른 짜장면을 턱으로 가리켰다.

"뭐냐 저건?"

"주문하신 불을 대로 불은 짜장면이요."

"뭐?"

돌아보지도 않고 영자가 덤덤히 답하자 재형이 한쪽 눈썹을 불만스럽게 치켜 올렸다.

"불어도 괜찮다고 하셨잖아요."

당연한 거 아니냐는 영자의 답변에 재형이 성큼 안으로 한 발 들어서며 부풀어 오른 짜장면을 삿대질했다.

"네 눈엔 저게 짜장면으로 보여?"

여태 별 반응이 없던 영자가 무슨 소리냐는 얼굴로 그를 돌아보았다. 시선이 마주치자 그가 비릿하게 한쪽 입가를 끌어 올리며 한 발 더 테이블 쪽으로 다가왔다. 더불어 그의 삿대질도 빨라졌다.

"저건 짜장면의 탈을 쓴 우동이야."

"짜장면인데요."

"무슨 소리야. 아무리 불어 터져도 면이 저렇게 될 순 없어. 저건 네가 주문을 잘못 받아 정체성에 혼란을 겪게 된 우동일 뿐이야."

"장담하실 수 있어요?"

"딱 보면 몰라? 짜장면을 곱빼기로 시켜도 저것보단 적을 거야. 안 그래?"

"그럼, 직접 먹어보시면 알겠네요. 저게 짜장면인지 우동인지."

"뭐?"

나무젓가락을 집어 든 영자가 포장지를 벗겨 재형의 얼굴 앞에 내밀었다. 물끄러미 보기만 할 뿐 받아 들려고 하지 않는 재형을 대신해 최 비서가 젓가락을 집었다. 둘이 동시에 최 비서를 돌아보았다. 머쓱해진 최 비서가 히죽 어설프게 웃으며 젓가락을 양옆으로 잡아당겼다.

"어라."

반으로 깔끔하게 나눠져야 할 젓가락이 툭 부러져 버렸다. 하나는 혹을 달고, 하나는 반 토막이 난 젓가락을 슬며시 손으로 감싸며 최 비서가 꿀꺽 마른침을 삼켰다. 어차피 쓰지도 않을 젓가락이었다. 잘못 잘렸거나 말거나 그건 재형에게 아무 의미도 없었다.

"그럴 필요 없어. 네가 잘못한 거니까. 다시 바꿔와."

처음부터 이럴 생각으로 주문을 한 것이 분명했다. 손을 내저으며 어서 움직여라 재촉하는 재형을 영자가 건조하게 올려보았다. 그의 입가에 머문 미소가 영자의 시야를 붙잡았다. 매끄럽게 올라간 입술이 꽤 그럴싸했다. 자신의 모습을 훑어 내리는 영자의 적나라한 시선에 재형의 미간이 살짝 찌푸려졌다.

재형의 잘난 낯짝을 보고 있자니 자신의 모습에 반해 물에 빠져 죽었다는 나르시스의 마음이 조금은 이해가 갔다. 확실히 지나친 자기애는 사람을 미치게 만든다.

"난 짜장면에 한 표."

영자가 턱을 치켜들며 도전적으로 말했다. 그에 재형이 미간을 좁히며 눈을 가늘게 내리떴다. 별종이었다. 저 겁 없는 당당함은 대체 어디서 나오는 걸까? 그의 눈썹이 불쾌하게 꿈틀거렸다.

"우동."

재형의 입술이 벌어졌다. 영자가 순식간에 짜장면의 랩을 찢었다. 그와 동시에 짜장면의 독특한 냄새가 확 번졌다. 놀라 돌아보는 최 비서의 눈에 짜장면 그릇을 들어 올린 영자의 모습이 보였다.

"영자 씨!"

최 비서가 그녀의 이름을 부르며 와락 달려들었다. 굳어 움찔하는 재형에게서 짜장면을 최대한 멀리 물리기 위해서였다. 하지만 세상이 언제나 의도한 바대로 움직여 주는 건 아니었다. 급하게 움직이느라 발을 헛디딘 최 비서가 비틀거리며 그릇을 들고 있던 영자의 손을 쳤고, 그 때문에 놓친 그릇이 허공을 날았다.

퍽. 툭. 바르르르.

요란스러운 소리가 들리는 가운데 모두가 움직임을 멈췄다. 믿을 수 없는 처참한 일이 벌어졌다. 하필 그릇이 재형의 얼굴로 날아갔다. 정확히 그의 안면을 강타한 그릇이 바닥에 안착하며 몸을 떨어댔다. 최 비서와 영자의 눈이 그릇에 머물렀다. 그릇은 비어 있었다.

천천히 들어 올린 시선 끝에 짜장면을 덮어쓴 재형의 얼굴이 들어왔다.

"헉!"

일심동체의 의미를 강력하게 어필하며 한 덩어리로 뭉친 면이 파르르 떨리는 몸의 진동에 저절로 떨어졌다. 재형의 얼굴이 짜장면으로 도배되어 있었다.

"이런."

허전한 손과 재형의 얼굴을 번갈아 바라보며 영자가 작게 중얼거렸다. 재형의 눈동자가 스르르 움직였다. 자신을 노려보는 재형의 서늘한 눈빛에 영자가 볼을 긁적였다.

"절대 고의로 한 거 아닙니다."

뿌드득. 이 가는 소리가 귓가를 섬뜩하게 물들였다. 파들거리는 재형의 손이 영자를 가리켰다. 그가 부들거리는 입을 간신히 움직여 말했다.

"죽었어, 돼지감자."

2. 조심해. 싹 난 감자엔 독이 있어

재형은 태어나 처음 살의라는 걸 느꼈다.

대상은 명확했다. 발칙하게 제 얼굴을 뒤덮은 짜장도 아니었고, 멍청하게 발을 헛디뎌 짜장 그릇을 허공으로 날린 최 비서도 아니었다. 그것은 스윙 자세를 취하고 선 채 곤란하단 듯 자신을 바라보고 있는 돼지감자를 향한 살의였다.

대체 저게 무엇이기에 처음 만나는 순간부터 줄곧 자신을 시험하고 괴롭힌단 말인가. 못생긴 주제에 자꾸만 그의 시야를 능욕하고 그의 머릿속을 어지럽힌다. 안 보고 싶은데 상종도 하기 싫은데 어쩔 수 없이 찾게 만들고 보게 만들어 말도 안 되는 상황에 놓이게 한다. 빌어먹게도 돼지감자와 엮여 벌어진 모든 일들이 그가 가장 혐오스러워하고 경멸하는 것들이었다.

저걸 그냥 죽여 버려?

장장 한 시간이 넘게 온몸을 미친 듯이 씻어내고 새 옷으로 갈아입고 나온 재형이 멋쩍게 집무실 소파에 앉아 있는 영자를 보고 눈을 가늘게 빛냈다. 다시 깔끔해진 모습으로 나타난 재형을 영자가 아래위로 훑어 내리곤 가볍게 고개를 끄덕였다. 그에 재형이 눈에 쌍심지를 켰다.

　'감히, 더럽게 크기만 한 눈으로 누굴 훑어!'

　영자가 들었으면 기막혀 까무러칠 말을 아무 거리낌 없이 속으로 꿍얼거리며 재형이 신경질적으로 소파에 앉았다. 마주 앉는 것 자체도 짜증이 났지만 꾹 눌러 참았다. 재형이 우아하게 손을 들어 이마를 손끝으로 짚었다. 몸을 살짝 기울여 팔걸이에 팔꿈치를 올려놓는 것도 잊지 않았다. 그리곤 긴 다리를 꼬아 고뇌에 찬 듯한 포즈를 완성했다. 보통 이런 포즈를 취하면 여자들이 황홀한 표정으로 그를 경배하듯이 바라보곤 했다. 물론, 돼지감자도 인정하긴 싫지만 여자이므로 자신의 매력에 완전히 빠져들 것이라 재형은 생각했다.

　그런데.

　"주세요."

　제 눈앞에 당당하게 내밀어진 영자의 손바닥을 멀뚱히 바라보며 재형이 미간을 꿈틀거렸다. 대체 뭘 달라는 거지? 한쪽 눈을 가리다시피 올려져 있던 손을 스르르 옆으로 움직여 머리를 기대며 그가 나직하게 물었다.

　"뭘?"

　"짜장면값 8,000원."

　미끌. 손끝에 아슬아슬하게 기대놓았던 머리가 손에 힘이 빠지면서 순간적으로 휘청거렸다. 뭐 이런 무감각한 여자가 다 있지? 재형이 도저히 믿을 수 없다는 듯 미심쩍은 눈으로 영자를 뚫어져라 응시했다. 방금 샤워를 마치고 나온 터라 온몸에서 은은한 향기가 퍼지고, 일부러 다 채우지 않은 셔츠 사이로 언뜻 비치는 쇄골은 무척 뇌쇄적이었다. 날렵하게 잘빠진 턱 선하며 매력이 철철 흘러넘치는 남자를 눈앞에 두고 고작 하는 말이 8,000원이라니.

돼지감자는 생긴 것뿐만 아니라 눈에도 하자가 있는 모양이었다.

어떻게! 이 완벽하게 매력적인 모습에 빠지지 않을 수가 있냐고! 저건 여자도 아니다.

짜장면의 기습 테러에 기절 직전까지 갔던 재형이 처음 샤워실로 들어섰을 때는 나가는 즉시 저 못생긴 돼지감자를 생것으로 아작아작 씹어 삼키리라 광분했었다. 하지만 차가운 물줄기에 몸을 씻어 내리며 조금 차분해진 재형의 머릿속에 순간적으로 떠오른 뭔가가 그의 생각을 바꿔놓았다. 매출 현황표의 하향 선을 그리며 수직 낙하하던 암울한 그래프가 그의 사업가적 기질을 발동시켰다.

매출. 매출. 인지도. 인지도.

생각은 깊게 판단은 빠르게. 매출이 늘어야 회사가 살고, 회사가 살아야 자신의 자산이 늘어나고 더불어 명성도 높아진다. 그 모든 것이 저 돼지감자의 먹성에 달렸다. 그럼, 결론은 딱 하나다. 돼지감자를 포섭하면 된다. 무엇으로? 물론 나의 완벽하기 그지없는 매력으로.

거기까진 딱 좋았다. 모든 것이 생각한 대로 잘되리라 믿었었다. 작정하고 유혹하면 넘어오지 않는 여자가 없었다. 여태까진 그랬다.

저를 무심하게 바라보는 영자의 시선에 재형의 눈동자가 흔들렸다. 뻔뻔스레 내민 영자의 자그마한 손바닥에 우아하게 머리를 받치고 있던 그의 손이 움찔거렸다. 믿을 수가 없었다. 그의 눈길한 번에 여자들은 황홀한 표정을 지으며 눈에 하트를 그려댔다. 재형이 걸어가는 모습을 볼 때마다 런웨이를 걷는 모델을 보는 것 같다고 소곤거리곤 했다. 그의 손짓 하나, 작은 몸짓 하나에도 여자들은 호들갑을 떨어댔다.

그런데, 그런데! 돼지감자는 별 반응을 보이지 않는 것도 모자라 아예 무관심으로 일관했다. 영자의 관심은 오로지 짜장면값 8,000원! 그게 다였다.

어떻게 내가 짜장보다 못할 수가 있어!

빠직. 정재형의 자존심에 금 가는 소리가 들렸다. 그가 차마 입으로 내뱉기 싫은 말을 억지로 뱉어내듯 힘겹게 입을 열었다.

"그래, 줄게. 8,000원."

입꼬리를 억지로 끌어 올려 미소를 띠며 그가 지갑에서 만 원을 꺼내 영자의 손 위에 올려놓았다. 영자의 시선이 제 손바닥 위에 사뿐히 내려앉은 만 원에 닿았다. 신권이었다.

보이지 않게 눈썹을 들었다 놓으며 영자가 만 원을 고이 접어 주머니에 넣고 이천 원을 꺼내 내밀었다. 돈이라는 게 원래 돌고 도는 것이라 낡고 닳기 마련이었다. 신권에 비해 많이 초라한 천 원짜리를 꺼림칙하게 바라보며 재형이 고개를 저었다.

"됐어."

"받아요. 이천 원이면 붕어빵이 여섯 갭니다."

"그럼 가는 길에 그 돈으로 붕어빵이나 사먹던지."

"돈 하찮게 여기지 말란 소립니다."

어느새 자세를 바로 한 재형이 팔짱을 끼며 훈계하는 투로 말하는 영자를 마뜩잖게 바라보았다. 그냥 팁으로 준다는 말을 어찌 저리도 못 알아들을까. 속으로 짧게 혀를 찬 재형이 조금 딱딱해진 말투로 잔돈을 거절했다.

"기다리느라 시간 초과했으니까. 그냥 받아."

귀찮다는 듯 말하며 돈과 조금 더 멀어지는 재형을 물끄러미 바라보던 영자가 고개를 끄덕이며 돈을 집어넣었다.

"정 그러시다면, 낭비한 시간에 비해 한참 모자란 감이 있긴 하지만 뭐 그쪽도 본의 아니게 옷도 버리고 했으니 이걸로 퉁 지쇼."

퉁? 말이 끝남과 동시에 자리에서 일어서는 영자를 재형이 불쾌한 시선으로 바라보았다. 8,000원은 회수했고, 덤으로 2,000원도 받았으니 이제 가보겠다는 말이었다. 본의 아니게 옷만 버린게 아니라 더 경악스러운 건 그의 얼굴을 짜장면이 덮쳤다는 사실이었다. 옷이야 버리고 다시 사면 되지만 얼굴은 그럴 수가 없었다. 아무리 지우려 해도 치욕적이었던 그 장면은 두고두고 재형이 거울을 볼 때마다 떠오를 것이다. 그 정신적 피해는 어떻게 하고 이걸로 그냥 퉁을 쳐? 말도 안 되는 소리였다.

"앉지. 아직 계산이 다 안 끝났는데 가면 곤란하잖아."

"네?"

가벼운 목례로 인사를 대신하고 자리를 뜨려던 영자가 의아한 얼굴로 그를 돌아보았다. 굳이 짜장값을 받자고 기다렸다기보단 미안함에 그의 괜찮은 얼굴을 보고 가려던 참이었다. 영자의 볼일은 그걸로 끝이었다.

"나 할 말 있다고."

영자가 지그시 재형의 고집스런 얼굴을 바라보았다. 정재형의 입장에서 생각해 보면 참 어이없는 일이긴 했다. 난데없이 짜장 세례를 받았으니 얼마나 기가 막힐까. 기다린 김에 그의 넋두리도 조금 들어주자 싶어 다시 자리에 앉았다. 자리에 앉는 영자를 가늘게 뜬 눈으로 주시하던 재형이 여유로운 척 턱을 쓸며 재빨리 머리를 굴렸다.

어떻게 하면 돼지감자를 스튜디오에 앉혀놓을 수 있을까. 제 발로 차고 나간 자리였다. 정직도 싫다고 했다. 그렇다고 계속 애원하듯 매달릴 수도 없었다. 자존심도 지키고 돼지감자도 스튜디오에 앉혀 김 대리의 손에 바통을 터치할 교묘한 방법이 없을까. 재형이 뚫어져라 영자를 응시하며 부지런히 머리를 굴렸다.

"제 시간은……."

"알아. 안다고. 내 시간도 귀하다고 했잖아."

기다리는 시간이 길어지자 영자가 엉덩이를 떼며 더 기다릴 수 없다고 말했다. 그에 재형이 손을 들어 제재하며 깊은 한숨을 내셨다. 힐끔. 재형의 눈이 영자의 눈치를 살폈다. 조금 꺼림칙하긴 했지만 오늘 일을 꼬투리 삼아 딱 한 번이라도 약속을 받아내는 게 좋을 듯싶었다. 기회는 이번뿐이었다. 기회가 왔으면 잡는 게 원칙이다. 결심이 섰으니 이젠 행동으로 옮길 때다.

"내 정신적 충격에 대한 보상은 어떻게 하고 지금 이대로 내빼 겠다는 거야?"

"무슨 충격이요?"

"정신적 충격."

"그게 왜 생겼는데요?"

"몰라 물어?"

"잘 모르겠는데요."

기가 막힌다. 직접 그 참혹한 장면을 목격하고도 발뺌이라니. 이걸 정녕 본인 입으로 말해야 알아먹는단 말인지. 재형이 입을 씰룩거리며 제 얼굴 앞에서 신경질적으로 손을 빠르게 흔들었다.

"이 고귀한 얼굴에 조금 전 닥쳤던 불행을 지금 모른다고 발뺌할 생각이야?"

"그게 충격적인 일이었나요?"

"물론이지. 너처럼 그렇게 생긴 사람은 절대 공감 못할 일이긴 하지만. 난 엄청난 충격을 받았다고."

"아, 그렇구나."

단조로운 동조였다. 마음이 없는. 그에 재형의 입에서 낮은 신음이 흘러나왔다. 그게 그렇게 단순하게 생각할 게 아니라고! 부글부글 끓어오르는 속을 애써 다스리고 있는 재형의 귀에 영자의 건조한 목소리가 들려왔다.

"그래서요?"

"그래서는 무슨 그래서야. 당연히 책임을 져야지."

책임을 지라는 말에 영자가 큰 눈을 말똥거렸다. 그리곤 설마 하는 표정으로 제 얼굴을 가리켰다.

"저보고 책임지라는 말은 아니죠?"

"당연히 져야지. 그 짜장면의 출처가 바로 너니까."

"이거 억진 거 아시죠?"

"억지 아니야. 발뺌하면 진단서 끊어서 소송할 거야."

"무슨 진단서요?"

"내 섬세하고 예민한 멘탈에 피해를 준 것에 대해서. 신경정신과에서 끊을 거야."

억지가 아니라면서 왜 눈은 똑바로 못 보고 가자미처럼 곁눈질을 하는 건지. 꼬장을 부리리라 생각은 했었지만 이런 식일 줄은 몰랐다. 하는 짓이 딱 초등학생처럼 유치찬란하다. 그래서 얻고자 하는 게 대체 뭘까.

"그래서 책임은 어떻게 지면 되는데요?"

어디 한번 들어나 보자 싶어 묻는 영자의 말에 재형이 괜스레 눈썹을 만지작거리며 심드렁한 투로 말했다.

"방송 한 번에 퉁 쳐줄게."

고개를 갸웃한 영자가 몸을 앞으로 기울였다. 그리곤 선심 쓰듯 말하는 뻔뻔스런 재형의 얼굴을 빤히 쳐다보았다. 처음 양심의 가책 비슷한 것 때문에 은근슬쩍 영자의 시선을 회피하던 재형도 그녀의 직설적인 시선에 마주 고개를 돌려 바라보았다. 속을 꿰뚫듯 바라보는 도전적인 눈빛에 재형의 본성도 되살아났다. 어디 두고 보자고. 네가 정말 우리 홈쇼핑에 없어서는 안 될 귀한 존재인지. 아닌지.

"퉁."

"그래 퉁."

속을 알 수 없는 눈으로 가만히 재형을 바라보던 영자가 자리를 털고 일어나며 명료하게 말했다.

"그러죠. 방송 정해지면 콜하세요. 단 한 번입니다."

"물론."

손가락 하나를 세워 보이며 다짐을 받듯 말하는 영자를 향해 재형이 가볍게 고개를 끄덕였다. 스튜디오에 데려가 앉히는 건 재형의 몫. 그다음은 김 대리와 식품부의 소관이다. 한 번이 두 번이 되고 세 번이 되는 건 오직 그들의 섭외 능력에 달린 것이다. 그단 한 번으로 확실히 영자의 능력은 판가름 날 것이다. 그게 그저 거품이었는지, 정말 탁월한 능력 때문인지.

결전의 날이 도래했다.

이번 상품은 식품부가 회심 차게 준비해 저녁 프라임 시간대에 방송을 했음에도 불구하고 보기 좋게 참패를 당한 간장게장이었다. 밥도둑이라 정평이 나 있는 간장게장의 참패는 실로 충격적이었다. 게딱지에 밥 비벼 먹는 장면만 넣어도 콜 수가 폭주하리라 예상했건만, 아무리 비비고 게 다리를 쪽쪽 빨아봐도 콜은 오르지 않았다.

그 문제의 간장게장에 영자를 투입하기로 한 건 당연히 재형이었다. 이런 제품을 과연 네가 완판을 시킬 수 있느냐 한껏 비웃으며 편성표에 빨간 동그라미를 그려 넣었었다.

방송 준비로 분주한 스튜디오에 재형이 나타났다. 그를 향해 인사를 건네는 직원들의 표정이 좋지 않았다. 영자가 온다는 기쁜 소식에 들떠 있던 것도 잠시, 재형이 참관한다는 말에 기분이 급다운되었다. 또 무슨 말로 판을 깨려고 그러나 내심 그의 거침없는 입심에 걱정부터 앞섰다.

"오셨습니까?"

기대와 불안을 동시에 담은 얼굴로 김 대리가 재형을 맞았다.

"돼지감자는?"

영자를 이 스튜디오에서 사라지게 만든 문제의 발언을 서슴없이 내뱉으며 그녀를 찾는 재형을 김 대리가 불만스레 바라보았다. 불손하기 그지없는 김 대리의 눈빛에 재형이 눈에 한껏 힘을 주며 그를 노려보았다. 그 날카로운 눈빛에 찔끔한 김 대리가 슬쩍 시선을 피하며 마침 다가오는 스텝에게 소리쳤다.

"영자 씨 아직 안 왔어?"

"정문 앞이랍니다."

"그래? 컨셉이랑 다 설명했지?"

"네. 다 숙지시켰습니다."

"사이드 테이블에서 먹기만 하면 되는 건데 숙지는 무슨."

긴장감 넘치는 분위기에 엇박자를 놓으며 재형이 이죽거렸다. 물론 먹거리 판매에 있어 최대한 음식을 먹음직스럽게 먹는 것이 중요하기는 하다. 그렇다고 시식 아르바이트에게 너무 포인트를 집중시키는 건 과하다고 생각했다. 마침 업체와 얘기를 끝내고 다가오던 최선주 MD가 재형의 말을 듣고 그의 뒤에서 소리 없이 욕지기를 내뱉었다. 입만 산 싸가지 결벽증 환자 같으니라고.

그놈의 결벽증은 남의 외모에도 예외 없이 적용되었다. 특히나, 신입들에겐 가차 없이 신랄한 비평이 뒤따랐다. 그에 상처를 입고 좌절해 땅을 파던 신입이 얼마나 많았던가. 독한 놈이라 진저리를 치던 최선주 MD의 눈에 때마침 진열과 시식을 위해 들어오던 간장게장이 눈에 들어왔다. 식품부로 들어오는 모든 상품은 지하에 따로 마련된 출입로를 통해서 곧장 스튜디오로 올라왔다. JU의 다른 곳에는 일절 상품이 영향을 미치지 못하도록.

히죽. 그녀의 한쪽 입술이 의미심장하게 치켜 올라갔다. 그녀는 시치미를 뚝 떼고 간장게장이 든 항아리를 들고 가던 스텝을 불렀다.

"거기 잠깐만. 상태 좀 확인할게."

김 대리와 얘기를 나누느라 뒤쪽은 돌아보지 않던 재형의 미간이 확 일그러졌다. 그가 오만상을 찡그리며 서둘러 손수건을 꺼내 입과 코를 막았다. 그리곤 매서운 눈으로 최선주 MD 쪽을 돌아보았다.

"뭐야!"

신경질적으로 반응하는 재형을 쳐다본 최선주 MD가 그제야 놀라는 시늉을 하며 들고 있던 게를 항아리 속에 다시 담았다.

"어머, 이런. 대표님 계신 줄 몰랐습니다."

"당장 치워."

"저도 그러고 싶은데 오늘 이게 메인 상품이라 다 꺼내놓고 진열을 해야 해서 치우는 건 곤란합니다."

"흐음."

이래서 그동안 식품부 생방에는 모습을 드러내지 않았던 것이다. 그나마 돼지감자는 냄새가 없어 참관했던 것인데. 깜빡했다. 그저 영자를 힘들게 만들 계획만 세웠지 간장게장의 특유한 비린 내를 맡게 되리라는 걸 전혀 생각하지 못했다. 굳은 표정으로 게장을 바라보던 재형이 재빨리 스튜디오 입구를 향해 걸음을 옮겼다.

"아!"

너무 서두르느라 입구로 들어서던 사람과 부딪히고 말았다. 빨리 비켜달라 손을 내젓던 재형의 눈이 상대를 확인하고 커졌다.

"안녕하세요."

인사를 건네며 그를 지나쳐 안으로 들어서는 영자를 그가 눈으로 좇았다. 곰돌이 모자 티에 청바지를 입고 덜렁덜렁 들어선 영자를 발견한 김 대리가 다급히 달려와 좀 오버스럽다 싶을 정도로 과한 환대를 했다.

"아이고, 아이고. 우리 어여쁜 영자 씨. 왜 이제야 오셨습니까. 제가 그동안 얼마나 오매불망 기다렸는지 아십니까? 정말 눈알 빠지는 줄 알았습니다."

"아, 네. 뭐."

딱 부러지게 이렇다 저렇다 말도 하지 않고 얼버무리는 영자를 그래도 좋다고 온 스텝들이 달라붙어 어르고 달랬다. 그래, 그렇게 열과 성의를 다해 한번 붙잡아보라고. 지금부터는 당신들 소관이니까.

저만 불청객이 되어버린 것 같은 묘한 분위기 속에서 재형은 밖으로 나가려다 말고 입구 옆 벽에 닿을 듯 말 듯 서서 영자의 동태를 살폈다. 그날은 매출에 정신이 팔려 돼지감자를 먹는 영자의 모습을 제대로 보지 못했다. 얼마나 감동적인 먹방이기에 매출의 성과가 시식 아르바이트 하나에 좌지우지되는지 두 눈으로 꼭 확인하고 말리라. 재형은 손수건을 치우지 않은 채 유령처럼 서서 영자를 주시했다.

영자의 등장과 동시에 생방 준비는 일사천리로 진행되었다. 옆

스튜디오의 방송이 끝남과 동시에 이쪽이 바통을 이어받아 진행할 것이다. 식탁처럼 꾸며진 곳에 자리를 잡고 앉은 영자 앞으로 게장들이 놓여졌다. 따끈따끈한 밥이 든 밥통과 참기름, 김 가루까지 고루 갖춰지자 최선주 MD가 영자에게 잘 부탁한다는 말을 하며 파이팅을 외쳤다. 그에 영자가 화사한 미소로 화답했다. 그를 심드렁하게 지켜보고 있던 재형이 콧방귀를 뀌며 혼잣소리를 중얼거렸다.

"웃지 마, 돼지감자."

영자의 웃음에 재형의 심기가 불편하든 말든 방송은 순조롭게 시작되었다. 쇼핑 호스트들의 멘트와 함께 방송이 시작되고 간장게장의 소개가 이어졌다. 그렇게 2분 35초가 흐르는 동안 콜 수는 3건이 고작이었다. 다른 방송에 비해 호스트들의 말이 조금 빠르다 느끼며 재형이 고개를 갸웃하는 사이 카메라 앵글이 영자 쪽으로 옮겨졌다.

커다란 게의 다리를 톡 분지른 영자가 그것의 한쪽 끝을 쪽 빨자 연한 살이 흘러나왔다. 마치 치즈를 먹듯 길게 나온 살을 후르릅 순식간에 입으로 빨아들이고 김이 모락모락 나는 밥을 입에 넣어 오물거렸다. 영자의 얼굴 가득 만족의 미소가 번졌다.

다음. 게 등딱지에 밥을 올리고 참기름과 김 가루를 뿌린 후, 그것을 쓱싹쓱싹 비비자 스튜디오 가득 침 꼴딱이는 소리가 이어졌다. 먹음직스럽게 비벼진 밥은 비주얼 면에서도 그럴싸했다. 그것을 한 숟갈 가득 떠 입으로 가져가는 영자의 손에 수많은 시선이 쏟아졌다.

앙. 냠냠.

단순하게 입안 가득 비빔밥을 넣어 오물거리는 그 모습에 어떻게 그렇게 침샘이 자극되는지. 꼴깍. 꼴깍. 침 넘기는 소리는 눈치 없이 여기저기서 들려왔다. 그리고 더불어 콜 수도 급등했다. 호스트와 게장이 등장하던 3분 가까운 시간 동안 3건에 불과했던 콜 수가, 영자가 먹방을 시작하자 수십, 수백 건으로 끊임없이 올라갔다. 순식간에 1,450건을 넘어선 경이로운 콜 수에 손수건을 들고 있던 재형의 손이 무의식적으로 떨어져 나갔다.

"말도 안 돼."

그의 시선이 손가락까지 쪽쪽거리며 맛나게 게장을 먹어대는 영자에게 고정됐다. 곧 매진을 알리는 최선주 MD의 환호성이 터졌다. 5분 13초. 먹기 까다로운 음식임을 감안했을 때 최단 시간에 완판이 이뤄진 것이었다. 쇼핑 호스트의 기쁨에 찬 매진 멘트를 들으며 재형이 앓는 소리를 냈다.

김 대리의 말대로 놓치기 아까운. 아니, 절대 놓쳐서는 안 될 인재였다. 터벅터벅. 재형의 발이 저절로 스튜디오 안쪽으로 움직였다.

"수고하셨어요. 역시, 나영자 씨가 최곱니다."

"다른 곳은 여러 시식 아르바이트를 앉혀놓고 억지로 맛있는 연기를 시키는데. 영자 씨는 얼굴과 손동작 하나하나에서 완벽한 먹방의 자태가 흘러나온다니까요."

"완판녀가 따로 있나. 우리 영자 씨를 두고 하는 말이지."

방송이 끝나고 사람들의 감사 인사를 받으며 손을 물티슈에 닦고 있는 영자의 곁으로 재형이 다가섰다. 그의 등장에 그녀를 둘러싸고 있던 사람들이 저승사자라도 본 듯 깜짝 놀라며 두려움 가득한 시선으로 그를 바라보았다. 정확히는 재형의 입을 뚫어져라 응시하고 싶었다. 입을 열어 또 망언을 내뱉기 전에 그를 영자에게서 멀찍이 떼어놓고 싶은 간절함이 모두의 눈빛에서 읽혀졌다. 하지만 재형은 그 모두를 무시하고 곧장 영자에게 다가가 그녀의 손목을 붙잡았다.

"어라."

영자의 짧은 말에 공감하며 모두가 잡힌 그녀의 손목과 그 손목을 붙잡은 재형을 번갈아 바라보았다. 말 그대로 '어라'였다. 그 손이 어떤 손인지 지금껏 지켜보고서도 그것을 아무 스스럼없이 붙잡은 재형의 행동에 순간적으로 튀어나온 감정. 이게 지금 뭐 하는 짓?

물티슈로 닦아도 간장게장 특유의 냄새는 지워지지 않는다. 남은 잔해를 닦아냈을 뿐. 화장실로 가서 비누로 빡빡 씻어야 겨우 지워질까 말까 한 냄새였다. 어디 한번 게장 비린내에 절어봐라. 그런 얄미운 심보로 간장게장을 영자에게 먹여놓고 그걸 잊다니.

"너 잠깐 나 좀 보자."

"왜요?"

지금 영자가 가장 보고 싶은 건 화장실이었다. 간장에 쩐 꺼림 칙한 손을 얼른 씻고 싶을 뿐 재형과 볼일은 없었다. 멀뚱히 올려 보며 심드렁하게 묻는 영자의 손목을 잡아끌며 재형이 그녀를 재촉했다.

"할 말 있어."

"그런데요?"

"뭐?"

"그 할 말을 내가 꼭 들어야 돼요?"

반항적인 멘트를 서슴없이 내뱉으며 영자가 그에게 잡힌 손목을 빼내려 했다. 단번에 재형의 미간이 확 찌푸려졌다. 손목을 잡은 손에 더 힘을 주며 재형이 눈을 부릅떴다.

"들어야 돼. 꼭."

"지금요?"

"그래, 지금."

단호하게 말하는 재형을 올곧게 바라보다 영자가 손가락을 꼼지락거리며 혼잣소리처럼 중얼거렸다.

"냄새가 독한데. 씻고 싶어."

마지막 말을 하며 재형의 면전으로 손을 들이밀었다. 그러자 본능적으로 움찔하며 재형이 팔로 코를 막고 한 발 물러섰다. 그러면서도 잡은 손은 절대 놓지 않았다. 호오. 뜻밖이었다. 기겁을 하며 저만치 달아날 줄 알았던 재형이 단지 한 발만 물러서다니.

"내 방에 샤워실 있어. 가자."

"아니, 난 손만 씻으면 되는데."

최대한 거리를 두고 걷긴 했지만 영자의 손은 꼭 붙잡은 채였다. 재형이 영자를 이끌고 성큼성큼 걸어가는 모습을 스튜디오 안 모든 사람들이 멀뚱히 쳐다보기만 했다. 이제야 영자의 가치를 깨닫고 발 벗고 나서는 모양이라고 진작 그러지 하며 기쁨에 겨워 말하는 김 대리의 말은 귀에 들어오지도 않았다. 영자의 말대로 손만 씻으면 끝인 것을 굳이 왜 샤워까지 시키려는 것일까.

"그것도 자기 집무실에서. 희한하네."

누군가 생각을 그대로 내뱉었다. 그 말을 들은 모두가 동조하듯 묘한 표정으로 고개를 끄덕였다. 대표 집무실에 샤워실이 붙어 있다는 건 이미 알고 있는 사실이었다. 그에 더해 드레스 룸도 겸비하고 있다는 것도. 언제 어디서든 깔끔함을 유지하기 위해서라고 했다. 포장만 그럴싸하지 실은 그게 결벽증 때문임을 모르는 사람은 없었다. 하루 서너 번은 기본으로 샤워를 하고 옷을 갈아입어야 직성이 풀리는 재형이었다.

방송이 끝난 스튜디오 안은 여전히 분주했다. 재형이야 그렇다 치고 왜 영자까지 거기서 샤워를 해야 하는가에 대한 의견이 분분했다.

"누구든 그의 클린벨트 안에 들어가려면 청결은 기본으로 갖춰야 해. 손은 물론이고 몸까지 완벽하게. 게장의 잔해는 정재형 대표에겐 엄청난 고통이지만, 나영자를 포기할 순 없으니. 씻겨서 대면하겠다. 뭐 그런 거지."

비교적 논리적인 최선주 MD의 말에 모두 고개를 끄덕였다. 씻겨 잡아먹을지도 모른다는 생각은 그 누구도 하지 않았다. 재형이 영자에게 붙인 별명이 돼지감자였다. 좀 과한 감이 없지 않아 있었지만 재형의 눈엔 그렇게 보였다는 뜻이다. 확실히 영자가 귀염상이긴 하지만 미인은 아니었다. 그런 의미에서 재형이 영자를 여자로 보리라는 생각은 절대 들지 않았다.

다만, 또 영자의 심기를 거스르는 발언을 할까 그게 걱정될 뿐.

재형의 등장에 자리에서 일어서던 최 비서를 손을 들어 제지시켰다.

"됐어."

엉거주춤 일어서다 만 최 비서를 스쳐 재형이 그대로 자신의 집무실로 사라졌다. 최 비서의 눈이 그의 손에 이끌려 안으로 함께 사라져 버린 영자를 좇았다. 영자가 그를 발견하고 아는 체를 하며 손을 흔들었지만 워낙 순식간이라 마주 응할 시간조차 없었다. 최 비서의 눈이 멍하게 깜빡거렸다.

"이게 대체 무슨 일이지?"

자신이 방금 본 것이 꿈인지 현실인지 구분을 할 수 없어 최 비서가 제 볼을 꼬집었다.

"아야."

아팠다. 그것도 몹시. 아픈 볼을 손으로 어루만지며 최 비서가 심각하게 미간을 좁혔다. 잘못 본 것이 아니라면 분명 재형이 영자의 손목을 잡고 있었다. 영자가 억지로 그의 몸에 손을 댄 것이 아니라. 그리고 아련하게 흔적을 남기며 사라진 게장의 향기가 최 비서의 후각을 자극했다.

"간장게장."

두고 보자 득의양양하게 집무실을 나서던 재형이 영자를 골탕 먹이려 선택했던 상품이 바로 간장게장이었다. 그 냄새를 온몸에 묻히고 있는 영자의 손을 잡고 자신의 집무실로 직접 끌고 들어가다니. 최 비서는 믿을 수 없다는 듯 코를 벌름거리며 재형의 집무실을 쳐다보았다.

"씻고 나와."

재형의 손에 떠밀려 그의 집무실에 딸린 샤워실로 들어선 영자는 아직 냄새가 남아 있는 손을 들고 멀뚱히 안을 바라보았다. 물방울 하나 남아 있지 않은 반짝반짝 윤이 나는 샤워실은 한 번도 사용하지 않은 듯 청결했다. 손만 씻으면 되는 걸 굳이 샤워실에 밀어 넣는 건 뭐람. 사방을 두리번거리다 바로 앞 세면대로 걸어 갔다. 종류별로 가지런히 놓인 세정제를 무심히 바라보다 제일 앞 에 있는 것의 펌프를 몇 번 눌러 손바닥 위에 액을 짰다.

손을 깔끔히 씻은 뒤 옆에 걸린 수건으로 대충 손을 닦고 밖으 로 나가려다 다시 돌아와 가글을 따라 입에 넣고 오물거렸다. 게 장의 잔해는 비단 손에만 남아 있는 게 아니었다. 알싸한 맛을 남 기고 뱉어진 가글을 물로 깔끔히 헹구고 소매로 쓱 입가를 훔쳤 다.

개운하게 밖으로 나서자 재형이 팔짱을 끼고 문 앞에 서 있다가 그녀를 맞았다. 생각에 빠진 듯 비스듬히 벽에 기대 있던 그가 의 외라는 듯 영자를 바라보았다. 그가 예리한 눈으로 쓱 영자의 몸 을 위아래로 훑어 내렸다.

"씻고 나오라니까."

"씻었는데요."

영자가 물기가 남아 있는 손을 들어 보여주자 재형이 흠칫하며 몸을 뒤로 젖혔다. 그리곤 손가락으로 단숨에 그녀의 머리 위에서 발끝까지를 쭉 그어 내리며 말했다.

"전부 다."

"싫은데요."

"뭐?"

"제가 왜 남의 집무실에서 샤워를 해야 하죠? 그럴 이유가 제게 전혀 없어요."

잠시 영자의 단호한 얼굴을 내려 보던 재형이 피식 웃으며 옆으로 비켜나 턱으로 소파를 가리켰다. 재형의 웃음이 뭔가 꺼림칙하고 마음에 들지 않았지만 얼른 대화를 끝내고 나가는 게 상책이다 싶어 영자가 고분하게 그가 가리킨 소파로 걸어갔다. 그런 영자를 재형이 가소로운 눈으로 쳐다보았다. 저도 여자라고 샤워를 하긴 좀 민망했던 모양이다. 돼지감자, 어울리지 않게 별걸 다 가리는군.

씻고 나와도 전혀 동요하지 않는다. 그런 시답잖은 몸매와 안구테러 수준의 얼굴로 누굴 유혹할 수 있단 말인지. 가당치 않다 코웃음을 치며 재형이 영자와 최대한 먼 곳에 앉았다.

"할 말이 뭐죠?"

본론부터 얼른 꺼내라 영자가 재촉했다. 올곧게 바라보는 영자의 시선이 조금 부담스러워 재형이 슬쩍 고개를 모로 기울여 그녀의 시선을 피했다. 그리곤 머뭇거리며 괜히 이마를 긁적였다. 일단 급한 김에 데려와 앉혀놓긴 했는데 막상 말을 꺼내려니 머쓱했다. 먼저 약속했던 것이 있기에 더더욱 그랬다.

그냥 김 대리한테 떠넘길 걸 그랬나? 잠깐 후회도 했지만 곧 생각을 고쳐먹었다. 아무도 붙잡지 못한 옹고집 영자를 김 대리가 무슨 수로 붙잡는단 말인가. 결자해지(結者解之). 영자의 말대로 일은 저지른 사람이 해결해야 하는 게 옳았다.

재형의 평소 성격으론 상종도 하지 않았을 텐데. 일단 눈에 띄었고, 일이 벌어졌으며 돼지감자에게 붙여진 완판녀라는 수식어가 절대 과장된 것이 아님을 확인했다. 사업가로서의 재형이 빠른 계산을 마치고 그녀를 붙잡았다. 일단은 할 말이 남았다는 핑계로 데려오긴 했는데 섣불리 말을 꺼내지는 못했다. 잘근. 입술을 깨물며 자신을 흘깃거리는 재형을 영자가 무심히 바라보았다.

그가 주먹을 쥐었다 펴며 입술을 엄지로 쓸었다. 많이 긴장한 모양이다. 혀로 입술을 핥으며 재형이 영자를 유심히 관찰했다. 돼지감자를 무슨 수로 꼬드겨 계약서에 사인을 하게 만들까. 그의 머릿속엔 오로지 그 생각으로만 가득했다.

"용건 없으면 이만."

"앉아."

자리를 털고 일어서는 영자를 그가 다급히 붙잡아 앉혔다. 영자의 미간이 살짝 찌푸려지는 것을 보며 그가 말을 꺼냈다.

"계약하자."

영자의 미간이 조금 더 찌푸려졌다. 무슨 되도 않는 말을 하느냐 타박하는 눈빛이다. 그에 지지 않고 재형이 그녀가 솔깃해할 만한 제안을 꺼냈다.

"정직 아니어도 좋아. 자유롭게 일할 수 있게 해줄게. 그냥 우리 방송만 한다는 단서 하나만 달면 돼."

"싫은데요."

"넌 뭘 생각도 않고 항상 싫은데요야."

"싫은 걸 싫다고 하는 게 잘못은 아니죠."

"그래, 그런데. 일단은 생각을 좀 해보고 말을 해야지. 듣자마자 그러면 안 되지."

"왜요?"

"그야, 그게 상대방에 대한 예의니까."

예의 운운하는 재형의 말에 영자가 눈을 가늘게 뜨고 그를 뚫어져라 응시했다. 그걸 지금 당신이 말하면 안 되는 거지. 예의라곤 눈곱만큼도 없는 사람이 할 말은 아니라고 봐. 눈을 통해 적나라하게 내비치는 영자의 속마음에 재형이 낮은 신음을 흘렸다.

알아. 나도 안다고. 내가 지금 엄청 뻔뻔하다는 거. 그래도 할 수 없어. 널 놓치면 땅을 치고 후회할 게 틀림없으니까.

"우린 이미 모든 협상을 끝냈어요."

"그건 그거고. 지금 하는 건 새로운 계약이야."

"난 그 협상에 충실했고 우리 둘 사이의 일은 오늘 간장게장으로 좋 났죠."

"그걸 말하는 게 아니잖아."

"그런고로 전 더 이상 JU에 있을 이유가 없습니다."

재형의 손을 냉정하게 뿌리치며 영자가 고개를 까닥여 작별 인사를 대신했다. 성큼성큼 문으로 걸어가는 영자의 뒷모습에 재형의 고운 미간이 와락 구겨졌다. 참을 인을 수없이 되새기며 마주 앉아 설득에 설득을 거듭했다. 그런 노력이 허무하게 가차 없이 거절하고 돌아서는 영자의 태도가 괘씸해 재형의 속이 부글부글 끓어오르기 시작했다.

"야, 돼지감자."

자리를 박차고 벌떡 일어선 재형이 빠른 걸음으로 문 쪽으로 다가왔다. 그러든 말든 영자는 덤덤히 문고리를 잡아 돌렸다. 문이 열리고 저 멀리 최 비서의 모습이 보였다. 그리고 다시 문이 쾅 소리를 내며 거칠게 닫혔다. 닫힌 문을 바라보는 영자의 커다란 눈이 깜빡거렸다. 그녀의 귀로 광분해 거칠어진 재형의 숨소리가 들려왔다. 영자의 눈이 또르르 구르며 문을 짚고 선 재형의 손을 바라보았다. 그는 영자를 문과 제 몸 사이에 가두며 열린 문을 닫았다.

"후우."

영자가 작은 한숨을 내쉬며 고개만 돌려 그를 응시했다. 눈이 마주치자 그가 흠칫 몸을 떠는 게 느껴졌다.

"대체 지금 이게 뭐 하자는 짓이랍니까?"

"흐음. 그게. 그러니까."

"비켜요."

고개를 까닥이며 물러나라 말하는 영자의 거만함에 재형의 눈이 즉시 가늘어졌다. 어디서 감히 명령질이야!

"싫어."

"뭐요?"

"싫으니까. 싫다고 그러는데 그게 뭐."

심술궂은 재형의 말에 영자가 눈썹을 꿈틀거렸다. 제멋대로 사람을 데려온 것도 모자라 이젠 말꼬투리까지 잡고 늘어진다. 미안하다 사과를 하긴 싫고. 한 번만 생방에 앉히면 할 도리는 다한 거다. 그렇게 생각하고 그날 약속을 잡은 걸 모르지 않았다. 한번은 속아준다. 그런 심정으로 나온 자리였다. 그동안 같이 일했던 사람들에게 고마웠던 것도 있고 해서 유종의 미를 거두는 심정으로 방송에 최선을 다했다. 그걸로 끝이었다. 영자는 할 만큼 했다.

"문 열어요."

"안 돼."

"이봐요."

"계약하고 가."

이 인간이 끝까지 치사하게 나온다 이거지? 계약서에 사인하기 전까진 절대 보내주지 않겠다 고집을 부리며 자신을 뚫어져라 직시하는 재형을 영자가 올곧게 마주 올려다보았다. 아, 목 아파. 안 그래도 키 차이가 나는데 고개를 틀어서 올려보자니 목이 비틀려 통증이 느껴졌다. 눈에는 눈, 이에는 이. 그렇게 치사하게 나오겠다면 이쪽도 굳이 예의를 차릴 필요는 없었다. 난데없이 목을 주무르는 영자의 엉뚱한 행동에 재형이 미간을 좁혔다. 이건 또 무슨 꿍꿍이야? 그가 영자의 속내를 가늠해 보기도 전에 영자가 갑자기 몸을 돌려 반듯하게 섰다. 그에 재형의 입술과 영자의 코가 맞닿을 뻔했다.

"으악!"

그게 그렇게 기겁해 달아날 일이냐마는. 확실히 재형에겐 가슴 섬뜩한 일이었다. 놀라 저만치 물러선 재형의 엉거주춤한 모습이 웃겼다. 급하게 문을 닫느라 영자의 키에 맞춰 다리를 굽힌 채였다. 그래도 그녀의 머리는 재형의 턱 아래 있었다. 그랬는데, 그녀가 갑자기 돌아서며 고개를 한껏 들어 올려 그와 정면으로 눈을 맞췄다. 생각보다 너무 가까웠다. 그녀의 이마에 재형의 입술이 닿을 뻔했다. 순간 너무 놀라 몸이 날 듯이 뒤로 훌쩍 물러섰다.

"계약은 없던 걸로."

깔끔하게 결론을 내리며 히죽 웃으며 영자가 돌아서 문을 여는 순간 두 번째로 눈앞에서 문이 닫혔다. 그때까지 그나마 평온을 유지하며 인내심을 보이던 영자의 이마에 힘줄이 돋았다. 영자의 입꼬리가 길게 호선을 그리며 위로 올라갔다. 야릇한 웃음을 머금으며 그녀가 눈을 빛냈다.

"못 가. 절대."

"보내주죠? 좋은 말로 할 때?"

"나쁜 말로 해도 안 돼."

"거참. 이상하네. 대표님 표현대로라면 난 솔깃하긴 해도 매달려 붙잡을 정도로 메리트 있는 알바는 아닐 텐데요. 더군다나 못생긴 건 상종도 하지 않는 사장님이 이렇게 붙잡고 늘어질 만한 사람은 아니죠. 제가."

"기회를 주겠다잖아."

"무슨 기회?"

시큰둥한 얼굴로 슬쩍 고개만 틀어 영자가 돌아보는데도 재형이 움찔 몸을 사렸다. 꿀꺽. 마른침을 삼키는 재형의 팔이 부들거렸다. 닿고 싶지 않다는 마음이 그대로 표현되고 있었다.

"성공할 수 있는 기회."

"오호!"

"솔깃하지? 내가 책임지고 먹방 알바로 성공하게 만들어주겠어."

"그 제안 정중히 거절하죠."

"야!"

"그리고 이 팔 좀 치우죠. 이런 자세 엄청 거북한데."

영자가 꺼림칙함이 그대로 드러난 얼굴로 재형의 두 팔을 가리켰다. 남들은 한번 안기고 싶어 안달인 품에 고이 들어와 놓고 거북하다 말하는 영자를 재형이 믿을 수 없다는 듯 쳐다봤다. 어떻게 그럴 수가 있지? 수긍하기 힘든 눈치였다. 에휴. 저놈의 불치병은 정말 치료약이 없는 건가? 재형의 끝없는 자뻑질에 영자가 절레절레 고개를 흔들었다.

"얼른 안 떨어지면 물어요."

"뭐?"

"앙. 문다고요."

"하아. 네가 개야? 물긴 뭘 물어."

영자가 튼튼한 이빨을 보란 듯 딱딱거리며 경고하자 재형이 괜스레 눈을 부릅뜨며 이죽거렸다. 그런 그의 팔이 사시나무 떨 듯 부들거렸다. 그런 재형을 물끄러미 모로 쳐다보며 영자가 입가를 매끄럽게 끌어 올렸다. 환한 미소였다. 주변까지 따스하게 물들이는. 그럼에도 그 미소를 바라보는 재형은 추웠다. 몸이 바들바들 떨릴 만큼. 뭔가 좋지 않은 예감이 그에게 경고했다. 어서 물러나라고. 하지만 그는 고집스레 버티고 섰다. 여기서 영자를 놓치면 다시 그녀를 찾아갈 수 있을지 자신이 없었다.

"아이고. 무슨 그런 섭섭한 말씀을. 제가 무슨 갭니까."

너스레를 떨며 손을 살살 휘젓는 영자의 태도에 긴장의 끈을 살며시 놓은 재형이 어설픈 미소를 한쪽 입가에 머금었다. 여유롭게 보이고 싶었는데 그 입술 끝마저 부들부들 떨렸다. 영자의 유유자적한 태도와 환한 미소가 왠지 모를 불안감을 형성했다.

영자가 천천히 그를 향해 돌아서는 것을 보며 재형이 저도 모르게 본능적으로 문에서 손을 떼며 뒤로 주춤 물러섰다. 완전히 돌아선 영자가 느긋하게 손을 들어 제 도톰한 입술을 쓸어내렸다. 그를 보는 재형의 입에서 낮은 신음이 흘러나왔다.

"사장님, 혹시 그거 보셨어요?"

"뭐, 뭐."

생각과 달리 말이 더듬거리며 나왔다. 이러지 말자. 숨을 깊게 들이쉬며 재형이 허리를 곧게 세우고 턱을 도도하게 치켜세웠다. 그런 재형을 지그시 올려보며 영자가 입술을 달싹였다.

"감자에 싹 난 거."

"⋯⋯?"

영자의 엉뚱한 말에 재형이 그게 지금 무슨 말이냐 미간을 좁히며 고개를 갸웃했다.

"싹 난 감자엔 독이 있어요."

"⋯⋯그게 뭐."

"돼지감자도 감자죠."

"그렇지."

"그 감자에 방금 싹이 뿅 하고 났네요?"

"어?"

영자가 재형을 향해 한 발을 내딛었다. 그에 재형이 눈을 깜빡이며 목을 이리저리 움직였다. 이상하게 목이 뻐근거리고 속이 탔다. 반짝 눈을 맑게 빛내며 순수하기 그지없는 얼굴로 영자가 또 한 발 다가왔다.

"보여요? 제 머리 위에 싹 난 거?"

영자가 손을 들어 가리킨 그녀의 정수리를 재형이 무심히 내려보았다. 머리 위에서 까닥거리는 영자의 검지가 정말 뿅 하고 솟은 싹처럼 보였다. 영자가 다다닥 빠른 걸음으로 다가서자 놀란 재형이 뒷걸음질을 쳤다. 그의 등이 샤워실 문에 닿으며 걸음이 멈췄다. 성큼 다가선 영자가 그의 면전 바로 앞에서 발을 돋우며 고개를 뒤로 젖혔다.

다리가 휘청거려 살짝 무릎이 굽혀진 자세 그대로 재형이 굳었다. 그의 눈동자가 어지럽게 영자의 얼굴을 담아냈다. 그렇게 해맑을 수 없는 얼굴로 영자가 히죽 웃었다. 덜컹. 그 웃음에 재형의 심장이 내려앉았다. 이상하게 등 뒤로 소름이 돋으며 섬뜩함이 느껴졌다.

"싹 난 감자에 물려보셨어요?"

나직한 영자의 목소리가 재형의 귓속을 파고들었다. 그녀의 눈이 그의 눈을 지나 매혹적인 빛깔로 물든 그의 입술을 담아냈다. 설마, 입술을 물겠단 말은 아니지? 흔들리는 눈으로 재형이 묻자, 영자가 그와 다시 눈을 맞추며 알 듯 모를 듯 고개를 끄덕였다.

뭐야, 그게 무슨 뜻이야!

"그러니까. 물리기 전에 조심해요. 싹 난 감자엔 아주 치명적인 독이 있어요."

반짝. 마주한 영자의 두 눈이 은밀하게 빛났다.

3. 포기가 안 돼

끄응.

·밤새 잠을 한숨도 자지 못했다. 재형은 눈을 감은 채로 지끈거리는 머리를 손으로 지압하듯 눌렀다. 일로 인해 밤샘을 하는 것과 스트레스로 잠을 못 이루는 건 천지 차이였다. 일로 눈코 뜰 새 없이 바쁠 때는 그 성과에 열중하느라 피곤해도 피곤한 줄 모르고 밤을 지새웠다. 그런데 엄청난 스트레스를 받고 뜬눈으로 밤을 새워보니 이건 극도의 피로와 해결되지 못한 분노를 동반하게 된다. 더불어 계속해서 부글부글 끓어오르는 속은 좀체 삭여질 기미가 보이지 않았다.

"흐으음."

억눌린 신음이 재형의 입에서 새어 나왔다. 번쩍 눈을 뜬 재형이 눈썹을 들썩이며 손가락 사이로 보이는 천장을 노려보았다. 머리 위에 손을 올려 검지를 까닥거리던 영자의 해맑은 얼굴이 천장 무늬와 겹쳐 떠올랐다. 관자놀이를 지압하던 손에 힘이 들어갔다. 그와 동시에 입에서 험한 말이 터져 나왔다.

"젠장. 싹 난 감자 같은 소리 하고 있네."

벌떡 자리에서 튕기듯 일어나 앉은 재형이 이를 빠득 갈았다. 아무리 생각해도 분하고 억울했다. 왜 그 순간 아무것도 못하고 고스란히 당하고만 있었을까. 그때를 생각할 때마다 속이 뒤집어 질 것처럼 울화가 치밀었다.

"그 싹 내가 뿌리째 뽑아버린다."

주먹을 불끈 쥐며 결의를 다진 재형이 이불을 걷고 일어나 성큼 성큼 욕실로 걸어갔다. 지고는 못 사는 성격이었다. 여태 모든 마음먹은 일에 불가능은 없다고 여기며 엄청난 추진력으로 일을 성사시켜 왔다. 그가 삼십대의 젊은 나이에 홈쇼핑계의 떠오르는 신성 CEO로 인정을 받은 데에는 절대 포기를 모르는 거머리 근성이 있었기 때문이었다.

"기다려, 돼지감자. 반드시 널 포섭하고 만다."

재형이 입고 있던 티를 벗어 세탁 바구니에 신경질적으로 던져 넣으며 호기롭게 욕실 문을 열고 들어섰다.

재형이 걸어오는 것을 발견한 최 비서가 차에서 내려 그에게 인사를 건넸다.

"좋은 아침입니다."

반갑게 건넨 인사에 돌아오는 건 싸늘한 눈빛이었다. 심기가 무척 불편해 보였다. 최 비서가 뭐가 잘못됐다 하며 슬쩍 재형의 눈치를 살폈다. 그러고 보니 눈 밑으로 짙게 드리운 다크서클도 보였다.

"흐음."

최 비서의 입에서 낮은 신음이 흘러나왔다. 며칠 밤을 세며 릴레이 회의를 해도 한 점 흐트러짐 없이 완벽한 페이스를 유지하던 재형이었다. 그런 그의 눈 밑에 다크서클이 생겼다는 건 실로 놀라운 일이었다.

불길함에 몸을 사리는 최 비서의 면전으로 재형의 손바닥이 들이밀어졌다. 최 비서가 눈을 깜빡이며 힐끔 그의 의중을 가늠했다. 내민 손의 의미를 미처 생각할 틈도 없이 재형이 손가락을 빠르게 까닥이며 짜증스레 내뱉었다.

"키."

"아, 예."

그의 손에 얌전히 차 키를 건네주면서도 최 비서는 고개를 갸웃했다. 키는 대체 뭐 하러 달라는 걸까? 최 비서의 의문에 답하듯 재형이 너무도 태연스럽게 운전석 문을 열었다. 그를 지켜보던 최 비서의 눈이 커졌다. 운전석에 앉아 키를 꽂는 재형을 뜨악해 바라보는 최 비서를 본체만체 재형이 느긋이 키를 잡아 돌렸다. 설마설마하며 지켜보던 최 비서의 입이 쩍 벌어졌다.

부르릉.

차가 움직였다. 장롱면허 4년의 재형이 모는 차가 바퀴를 굴리며 이동하고 있었다. 눈으로 보고도 믿을 수 없다는 듯 최 비서가 고개를 저으며 저도 모르게 손을 번쩍 들었다. 재형을 저지할 수 있으리라 생각해 한 행동은 아니었다. 단지, 본능적으로 위험을 예방하기 위해 한 행동이었다. 하지만 그게 먹혀들 리 없었다.

"자, 잠깐!"

다급한 최 비서의 외침에도 차는 유유히 최 비서의 옆을 아슬아슬하게 스쳐 지나 출구로 향했다. 경사가 있는 출구를 어찌 빠져나가려고 저러나 걱정스레 바라보는 최 비서의 귀에 끼익거리는 바퀴의 끰음이 들려왔다. 귀를 막고 미간을 찌푸린 최 비서의 걸음이 빨라졌다. 그가 가까이 다가서기도 전에 차는 거친 마찰음을 내며 출구를 빠져나갔다. 퀴퀴한 고무 타는 냄새만이 차가 사라진 빈 공간을 채우고 있었다.

"대체 왜 저래?"

운전면허를 따고 제대로 된 연수를 받았음에도 딱 한 번 차를 몰고 나가 전봇대를 박을 뻔한 이후, 다시는 운전대를 잡지 않았던 재형이었다. 능력 있는 CEO는 절대 제 손으로 운전을 하지 않는다 말은 했지만 사실은 겁이 났던 게 분명했다. 행여 사고를 낼까. 후들거려 운전대를 잡지 못했던 것이다. 그런 그가 대체 오늘은 무슨 생각으로 운전대를 잡았을까. 아무리 머리를 굴려보아도 그 속내를 알 길이 없었다.

"자살행위지 저건."

부디 무사히 살아 돌아오기만 바랄 뿐이다.

"난 아직 장가도 못 갔단 말입니다. 이 나이에 직장 잃으면 어디가서 취직합니까."

탄식 섞인 한숨을 토해내며 최 비서가 지끈거리는 이마를 짚었다.

주차장을 빠져나온 재형은 겁도 없이 도로 위를 달렸다. 운전대를 잡은 손에 긴장으로 땀이 맺혔다. 그는 후후 심호흡을 하며 정면을 뚫어져라 응시했다. 운전을 하다 보면 다시 몸에 익은 감을 되살릴 수 있을 거라 생각했지만, 그 감이라는 게 좀처럼 돌아오지 않고 있었다.

자신은 분명 정확히 차선을 지키며 가고 있다고 생각했는데 뒤따르던 차들이 요란하게 경적을 울리며 경고했다. 너 지금 금 밟았다고.

"젠장. 젠장. 뭐가 이렇게 어려워."

생각했던 것과 전혀 다른 방향으로 진행되는 일에 왠지 모를 불안감이 스멀스멀 재형의 마음을 물들였지만 그는 애써 그것을 외면했다. 꽉 깨문 입술이 새하얗게 질린 것도 모르고 그는 혼신의 힘을 다해 운전에 열중했다.

아무 사고 없이 목적지에 도착한 것은 기적이었다. 차를 세우고 운전대에서 천천히 손을 떼며 재형이 숨을 멈췄다. 무슨 의식을 치르듯 그렇게 얌전히 두 손을 제 허벅지에 올려놓은 후에야 재형이 참았던 숨을 몰아쉬었다.

"휴우."

그냥 여기까지만이라도 최 비서에게 운전을 맡길 걸 그랬나 잠깐 후회했지만, 이내 고개를 저었다. 그래도 자신이 계획한 일을 벌이려면 이 정도 거리라도 직접 운전을 해보는 게 맞지 싶었다.

"오케이. 퍼펙트. 완벽해."

제 운전 솜씨에 나름의 점수를 매긴 재형이 재빨리 키를 뽑아들고 운전석 문을 열어 나서려다 다시 앉았다.

"이런!"

안전벨트를 푸는 걸 깜빡했다. 너무 긴장했어. 릴랙스. 떨리는 심장 위에 가만히 손을 얹어 자기 최면으로 진정시킨 후 안전벨트를 풀고 일어섰다. 다리가 살짝 후들거리긴 했지만 아무렇지 않은 척 도도하게 턱을 곧추세웠다.

"흐음."

재형이 눈앞에 있는 낡은 간판을 거만한 눈으로 노려보았다. 광개토 반점. 그의 눈썹이 투지를 불태우며 들썩거렸다.

"각오해. 돼지감자."

성큼성큼 호기롭게 광개토 반점 입구로 걸어가던 재형이 낡고 오래 묵은 새시 문의 손잡이를 바라보며 주춤거렸다. 하지만 여기서 멈출 수는 없다 주먹을 불끈 쥐었다 펴며 주머니에서 손수건을 꺼내 조심스럽게 손잡이를 향해 손을 뻗었다. 닿을 듯 말 듯 손잡이 앞에 머문 손이 움찔거렸다. 드디어 손잡이를 잡았다 재형이 눈을 반짝 빛내던 순간 문이 갑자기 안으로 밀렸다. 덩달아 재형의 몸도 앞으로 쏠렸다.

"어어."

"다녀오겠…… 에?"

마침 문을 열고 나서던 영자가 문과 함께 딸려온 재형을 발견하곤 눈을 동그랗게 떴다.

"당신이 왜 여기 있죠?"

대뜸 묻는 말에 재형이 영자를 물끄러미 바라보며 침을 꿀꺽 삼켰다. 뜻밖의 전개였다. 애초 계획은 카리스마 넘치는 포스로 반점 안으로 들어가 영자를 끌고 나와 제 차에 태우는 것이었다. 그런데 문 하나를 사이에 두고 서로 마주 보고 있는 상황이 되니 순간 당황해 할 말을 잊고 말았다.

"안 들려요? 여기 무슨 볼일이냐고요."

우리 서로 다시는 보지 않기로 하고 헤어진 거 아니었나? 눈으로 묻는 영자의 말에 그가 속으로 낮은 신음을 삼켰다. 그건 일방적인 통보였다. 물리기 싫으면 다시는 날 찾지 말라 으름장을 놓고 제멋대로 돌아서 나간 영자였다. 재형은 그에 동의하지 않았다. 그냥 굳은 채 할 말을 잃고 서 있었을 뿐.

"흠. 흠. 음식점에 왜 왔겠어."

그가 뻔뻔하게 콧대를 세우며 말했다. 영자의 눈이 믿을 수 없다는 듯 비틀려 올라갔다.

"그래요?"

"그래."

"뭘 드시려고요?"

"짜, 짜장."

"호오."

빤히 쳐다보는 영자의 시선에 불신이 담겼다. 말해놓고 오히려 당황한 건 재형이었다. 짜장면에 수모를 당해 정신적 피해가 어떻고 했던 것이 불과 얼마 전인데. 그 짜장면을 먹으러 제 발로 왔단 말을 그대로 믿으라는 건가? 당신이 여기서 음식을 먹으면 내 손에 장을 지진다. 영자의 속내가 그대로 반영된 눈을 불퉁하게 마주 보다 재형이 입을 씰룩거렸다.

"왜. 오늘 장사 안 해?"

"해요. 합니다."

"그럼 왜 거기 버티고 섰어. 비켜."

재형의 불퉁한 말에 영자가 순순히 문을 열어주며 한쪽으로 비켜섰다.

"어서 옵셔."

한 손을 들어 홀을 가리키며 영자가 영업용 멘트를 날렸다. 활짝 열린 문과 그 문에 기대선 영자, 그리고 훤히 보이는 오래된 듯 손때가 묻은 테이블이 즐비한 홀을 재형이 꺼림칙한 눈으로 천천히 훑으며 낮은 신음을 속으로 삼켰다. 절대 당황한 티를 내면 안된다. 스스로를 다독이며 어렵게 한 발을 내디었다. 발바닥에 좌석이라도 달린 듯 쉽게 떼어지지 않았다.

"손님 오셨네?"

주방에 있던 호철이 창구로 내다보며 재형을 확인하곤 홀 쪽으로 걸어나왔다. 산적 두목처럼 생긴 외모에 한 덩치 하는 호철이 어울리지 않게 방긋 웃으며 재형을 향해 다가왔다. 홀에 들어선 채로 엉거주춤 서 있던 재형이 흠칫하며 호철을 경계했다. 험악함에 귀여움이 공존하는 외모와 마주 선 건 이번이 처음이었다. 정신이 아득해지는 것을 느끼며 재형이 안간힘을 다해 정신을 붙잡았다.

"자, 이쪽으로 앉으세요."

"흠."

호철이 가리킨 자리를 보며 재형이 낮게 헛기침을 했다. 먹으러 온 길이라 했으니 앉긴 앉아야겠는데 마음처럼 몸이 움직여 주지 않았다. 머뭇거리며 서 있는 재형을 심드렁하게 바라보다 영자가 호철을 향해 말했다.

"그럼, 전 가보겠습니다."

"어딜?"

말은 호철에게 했는데, 고개를 돌려 다급히 묻는 건 재형이었다. 호철과 영자의 시선이 재형에게 몰렸다. 영자가 고개를 갸웃기울이며 어깨를 으쓱했다.

"제 갈 길 갑니다."

"왜."

"왜라니. 질문이 참 그러네요."

"뭐가."

"제 행적을 당신이 궁금해할 이유도 없거니와, 그에 답할 의무도 제겐 없죠."

"왜 없어."

"있어요?"

눈을 동그랗게 뜨고 반문하는 영자를 마주하니 막상 뭐라 할 말이 생각나지 않았다. 하긴 아직 자기 직원도 아니고 아무런 관계 형성도 되지 않았으니 그 행적에 대해 간섭할 권한이 재형에겐 없었다. 그래도. 어떤 각오를 다지며 이곳까지 발을 들였는데 여기서 멈출 수는 없다.

"그야, 궁금하니까."

대뜸 답하긴 했는데. 쳐다보는 눈들이 황당하다 말한다. 궁금해서 궁금하다는데 그럼 안 되나? 당연히 안 되지. 깔끔하게 재형을 무시한 영자가 호철을 돌아보며 재차 말했다.

"갑니다."

"어, 그래."

망설임 없이 돌아서는 영자의 모습에 재형이 눈을 동그랗게 뜨며 그녀의 팔을 다급하게 붙잡았다.

"가지 마!"

떠나가는 애인 붙잡듯 애절하게 자신의 팔뚝을 붙든 재형을 그녀가 멀뚱히 돌아보았다. 영자의 한쪽 눈썹이 살짝 올라갔다. 이 남자 요즘 끔찍하게 싫다는 짓을 참 잘도 한다. 이래 놓고 또 못생긴 돼지감자에 제 손이 닿았다며 정신적 피해 어쩌고 물고 늘어질 건 아닌지 심히 걱정스럽다.

"뭡니까?"

제 팔을 붙든 재형의 손을 눈짓으로 가리키며 영자가 심드렁하게 묻자, 재형이 제 손이 한 짓을 발견하고 놀란 듯 눈을 부릅뜨며 헉 밭은 숨을 내뱉었다. 제가 해놓고도 믿을 수 없다는 눈치다. 꿀꺽. 마른침을 삼킨 재형이 영자를 뚫어져라 쳐다봤다. 이걸 정말 제가 했느냐 어리둥절한 눈으로 묻는다. 그럼 그 손을 억지로 팔에 갖다 붙였을까. 쯧쯧. 가볍게 혀를 찬 영자가 부들거리는 재형의 손에서 팔을 빼내려 했다. 그런데 빠지지가 않는다.

"놓죠?"

영자가 팔을 흔들며 말하는데도 재형은 꼼짝도 하지 않았다. 손을 떨면서도 절대 놓지 않는 것이 신기할 지경이었다. 재형은 그것이 절박함이 만든 이변이라 스스로를 달래고는 있지만 저도 제가 왜 이러는지 믿기 힘들었다. 몇 번이나 재형이 영자의 손을 잡았다. 이런 경우는 단 한 번도 없었다. 그동안 수없이 많은 인재가 있었고, 그의 제안을 거절한 사람도 있었다. 그렇다고 그가 거기에 미련을 두거나 붙잡은 적은 맹세코 없었다.

그런데, 돼지감자가 뭐라고. 거기다 싹까지 나서 독도 있다고 으름장을 놓는 건방진 감잔데. 단박에 네까짓 것 없어도 그만이다 무시하면 그만인데. 왜 이렇게 끈덕지게 붙들고 늘어지는지 모르겠다. 자존심이 상해서 오기가 생겼나? 그럴 수도 있었다. 아니면, 매출실적에 지대한 영향을 미치는 돼지감자의 먹성에 욕심이 생겨서? 그것도 이유는 될 것이다.

"좀 놓으라고요."

자신만의 생각에 빠져 제 행동에 정당성을 부여하기 위해 애쓰던 재형의 손을 잡아떼려 하며 영자가 말했다. 영자가 제 손을 잡았다! 그에 재형의 눈이 더 크게 떠졌다.

"뭐."

"그러니까. 당신도 남의 손에 잡히니까 싫죠? 저도 그래요. 피장파장이니 쓸데없이 시간 낭비 말고 깔끔하게 서로 손 뗍시다."

먼저 손을 거두는 영자를 매섭게 노려보며 재형이 제 손을 거뒀다. 그리곤 영자의 손이 닿았던 손에 소독제를 뿌리고 이어 손수건을 꺼내 닦았다. 호들갑스런 재형의 모습을 멀뚱히 바라보던 호철이 인상을 찌푸렸다.

"아는 사람이야?"

"알고 싶지 않은 사람이요."

"뭐야?"

영자의 심드렁한 대답에 재형이 발끈했다. 솔직한 심경을 말한 건데 왜 저러나, 영자가 시큰둥하게 그를 바라보다 그대로 몸을 돌려 문을 열고 광개토 반점을 나섰다. 귀찮게 또 붙잡혀 시간을 낭비하고 싶지 않아서였다. 그런 영자의 뒤꽁무니를 뭐 마려운 강아지처럼 또 따라나서려던 재형의 어깨를 호철이 덥석 붙잡았다.

"손님, 뭐로 드시겠습니까?"

몸에 익은 친절을 구사하며 미소를 띠어 보이는 호철을 재형이 매섭게 돌아보았다. 그리곤 제 어깨에 올려진 호철의 손을 거칠게 쳐냈다. 툭툭. 어깨에 남은 잔해를 털어내듯 옷을 터는 그를 호철이 마뜩잖게 쳐다보았다. 어깨 위에도 소독제를 뿌리는 그를 뭐 이런 인간이 다 있나 하며 쳐다보는 호철을 마주 쏘아보며 재형이 톡 쏘듯이 내뱉었다.

"다음에 오죠."

더 이상 볼일이 없다 냉정하게 돌아서 나가는 재형의 뒷모습에 호철이 헛웃음을 터뜨렸다.

"별 희한한 놈을 다 보겠네."

어깨를 으쓱하며 다시 주방으로 들어가던 호철의 등 뒤로 다시 문이 열리는 소리와 동시에 재형의 다급한 목소리가 들려왔다.

"돼지감자, 아니, 나영자 씨 지금 어디 가는 겁니까?"

미간을 좁힌 호철이 그를 돌아보며 의심스런 눈으로 물었다.

"그걸 왜 묻습니까?"

"말할 게 있어서 그럽니다. 어디로 갔습니까?"

"제게 말하시면 전해 드리겠습니다."

"어디냔 말입니다."

으르렁거리듯 이빨을 악다물고 묻는 재형의 말에 의외라는 듯 눈을 동그랗게 뜬 호철이 저도 모르게 입을 열어 말했다.

"KUM홈쇼핑 1층. 천사 카페요."

"거긴 왜요?"

성큼 다가선 재형이 눈에 한껏 힘을 주고 물었다. 조금 전 영자에게 안절부절못하던 모습과는 사뭇 다른 포스가 느껴졌다. 사람이 완전히 바뀐 듯했다. 좀처럼 주눅이 들지 않는 호철임에도 불구하고 재형의 취조하는 듯 거만한 태도에 아는 것을 순순히 불었다.

"거기 직원이랑 약속이 있다고 하던데."

"직원 누구?"

"그것까진 말을 안 해서."

"흐음."

낮은 신음을 내뱉은 재형이 고맙다는 말도 없이 몸을 돌려 쌩하니 문을 통과해 나갔다. 호철이 그제야 편한 숨을 내쉬었다. 바짝 다가서 시선을 마주하고 자신을 직시하는 재형의 카리스마 넘치는 눈빛에 순식간에 압도되고 말았다. 권위자의 포스가 더해진 재형의 모습은 사람을 순종하게 만드는 마력이 존재하고 있었다.

"아이고. 무슨 남자 얼굴이 저렇게 예쁘데?"

화끈 달아오른 얼굴을 큼지막한 두 손으로 감싸고 좀 전 마주했던 재형의 아름다운 얼굴을 떠올리던 호철이 흠칫하며 진저리를 쳤다.

"내가 지금 대체 무슨 생각을!"

정체성에 혼란을 야기하는 재형의 매력에 흠뻑 취해 눈에 하트를 그려대던 자신에게 놀라 소름이 돋았다. 남자에게 반하다니. 이건 정말 말도 안 된다.

"으악. 미쳤어. 남자에게 가슴이 두근거리다니."

호철이 혼자 고심하는 사이 자신의 차에 오른 재형은 사고가 날 뻔한 아슬아슬한 위기를 모면하고 무사히 KUM홈쇼핑 본사 건물

앞에 도착했다. 거친 숨을 몰아쉬며 기어를 고정한 재형이 KUM 홈쇼핑 건물을 매섭게 노려보았다.

경쟁사를 수행비서 없이 혼자 찾아온 건 처음이었다. 초조한 기색으로 가만히 턱을 쓸던 재형이 결심을 한 듯 키를 뽑고 차에서 내렸다. 옷깃을 여미고 턱을 당당히 들어 올린 재형이 성큼성큼 건물의 1층에 위치한 천사 카페로 걸어 들어갔다.

오전 시간임에도 카페는 많은 사람들로 북적거렸다. 출입문 안쪽으로 들어선 재형이 사람들 사이를 샅샅이 훑으며 영자를 찾아 두리번거렸다. 사람이 많음에도 단번에 영자의 동글동글한 머리 꼭지를 발견할 수 있었다. 영자는 카페 안쪽 자리에 앉아 어떤 남자와 대화를 나누고 있었다. 재형이 남자를 순식간에 스캔했다. 제법 핸섬하고 스마트하긴 한데 재형의 외모에는 발끝도 미치지는 못했다. 남자는 열성적으로 뭔가를 얘기하고 있었고, 영자는 묵묵히 들으며 간혹 고개만 끄덕였다.

"무슨 얘길 하는 거지?"

호기롭게 들어섰던 것과 달리 혹여 사람과 닿을까, 영자가 알아챌까 재형은 은밀하게 움직이며 영자가 앉은 곳 바로 뒷자리까지 다가갔다. 하필이면 앉은 의자가 몸을 숨기기엔 다소 무리가 있는 것이었다. 행여나 들킬까 다리를 길게 뻗고 상체를 한껏 움츠렸다. 그리곤 귀를 쫑긋 세우고 등 뒤의 대화에 귀를 기울였다.

"다시 한 번 잘 생각해 보십시오. 이만한 조건을 제시하는 곳도 드물 겁니다. 계약직도 아르바이트도 아닙니다. 정직에 과장급 대우까지 확정되어 있는 자립니다. 마다할 이유가 없습니다."

"흐음. 글쎄요."

"제품도 직접 선택할 수 있는 권한까지 드릴 겁니다."

"그건 MD의 고유 권한 아닌가요. 침범할 수야 없죠."

"아닙니다. MD들도 모두 나영자 씨의 지시에 따라 움직일 겁니다."

뭐든 원하는 조건을 말해봐라. 최대한 반영해 들어주겠다. 온갖 감언이설로 영자를 설득하려 애쓰는 남자의 목소리가 들릴 때마다 재형이 입을 이죽거리며 속으로 투덜거렸다. 천하의 정재형이 직접 나서 스카우트 제의를 했는데도 단칼에 거절했던 영자였다. 그런 그녀를 한낱 인사과 직원 하나가 나서 꼬드긴다고 넘어갈 리가 없었다.

"백날 말해봐라. 입만 아프지."

절대 넘어가지 않으리라 확신에 찬 음성으로 재형이 중얼거렸다. 매달리다시피 애절해지는 남자의 목소리를 비웃으며 재형이 콧방귀를 뀌었다.

"상품 관리과 조인숙 씨가 나영자 씨 친구라고 하던데."

"네."

갈 때까지 갔다. 얼마나 간절했으면 이젠 허접한 인맥까지 들먹일까. 재형이 못났다 쯧쯧 혀를 차며 조금 더 뒤쪽으로 몸을 기울였다. 테이블과는 멀어지고 점점 영자와는 거리가 가까워지고 있었다. 그런 것도 깨닫지 못할 정도로 둘의 대화에 집중하던 재형의 귀에 치졸하게 협박하는 남자의 목소리가 들려왔다.

"이번에 인사이동이 있는데. 이러면 인숙 씨에게 조금 불리하게 작용할 수도 있습니다."

영자는 말이 없었다. 잠시 남자를 건조하게 응시하던 영자가 낮은 한숨을 푹 내쉬었다.

'뭐야, 그것도 단칼에 거절해야지. 돼지감자, 넌 정에 끌려 다니는 그런 나약한 인간이 아니잖아.'

뜸을 들이는 듯한 영자의 태도에 재형이 발끈하며 주먹을 불끈 쥐었다.

"그건……."

영자답지 않게 시간을 끌며 답을 회피하고 있었다. 그에 재형의 고운 미간이 단번에 찌푸려졌다. 이 기분 나쁜 머뭇거림은 뭐지? 불길했다. 그 불길함에 불을 지르듯 남자가 영자 앞으로 서류를 내밀며 말했다.

"부담 가지시라고 한 말은 아닙니다. 그저 그렇다는 얘기지요."

톡톡. 테이블을 두드리는 영자의 손가락이 그녀가 지금 심각하게 고민 중임을 암시했다. 자꾸만 좁혀지는 미간을 손끝으로 펴며 재형이 억눌린 한숨을 내셨다. 수법 참 더티하다. 길게 누운 듯한 자세로 불편하게 앉아 있던 재형의 얼굴이 시리게 차가워졌다.

테이블을 두드리던 영자의 손가락이 멈춤과 동시에 재형이 의자를 박차고 벌떡 일어났다. 의자 끌리는 소리가 꽤 심하게 났다. 그에 몇몇이 재형을 쳐다봤다. 그러거나 말거나 영자에게로 몸을 돌린 재형이 그녀의 손을 덥석 붙잡았다.

"돼지, 아니, 자기야! 지금 여기서 뭐 하는 거야?"

웬 인간이 허락도 없이 제 손을 잡나 싶었더니 또 정재형이다. 이젠 그게 전혀 새롭지 않다 대수롭지 않게 받아들일 사이도 없이 재형이 상상조차 할 수 없는 엉뚱한 발언을 했다. 자기라니? 멀뚱히 그를 올려보던 영자의 고개가 한쪽으로 기울며 단번에 뭐야 이건? 하는 표정으로 변했다.

"어……."

갑자기 나타나 대뜸 영자에게 자기라고 말하는 인물을 놀라 쳐 다보던 남자가 헉! 하고 거친 숨을 삼켰다. 왠지 낯이 익다 싶더니 생긴 게 딱 JU홈쇼핑 대표 정재형을 닮았다. 아니, 닮은 정도가 아니라 완전 도플갱어 수준이었다.

"뭐예요?"

영자가 잡힌 손이 아플 정도로 꽉 거머쥔 재형의 손을 물끄러미 바라보다 그의 얼굴을 올곧게 응시하며 물었다. 마주한 재형의 눈 동자가 흔들렸다. 막상 대화를 끊고 이목을 집중시키긴 했는데 다 음을 어떻게 풀어 나가야 할지 모르겠는 눈치다.

"흠흠. 그러니까. 그건 저기. 내가 묻고 싶은 말인데 말이야."

"네?"

"그러는 자, 흠. 기, 는 여기 왜 있냐고."

자기라는 말이 차마 나오지 않는 듯 말 사이에 헛기침을 하며 재형이 어렵게 말을 내뱉었다. 정면으로 마주 보지도 못하고 곁눈 질로 힐끔거리는 재형을 영자가 기막힌 눈으로 쳐다봤다. 이 남자 참 볼수록 가관이다. 언제는 돼지감자가 어쩌고 하며 사람을 완전 뭣처럼 무시하더니 이젠 자기야란다. 그것도 알려주지도 않은 남 의 스케줄을 알아내 무슨 스토커처럼 뒤쫓아 와서는.

"대화 중인데요."

시크하게 답하는 영자를 힐끔 쳐다보다 이내 테이블로 시선을 옮긴 재형이 서류를 재빨리 눈으로 훑었다. 역시 예상대로 정직 계약서였다. 재형의 눈이 가늘게 빛났다. 그가 계약서를 덥석 집어 험하게 구겼다. 재형의 거침없는 행동에 남자가 놀라 눈을 치뜨며 그의 손에 들린 계약서를 빼앗으려 했다.

"무슨 짓입니까!"

"무슨 짓은 무슨 짓이야. 내 여자 내가 지키려는 거지."

"내 여자요?"

내 여자라는 말에 남자의 시선이 영자와 재형을 번갈아 쳐다보며 고개를 갸웃 기울였다. 말대로라면 둘이 연인 관계라는 건데. 이상하게 그 단어와 둘의 모습이 전혀 매치가 되지 않았다. 믿지 못하겠다는 눈빛으로 남자가 재형을 불만스럽게 쳐다봤다. 거짓말이 분명했다. 영자의 꺼림칙한 표정에서도 둘이 연인이 아님을 직감할 수 있었다. 대체 뭐 하는 인간이기에 남의 일에 파투를 놓는지 의문스러웠다.

남자가 자신을 어떻게 생각하든 그건 재형의 안중에 없었다. 그의 관심사는 오로지 한시라도 빨리 영자를 이 자리에서 데리고 나가는 것이었다. 재형이 나무라듯 말하며 영자의 손을 잡아당겼다.

"이런 말도 안 되는 엉터리 계약에 속지 말라고 내가 누누이 말했지. 가자. 이런 인간은 더 이상 상대할 가치가 없어."

"말씀이 좀 지나치십니다."

"뭐야?"

재형이 영자를 바라보는 눈과 남자를 바라보는 눈은 확연히 달랐다. 돌아보는 시선이 차고 시렸다. 네가 지금 내 말에 토를 달고 끼어들어? 감히? 매섭게 쏘아보는 재형의 눈빛에 움찔한 남자가 마른침을 꿀꺽 삼켰다.

"일어나."

재형이 부드럽게 타이르는 투로 말하며 지그시 영자를 응시했다. 겉으로 보기엔 무척 느긋해 보였지만 그 눈빛에는 재촉이 담겨 있었다. 일어나, 일어나. 어서어서 빨리!

"실로 놀라울 따름입니다."

의미를 알 수 없는 말을 중얼거리며 영자가 일어섰다. 그러자 기다렸다는 듯 재형이 그녀의 손을 잡아끌며 성큼성큼 자리를 벗어났다.

카페를 나와 곧장 자신의 차로 걸어간 재형이 운전석 문을 열어 영자를 앉히고 재빨리 보조석에 앉았다. 그리곤 멀뚱히 저를 쳐다보는 영자의 손에 키를 쥐어주었다. 영자의 시선이 키에 닿자 재형이 잔뜩 무게를 잡고 거만하게 말했다.

"운전해."

"제가 왜요?"

뻔뻔하게 고개를 치켜들고 정면을 주시하고 있는 재형에게 영자가 심드렁하게 물었다. 팔짱을 껴 손을 겨드랑이 사이에 완벽하게 감춘 재형이 당연하다는 듯 말했다.

"난 못하니까."

"왜 못해요? 여기까지 끌고 온 건 그럼 누굽니까?"

"……나."

머뭇거리다 재형이 순순히 인정했다. 영자가 눈을 가늘게 내리뜨며 그런데? 하고 물었다. 힐끔 영자를 곁눈질로 바라본 재형이 머쓱했던지 헛기침을 했다. 그의 머리가 창 쪽으로 기울었다. 몇 번 눈을 깜빡인 재형이 숨을 한번 깊게 들이켜고 입술을 혀로 축인 후 입을 열었다.

"그래서 오다가 몇 번 죽을 뻔했어. 나 장롱면허야. 오늘 처음 운전했고."

"용하다."

"뭐가?"

"안 죽은 게."

"그러니까. 죽기 싫으면 네가 운전하라잖아."

"그러게 차는 왜 몰고 와요. 운전도 못하면서. 대체 무슨 생각으로 이런 거야?"

키를 꽂아 시동을 거는 영자를 물끄러미 바라보며 재형이 쩝 하고 쓰게 입맛을 다셨다. 왜 그랬는지는 말할 수 없다. 조금 전 카페에서 남자가 하는 짓을 본 후라 살짝 속이 뜨끔했다.

"그냥. 너 보려고."

"믿을 말을 하세요. 비서 달고 오면 못 보나? 그게 더 안전하지."

"그건 그래."

후회는 이미 자신이 차를 도로 위에 올리고부터 줄곧 계속했었다. 차라리 최 비서에게 운전을 맡기고 자신은 그냥 영자에게 몰두할 걸 하고. 하지만 최 비서에게도 자신의 치졸한 모습은 보여주고 싶지 않았다. 그가 계획한 것은 이랬다.

일단, 광개토 반점을 급습해 돼지감자를 납치해 차에 태운다. 그리곤 광란의 질주를 벌이며 돼지감자를 협박한다. 자신의 운전 실력으론 충분히 돼지감자를 겁먹게 할 수 있다 굳게 믿었다. 맘먹고 하지 않아도 원래가 자살행위나 마찬가지인 운전 솜씨니까.

나랑 계약할래, 죽을래. 나랑 같이 회사 다닐래, 뒤질래. 나랑 홈쇼핑의 신화를 이룩할래, 지옥 구경할래.

대사까지 완벽하게 구상했었다. 뭐 어디선가 들어본 듯한 말이긴 하지만 상황에 딱 들어맞는 대사라 혼자 흡족해했었다. 광개토반점 앞에 도착했을 당시만 해도 자신만만했었다. 하지만 문손잡이를 잡는 순간 그의 계획은 이상한 방향으로 하나씩 틀어지기 시작했다.

돼지감자 너랑 엮여서 되는 일이 하나도 없어!

재형은 모든 잘못을 영자에게로 돌렸다. 물론 속으로만.

KUM홈쇼핑 인사관리과의 그놈이 하는 치졸한 행실을 보기 전까진 전혀 제 행동에 거리낌이 없었다. 납치에 협박에. 그렇게 해서 사인을 받아내면 그놈이랑 다를 게 없다는 생각이 들었다. 그런 놈이랑 똑같은 취급을 당할 수는 없었다.

"그런데."

생각에 잠겨 있던 재형의 의식을 깨우며 영자가 불쑥 말을 꺼냈다. 재형이 돌아보자 그녀가 시선을 맞추며 건조하게 말했다.

"내 운전 실력은 어떻게 믿고 운전대를 맡기셨을까?"

"뭐?"

재형이 바보처럼 되물었다. 씨익. 영자의 한쪽 입꼬리가 야릇하게 치켜 올라갔다. 그를 멍하니 바라보는 재형을 두고 영자가 정면으로 고개를 돌린 채 기어를 톡톡 손끝으로 두드렸다.

"너 운전 못해?"

"설마요."

"휴우. 그럼 됐지. 괜한 소릴 하고 그래."

"운전은 잘하죠. 대신."

"대신?"

"스피드를 좀 즐길 뿐이죠."

"……뭐?"

"그래서 차보단 오토바이를 더 좋아합니다. 제가."

"야, 돼지감자가 무슨 스피드야. 말도 안 되는……."

"꽉 잡으세요. 이런 말 알란가 몰라."

제 말을 끊고 대뜸 뭐라도 붙잡으란 말을 하며 영자가 그를 향해 해맑은 미소를 지어 보였다. 아주 순수하고 천진난만한 미소였다. 그녀의 말과는 전혀 어울리지 않는. 그가 위기감을 느끼며 본능적으로 천장에 달린 손잡이를 꽉 붙잡는 순간, 영자가 경쾌한 목소리로 말했다.

"오빠, 달려! 빠라바라 바라밤."

영자가 말과 함께 힘껏 가속페달을 밟았다. 벌에 빙의 된 듯 이리저리 잘도 옮겨 다니며 속도감을 즐기는 영자 덕분에 재형은 손잡이가 목숨 줄이라도 되는 듯 죽을힘을 다해 붙잡았다.

"내리세요."

영자의 말에 재형이 꼭 감았던 눈을 뜨고 긴장한 채로 사방을 둘러보았다. 눈에 익은 곳이었다. JU홈쇼핑의 주차장. 안도의 한숨을 내쉬며 손잡이에서 손을 떼는 순간 재형의 몸이 비명을 질러댔다.

"흐음."

얼마나 몸에 힘을 주고 긴장해 있었던지 몸을 펴는 것도 힘겨웠다. 그런 재형을 두고 영자가 먼저 차에서 내려 그를 기다렸다. 신음을 속으로 삼키며 아무렇지 않은 척 문을 열고 나선 재형이 가늘게 눈을 늘이고 영자를 직시했다.

"야, 넌 무슨 운전을 그따위로 해. 사람 목숨이 장난이야?"

따지듯 말하며 다가서는 재형의 면전으로 영자가 키를 내밀었다. 갑자기 영자가 불쑥 손을 들어 올리는 통에 움찔해 멈췄던 재형이 미간을 꿈틀하며 이를 빠득거렸다.

"궁금해서 그러는데."

낚아채듯 키를 빼앗아가는 재형을 무심히 바라보며 영자가 물었다.

"뭐가."

자리를 뜨지 못하고 키를 만지작거리며 재형이 심드렁하게 말했다. 재형은 영자의 시선을 피해 괜스레 바닥만 응시하고 있었다. 무엇을 궁금해하는지 알면서도 모른 척이다.

"싫다는 사람 자꾸 따라다니면서 괴롭히는 이유가 도대체 뭡니까?"

"괴롭히긴 누가."

"좋아요. 괴롭힌 게 아니라 귀찮게 한 거라고 해두죠."

"……."

입을 꾹 다문 채 말을 하지 않는 재형을 가만히 주시하던 영자가 낮은 한숨을 내쉬며 어깨를 으쓱했다.

"말하기 싫으면 됐어요. 이제부터 귀찮게 안 하면 되니까. 그럼 정말. 우린 여기서 끝입니다."

다짐을 받듯 강력하게 말하며 영자가 팔로 엑스 자를 만들어 보였다. 슬쩍 고개를 들어 올린 재형이 영자와 시선을 맞추며 지그시 바라보았다. 영자가 엑스를 그의 면전에서 흔들어 보이며 고개를 끄덕였다. 그의 수긍을 바라며 한 행동이었지만 재형은 묵묵부답이었다.

"흐음."

짧게 입맛을 다신 영자가 손을 내리고 어깨를 으쓱하며 걸음을 옮겼다. 아무런 반응도 보이지 않은 채 가만히 서 있는 재형의 곁을 스쳐 지나는 순간 그가 또다시 영자의 손을 붙잡아 세웠다.

"잠깐. 얘기 좀 해."

여태까지와는 다른 좀 더 차분하고 안정적인 목소리였다. 그의 트레이드마크인 건방과 시크도 없었다. 영자가 물끄러미 그를 올려보자 재형이 담담한 눈으로 그녀를 내려 보았다.

"무슨 얘기요."

"여기 말고 내 집무실에서."

"일 얘긴 이미 끝난 걸로 아는데요."

"한 번만 더 진지하게 얘기해."

"여태까진 진지하지 않았단 말인가? 난 항상 진지했는데."

속내를 꿰뚫어 보는 듯한 영자의 눈빛에 재형이 눈을 가늘게 늘였다. 상대의 속마음을 콕 찍어 말하는 것이 영자의 주특기인 모양이다. 어떻게 그렇게 잘 아는지. 확실히 지금까지 재형의 태도는 오만하고 자기중심적이었다. 영자를 깔본 것도 있었고, 성격상 타인에 대한 배려를 기본 베이스로 깔지 못한 탓도 있었다.

"올라가자."

"싫은데요."

"아이, 진짜. 그 싫은데요. 좀 안 할 수 없어? 넌 뭐가 좋아요가 없어. 사람이 좀 긍정적인 마인드로 살아야 발전이 있는 거지. 그러면 못 써."

"전 지금 엄청 긍정적인데요."

"아니야. 넌 부정적이야."

"단정 짓지 마세요. 난 지금 눈앞에서 길을 가로막고 있는 정재형의 손을 떨치고 당당하게 이곳을 나설 수 있다. 얼마나 긍정적으로 생각하고 있는데."

"야."

진지모드로 설득을 좀 해보려 했건만. 또 금세 나무라듯 훈계조로 나가고 말았다. 잡은 손에 지그시 힘을 주며 당기자 영자가 그의 몸 쪽으로 딸려왔다. 다행히 이번엔 거북한 반응을 겉으로 내보이지 않았다. 그의 팔에 얼굴을 부딪친 영자가 코를 문지르며 그의 얼굴을 빤히 올려 보았다.

"한 번이야. 그래도 싫으면 할 수 없고."

"설득에 그다지 소질이 없어 보이던데.

"너 JU에 애정 있잖아."

"그건 또 어디서 나온 추측이랍니까?"

"여기 그만두고 당장 다른 곳에 가지도 않았고. 부른다고 30분이나 걸리는 거리를 잔뜩 불은 짜장면까지 들고 온 것도 그렇고. 말도 안 되는 억지를 부리는데도 군말 없이 응해줬잖아."

"흐음. 그래서요?"

"JU에 대한 애정이 없으면 절대 하지 못할 행동 아닌가?"

나름 논리적인 말이긴 한데 그에 수긍하기는 조금 무리가 있었다.

"글쎄요. 애정이라기보단 유종의 미라고 해두죠."

"유종의 미?"

"그만두는 마당에 그 정돈 해줘야 인지상정 아니겠어요?"

가볍게 들썩이는 영자의 어깨를 재형이 못마땅하게 쳐다봤다. 잘근. 재형이 입술을 깨물었다. 그의 눈빛이 싸늘해졌다. 이렇게까지 말을 하는데도 그러자며 호락호락 따라나서 주질 않는다. 고집불통 돼지감자 같으니라고.

"내 얘기 듣기 전엔 절대 못 보내."

약이 바짝 오른 재형이 다짜고짜 영자의 손을 잡아당기며 걸음을 옮겼다. 잠깐 따라오는 듯하던 영자가 그의 팔을 붙잡고 늘어졌다. 버티기에 돌입한 영자를 재형이 매섭게 돌아보았다.

"너, 진짜 이럴래?"

"이런 식이면 올라가나 마나죠."

"처음부터 내가 이랬어? 정중하게 올라가자 부탁까지 했는데 네가 딱 잘라 거절했잖아."

"거절하면 깔끔하게 물러서는 게 매너죠."

매너 없는 놈이란 뜻이 밑바탕에 깔린 영자의 말에 발끈한 재형이 그녀에게 돌아서며 눈을 부라렸다.

"자존심 상해서 그렇게는 못하겠는데. 어쩌지?"

"그러게 누가 이러래요? 자기가 해놓고 왜 다른 사람에게 화풀이야?"

"화풀이가 아니잖아."

"지금 우리 이러는 것도 좀 이상한 거 알아요?"

"우리는 무슨. 같이 묶어서 말하지 마. 너랑 난 완벽하게 다른 존재니까."

"자기야라고 허락도 없이 막 붙여 부른 게 누구더라?"

"야, 돼지감자. 넌 어떻게 한마디를 지지를 않냐!"

끝도 없이 이어지는 설전에 짜증이 치민 재형이 버럭 소리를 질렀다. 이렇게 구질구질하게 질질 끌게 되는 건 정말 싫었다. 재형이 목표한 일에 있어서 상당히 집요한 면을 가지고 있기는 했지만, 상대하기 싫은 인간에게 매달리다시피 작업을 하는 건 극도의 피로와 스트레스를 동반했다.

사람들 시선을 의식하지 않아도 되는 제 집무실로 가서 천천히 대화를 하자고 설득에 설득을 거듭했음에도 끝끝내 그러지 않겠다고 고집을 부리고 버티는 영자 때문에 재형은 지금 인내심에 한계를 느끼며 폭발 직전까지 치달았다.

"귀청 떨어지겠네. 고함을 지를 거면 미리 말을 하던가."

"하아. 나 고함지를 거다 말하고 지르는 미친놈이 어디 있어?"

"흐음. 그런가?"

"그…… 아우, 뒷골."

혈압이 상승하는 것을 느끼며 뒷목을 붙잡고 씩씩거리는 재형을 심드렁하게 바라보며 영자가 조곤조곤 말했다.

"열받아 넘어갈 것 같죠? 뭐 이런 골통, 먹통이 다 있나 환장하겠죠? 그래서 제가 미리 경고 했잖아요. 싹 난 감자엔 치명적인 독이 있으니까. 절대 건드리지 말라고."

스팀이 펄펄 나올 것 같은 얼굴로 재형이 영자를 매섭게 쏘아보았다.

"난 아직 그 몹쓸 감자에게 물리지 않았거든?"

"참, 사람이 왜 그렇게 고지식해요? 꼭 물려봐야 아, 이게 된통

물린 거구나 그래요?"

"난 그래. 실제적으로 눈으로 보여야 믿어. 사람이 현실감각이 있어야지. 환상 속에 살면 되겠어?"

"현실감각. 그거 좋죠."

쉽게 수긍하며 고개를 끄덕이는 영자의 얼굴에 묘한 미소가 깃들었다. 바라보던 재형의 눈이 가늘어지는 것을 보며 영자가 그의 팔을 잡은 손에 살짝 힘을 줬다. 그에 재형의 미간이 의심스레 찌푸려졌다. 씨익. 영자의 미소가 깊어진다고 여기던 순간 재형의 팔이 제 의지와 상관없이 위로 올려졌다. 허공으로 떠오른 제 팔을 의아하게 바라보는 재형을 그의 팔 너머로 쳐다보며 영자가 입을 쩍 벌렸다.

"뭐, 뭐야?"

"앙."

재형의 물음에 답을 하는 대신 영자는 행동으로 보여줬다. 슈트 위에 재킷까지 걸친 재형의 팔은 무나 마나였다. 그래서 영자는 그의 곱고 섬세한 손등을 덥석 깨물었다. 제 손등을 문 채로 동그랗게 눈을 뜨고 저를 올려보던 영자의 눈이 반달 모양으로 휘는 것을 보며 재형이 눈을 깜빡거렸다. 손등이 아렸다. 확실히 현실성 있게 느낌이 강하게 왔다.

"……아."

뒤늦게 둔한 아픔을 표현하며 재형이 부들부들 떨리는 손을 들어 영자의 이마를 쓱 밀었다. 쉽게 떨어져 나갈 것 같지 않던 영자가 입을 떼고 뒤로 한 걸음 물러섰다. 재형의 목으로 마른침이 꿀꺽 넘어갔다. 손등에 선명하게 남아 있는 이빨 자국이 재형의 눈동자에 들어왔다. 두 눈이 부릅떠졌다. 그의 눈이 부르르 떨리는 걸 보며 영자가 느긋하게 입을 손등으로 쓸어냈다.

"너, 너, 너 지금 무슨 짓을…… 한 거야."

"물어달라면서요? 그래서 물었는데요."

"이런 미친."

"에이, 말이 좀 심하다. 원해서 해준 걸 미쳤다고 하면 안 되는 거죠."

"야!"

재형이 수전증 환자처럼 손을 파르르 떨며 분노에 찬 고함을 내질렀다. 바로 코앞에서 재형이 소리를 치는 바람에 귀가 먹먹해진 영자가 손가락으로 귀를 휘적거리자 재형이 눈에 쌍심지를 켰다.

"너 지금 그 버릇없는 태도는 뭐야!"

"기차 화통을 삶아 먹는 사람이 요즘도 있구나. 계속 그렇게 소리칠 거예요? 귀청 떨어져 나갈 것 같은데."

"하아."

기가 막혀 헛웃음이 터져 나왔다. 재형이 치를 떨며 소독제를 꺼내 미친 듯이 손등에 뿌리며 히스테릭하게 영자를 쏘아붙였다.

"넌 뭐든 원하면 그냥 다 해줘? 그게 뭐든 상관없이? 참 잘났다. 잘났어. 뭐? 싹 난 감자? 거기만 독이 있는 줄 알아? 나한테도 있어. 독!"

"오호! 그래요?"

"너 지금 나 비웃었어?"

"에이, 설마요."

손을 내저으며 그런 적 없다 말하는 영자의 천연덕스런 표정에 재형은 울화가 치밀었다. 빠득빠득 이를 갈아대는 재형의 얼굴이 표독스럽게 변했다. 두고 보자 불끈 주먹을 움켜쥐는 재형을 향해 환한 미소를 지어 보이며 영자가 말했다.

"궁금하네요. 당신 독은 어떤 효과를 가지고 있는지."

"기대해. 아주 강렬해서 환장할 정도일 테니까."

"흠. 뭐 기회가 된다면 그러죠."

더 이상 같이 있을 이유가 없다 생각한 영자가 손을 들어 흔들며 재형에게 안녕을 고했다. 재형이 돌아서 성큼성큼 입구로 걸어가는 영자를 붙잡으려다가 멈칫했다. 내민 손등의 선명한 이빨 자국이 그를 멈추게 했다. 또 잡으면 똑같은 자국이 하나 더 생길 것 같았다.

"후우."

폐 깊은 곳으로부터 숨을 끌어 올려 천천히 내쉬며 분을 삭이는 재형을 저만치 걸어가던 영자가 휙 뒤돌아봤다. 눈이 마주치자 재형이 눈에 한껏 힘을 주며 부라렸다. 또, 뭐!

"아 참. 제 독에 대한 부연 설명을 안 했네요."

"……."

"제 독은요. 아주, 아주 강한 중독성을 가지고 있거든. 아마, 그 손등 볼 때마다 자꾸자꾸 제 생각이 날 거예요."

"웃기고 있네."

"그건 두고 보시면 알 겁니다."

자신만만하게 말하며 돌아선 영자가 주머니에 손을 찔러 넣으며 덧붙였다.

"그래도 보고 싶다고 막 찾아오면 안 되는 거 알죠?"

"하아. 뭐야. 저거."

스카우트 좀 해보겠다고 집요하게 찾아갔던 걸 가지고 오해를 하는 모양이다. 물린 손을 주머니에 푹 찔러 넣으며 재형이 영자가 빠져나간 입구를 노려보았다.

"착각은 자유지만 함부로 거기에 날 엮어 넣지 말아줬으면 좋겠어. 놓치기 아까운 인재라고 내가 너무 악착같이 열성을 보인 거지. 쯧쯧. 못생긴 게 꿈도 야무지지. 뭐? 누가 누굴 떠올려? 보고 싶어 찾아가? 말도 안 되는 소리 하고 있네."

신랄하게 사라진 영자를 쏘아붙이며 냉정히 엘리베이터 쪽으로 몸을 돌린 재형이 성큼성큼 걸어가며 인상을 팍 구겼다. 그럴 리가 없다고 생각하면서도 이상하게 물린 손등이 간질간질거리며 신경이 쓰였다. 꼼지락꼼지락 주머니 속 손이 제멋대로 움직였다.

"흠. 저거 광견병 주사는 맞은 거야?"

엘리베이터 버튼을 누르며 재형이 괜스레 혼잣말로 투덜거렸다.

4. 마녀가 틀림없어

"영자야! 제발 나 한번만 좀 살려주라!"

"내가 언제부터 네 명줄을 잡고 있었냐? 살려주긴 뭘 살려줘."

"그러지 말고. 너 JU 그만둔 거 다 안단 말이야."

빨래를 널고 돌아서는 영자의 팔을 붙잡으며 인숙이 애처로운 표정을 지어 보였다. 무심한 눈으로 인숙을 쳐다보던 영자가 시선을 내려 붙잡힌 제 팔을 봤다. 인숙의 손과 겹쳐 똑같이 팔을 끈덕지게 잡고 늘어지던 또 다른 손이 떠올랐다.

"하아. 이놈의 팔은 그냥 버스 손잡이지. 아무나 잡고 매달리고."

"영자야아, 나 진짜 이번에 승진 못하면 새파랗게 어린것들이랑 창고 지켜야 한단 말이야."

인숙이 붙잡고 늘어지는 것이 무색하게 영자가 아무렇지 않은 듯 성큼성큼 걸어 문을 열고 집 안으로 들어섰다. 슬리퍼를 벗고 실내로 들어서는 영자를 따라 인숙이 재빨리 힐을 벗고 올라섰다. 침대 위에 널브러져 있던 이불을 걷으려 팔을 크게 휘젓는 바람에 잡고 있던 인숙의 손이 떨어져 나갔다. 인숙이 다시 달라붙기 전에 영자가 쌩하니 밖으로 나섰다. 그런 영자를 얄밉게 흘기며 인숙이 뒤를 쫄래쫄래 따랐다.

"너 진짜. 이러기야? 우리 십 년 우정이 이것밖에 안 되는 거였어?"

애걸하다 못해 이젠 샐쭉하게 삐친 목소리로 인숙이 투덜거렸다. 영자는 말없이 인숙을 지나쳐 커다란 대야에 이불을 넣고 호수를 끌어와 물을 틀었다. 이불 빨래를 하려는 모양이었다. 이불이 잠길 정도로 물이 받아지자 영자가 물을 끄고 인숙 곁으로 다가섰다. 팔짱을 낀 채 입을 삐죽거리며 서 있던 인숙이 원망 어린 시선으로 영자를 흘겼다.

"벗어."

"뭘."

"그거."

생뚱맞게 갑자기 벗으라는 영자의 주문에 인숙이 눈을 동그랗게 뜨며 팔짱을 더 견고하게 꼈다. 영자의 무미건조한 시선이 인숙의 팔에서 비껴나 그녀의 발로 내려갔다. 따라 시선을 내린 인숙이 이번 패션 부티크 부서에 새로 들어온 2014 S' GG 신상 힐을 멀뚱히 바라봤다.

"이건 왜?"

혹시 힐이 탐나 그러나 슬쩍 한쪽 발 뒤에 다른 발을 숨기며 인숙이 곤란하단 표정으로 조심스럽게 물었다. 평소 힐이라고는 쳐다보지 않는 영자였지만, 저도 여자라고 힐이 좀 예뻐 보여 욕심이 났을 수도 있었다. 방송 전에 샘플로 들어온 것 중 하나를 어렵게 구한 것이었다. 지금 영자가 절대적으로 필요하긴 했지만 그렇다고 힐을 벗어주긴 너무 아까웠다. 어떻게 구한 건데.

"구두 신고 밟을 순 없잖아."

영자가 턱으로 이불이 담긴 대야를 가리켰다. 힐끔. 대야를 곁눈질로 바라본 인숙이 눈을 깜빡이며 물었다.

"설마, 저걸 나더러 빨라고?"

"싫어? 싫음 말고."

"아, 아니야. 지금 벗고 있잖아."

서둘러 힐을 벗어 한쪽에 얌전히 놔두고 대야로 쪼르르 달려가 막 발을 올려놓으려 할 때였다. 갑자기 거센 물줄기가 인숙의 발 위로 쏟아졌다. 인숙이 팔짝 뛰며 돌아보자 영자가 태연한 표정으로 물이 나오는 호수를 들고 서 있었다.

"앗! 깜짝이야."

"그 발로 어딜 들어가."

"밟으라며."

"바로 앞에서 신발 벗고 들어가야지. 맨발로 가서 그 발로 밟으려고? 이불 더 더럽힐 일 있어?"

"진짜 깐깐하게 군다. 알았어. 씻고 들어가면 될 거 아냐."

호수에서 흘러나온 물에 한 발을 씻고 들어가 다른 쪽 다리를 밖으로 쭉 뻗자 영자가 호수를 더 높이 들어 발바닥에 묻은 흙을 씻어 내렸다.

"오케이."

영자의 승낙이 떨어지고서야 나머지 다리도 마저 대야에 넣어 이불을 지근지근 밟았다. 인숙에게 이불 빨래를 떠넘긴 영자가 그 옆 평상에 대자로 드러누워 느긋하게 하늘을 올려 보았다. 천고마비의 계절답게 하늘은 드높고 푸르렀다. 구름 한 점 없이 맑은 하늘을 바라보며 영자가 손을 머리 뒤로 모아 깍지를 꼈다.

"흠. 포기한 건가? 한 며칠 뜸하네."

"응?"

"너한테 한 소리 아니야. 레벨 업해서 힘차게 밟아라. 그래서 때가 씻기겠어?"

"완전 열심히 밟고 있거든?"

"그래, 이불이 내 얼굴이다 하고 밟으면 밟을 맛 날 거다."

"에이, 무슨 말을 그렇게 해. 넌 내 은인이 될 사람인데. 밟을 수야 있나."

말도 안 되는 소리다 손사래를 치며 극구 부인하던 인숙이 고개를 돌려 있는 힘껏 이불을 꽉꽉 밟으며 혼잣소리를 중얼거렸다.

"안 그래도 처음부터 그러고 있는 중이다. 얼마나 짓밟았는지 발이 다 아프다, 이년아."

인사관리과 최 팀장이 찾아와 은근 협박조로 영자를 포섭하느냐 마느냐가 이번 인사고가에 상당한 영향력을 행사할 거라고 말하지만 않았어도 이렇게 비굴하게 굴지는 않았을 것이다. 영자는 만년 알바 인생이고 저는 그래도 나름 대기업 KUM홈쇼핑의 정직이다 자만심이 가득했었는데, 이젠 자신이 창고 관리에서 벗어나 사무실에서 근무를 하느냐 마느냐가 영자의 선택에 달렸다니.

영자 저 계집애가 뭐라고 스카우트를 못해 안달인지 이해할 수가 없었다. 고작 식품부 시식코너에 앉아 먹기만 하는 게 전부일 텐데. 제시한 연봉이 인숙보다 높았다.

"이게 말이 되느냐고."

혼자 구시렁거리며 이불을 밟아대던 인숙의 귀에 졸린 듯 나른한 영자의 목소리가 들려왔다.

"인생 자체가 말이 안 되지. 항상 예상 못한 변수가 존재하니까. 언제 어떻게 처지가 뒤바뀔지. 그건 아무도 모르는 거야."

"어? 무슨 말이야?"

"그냥, 그런 게 있어."

무겁게 내려앉는 눈꺼풀 때문에 파란 하늘이 보였다 사라졌다를 반복했다. 영자가 길게 하품을 하며 잘 것 같은 폼으로 눈을 감자 인숙이 다급하게 물었다.

"나영자, 이것만 빨면 내 부탁 들어주는 거지? 그럴 거지?"

"하음. 딱 한 번이야. 더는 안 돼."

"그럼. 그럼. 그거면 돼. 한 번만 방송 살려주면 된다고 했으니까. 그것만 해줘도 난 살 수 있어."

"팍팍 밟아. 그거 3개월은 안 빤 거야."

"뭐?"

"여간해선 깨끗하게 안 빨린단 소리야. 두세 번은 더 같은 작업 반복해야 할 거야. 새것처럼 깔끔하게. 알지?"

영자의 허락에 기분이 좋아졌던 인숙의 미간이 확 구겨졌다. 인숙의 시선이 제 발로 떨어졌다. 그다지 더러워 보이지 않던 이불이었는데, 물이 회색빛으로 변해가고 있었다. 물에 담그고 있던 발에 소름이 돋았다.

'뭐야. 이 이불이 흙 묻은 발보다 더 더럽잖아! 망할 년.'

씨익. 인숙의 원망 어린 속마음이 들리는 듯 평온하게 눈을 감고 있던 영자의 입가에 만족스런 미소가 떠올랐다.

'어이, 친구. 세상엔 거저먹기처럼 쉬운 일도 없고, 공짜는 더더욱 없다네.'

감은 눈 위로 사뿐히 내려앉은 햇살이 간지러웠다. 기분 좋은 간지러움. 아무 곳이나 벌렁 드러누워 햇살받이를 할 수 있는 이런 자유로움을 그 사람은 알까? 문득, 머릿속에 떠오른 재형의 찡그린 얼굴에 피식 웃음이 났다.

'그 잘난 얼굴 또 일그러지겠네.'

자신이 타 방송에 출연했다는 걸 알았을 때 재형이 지을 표정이 떠올라 마치 그를 마주하고 있는 듯 영자의 미간도 살짝 찌푸려졌다. 후훗. 엷은 미소가 그녀의 입가로 서서히 번져 나갔다.

돼지감자에게 물린 일주일 후.

재형은 잠결에 뒤척이다 손이 얼굴에 닿은 걸 느끼면 후다닥 일어났고, 이빨을 닦다가도 거울에 비친 칫솔을 들고 있는 손이 물린 손이면 질겁하며 칫솔을 놓았다. 물린 자국도 남아 있지 않은 말끔한 손인데 이상하게 의식이 되었다. 제 손인데 제 손이 아닌 묘한 느낌에 사로잡혀 물린 손과 거리를 두게 되었다.

하필이면 물린 손이 오른손이라니. 이러다가 왼손잡이가 될 판이었다.

무사히 외출 준비를 마치고 엘리베이터에 오른 재형이 버튼을 누르려 손을 뻗다 움찔 그대로 멈췄다. 곱디고운 손등을 내려 보며 재형이 낮은 신음을 흘렸다. 정확히 영자의 이빨과 입술이 닿았던 부분에 시선이 머물렀다. 손등이 간질거렸다. 움찔움찔. 손등을 타고 흐른 전류가 온몸을 찌릿하게 만들었다.

"흐음. 망할."

손등 위로 씨익 해맑게 웃는 영자의 얼굴이 겹쳐졌다. 죄책감이라곤 전혀 없는 순진하기 그지없는 얼굴이었다. 사람을 물어놓고 어떻게 저렇게 태연할 수가 있지? 재형의 눈에 쌍심지가 켜졌다. 사람은 사람을 물지 않는다. 야채도 사람을 물지 않는다. 개나 고양이 같은 짐승이 물지. 그럼 돼지감자는 대체 뭐란 말인가.

유심히 물린 손등을 바라보고 있던 재형의 눈에 순간 빛이 반짝였다. 뭔가 심오한 깨달음을 얻은 듯 재형의 입이 스르르 벌어지고 고개가 절로 끄덕거려졌다.

"그렇지. 그러니 돼지감자지. 짐승도 아니고, 야채도 아닌. 괴생명체였던 거야!"

희대의 발견이라도 한 양 주먹을 불끈 쥐고 소리치던 재형이 문득 고개를 돌려 천장 모서리에 붙은 CCTV를 의식하고는 차분히 자세를 가다듬고 섰다. 그러다 뭔가 이상함을 느끼고 뚫어져라 엘리베이터의 층수를 확인했다. 버튼 누르는 걸 깜빡했다.

"흠흠."

멋쩍음을 헛기침으로 무마한 재형이 태연하게 손수건을 꺼내 왼손에 감고 버튼을 눌렀다. 주차장에 대기 중이던 최 비서가 재형이 다가오는 것을 발견하고 뒷좌석 문을 열어주었다. 군말 없이 재형이 올라타자 최 비서가 차를 돌아 운전석에 올랐다. 그날 광란의 질주 이후 재형은 다시는 운전대를 잡지 않겠노라 선언했다. 차를 몰고 나가 무슨 일이 있었는지는 몰라도 무사히 살아 돌아온 것만으로도 다행이라며 최 비서는 아무것도 묻지 않았다. 아니, 묻지 못했다. 간간이 소름 돋는 표정으로 제 손을 죽일 듯 쏘아보는 재형의 눈빛이 심상찮아 잘못 건드리면 안 되겠다 싶어 입을 다문 것이었다.

우아하게 손끝에 턱을 괴고 차창 밖을 응시하고 있던 재형이 뭔가에 흠칫 놀란 듯 눈을 부릅뜨더니 매섭게 자신의 오른손을 노려보며 멀찍이 몸을 물렸다.

그 모습을 룸미러로 힐끔 바라본 최 비서가 고개를 갸웃했다. 왜 오른손에만 민감하게 반응하며 경기 반응을 보이는지 모르겠다. 마치 그 손에 똥이라도 묻은 것처럼 경멸스런 눈으로 바라본다.

'거참, 희한하네.'

하긴, 손에 똥이 묻었었다면 재형의 저런 반응을 조금은 이해할 수도 있을 듯했다. 먼지 한 톨도 허용치 않는 그가 똥을 만졌다면 그 충격은 실로 엄청날 것이었다. 씻어낸다고 없어지지 않을 그 찝찝함을 달리 어찌할 수도 없을 것이고, 그렇다고 손을 잘라낼 수도 없으니 손을 볼 때마다 흠칫거릴 수밖에.

"힐튼 호텔로 가십니까?"

최 비서가 아무 내색 없이 그의 스케줄을 확인했다. 그에 오른손과 일정 거리를 유지하며 반대편으로 몸을 기울이고 있던 재형이 최 비서를 의식해 마지못해 자세를 바로잡았다.

"그래."

짧은 답 속에 짜증이 묻어났다. 자신을 향한 짜증이 아님을 최 비서는 알고 있었다.

정확히 서른여섯 번째 선이었다. 거의가 재형이 퇴짜를 놓다시피 한 선임에도 그의 모친은 끈덕지게 새로운 여자들을 재형에게 선보였다. 그가 워낙 까다롭기도 했고, 자기애가 강하기는 했지만, 그건 모두 그의 스펙과 외모로 충분히 커버가 되었다. 하지만 딱 거기까지였다.

청결이 최우선인 그는 남과 함께 밥을 먹는 것도 밖에서 차를 마시는 것도 그다지 좋아하지 않았다. 작은 티끌 하나에도 과민하게 반응하며 소독제를 뿌리는 것은 물론이고, 여자를 여자로 보지 않고 세균 덩어리로 취급하는 만행을 겪고 나서는 모두들 진저리를 치며 돌아섰다. 그런 과정을 서른다섯 번이나 거치고도 포기할 줄 모르는 재형의 모친이나, 모친의 말에 별 반항 없이 나가서 거침없이 행동하는 재형이나 둘 다 이해가 안 가기는 마찬가지였다.

누가 이기나 보자는 건가? 서로 유순하게 주고받는 말투나 행동으로 봐선 절대 그럴 리 없다 생각하면서도 쓸데없는 선보기를 계속하는 걸 보면 또 괜한 신경전을 벌이는 것처럼 보이기도 했다. 좀체 이해할 수 없는 사람들이었다.

'뭐, 내가 신경 쓸 일은 아니지.'

가볍게 고개를 끄덕인 최 비서가 차를 출발시키자 재형의 입에서 들릴 듯 말 듯 무거운 한숨이 흘러나왔다.

대체 언제까지 제 오른손을 제 것이 아닌 것처럼 혐오스럽게 대해야 하는 건지. 더불어 자꾸만 손등에 겹쳐 떠오르는 얄미운 영자의 얼굴에 입이 가만있질 못하고 구시렁거렸다. 그러다 보니 혼잣말만 늘게 되어 괜히 회의 중에도 엉뚱하게 오른손을 나무라고 영자를 저주하는 말을 쏟아내는 이상행동을 하고 말았다.

모두의 시선이 집중되던 그 순간의 치욕이 떠오르자 재형이 입을 씰룩거렸다.

"젠장, 이게 다 그 망할 돼지감자 때문이야."

"네?"

운전에 열중하느라 재형의 말을 제대로 듣지 못한 최 비서가 룸미러로 재형을 살피며 되물었다. 그에 재형이 별일 아니다 시큰둥하게 손을 내저으며 창밖으로 고개를 돌렸다.

힐든 호텔 정문에 차가 멈춰 섰다. 문을 열고 내린 재형이 최 비서를 향해 늘 똑같이 읊던 멘트를 날렸다.

"1시간 있다가 앞으로 와."

"네."

약속 장소인 호텔의 스카이라운지로 올라가는 동안 그의 얼굴은 줄곧 굳어 있었다. VIP 전용 엘리베이터가 오늘따라 사람들로 북적였다. 사람 많은 곳을 그다지 좋아하지 않는 재형이었다. 힐든의 스카이라운지는 회원제로 운영되며 각각의 프라이버시가 존중되도록 테이블마다 가벽이 세워져 있었다. 그래서 늘 약속 장소로 힐든을 잡는 것인데 요즘 들어 이곳도 사람이 많아서 오기가 꺼려지고 있었다. 아무래도 장소를 새로 물색해야 할 것 같았다.

"그러게 우리 회사 미팅룸에서 만나자니까."

재형이 작게 투덜거리며 엘리베이터에서 내렸다. 편하게 JU의 미팅룸에서 보자는 재형의 말을 딱 잘라 반대한 건 그의 모친이었다. 안 그래도 딱딱하게 사람을 대하는 재형인데 거기서 만나면 상대방은 면접을 보는 기분이 들 것이 분명했다. 게다가 아무리 바쁘고 귀찮아도 선을 보는 장소로 그런 곳을 제시하는 사람은 없었다.

재형이 생각하기에는 그만한 장소가 없이 딱 최적의 조건을 갖춘 곳인데 극구 반대하는 모친을 이해할 수 없었다. 공기청정기에 세균 박멸까지 수시로 하는 청결한 곳이었다. 그런 청정구역에서 만나자는 건데 왜 안 된다는 걸까. 다음에는 고집을 부려봐야겠다 속으로 생각하며 재형이 스카이라운지 안으로 들어섰다.

"반갑습니다. 자리로 안내해 드리겠습니다."

재형의 얼굴을 알고 있는 직원이 인사를 건네며 그를 자리로 안내했다. 재형의 자리는 정해져 있었다. 그가 예약을 하면 하루 전 미리 소독 작업을 한다. 재형이 특별히 회원제 금액의 2배를 지급하는 이유도 거기에 있었다. 고객을 위한 서비스의 일환이라고 말은 하지만 그게 그냥 이뤄지는 것은 아니었다.

"좋은 시간 되십시오."

문을 열어 재형이 들어갈 수 있도록 한쪽으로 비켜선 직원이 정중히 고개를 숙여 물러서며 문을 닫았다. 이미 자리에 앉아 그를 기다리고 있던 여자가 새침한 표정으로 앉아 있다가 그를 보곤 서서히 환한 미소를 띠었다. 확실히 그의 아름다운 외모와 훌륭한 바디는 여자들의 눈을 멀게 하고 정신을 혼미하게 만들기에 충분했다.

"죄송합니다. 조금 늦었습니다."

재형이 미안함이 전혀 깃들지 않은 목소리로 건조하게 말하며 여자의 맞은편에 앉았다. 화색이 도는 얼굴로 손사래를 치며 여자가 코맹맹이 소리를 냈다.

"어머머, 아니에요. 사업을 하다 보면 항상 빈번하게 일어나는 일이죠. 괜찮아요, 전."

마지막 말을 하며 몸을 배배 꼬는 여자의 모습에 재형이 순간적으로 미간을 찌푸렸다 폈다. 그의 입에서 억눌린 신음이 소리 없이 새어 나왔다.

'비염이 있나 왜 코로 숨을 못 쉬어.'

딴에는 애교를 부리는 거라 콧소리와 혀 짧은 소리를 섞어 말하는 여자를 재형이 단박에 코 막혀 제대로 숨도 못 쉬는 비염 환자로 만들어 버렸다. 못마땅한 기색이 역력한 재형의 시큰둥한 태도를 여자가 젠틀한 거라 오해하며 눈을 반짝 빛냈다.

"요즘 JU홈쇼핑 주력 상품이 명품이라던데 이번 시즌 MD 추천 상품은 뭐예요?"

망고 셰이크에 꽂힌 빨대를 쪽쪽 빨아대던 여자가 눈을 예쁘게 보이려는 듯 긴 인조눈썹을 붙인 눈을 깜빡거리며 물었다. 재형의 한쪽 눈썹이 거북하게 치켜 올라갔다. 우아하게 찻잔을 쥔 재형의 손에 살짝 힘이 들어갔다. 구역질 나게 무슨 짓이야. 재형이 속내를 숨기고 심드렁하게 답했다.

"글쎄요."

신랄하게 씹어대는 재형의 속마음을 모르는 여자가 계속 뭐라 좋알거렸다. 1분에 열 번 이상 깜빡거려 대는 여자의 눈과 멈출 줄 모르고 나불거리는 입을 짜증스레 쳐다보던 재형의 찌푸려진 미간이 점점 펴졌다. 여자의 얼굴에 겹쳐 떠오른 해맑게 빛나던 왕방울만 한 눈동자와 해사하게 웃던 앙증맞은 입술. 그 입술 안에서 새하얗게 반짝이던 건치들. 건치……

"망할!"

갑자기 재형이 으르렁거리며 내뱉은 말에 여자가 놀라 입을 벌렸다.

"네?"

"아."

잠깐 딴생각을 하다 실수를 저지르고 말았다. 슬쩍 여자를 살핀 재형이 피식 싱겁게 웃었다. 여자에게 시선을 고정시키고 사뿐히 찻잔을 내린 재형이 야릇하게 입술을 쓸며 고혹적으로 말했다.

"실례. 너무 뜨거워서."

"아, 뜨, 뜨거워요?"

재형의 촉촉이 젖은 입술에 시선을 빼앗긴 채 여자가 말을 더듬거렸다. 마음 같아서는 당신 내 취향 아니다 딱 잘라 말하고 일어서 나갔을 텐데 약속한 것이 있어 한 시간을 채우기 위해 악착같이 참았다. 재형의 성격상 모친의 부탁만 아니었으면 절대 하지 않았을 일이었다.

'왜 갑자기 돼지감자가 떠올라서. 쯧.'

재형이 다시 찻잔을 들어 마시며 속으로 혀를 찼다. 다른 여자를 보면서 왜 엉뚱하게 영자의 웃는 얼굴이 떠올랐는지 이해를 할 수가 없었다. 재형이 무슨 생각을 하고 있는지 알지 못하는 여자가 배시시 웃으며 망고 주스에 꽂혀 있던 빨대를 뽑았다. 그로 인해 빨대 끝에 맺혀 있던 주스가 튀어 맞은편 재형의 손등에 떨어졌다.

"어머, 어떡해."

손등에 떨어진 망고 주스 한 방울로 재형의 시선이 옮겨갔다. 늘 이상한 온기와 간질거림을 동반하던 손등에 낯선 차가움이 더해졌다. 그를 바라보는 재형의 눈이 시리게 차가운 빛을 띠었다.

"죄송해요. 왜 이게 여기 튀어서."

미안하다 말하며 힐끔힐끔 재형의 눈치를 살피던 여자가 과감하게 그의 손등을 냅킨으로 톡톡 두드렸다. 묻은 건 고작 한 방울인데 터치는 꽤 여러 번 반복됐다. 재형의 손등에 제 손이 닿은 것에만 집중하고 있던 여자는 그의 얼굴이 서늘하게 식으며 일그러지는 것을 보지 못했다.

"치워."

"……네?"

"그 더러운 족발 치우라고."

한기가 느껴지는 지독하게 시린 목소리였다. 놀란 여자가 눈을 동그랗게 뜨고 재형을 쳐다봤다. 그러거나 말거나 이미 이성이 확 달아난 재형이 여자의 손을 거칠게 쳐내며 품속에서 소독제를 꺼내 신경질적으로 뿌려댔다. 알싸한 소독제 냄새와 재형의 히스테릭한 태도에 여자가 어찌할 바를 몰라 하며 손을 거뒀다. 무안함과 아픔이 겹쳐 무심한 재형을 보고 있자니 마음이 울컥했다. 여자의 마음이 어떻든 상관없이 재형은 아랫입술을 깨문 채 손등을 소독하는 일에 열중했다. 그가 무심결에 혼잣소리를 중얼거렸다.

"아무나 손댈 수 있는 영역이 아니란 말이야. 따뜻하고 간질거리는 거 위에 다른 게 더해지는 건 절대 용납할 수 없어."

재형은 자신이 무슨 말을 하고 있는지도, 손등의 한 부위만 피해 닦고 있다는 것도 알지 못하는 듯했다.

"저기."

머뭇거리다 여자가 용기를 내서 그를 불렀다. 힐끔. 눈동자만 올려 건조하게 바라보는 재형이 이상하게 낯설게 느껴졌다. 마치 지금 처음 만난 사람처럼. 서늘한 시선으로 여자를 쳐다보던 재형이 할 말이 없으면 관두라는 듯 금세 고개를 돌렸다. 뭐지? 좀 전과 다른 재형의 냉담한 태도에 여자가 당황해 마른침을 꿀꺽 삼켰다. 단순한 스킨십이었다. 그저 손가락이 살짝 닿은 정도였다. 그게 그렇게 잘못된 행동이었나?

"정말 죄송해요."

다시 한 번 여자가 용기를 내 사과를 했다. 이대로 재형과 틀어지는 건 원하지 않았다. 여자는 재형이 너무 마음에 들었다. 그의 솜사탕처럼 부드러웠던 미소도, 지금 시리게 차가운 모습도 모두 가슴이 두근거리게 하는 묘한 매력이 있었다.

재형이 소독제를 거두고 손수건을 그대로 테이블 위에 떨어트렸다. 버리려는 모양이었다. 그가 천천히 테이블 위에 팔꿈치를 기대며 깍지를 꼈다. 그리곤 딱딱하게 굳은 얼굴로 여자를 직시했다. 그 직설적인 눈빛에 여자가 바짝 긴장했다. 말없이 쳐다만 보는 게 할 말 해보란 소린 거 같아 여자가 혀로 입술을 축이며 막 입을 열려던 참이었다. 재형의 휴대폰이 부르르 몸을 떨었다. 재형이 여자를 향해 살짝 손을 들어 보이곤 휴대폰을 확인했다.

문자메시지였다. 식품부 김 대리에게서 온 것이었다.

'이 인간이 왜 갑자기 문자질이야?'

한두 번 봐줬더니 겁도 없이 자꾸 기어오른다. 휴대폰을 보는 재형의 눈썹이 마뜩잖게 치켜 올라갔다. 김 대리가 또 무슨 삽질을 하나 두고 보자 하며 재형이 화면을 터치했다.

「대표님! ㅜㅜ」

허, 이건 또 무슨 이상한 시추에이션?

재형이 한쪽 눈썹을 들썩이며 그 아래 첨부된 주소창을 시큰둥하게 눌렀다. 설마, 김 대리 이름으로 온 스팸은 아니겠지 하며 미심쩍은 마음으로 화면을 바라보던 재형의 눈이 점점 가늘어졌다. 그의 미간이 심각하게 좁혀졌다.

"뭐야. 돼지감자, 너 진짜 여길 간 거야?"

휴대폰을 잡은 손에 한껏 힘이 들어갔다. 화면 속 KUM홈쇼핑의 식품 방송이 진행되면 진행될수록 재형의 얼굴이 점점 싸늘하게 굳어갔다. 휴대폰을 쥔 오른손 손등이 화끈 달아오르고 간질간질거렸다.

그저 그런 냉동 만두를 어찌나 그렇게 맛나게 먹는지. 영자의 먹방은 화면을 보는 사람의 눈과 입을 전염시키는 건 물론이거니와, 맡아지지도 않는 냄새까지 콧속으로 스며드는 착각을 불러일으키는 대단한 능력을 가지고 있었다.

식탁 위에 차려진 각양각색의 만두 중 찐만두 하나를 집어 든 영자가 그것을 양손으로 가르자 김이 모락모락 피어올랐다. 속이 꽉 찬 왕만두였다. 후후. 두 번 바람을 불어 만두를 식힌 영자가 한입에 그것을 집어넣고 오물오물 씹었다. 빵빵해진 볼이 순식간에 작아지고 또 다른 만두가 연이어 그녀의 입속으로 사라졌다. 아무 양념장 없이 만두 하나만으로도 충분히 맛나게 먹을 수 있다는 걸 보여주고 있었다. 군침이 돌았다. 만두처럼 조잡한 음식이 없다며 싫어라 하던 재형의 입에서조차 침이 삼켜졌다.

7분 8초 만에 완판. 상담원 전화 연결이 어렵다는 흔한 멘트와 더불어 서버가 마비 직전이라는 안내를 침 튀겨가며 말하던 쇼핑 호스트의 얼굴에 함박웃음이 지어졌다. 기뻐 어쩔 줄 모르겠다는 듯 흥분된 채로 완판을 외쳐 대던 것도 잠시 곧 조금 전 영자가 보여주었던 먹방 화면을 리플레이하며 방송 후에도 인터넷으로 추가 주문이 가능하다는 말이 이어졌다.

"욕심은. 완전 뽕을 뽑겠다 이거군."

목표치를 달성하고도 추가 주문을 받겠다는 건 과욕이었다. 폭주하는 주문을 어떻게 다 쳐내려고. 배송이 길어지면 길어질수록 소비자의 불만도 커진다. 결국, 홈쇼핑의 이미지만 나빠지는 것이다. 얼마 정도만 받겠다는 커트라인도 정해놓지 않은 무책임함이라니.

"아마추어냐?"

정확한 내막은 모르겠지만 이건 방송 한 번만 하고 말겠다는 게 분명했다. 그냥 팔아버리면 그만이라는 식이다. 방송은 초대박 타이틀을 달고 성공리에 끝이 났다. 꽁한 속내를 괜한 트집으로 승화시키며 재형이 빠득빠득 이를 갈았다.

이상하게 속에서 울컥울컥 화가 치밀었다. 경쟁 회사의 식품 방송 하나가 빅히트를 치며 완판이 되었다고 해서 질투를 느낄 재형이 아니었다. 그깟 완판이야 홈쇼핑의 대표 상품들에겐 허다한 일이었다. 재형의 그릇이 그 정도로 작진 않았다. 그런데 화가 났다.

"뭐지? 이 뼛속 깊이 우러나오는 배신감의 정체는?"

억눌린 신음을 뱉어내며 재형이 주먹을 불끈 쥐었다. 영자가 나오는 장면에서 화면을 정지시킨 재형이 엄지와 검지를 화면에 대고 천천히 벌렸다. 화면을 가득 메운 영자의 얼굴을 내려 보는 재형의 두 눈이 화르륵 불타올랐다. 후끈후끈 간질간질. 손등에 새겨진 영자의 존재감이 자꾸만 재형의 마음을 들쑤시고 있었다.

믿었던 모양이다. 언젠가는 자신에게 돌아오리라고. 아니, JU에 복귀하리라 그렇게 맘속으로 철석같이 믿고 있었던 모양이다. 그런데 영자가 다른 곳에. 그것도 재형이 가지 말라고 했던 KUM에 간 것을 알자, 이상하게 속이 쓰리고 복장이 터졌다.

"좋아. 인정."

"네?"

내내 휴대폰만 쳐다보며 혼잣소리를 중얼거리던 재형이 휴대폰을 내리고 말하자 제게 하는 소린 줄 알고 여자가 반색을 했다. 드디어 저를 봐주었다 눈을 반짝이는 여자를 심드렁하게 쳐다보던 재형이 고개를 갸웃하며 물었다.

"그쪽도 시간 정하고 왔습니까?"

"무슨 시간요?"

"싫어도 꾹 참고 억지로 자리에 앉아 있어야 할 시간."

"……아니요."

'싫어도'라는 말에 여자의 표정이 서서히 굳어졌다. 말대로라면 재형은 지금 싫은데 억지로 앉아 있는 중이란 소리였다. 그리고 여자에게 그런 조건 없이 나온 거라면 그냥 일어나서 나가란 말을 돌려하고 있었다. 머뭇거리며 고개를 젓던 여자를 올곧게 쳐다보며 재형이 문 쪽을 턱으로 가리켰다.

"하아."

기어이 여자의 입에서 기막힌 헛웃음이 터져 나왔다. 잘난 외모와 엄청난 스펙에도 왜 여태 여자가 없었던 것인지 이해를 하지 못했는데. 이제야 알 것 같았다. 그의 성질이 더럽게 못됐다는 것과 지나치게 깔끔을 떤다는 것 때문에 여자가 붙고 싶어도 붙지 않는 것이란 걸.

"시간 남는 김에 앉아서 싸가지나 좀 키우시죠."

여자도 고이고이 귀염받으면서 자란 외동딸이었다. 재형에게 이런 취급을 받고 가만있을 정도로 성격이 곱지도 못했다. 그저 그가 마음에 들어 그의 비위를 맞추려고 노력했을 뿐이었다. 그런데 재형이 싸가지를 말아먹은 무매너로 나오자 있던 관심마저 확 달아났다. 뭐 이런 인간이 다 있나 싶을 정도였다.

손등에 손가락이 닿은 것 정도로 유난을 떨 때부터 알아챘어야 했는데.

벌떡 자리에서 일어선 여자가 재형을 사납게 흘기며 앙칼지게 쏘아붙였다. 여자가 씩씩거리며 나가는 것에는 전혀 눈길조차 주지 않고 재형이 다시 휴대폰을 손끝으로 두드려 영자의 사진을 뚫어져라 쳐다봤다.

"그래, 네 독이 중독성 강하다는 건 인정하지. 그럼 이번엔 내 독이 어떤 효과를 지녔는지 보여줄 차례겠지?"

사진을 바라보던 재형의 입가가 비릿하게 치켜 올라갔다. 그가 매혹적인 입술을 손끝으로 살며시 쓸어내며 은밀한 목소리로 속삭였다.

"기다려, 돼지감자. 기대 이상의 방문을 해줄 테니까."

정확히 1시간 후, 호텔 정문으로 나온 재형은 미리 대기 중이던 차에 올랐다. 항상 선을 보고 돌아온 재형에겐 지루함과 짜증이 동반되는지라 섣불리 좋은 시간 보냈느냐 물을 수 없었다. 오늘도 눈치껏 룸미러로 재형의 표정을 살피며 시동을 걸던 최 비서의 눈이 의아하게 깜빡거렸다. 왠지 오늘은 재형의 표정이 뭔가 좀 달라 보였다. 씨익. 사악함이 묻어나는 미소를 입가에 달고 비스듬히 치켜 올리며 재형이 짧게 명령했다.

"광개토 반점으로 가."

"네. 네?"

최 비서의 입에서 톤이 다른 '네'가 각각 대답과 물음의 형식으로 차례대로 튀어 나왔다. 룸미러를 통해 무슨 말이냐 묻는 어리둥절한 표정의 최 비서를 향해 짧게 혀를 차며 눈을 부라렸다. 그에 슬그머니 시선을 회피한 최 비서가 차를 출발시켰다. 위치는 전에 광고 명함을 통해 이미 파악하고 있었다. 하지만 지금은 그게 문제가 아니었다.

누구든 다시는 빌어먹을 돼지감자에 대해 입에 올리는 사람이 있으면 절대 가만두지 않겠다고 그렇게 으름장을 놓고는 자기 입으로 영자가 있는 광개토 반점에 가자고 하는 변덕스런 재형의 속마음을 이해할 수가 없었다. 전에 없이 그가 집착과 미련을 보이고 있었다. 그것도 자신이 가장 혐오하는 '못생긴' 것에 속하는 돼지감자에 대해서.

"괜찮으십니까?"

"뭐가."

"아니, 안색이 안 좋으신 거 같아서."

"좋아. 아주 좋아."

결의를 다지듯 주먹을 불끈 쥐고 히죽거리는 재형이 걱정되어 물었더니 눈을 빛내며 과도하게 목소리를 높여 좋다고 말한다. 눈에 광기가 깃들었다. 대체 선 자리에서 무슨 일이 있었던 것일까. 돼지감자 나영자가 왜 갑자기 튀어 나온 것인지 그 이유를 모르는 최 비서는 그의 변화가 두려울 뿐이었다.

"영자 씨가 있을까요? 혹시 배달이라도 갔으면."

광개토 반점이 보이는 곳에 차를 대고 최 비서가 갑작스런 방문에 놀랄 영자가 걱정되어 은근슬쩍 말을 돌려 물었다.

"가서 물어보고 와."

"제가요?"

"그럼 내가 가? 저런 곳에 두 번이나?"

"네? 두 번이라니 그게."

"닥치고 얼른 뛰어가."

언제 저길 왔다 간 거지? 의문 가득한 최 비서의 눈빛을 묵살하며 재형이 사납게 명령했다. 그에 고개를 끄덕이며 차 문을 열고 나선 최 비서가 광개토 반점 앞으로 걸어가 문 앞에서 머뭇거리다 조심히 문을 밀었다. 그리곤 슬며시 고개를 내밀어 안을 살폈다. 식사 시간이 아니라 그런지 홀이 한산했다.

문에 달린 종소리에 단무지를 통에 담던 동호가 최 비서를 돌아봤다.

"어서 오세요."

하던 일을 마저 마무리 짓고 최 비서에게 걸어온 동호가 그의 주변을 두리번거리며 물었다.

"혼자 오셨어요?"

"아, 그게."

"저기 앉으세요."

홀 한쪽 자리를 가리키는 동호를 쳐다보며 머뭇거리던 최 비서가 정중한 목소리로 물었다.

"혹시 나영자 씨는 지금 안 계십니까?"

"영자 누나요? 누나는 왜요?"

"잠시 만나서 할 이야기가 있어서."

"무슨 얘기요?"

조금 전의 호의적인 모습은 온데간데없이 의심의 눈초리로 최비서를 쳐다보며 동호가 툭 던지듯 물었다. 영자에게 용건이 있는 사람은 따로 있었다. 이걸 대체 뭐라고 설명을 해야 할까. 머뭇거리는 최 비서를 동호가 더 의심스럽게 쏘아보았다. 그런 동호의 뒤통수를 힘차게 후려치며 호철이 최 비서 앞으로 나섰다.

"자식이. 네가 무슨 형사냐? 뭘 꼬치꼬치 캐물어."

"에이 씨! 머리 치지 말라니까!"

"이게 어디서 반말이야. 네가 사춘기냐? 반항하게?"

"때리니까 그렇죠. 만날 뒤통수만 때려."

"틱틱거리지 말고 저기 가서 양파 좀 까."

"양파 싫은데."

"얼른."

주거니 받거니 아빠와 아들처럼 투닥거리는 둘을 멀뚱히 쳐다보던 최 비서를 돌아보며 호철이 히죽 웃었다. 따라 어설픈 미소를 띤 최 비서를 뚫어져라 쳐다보며 호철이 물었다.

"어디서 오셨습니까?"

"아, 여기."

최 비서가 서둘러 품에서 명함을 꺼내 내밀자 호철이 그것을 받아 유심히 살폈다. 익히 아는 곳이었다. 영자가 즐겁게 아르바이트를 뛰던 곳이었다. 개인적인 이유로 그만두긴 했지만.

"영자는 무슨 일로?"

조금 유순해지긴 했지만 동호와 별다를 바 없는 취조 형식의 질문이 이어지고 있었다. 최 비서가 좀 전에 했던 말과 똑같은 말을 조심스레 내뱉었다.

"만나서 할 얘기가 좀 있어서."

"무슨?"

웃는 낯인데 전혀 웃는 것 같지가 않은 호철의 얼굴과 덩치에 최 비서는 저도 모르게 거부반응을 보이며 한 걸음 뒤로 물러섰다. 그런 최 비서를 꿰뚫어 보듯 위에서 아래로 예리하게 훑어 내린 호철이 작게 고개를 끄덕이며 입을 열었다.

"영자는 여기 없어요."

"네?"

"원래 여기 알바는 저 녀석인데 술 먹고 엎어져서 다치는 바람에 영자가 의리로다가 잠시 봐준 겁니다."

"아, 그랬군요. 그럼, 어디로 가면 만날 수 있습니까?"

"회사에 주소랑 있을 텐데. 못 봤어요?"

"아 참. 그걸 생각 못했군요."

"뭐, 전에 왔던 그 사람이 보낸 거면 그럴 수도 있죠. 당연히 여기 있을 거라 생각하고 또 보낸 거겠지."

"저희 대표님이 여길 들어오셨습니까?"

혹시나가 역시나였던 모양이다. 두 번이나라는 말을 할 때 이상하다 했었다. 배달을 시킨 것도 모자라 직접 찾아오기까지 했었다니. 과연 대단한 열성과 집착이다 싶었다. 최 비서의 말에 호철이 의외라는 듯 눈을 동그랗게 떴다.

"에? 그 사람이 거기 대표였습니까? 하긴 포스가 좀 남다르긴 하더라니."

"그렇긴 하죠."

"영자랑 둘이 사이가 별로 안 좋은 모양이던데. 왜 자꾸 찾는답니까?"

"글쎄요. 그게 저도 잘."

"영자 말이 별로 알고 싶지 않은 사람이라던데."

"그건 저도 동감입니다."

"예?"

본의 아니게 속마음을 털어놓은 최 비서가 움찔하며 어색한 미소를 띠어 보였다. 솔직히 재형에 대해 깊이 알아 좋을 건 하나도 없었다. 차라리 처음부터 모르는 게 나았다. 별 뜻 없는 농담이라며 손을 내젓는 최 비서를 멀뚱히 바라보다 그가 안쓰러웠던지 계산대 위에 메모지에 뭔가를 긁적여 내밀었다.

"여기 영자네 집 주소."

"아, 감사합니다."

"그때 보니 찾아가도 영자가 끌려갈 것 같지도 않고. 싸워서 질 것 같지도 않던데. 전화 한 통이면 알 수 있는 정보니 그냥 수고 좀 덜어드리는 차원에서 적어드리는 겁니다."

"고맙습니다."

주소가 적힌 종이를 고이 접어 품에 넣고 최 비서가 정중히 인사를 건네며 반점을 나섰다. 최 비서가 나가고 나서 동호가 투덜거리며 호철에게 불만을 토로했다.

"남의 신상정보를 아무한테나 알려주면 어떡해요?"

"어차피 인사과에 전화하면 알게 될 거 그냥 쉽게 알려주면 어때서."

"그래도 그렇지 허락도 없이."

"넌 허락받고 영자 전화번호 팔아먹고 다녔냐? 너 때문에 영자가 한동안 얼마나 시달렸는지 알아?"

"에이, 지나간 일은 뭐 하러 들추고 그래요."

"미안한 걸 알아야 그게 인간인 거야. 여기저기 돈 빌려놓고 영자한테 떠넘기고, 친동생도 아닌 놈 그만큼 돌봐줬음 됐지. 언제까지 영자 등쳐 먹을 거야?"

"등은 누가 쳐먹었다고 그래요. 갚을 거예요. 다 갚는다고."

"그래, 두고두고 갚아라. 아마 죽을 때까지 갚아도 모자랄 거다."

"에이 씨. 만날 나만 갖고 그래."

투덜거리며 양파 껍질을 신경질적으로 까던 동호가 짧은 비명을 지르며 눈을 손으로 짚었다. 그리고 이어진 괴성이 광개토 반점을 들썩거리게 만들었다.

"으아악! 따가워. 내 눈!"

"쯧쯧. 그러게 왜 양파 까던 손으로 눈을 비벼. 얼른 가서 눈이

랑 손 씻고 와."

호들갑스럽게 개수대로 향하는 동호를 마뜩잖게 쳐다보며 짧게
혀를 찬 호철이 시선을 옮겨 최 비서가 나간 문을 바라보았다. 신
기한 일이었다. 영자를 찾아 이곳까지 오는 사람이 있다는 것 자
체가.

"영자에게도 봄날이 오려나?"

광개토 반점을 뒤로하고 차로 돌아온 최 비서를 재형이 곱지 않
게 쳐다봤다.

"뭐야, 왜 그냥 와. 돼지감자는."

"여기 없답니다."

"뭐? 왜?"

"원래 여기서 일하는 게 아니랍니다. 잠시 도와준 거라고."

영자를 데려오지 못한 이유에 대해 설명하며 최 비서가 메모지
를 꺼내 내밀었다. 물끄러미 그것을 보던 재형이 받아 들 생각도
않고 한쪽 눈썹을 치켜 올리며 물었다.

"무슨 주소야?"

"나영자 씨 집 주소랍니다."

"흐음."

집이라. 집까지 찾아가야 하나 잠시 생각하던 재형이 손을 휘저
으며 최 비서에게 명령했다.

"내비 찍어."

"지금 가시게요?"

싸하게 쳐다보는 재형의 시선에 찔끔한 최 비서가 군말 없이 내
비게이션에 주소를 찍었다. 재형의 빌라에서 15분 거리에 있는 곳

이었다. 우연의 일치치곤 참 묘하다 생각하며 최 비서가 차를 몰았다.

화려한 번화가 한쪽. 빌딩과 빌딩 사이에 있는 자그마한 상가 건물의 옥상이 영자의 보금자리였다. 차 안에서 무심히 도심과 어울리지 않는 낡고 오래된 건물을 올려다본 재형의 입에서 낮은 신음이 흘러나왔다.

어째 돼지감자는 사는 곳마저 발걸음하기 거북한 곳에 있는 건지. 차마 떨어지지 않는 발로 차 바닥을 초조하게 두드리며 재형이 쓰게 입맛을 다셨다.

"어떻게 하실 생각이십니까?"

도착한 지 10분이 지나고도 아무 지시도 없이 가만히 앉아 건물만 뚫어져라 노려보는 재형을 돌아보며 최 비서가 물었다. 그에 초조하게 혀로 입술을 핥은 재형이 결심을 굳힌 듯 차 문을 열었다.

"기다리지 말고 회사에 가 있어."

"예. 알겠습니다."

영자를 만난 후 재형이 어떤 히스테릭한 증상을 보일지 알 수 없었다. 대기하고 있다간 그 모든 것을 최 비서 혼자 받아내야 했다. 오늘은 여기까지도 충분히 많은 스트레스를 견뎌내고 있었다. 더 이상은 최 비서도 힘들었다. 냉큼 답한 최 비서가 건물 입구에서 한번 심호흡을 하며 천천히 계단 위로 발을 올리는 재형을 바라보다 급히 시동을 걸어 차를 출발시켰다. 뒤도 한번 돌아보지 않고 최 비서가 쌩하니 달아나듯 그곳을 벗어났다.

상가 안은 비교적 깔끔함을 유지하려고 애쓴 티가 났다. 그럼에도 재형의 눈에는 모든 것이 지저분하고 더러운 것투성이로 보였다. 건물 자체가 워낙 오래돼서 아무리 쓸고 닦아도 새것처럼 보이는 데에는 무리가 있었다.

총 6층으로 된 건물의 옥상엔 엘리베이터가 가지 않았다. 6층에 내려 계단으로 올라가야 한다는 말이었다. 재형으로선 엘리베이터를 타는 것도 뭐가 있을지 모르는 음습한 계단을 걸어 올라가는 것도 모험이었다.

"인생하고는. 뭐 이런 곳에 살림을 차려."

사람이 살 곳이 못 된다. 어찌 이런 곳에서 생활을 할 수가 있느냐 구시렁거리며 주머니를 뒤지던 재형의 미간이 확 일그러졌다. 낭패다. 새 손수건을 챙기지 못했다. 주머니에 손을 넣은 채로 굳어 있던 재형을 스치며 누군가 엘리베이터 버튼을 눌렀다. 문이 열리고 엘리베이터에 오른 사람이 마주 선 채 굳어 있는 재형을 멀뚱히 쳐다봤다.

"어라?"

모자 티의 모자를 둘러쓴 영자가 토끼 눈을 하고 재형을 쳐다보고 있었다. 마주 영자를 바라보던 재형의 고개가 갸웃 기울었다. 이렇게 마주칠 줄은 둘 다 전혀 예상하지 못했다. 서로를 멀뚱히 바라보는 사이 문이 서서히 닫히기 시작했다.

"잠깐!"

문이 닫히기 일보 직전 문 사이로 손과 발이 끼어들었다. 믿을 수 없게도 재형이 다급히 몸을 날려 문이 닫히는 것을 막은 것이었다. 다시 문이 열리며 제 행동에 제가 놀라 눈을 부릅뜨고 있는 재형을 영자가 멀뚱히 쳐다봤다.

"버튼만 누르면 될걸."

"……."

사람이 급하면 몸부터 날리게 된다는 걸 재형은 오늘 처음 알았다. 텅 소리와 함께 아픔이 고스란히 손과 발에 전달되었다. 그리고서야 깨달았다. 버튼조차 혐오스러워 손수건을 대고서야 누르던 자신이 스스로 손과 발을 보통 사람들도 잘 갖다 대지 않는 엘리베이터 문에 끼워 넣었다는 사실을.

부릅뜬 눈으로 멍하니 동작을 멈춘 채 서 있던 재형의 뒤로 사람들이 밀려들었다. 앞을 가로막고 있던 재형이 사람들에게 떠밀려 얼떨결에 엘리베이터 안으로 들어섰다. 휘청거리며 중심을 못 잡고 있던 그의 팔을 영자가 붙잡았다. 당혹감에 어찌할 바를 몰라 하던 재형의 눈이 영자를 담아냈다.

"그러다 넘어지겠어요."

멍청하게 서 있지 말고 정신 차리란 말은 자존심이 상할까 봐 제외시켰다. 안 그래도 충격이 이만저만이 아닌 것 같은데 굳이 자신까지 거기에 보탤 것까진 없어 보였다. 더군다나 이곳에 찾아올 이유가 없는 그가 여기까지 온 건 아무래도 자신 때문인 것 같으니까 배려 차원에서 참아주기로 했다.

"흐음."

재형의 입에서 억눌린 숨이 힘겹게 새어 나왔다. 좁아터진 엘리베이터 안에 일곱 명이 올라탔으니 움직일 수 있는 공간이 넉넉할 리 없었다. 옴짝달싹못하게 구석으로 밀쳐진 재형의 눈썹이 꿈틀거리고 꽉 움켜쥔 손이 부들부들 떨리고 있었다. 지금 엘리베이터 안은 재형에겐 끔찍하기 그지없는 아수라. 참혹한 지옥 그 자체였다.

　제가 붙잡은 팔 때문에 더 그런 것 같아 영자가 손을 거뒀다. 그런 영자의 팔을 그가 다시 덥석 붙잡았다. 행여나 놓칠세라 꽉 거머쥔 손에 팔이 아렸다. 영자가 살짝 미간을 찌푸린 채 제 앞에 선 재형을 올려봤다. 파르르 그의 속눈썹이 떨렸다. 그 속눈썹 아래 눈동자가 영자를 담은 채 어지럽게 흔들리고 있었다. 그의 이마 위에 송골송골 맺힌 식은땀을 바라보며 영자가 눈을 가늘게 떴다.

　"당신."

　휘청. 재형의 몸이 흔들리더니 영자에게로 기대왔다. 몸이 본의 아니게 맞닿게 되었다. 등 뒤의 누군가가 그의 몸을 밀친 모양이다. 와자지껄 떠들어대는 그들이 가는 곳은 6층에 위치한 탁구장이었다. 공간이 좁은 관계로 조금만 몸을 뒤척여도 서로 부딪히게 되어 있었다. 고의는 아니었다 해도 재형에겐 이 모두가 견디기 힘든 고통이었던 듯하다.

　"하아. 하아."

　재형이 흘려낸 뜨거운 숨결이 머리 위에서 천천히 아래로 내려왔다. 영자가 고개를 돌려 재형의 상태를 살폈다. 숨 쉬기가 힘들 만큼 많이 힘들어하던 그가 까무러치듯 아득해지는 정신을 간신히 붙들고 영자의 머리 위에 제 머리를 올려놓았다.

　"이것 참."

　재형의 가슴과 마주한 영자가 낮은 한숨을 내쉬었다. 남들은 이럴 때 보통 어깨에 얼굴을 기대곤 하는데 키 차이가 만들어낸 갭이 이런 자세를 만들어냈다. 싫다고 머리를 뺄 수도 없고 천상 6층에서 사람들이 내릴 때까지 이대로 있을 수밖에 없었다.

6층에 엘리베이터가 멈추고 사람들이 우르르 내렸다. 어느 정도 공기 순환은 된 것 같은데 재형은 좀체 정신을 차릴 기미를 보이지 않았다. 혹여 어미를 잃을까 전전긍긍하는 어린 새처럼 재형은 기를 쓰고 영자의 팔을 붙잡고 있었다.

"참 아이러니네. 당신이 여기서 기대고 의지할 사람이 나밖에 없다는 게."

끙끙거리며 재형의 몸을 일으킨 영자가 그를 부축하기 위해 겨드랑이 사이에 머리를 밀어 넣자 재형이 힘겹게 눈을 깜빡이며 물끄러미 그녀를 바라봤다.

"발에 힘 좀 넣어봐요. 내리기도 전에 문 닫히겠네."

재형을 안다시피 하며 걸음을 옮기려니 여간 힘든 게 아니었다. 뒤뚱거리며 간신히 문을 통과한 영자가 계단 앞에서 깊은 한숨을 내쉬며 위를 쳐다봤다. 적어도 15계단은 넘게 올라야 옥상으로 나갈 수가 있었다. 맑은 공기를 좀 마셔야 재형이 정신을 차릴 것 같은데 과연 건장한 사내를 부축하고 영자가 계단을 오를 수 있을지가 관건이었다.

"이봐요, 남자가 왜 이렇게 비실거려요. 정신 좀 차려봐요."

"······시끄러워. 귀가 윙윙거리잖아."

"말이라도 못하면 밉지나 않지. 그냥 여기다가 확 버리고 갈까 보다."

"이게 다 누구 때문인데······."

"하아."

실소를 터트리고 말았다. 곧 죽을 것처럼 기절 직전에 내몰린 사람이 입만 살아 나불거리는 게 너무 기가 막혔다. 말은 항상 청산유수지. 누가 말려. 고개를 절레절레 흔든 영자가 젖 먹던 힘까지 써가며 재형을 부축한 채로 계단 위로 발을 올려놓았다.

"끙. 차."

한 발 한 발 움직이는 게 곤혹이었다. 마지막 계단을 눈앞에 두고 영자는 문득 생각했다. 자신이 왜 이런 수고를 감수하며 재형을 옮기고 있는 것인지. 그냥 버려두고 가도 아무도 뭐라 할 사람이 없는데 굳이 왜 이러고 있나 하고.

"인간성의 문제지. 인간성 좋은 내가 성질 더런 당신을 구하는 거라고. 알아?"

'쫑알쫑알 돼지감자. 너 원래 이렇게 말이 많았어? 왜 자꾸 새처럼 쫑알거려. 시끄럽게.'

하고픈 말은 많은데 입이 제대로 움직여 주지 않았다. 결벽증 증세를 보이고 나서 이런 일을 당한 건 처음이었다. 재형이 피해 다닌 이유도 있었고, 굳이 이런 곳에서 사람들에게 부대낄 일도 없었다.

"후아아. 당신 진짜 무겁다."

재형을 평상까지 끌고 가 던지다시피 널브러트린 영자가 거친 숨을 몰아쉬며 들고 있던 비닐봉지에서 맥주 캔 하나를 꺼내 따서는 벌컥벌컥 들이켰다. 등이 아팠던지 재형이 몸을 뒤틀며 미간을 한껏 찌푸렸다. 곧 정신을 차리겠지 하며 영자가 자신의 집으로 들어가 침대에 벌렁 드러누웠다.

"오려면 좀 멀쩡하게 오던가. 정말 사람 괴롭히는 것도 가지가지다."

너무 힘을 썼나 보다. 잠깐만 쉬었다가 나가보자 하며 누운 채로 눈을 감았다. 먹는 건 좋은데 그것도 자신이 마음에 드는 곳에서 해야지 불편한 장소에서 하다 보니 마음이 편치 못했다. 철도 씹어 삼킬 거라던 영자의 먹성이었지만 오늘은 별로 유쾌하지 못했다. 좋지 않은 기분에 맥주 캔을 사서 돌아오는 길이었다. 언젠가는 재형이 자신을 한 번은 찾아오리라 생각은 하고 있었지만, 이런 식일 줄은 몰랐다.

"알싸한 알코올 냄새라니."

향수도 아니고 로션 냄새도 아닌 소독제의 알싸한 냄새가 재형에게서 났다. 다른 사람들과 확연히 구분되는 냄새였다. 재형을 각인시키기에 충분한 독특한 향기였다.

피곤이 겹쳐 어느새 졸음이 몰려왔다. 30분만 자고 일어나자 하며 눈을 감았던 것이 깊은 숙면으로 이어졌다.

으슬으슬 한기를 느끼며 재형이 번쩍 눈을 떴다.

먼저 눈에 들어온 건 어두운 하늘이었다. 꿈인가 싶어 몇 번 눈을 깜빡여 보아도 보이는 건 똑같았다. 서울 하늘에선 보기 힘들다는 별도 몇 개 보였다. 다음으로 살랑살랑 불어온 밤바람이 그의 머리카락을 흩날리며 간지럼을 태웠다.

밖이다. 밖? 놀라 벌떡 몸을 일으킨 재형이 사방을 두리번거렸다. 당최 자신이 있는 곳이 어딘지 가늠이 되지 않았다. 낯선 장소였다. 손아래 딱딱하게 느껴지는 것을 건조하게 내려 보던 재형이 허 하고 믿을 수 없다는 듯 헛웃음을 터트렸다.

말로만 듣던 평상이란 것에 자신이 누워 있었던 모양이다.

"내가 왜 여기 있는 거지?"

기억을 떠올리려 정신을 집중하던 재형의 눈에 3미터 거리에 있는 작은 가건물 하나가 들어왔다. 창고겠지 하며 무심히 지나치던 재형의 눈에 낯익은 것이 들어왔다. 빨랫줄에 널려 있는 티가 어쩐지 무척 눈에 익었다. 모자 달린 곰돌이 티를 어디서 봤더라? 고개를 갸웃하던 재형의 눈이 한껏 가늘어졌다.

"돼지감자."

서서히 떠오른 엘리베이터에서의 끔찍한 장면들에 재형이 몸서리를 쳤다. 그리고 이어진 더 믿을 수 없는 장면에 믿을 수 없다는 듯 눈살을 찌푸렸다. 영자의 몸에 제 몸이 겹쳐졌다. 그것도 떨어지는 영자의 손을 동아줄처럼 붙잡고 늘어지며 재형이 먼저 그녀에게 기댔다.

"미쳤구나, 정재형. 하아."

아무리 제정신이 아니었다 해도 이건 있을 수도 있어서도 안 되는 일이었다. 대체 무슨 생각으로 그런 짓을 저지른 거지? 복수를 다짐하며 독을 뿌리러 온 길이었다. 너도 한번 당해봐라 꽁한 마음으로 찾아와서는 나 좀 살려달라며 매달린 꼴이라니.

"그런데 돼지감자는? 날 여기 버려놓고 대체 어딜 간 거지?"

짐짝 취급하며 저를 아무렇게나 평상에 던져 놓고 사라진 영자를 찾아 재형이 예리하게 주변을 살폈다. 그러다 아까 무심히 지나친 창고 하나가 눈에 들어왔다. 아무리 봐도 집처럼은 보이지 않았다. 저 조그만 공간에 사람이 살 수 있나? 하지만 영자의 집은 이 건물 옥상이라고 했다. 옥상 위에 있는 거라곤 눈앞에 있는 창고 하나밖에 없었다.

"설마."

고개를 설레설레 저으며 자리에서 일어선 재형이 창고 앞으로 걸어가 조심히 문을 두드렸다. 덜컹거리던 문이 삐걱거리며 열렸다. 약간의 틈을 허용하며 열린 문을 재형이 시큰둥하게 내려 봤다. 그의 한쪽 눈썹이 묘하게 치켜 올라갔다.

"어쭈. 문단속도 안 하고 산단 말이지."

슬그머니 문고리를 잡아당긴 재형이 안을 이리저리 살피며 한 발을 들였다. 초저녁 어둠이 집 안을 가득 채우고 있었다. 하지만 번화가답게 화려한 네온사인이 창으로 스며들어 사물을 분간하긴 그다지 어렵지 않았다.

"어이, 돼지감자."

고요가 내려앉은 실내로 조금 더 들어서며 재형이 영자를 불렀다. 답이 없다. 발아래 차이는 신발이 눈에 익었다. 영자의 운동화였다. 신발이 있는 걸로 봐선 안에 있단 소린데 부르는 소리엔 묵묵부답이다. 신발을 벗고 들어가야 하나 말아야 하나 잠시 망설이다. 예의상 신발을 벗고 올라섰다.

10평도 안 되는 좁은 공간 한 켠에 싱크대가 놓여 있었다. 그리고 안쪽 너른 창 아래 침대를 비롯해 소박한 살림살이들이 차례로 눈에 들어왔다. 천천히 걸음을 옮기며 재형이 초라하기 그지없는 가구들을 씁쓸하게 쳐다봤다.

"집이 맞긴 맞는 모양이네. 쯧쯧. 가구들이 이게 뭐야? 그러게 정직 권할 때 군소리 말고 하지."

침대 곁으로 다가오는 것도 순식간이었다. 몇 발 옮기지도 않았는데 입구에서 끝에 있는 침대까지 왔다. 영자는 곰돌이로 추정되는 괴상한 인형을 끌어안고 쌔근쌔근 곤한 잠을 자고 있었다. 화려한 네온사인 불빛 아래 은은히 스며든 달빛이 겹쳐져 잠든 영자의 몸을 비추고 있었다.

"흐음."

재형이 저도 모르게 낮은 신음을 흘렸다. 이상했다. 잠든 영자를 깨우고 싶지가 않았다. 못생긴 돼지감자의 얼굴이 신비한 빛으로 반짝거렸다. 귀엽네.

속으로 떠오른 생각에 재형이 흠칫거렸다.

'귀여워? 누가. 저 고약한 돼지감자가? 설마. 정재형 너 이젠 눈까지 이상해졌구나!'

부르르 고개를 저으며 엄한 생각을 떠올린 자신을 질책하던 재형의 귀에 영자의 낮은 칭얼거림이 들려왔다.

"으응. 추워."

스륵. 재형의 눈이 침대 위를 훑고 지나며 바닥에 떨어진 이불에 머물렀다. 몸을 뒤척이다 이불을 걷어찬 모양이었다. 재형의 시선이 다시 영자의 잠든 얼굴로 옮겨졌다. 고집스럽게 툭 튀어나온 짱구 이마와 가지런한 눈썹, 그 아래로 떴을 때 왕방울을 연상시키는 눈을 덮고 있는 눈꺼풀과 짧지만 풍성한 속눈썹. 앙증맞게 적당히 솟은 콧대와 어떻게 그 많은 것을 다 집어삼킬 수 있는지 믿기 어려운 도톰하고 아담한 입술이 차례로 재형의 시선을 붙잡았다.

뭔가에 홀리기라도 한 듯 재형의 시선이 영자의 잠든 얼굴에 한참을 머물렀다.

영자가 추운 듯 몸을 움츠릴 때까지 재형의 시선은 줄곧 그녀의 얼굴에 고정되어 있었다. 머뭇거리던 재형이 이불을 주워 들어 던지듯 영자의 몸 위에 떨어뜨렸다. 이불이 영자의 얼굴을 덮어버리자 짧게 혀를 차며 허리를 굽혀 이불을 살짝 들췄다. 빤히 영자의 얼굴을 내려 보던 재형이 무심한 척 서툰 손놀림으로 이불을 단정히 덮어주었다.

"헤에."

뭐가 좋은지 영자가 싱글거리며 웃었다. 평온하기 그지없는 그 순수한 미소에 재형이 또 움직임을 멈췄다. 깜빡깜빡. 재형의 눈이 덧없이 깜빡거렸다.

"뭐지? 왜 이래. 왜 갑자기……."

뒷말은 차마 내뱉지 못했다. 속으로 삼킨 예뻐 보인다는 말은 끝내 인정할 수 없었다. 천천히 허리를 펴 영자에게서 멀어진 재형이 입을 삐죽거렸다. 가늘게 뜬 눈으로 영자를 내려 보며 재형이 혼잣소리를 중얼거렸다.

"너 나한테 무슨 짓을 한 거야? 물면서 이상한 짓 한 거지."

대답 없는 영자를 향해 묘한 질문을 하며 재형이 투덜거렸다.

"사람이면 이럴 수가 없지. 그래, 돼지감자 넌 마녀가 틀림없어."

사람의 정신을 혼란스럽게 만들어 홀리는 못된 마녀. 돼지감자 나영자.

본인도 모르게 별명 하나를 덧붙이며 재형이 얄밉게 잠든 영자를 흘겼다.

5. 감염

잠시만 눈만 좀 붙인다는 게 한잠 거나하게 자고 말았다.

눈을 비비며 시간을 확인한 영자가 일어나 앉아 기지개를 켜며 하품을 했다. 그러다 침대 모퉁이에 살짝 걸터앉아 있는 사람을 발견하고 그대로 동작을 멈췄다.

"귀신인가?"

"이렇게 아름다운 귀신이 세상에 어디 있어."

귀에 익은 목소리다. 건방이 탑재된 나르시시즘의 결정체. 분명히 밖에 있던 평상에 눕혀놨는데 언제 들어온 건지 알 수가 없다. 들었던 손을 내리며 영자가 시큰둥하게 말했다.

"아직 안 갔어요?"

"너 같으면 이대로 그냥 돌아갈 수 있겠어?"

"못 돌아가요? 왜요?"

"내가 여기까지 어떻게 왔는데 그냥 돌아가."

"끌려왔죠. 아니다, 업혀온 건가?"

제 발로 건물 안까지 오긴 왔으나 엘리베이터에 올라 옥상까지 온 건 자발적이 아니었다. 재형이 끌려온 것인가, 업혀온 것인가에 대해 곰곰이 생각하는 영자를 재형이 못마땅하게 쏘아보았다. 생각은 머리로 하면 되지 굳이 뱉어내면서까지 할 필요가 있느냔 말이다.

"됐고. 나 할 말 있어."

"하세요."

"지금? 여기서?"

"네."

팔짱을 끼고 폼을 잡고 있던 재형이 멀뚱히 사방을 두리번거렸다. 불 꺼진 방에 남녀 둘이 침대에 함께 앉아 대화를 나눈다는 게 과연 평범한 일인가 생각하며 재형이 고개를 갸웃거렸다. 절대 평범한 일은 아니었다.

"너."

재형이 무미건조하게 저를 바라보고 있는 영자를 응시하며 의아함을 가득 담은 채로 물었다.

"이런 일 자주 있어?"

"무슨 일요?"

"그러니까. 이렇게 외간 남자랑 침대에 마주 앉아서. 그……."

"글쎄요."

"글쎄요? 있단 말이야. 없단 말이야?"

"있을 수도 있고, 없을 수도 있단 말이죠."

"야, 그게 과년한 처녀 입에서 나올 말이야? 어떤 놈이야. 어떤 놈이랑 침대에서!"

감정이 격해져 저도 모르게 목소리 톤이 높아졌다. 시큰둥하게 저를 쳐다보는 영자의 눈과 마주치자 갑자기 머쓱해져 입을 꾹 다물고 말았다. 팔짱을 풀고 영자를 향해 삿대질을 해대던 손도 민망함에 아래로 툭 떨어졌다. 영자의 무심한 눈이 손바닥 안으로 굽어지는 재형의 검지를 흘깃 지나쳤다.

"침대에서?"

고저 없이 묻는 영자의 물음에 재형이 꿀꺽 마른침을 삼켰다. 남녀가 침대에서 할 수 있는 일은 지극히 단순했다. 자거나, 잤거나, 섹스하거나, 섹스를 했거나. 차마 동글동글 순진한 눈빛의 영자를 마주하고 그 말을 할 순 없어 속으로 삼켜 버렸다. 그리곤 은근슬쩍 시선을 회피하며 말을 얼버무렸다.

"뭐, 하고 싶은 거 하겠지."

"우리처럼 이런 시답잖은 대화 같은 거 말이죠?"

"그래, 시답잖은. 야, 이건 중요한 대화인 거지. 그런 류가 아니야."

"흐음. 뭐가 얼마나 중요한데요?"

"그러니까. 그게 말이야. 아무리 생각해 봐도 내가 엄청 억울하더란 말이지."

"억울해요? 뭐가요?"

시선을 피한 채 중얼거리듯 말하는 재형의 목소리가 잘 들리지 않아 영자가 몸을 일으켜 그에게 조금 가까이 다가갔다. 바스락거리는 소리에 민감하게 반응한 귀가 먼저 영자의 움직임을 포착했다. 이어 소리가 들린 쪽으로 고개를 돌린 재형이 놀라 눈을 번쩍 뜨며 손을 들어 제 몸 앞에 바리게이트를 쳤다.

"스, 스톱."

"스톱?"

"너, 너, 너 무슨 짓 하려고 그랬어!"

"짓이라니요?"

재형이 뻗은 손 앞에서 우뚝 멈춘 영자가 눈을 말똥거리며 물었다. 고양이처럼 무릎을 꿇고 얌전히 그 위에 손을 올린 채 왕방울만 한 눈을 동그랗게 떠서는 순진한 눈빛으로 저를 보며 묻는다. 환장하겠다. 가슴은 손 앞에서 멈췄지만 상체는 재형 쪽으로 많이 기울어 있었다.

바로 코앞에서 '나는 당신이 하는 말의 의미를 알지 못해요' 하는 표정으로 눈을 말똥거린다. 숨을 쉬면 고스란히 상대의 얼굴 위로 흩어질 정도로 가까운 거리였다.

"왜 이래. 너무 가깝잖아."

"아, 말소리가 잘 안 들려서."

달싹거리는 영자의 입술에서 달콤한 향기가 흘러나왔다. 뭐지 이 향기는? 재형의 시선이 절로 영자의 입술에 머물렀다. 영자가 이마를 긁적이며 뒤로 조금 물러났다. 그런데 이번엔 재형의 상체가 자석처럼 그녀를 따라 앞으로 움직였다. 정확히는 그녀의 입술에 시선을 박고 그것만 따라 움직인 것이었다.

"뭡니까?"

"어?"

너무 가깝게 다가온 재형의 이마를 손끝으로 저지시키며 영자가 물었다. 영자의 시크한 목소리에 퍼뜩 정신이 든 재형이 후다닥 뒤로 물러서며 머리를 세차게 흔들었다.

"미쳤어. 미쳤어. 지금 내가 무슨 짓을!"

"확실히 정상은 아니죠. 잠든 여자 침실에 아무렇지도 않게 들어와 주인 허락도 없이 침대에 앉아 있었던 것부터가 잘못된 거죠."

딱 부러지게 재형의 실수를 지적하며 손가락을 들어 옆으로 흔드는 영자를 재형이 얄밉게 흘겼다. 그에 영자가 눈썹을 들썩였다. 가자미 사촌도 아니고 왜 자꾸 눈을 옆으로 찢어서 사람을 본데?

정면으로 뚫어져라 보던 도전적이고 권위적이었던 재형의 시선이 어느 순간부터 묘하게 바뀌어 흘기는 수준이 되었다. 마치 삐친 사람처럼. 뭐냐? 어울리지 않게.

갑작스럽게 마주한 재형의 새침한 표정에 영자가 적응이 안 되는 듯 미간을 살짝 찌푸렸다. 그 순간에도 재형의 시선은 흘깃흘깃 저도 모르게 자꾸만 영자의 입술에 머물렀다. 영문을 모르겠다. 왜 거기에 시선이 가는 건지 알 수가 없었다.

"얼어 죽기 싫어서 그랬다. 넌 무슨 애가 그렇게 매정하냐? 사람을 그렇게 밖에 내동댕이쳐 놓으면 죽으라는 소리지. 추워 얼어 죽는 줄 알았네."

괜히 기분 나쁜 투로 투덜거리며 팔뚝을 호들갑스럽게 쓸어내리는 재형을 영자가 생뚱맞은 시선으로 쳐다봤다. 아직 가을이라 그리 추운 날씨는 아니었다. 밖에서 잠깐 잤다고 얼어 죽을 일은 없단 소리다.

"멀쩡한데요?"

"다행히 내가 섬세해서 바깥 날씨에 민감하게 반응해 금세 정신을 차려서 그런 거지. 너 사람 죽일 뻔했어. 알아?"

"멀쩡하잖아. 그럼 됐지."

"야, 지금 내 말이 무슨 뜻인지 몰라? 너 살인미수라고."

말도 안 되는 억지였다. 그건 영자도 알고 재형도 알았다. 이렇게까지 억지를 부리며 눌러앉아 있는 진짜 이유가 뭘까? 자세를 풀고 양반 다리를 하고 편하게 앉은 영자가 가만히 턱을 쓸어내며 생각에 빠졌다. 재형이 말없이 자신을 유심히 바라보고 있는 영자를 물끄러미 응시했다. 한동안 방 안에 침묵이 흘렀다.

서로를 바라보기만 하고 입을 다문 지 십여 분이 흐른 뒤 영자가 먼저 입을 열었다.

"먼저 억울함부터 풀죠."

"……."

"그래, 집으로 가고픈 발목까지 붙잡고 늘어진 그 억울해서 죽을 일이 대체 뭐랍니까?"

영자의 거듭된 질문에도 재형이 지그시 그녀의 얼굴을 응시한 채 묵묵부답으로 일관했다. 바라보는 눈빛이 심상찮다. 물린 게 억울하단 소린가? 하긴 저 인간 성격에 남한테 당하고 잘 먹고 잘 잘 수가 없겠지. 억울해 돌아가시겠다는 그 심정을 어느 정도 이해하며 영자가 척하고 제 손을 재형의 면전에 내밀었다.

"물어요."

"……뭐?"

"억울하다면서요. 물린 거 때문에 그런 거 아니에요? 그거 때문이라면 이 자리에서 그냥 깔끔하게 청산합시다. 그냥 장난으로 그래 본 건데. 생각해 보니 당신한테 많이 억울하기도 했겠네요."

이런 곳에 오는 게 커다란 모험인 남자에겐 충분히 그러고도 남을 일이다 생각하며 영자가 선뜻 받은 대로 갚을 수 있는 기회를 제공했다. 재형이 무덤덤한 영자의 얼굴과 내민 손을 번갈아 바라봤다. 그리고 마지막으로 영자의 입술을 잠시 담아내다 이내 시선을 거뒀다.

"장난해?"

"아닌데요. 진심입니다만."

"내가 요 며칠 얼마나 시달리며 살았는데 고작 손 하나 무는 걸로 끝내자고? 어림도 없는 소리지."

"그럼. 발도 내드려요?"

"야! 더럽게."

"그러니까. 그냥 손으로 퉁 치자니까요."

퉁 치는 건 엄청 좋아한다. 다른 말로 해서 받은 대로 갚아주겠다 이 말이지? 하지만 어쩌지? 난 그런 걸로 만족을 못하는데? 영자를 바라보는 재형의 눈이 가늘게 빛났다. 그가 한쪽 입꼬리를 묘하게 틀어 올리며 웃었다.

"그렇겐 못하겠는데?"

"네?"

영자의 고개가 갸웃 기울었다. 그럼 대체 뭘 어쩌자는 걸까? 영자의 미간이 좁아지는 것을 가만히 바라보며 재형이 의미심장한 말을 내뱉었다.

"그 독 말이야. 중독성이 아주 강하다는 그 독."

"독이요? 아, 그게 그러니까. 그냥 하도 재수 없게 굴어서 놀리려고 한 말인데. 신경 쓰였나 봐요?"

"물론. 아주아주 신경이 많이 쓰였지. 오른손을 볼 때마다 미칠 것 같았거든. 네 말대로 네가 자꾸 떠올라서."

"이런. 많이 억울하셨구나. 죄송."

"이게 죄송으로 끝날 간단한 일로 보여?"

재형이 영자의 내민 손을 가만히 그러쥐며 나직하게 속삭였다. 그에 어깨를 가볍게 들썩이며 영자가 대수롭지 않게 받아들였다.

"그럼 무덤까지 가져가요? 여기 오는 것도 힘들었을 텐데 그냥 쉽게, 쉽게 가죠. 그래야 다신 볼일 없지."

"누구한텐 자꾸만 생각날 거다 찾아오고 싶어질 거다 저주를 걸어놓고. 쉽게? 난 말이야. 밥을 먹을 때도, 양치질을 할 때도, 메모를 할 때도, 심지어 오른손을 쓸 때마다 네가 떠올라 미칠 것 같았거든?"

"이런, 그 정도일 줄은 몰랐네요. 결벽증이 그렇게 심각한 병이었구나. 곱절로 죄송하게 생각합니다."

정중하게 사죄하려 머리까지 숙여 보인 영자의 뒤통수로 재형의 실소가 떨어졌다.

"웃기지 마. 내가 말했을 텐데. 내 독은 아주 강렬해서 환장할 정도라고."

"알았어요. 알았으니까. 그냥 물어요. 내가 다 감수……."

숙였던 고개를 들고 재차 잡힌 손을 흔들던 영자의 말이 뚝 끊겼다. 재형이 갑자기 잡은 영자의 손을 제 몸 뒤로 혹 끌어당긴 탓이었다. 불시에 당한 일이라 영자의 몸이 그대로 끌려갔다. 휘청거리며 앞으로 쏠린 영자의 등을 재형이 손으로 받쳐 안았다. 얼떨결에 재형의 품에 안긴 꼴이 되고 말았다. 이게 대체 어떻게 된 일인지 영자가 사태 파악을 할 사이도 없이 재형의 손이 등을 타고 올라 영자의 뒷머리를 받쳤다. 시선을 들어 재형의 얼굴을 보려던 영자의 눈에 위험스럽게 달싹이는 그의 입술이 들어왔다.

"매일매일 생각날 거야. 네가 가장 좋아하는 일을 할 때마다. 내 독이 서서히 널 감염시킬 거야. 네가 그랬던 것처럼."

"에?"

재형의 입술이 시야에서 사라졌다. 그리고 영자의 입술을 따스하고 날카로운 뭔가가 거칠게 집어삼켰다. 영자의 눈이 깜빡거렸다. 입술 사이를 파고든 낯선 혀가 그녀의 입안 곳곳을 샅샅이 훑었다. 그러다 그녀의 혀를 냉큼 옭아매 마치 제 것인 것처럼 거침없이 빨아댔다. 혀뿌리가 얼얼해질 때까지 길게 이어진 키스는 숨이 턱에 차올라 얼굴이 벌겋게 달아오르고 나서야 끝이 났다.

"하아. 하아."

"하아. 하아."

거친 숨소리가 어둠이 걷히기 시작한 방 안을 가득 메웠다. 얼떨떨한 얼굴로 멍하니 앉아 있는 영자를 두고 재형이 벌떡 몸을 일으켰다. 그리곤 손등으로 타액이 번들거리는 입술을 닦아냈다. 태연한 척했지만 입술을 쓸어내는 재형의 손끝이 파르르 떨리고 있었다.

"살기 위해 먹든 좋아서 먹든 그 입술에 뭔가를 할 때마다 내가 떠오를 거야. 지금 이 순간이 뇌리에 박혀서 내내 널 괴롭힐 거야."

"……."

"어때. 심장이 미친 듯이 요동치고 숨이 벅차서 생각을 할 수가 없을 정도로 강렬하지? 아주 환장하겠지?"

말을 잊은 듯 그저 바라보기만 하는 영자에게 저주를 퍼붓고는 재형이 냉정하게 몸을 돌려 터벅터벅 몇 걸음 되지 않는 방 안을 가로질러 신발을 신고 문을 나섰다. 평상 앞까지 걸어오는 동안 다리의 힘이 빠진 듯 휘청거렸다. 잠시 평상에 앉아 숨을 고르며 재형이 지그시 심장 부위를 눌렀다. 심장이 미친 듯이 뛰어댔다. 그의 두 눈이 초점을 잃은 듯 혼란스럽게 흔들렸다.

"으아악! 미쳤어! 돌았어! 정재형, 너 정신이 완전히 나갔구나. 대체 지금 무슨 짓을 한 거야."

발작을 일으키듯 억눌린 소리를 지르며 재형이 혼자 난리 블루스를 쳤다. 키스를 했다. 그것도 재형이 먼저 영자의 입술을 탐했다. 못생긴 것은 절대 인간 취급도 하지 않던 그가. 제 몸에 누군가의 손이 닿는 것조차 끔찍하게 싫어하던 그가. 돼지감자의 입술에 키스를 했다.

"이게 말이 돼?"

정작 미치고 환장하겠는 건 재형 본인이었다. 울컥한 심정으로 억울해서 보복 차원으로 했다고 아무리 자신을 이해시키려 해도 이해가 되지 않았다. 여태 이런 일은 없었고, 있어서도 안 되는 일이었다. 그가 잘근 입술을 깨물며 영자가 있는 집을 뚫어져라 매섭게 쏘아보았다.

"분명해. 저건 마녀야. 날 뭔가에 감염시켜서 이상하게 만든 거라니까. 그래서 그런 거야. 이건 내 의지가 아니었어."

거칠게 도리질 치며 방금 전 자신이 한 일을 부정하던 재형이 휘청거리는 다리를 움직여 힘겹게 계단을 내려갔다. 달빛과 태양이 공존하는 오묘한 시간대에 옥상 위는 신비로움을 넘어서 뭔가 이상한 일이 벌어질 것만 같은 착각을 불러일으켰다. 여긴 마녀의 집이다. 다시 올 곳이 못 된다. 돌아선 재형이 홀린 듯 뭔가를 계속 중얼거리며 건물을 벗어났다.

홀로 방 안에 남겨진 영자는 멍하니 눈을 깜빡이며 재형이 사라진 공간을 바라봤다. 그가 침대 위에 함께 있었음에도 놀라거나 무서워하지 않았던 건 절대 그가 자신을 건드리지 않을 거란 확신이 있어서였다. 결벽증이 심한 재형이었다. 게다가 볼 때마다 돼지감자 운운하며 영자에게 못생겼다 독설을 일삼던 사람이었다. 세상에서 가장 안전한 남자가 재형이 아닐까. 그렇게 생각했다.

"뭐지?"

아직도 얼얼한 입술을 손끝으로 매만지며 영자가 중얼거렸다. 갸웃. 그녀의 고개가 기울었다.

"왜 그랬지?"

알 수 없는 일이었다. 단 한 가지 유추해 볼 수 있는 건 그가 아직 정신이 온전히 돌아오지 않아 몽롱한 상태에서 벌인 일일 수도 있다는 것이었다. 꿈과 현실을 구분 못해 제정신이 아닌 상태에서 폭주를 한 걸 수도 있었다. 그럼 다행이고. 정신이 들어 오늘 일을 떠올리면 충격이 이만저만이 아닐 텐데.

"생각나도 극구 부인하겠지. '이게 말이 돼?' 하면서."

영자가 재형의 제스처와 말투를 흉내 내며 말했다. 그리곤 짧게 혀를 차며 고개를 저었다. 곤히 자고 일어나서 이게 무슨 봉변인지. 놀라고 당황스럽긴 했지만 괜찮다. 이건 그냥 없던 일로 치부하면 그뿐이었다. 정신 나간 놈의 실수였다. 그렇게 생각하고 넘기면 되는 것이다.

"하필 물어도 입술이랑 혀를 무냐. 성격 참 독특해."

머리를 긁적이며 일어난 영자가 어슬렁어슬렁 싱크대로 걸어가 주전자를 들어 주둥이에 입을 대고 물을 벌컥벌컥 들이켰다. 목이 타들어가는 것 같은 심한 갈증이 일었다.

"후우."

영자는 물기가 남아 있는 입술을 손등으로 쓸어내며 주방 작은 창문에 비친 여명을 물끄러미 바라보았다. 그녀의 입가에 엷은 미소가 머물렀다.

"예쁘네."

재형은 태어나 패닉이라는 걸 처음 경험해 보았다.

잠을 자려 침대에 누워 눈만 감으면 영자에게 키스를 하던 장면이 떠올라 눈이 번쩍 뜨였다. 본의 아니게 불면증에 시달리게 된 것도 미치고 환장할 노릇인데, 이상하게 새벽녘 여명이 창가에 스며들 때면 그 앞에 서서 하늘을 쳐다보고 있다는 것이다. 마치, 뭔가에 홀린 듯 멍하니 서 있는 자신을 발견할 때면 섬뜩함에 소름이 돋았다.

"헉. 뭐야. 내가 지금 왜 이러고 있는 거지?"

몽유병에 걸린 것도 아니었다. 맨 정신에 제 발로 걸어간 것이었다. 하지만 그게 더 재형에겐 충격이었다. 자기관리 하나는 철저한 정재형이 잠도 못 잔 험한 몰골로 창가에 서서 하늘을 우러러 보고 있다니. 이게 말이 되느냐고!

달 보고 우우— 늑대처럼 울지 않는 걸 다행이라고 여겨야 되나? 늑대인간에게 당한 게 아니라 마녀에게 감염된 거라고 춤이라도 추면서 기뻐해야 하는 거냐고. 망할.

"마녀 나영자. 너 진짜!"

부스스한 머리를 신경질적으로 쓸어 넘기며 영자를 곱씹은 재형이 쌩하니 창에서 몸을 돌려 욕실로 향했다. 6시가 가까워지고 있었다. 출근 준비를 하기엔 이른 시간이었지만 다시 잠을 청하기도 어중간한 시간이었다. 차라리 샤워나 하고 정신이라도 바짝 차리자 싶었다.

샤워기 버튼을 누르자 차가운 물줄기가 몸 위로 쏟아졌다.

"어째서 망할 샤워기는 처음부터 따뜻한 물을 내놓지 않는 거야. 차가워 죽겠잖아."

두 눈을 부릅뜬 채로 샤워기를 노려보았다. 눈이 시렸다. 젠장.

눈을 감자 며칠 내내 그를 괴롭히던 장면이 다시 떠올랐다. 말랑말랑 달콤하고 부드러운 입술이 자꾸만 눈앞에 어른거렸다. 그 입술을 덥석 집어삼키자 말똥말똥 커다란 왕방울 눈이 그를 해맑게 쳐다보았다. 가슴이 철렁 내려앉았다. '나는 지금 당신이 내게 무슨 짓을 하는지 똑똑히 보았다'고 말하는 마녀의 순진무구한 눈이 그의 양심을 콕콕 찔러댔다. 재형의 눈이 번쩍 뜨였다. 얼굴을 적시고 흘러내리는 물줄기를 손으로 닦아내며 재형이 놀란 눈으로 사방을 둘러보았다.

'당신, 정말 이러기야?'

'당신, 결벽증이 아니라 밝힘증 환자구나?'

영자를 빙자한 야유의 목소리가 사방에서 들리는 것 같았다. 이제 뜨거운 물이 쏟아져 김이 모락모락 나는데도 이상하게 한기가 들었다. 꿀꺽. 재형이 마른침을 삼키며 슬그머니 중요 부위를 가렸다. 어쩐지 욕실 어딘가에 돼지감자가 숨어서 지켜보고 있을 것만 같았다.

'이미 볼 거 다 봤는데. 가리면 뭘 하나.'

또다시 들린 환청에 재형이 샤워 버튼을 끄고 서둘러 욕실을 나왔다. 목욕 가운만 간신히 걸치고 나온 터라 머리에서 물이 뚝뚝 떨어져 내렸다. 파우더 룸에서 드라이까지 완벽하게 마치고 나오던 평소 모습과는 완전히 달랐다. 뭔가에 쫓기듯 후다닥 욕실을 빠져나온 재형이 손바닥으로 얼굴을 문질러 마른세수를 했다.

"돼지감자, 너 도대체 나한테 왜 이래?"

피곤하다. 너무 피곤해서 돌아가실 것 같다. 매순간 돼지감자가 떠올라서. 고약하게도 자꾸만 주변을 맴돌며 끊임없이 자신을 각인시키려 하고 있었다. 패닉이 어떤 상태인지 근래에 아주 절실히 느끼고 있는 재형이었다.

"젠장, 괜히 물었어."

자신이 물었다는 것 자체도 인정하기 싫었지만 그로 인해 파생된 결과들이 너무 괴로워 후회를 하지 않을 수가 없었다. 돼지감자에게도 입술이 있다는 게, 그 입술이 달콤하다는 게 재형은 믿기지가 않았다. 물이 줄줄 흐르는 머리를 마구 헝클어트리며 재형이 히스테릭하게 소리쳤다.

"생각하지 마! 잊어! 감촉을 되살리면 절대 안 돼!"

재형이 가운만 걸친 채 거실과 연결된 욕실 앞에서 발악을 하고 있는 사이 문이 열리고 누군가 안으로 들어서다 놀라 급한 숨을 삼키며 그 자리에 멈춰 섰다.

"어머나!"

툭. 데구루루. 떨어진 장바구니에서 양파가 굴러 나와 거실 바닥을 신나게 가로질렀다. 카펫 끝에서 멈춘 양파를 재형이 서늘하게 쏘아보았다. 괴상망측한 자세로 머리를 쥐어뜯던 재형이 아무렇지 않게 자세를 가다듬었다. 그의 싸한 시선이 닿자 긴장한 가사도우미가 침을 꿀꺽 삼키며 말을 더듬거렸다.

"이 시간엔 집에 안 계시다고 들어서."

가사도우미의 말에 재형이 벽시계를 확인했다. 7시 35분. 그의 고개가 갸웃 기울었다. 욕실에 그렇게 오래 있었던가? 금방 나온 거 같은데 생각보다 시간이 많이 흘러 있었다. 그렇다고 해도 가사도우미의 등장은 너무 일렀다. 타인의 출입이 가능한 시간은 8시에서 10시 사이로 정해져 있었다. 정해진 규율을 지키지 않는 건 고용주에겐 매우 불쾌한 일이었다.

눈치를 살피며 얼굴을 붉힌 가사도우미가 시선 둘 곳을 몰라 당혹스러워했다. 그런 가사도우미를 깔끔히 무시하고 거실로 내려온 재형이 휴대폰을 들어 바로 통화 버튼을 눌렀다. 벨이 두 번 울리기 전에 최 비서가 전화를 받았다. 최 비서가 인사를 건네기도 전에 재형이 신경질적으로 말했다.

"너 일을 어떻게 처리하는 거야. 가사도우미가 왜 이 시간에 내 집에 들어온 거지? 제대로 관리 안 해?"

[아직 시간이 안 됐는데. 왜.]

"그걸 지금 나한테 물어?"

[죄송합니다.]

"잘라."

[네.]

사람을 앞에 두고도 마치 없는 것처럼 잘라 버리라 냉정히 말하는 재형을 바라보는 가사도우미의 눈이 믿을 수 없다는 듯 부릅떠졌다.

"사, 사장님."

자신을 그대로 지나치려는 재형을 가사도우미가 불렀다. 상대할 가치도 없다 외면하던 재형이 어쩐 일로 멈춰 섰다. 그가 서자 오히려 더 긴장이 된 가사도우미가 두 손을 모아 꼼지락거리며 말을 주저했다. 그런 가사도우미를 향해 재형이 천천히 돌아섰다. 저를 직시하는 재형의 시선에 슬쩍 시선을 맞추던 가사도우미가 헉 하고 놀란 숨을 삼켰다.

좀비. 살아 있는 좀비 그 자체였다. 항상 아름다운 자태를 유지하고 있던 재형이었다. 단 한 번도 흐트러진 모습을 보여주지 않았다던 재형이 지금은 매우 험악한 모습을 하고 무섭게 자신을 노려보고 있었다. 섬뜩했다. 완전히 다른 사람을 보고 있는 것 같았다.

"나가."

"……네?"

"내 집에서 당장 나가. 저 더러운 것들 가지고 당장 꺼지라고."

"하, 하지만."

"공기 오염시키지 말고 나가. 당신 해고야."

"어떻게 그런."

"부당해고 어쩌고 씨알도 안 먹히는 소리 하지도 마. 계약 위반은 당신이 한 거니까. 주의 사항도 제대로 숙지하지 못했나? 나와 얼굴 마주친 것 자체가 해고통지나 다름없다는 거 몰랐다곤 안 하겠지? 더 이상 말 섞기 싫으니까 나가. 사람 부르기 전에."

얼굴 한 번 마주쳤다고 해고라니 믿을 수가 없었다. 정해진 시간 외에 출입은 금한다는 조항이 있기는 했다. 절대 고용주와 마주치면 안 된다는 금기 사항도 읽었었다. 설마 그렇다고 해고까지 할까 싶었다. 게다가 지금 시간엔 그가 없다는 것을 알고 들어온 것이었다. 이런 일이 벌어지리라곤 가사도우미도 생각지 못했다. 약속이 있어서 조금 일찍 일을 마치고 가려 했었는데 하필이면 재형이 집에 있었고, 성질 더럽고 까다롭기로 유명한 그와 마주치고 말았다.

가사도우미가 뭐라 말할 시간조차 주지 않고 돌아선 재형이 드레스 룸으로 들어갔다. 황당하고 기막혀 항의할 타이밍을 놓친 그녀가 막 재형의 뒤를 쫓으려던 순간 현관 도어락이 열리는 소리가 들리고 주차장에 대기 중이었던 최 비서가 안으로 들어섰다.

"가시죠."

"전, 그저."

"나가서 얘기하시죠."

재형에게 방해가 되지 않게 가사도우미를 밖으로 끌어낸 최 비서의 얼굴에 난감한 기색이 서렸다. 눈썹을 문지르며 깊은 한숨을 내쉬던 최 비서가 품에서 봉투를 꺼내 가사도우미에게 건넸다.

"그동안 수고하셨습니다."

"어떻게 이럴 수가 있죠? 그냥 삼십 분 일찍 온 것뿐인데 그걸로 해고라니요. 말도 안 돼요."

"이곳이 다른 곳에 비해 두 배의 월급을 지불하는 이유가 뭐라고 생각하십니까. 조건이 까다롭고 유의사항이 많은 만큼 꼭 지켜달라는 의미에서입니다. 계약서에 분명히 명시되어 있었을 겁니다. 이를 어길 시 바로 해고한다고."

"아무리 그래도 그렇지."

"유의사항을 어긴 건 이미 해고할 각오가 되어 있다는 말 아닙니까. 그럼, 안녕히 가십시오."

유유상종이었다. 그 사장에 그 부하직원이라고 말하는 싸가지도 똑같았다. 일하는 시간도 짧고 다른 곳에 비해 월등히 많은 월급 때문에 해고당하기가 싫어 매달리다시피 했지만 안 된다면 더는 추해지고 싶지 않았다. 봉투를 낚아챈 가사도우미가 콧방귀를 뀌며 재형의 집 문을 사납게 흘겼다.

"병도 참 가지가지다. 지가 잘났으면 얼마나 잘났다고. 흥!"

씩씩거리며 걸어가는 가사도우미의 뒷모습에 최 비서가 씁쓸한 표정을 지었다. 안 그래도 요즘 재형의 신경이 날카로워 여러모로 힘든 상황인데 가사도우미까지 문제를 일으키니 골머리가 아팠다. 지끈거리는 머리를 손바닥으로 누르며 재형의 집 현관문을 응시하던 최 비서의 한숨이 한층 더 짙어졌다.

"대체 그날 무슨 일이 있었던 거야? 영자 씨한테 전활 걸어서 물어봐야 하나? 이것 참, 다른 때보다 더 예민해진 사람 비위 맞추려니 내가 먼저 세상 하직하겠네."

혼자 구시렁거리고 있던 최 비서의 눈앞에서 문이 예고도 없이 불쑥 열렸다.

"헉!"

"문에 꿀 발랐어? 왜 달라붙어서 난리야."

"아, 아닙니다. 잠시 생각할 게 있어서."

"김 박사님 콜 넣어봐. 요즘 컨디션이 영 엉망이야. 진찰 좀 받아봐야겠어."

"네."

엘리베이터로 향하는 재형의 얼굴이 그의 말처럼 무척 핼쑥해져 있었다. 밤마다 독수공방에 몸서리치는 과부들도 저런 처참한 얼굴은 아닐 텐데. 대체 무슨 말 못할 속사정이 있기에 잠도 못 자고 끙끙거리는 걸까. 재형의 뒤를 따르며 아무리 머리를 짜내 유추를 해봐도 도무지 알 수가 없었다. 할 수 있는 가장 최악의 생각이란 게 고작 돼지감자에게 한 대 맞았나? 정도였다. 그것으로도 재형에겐 크나큰 사건일 테니까.

병원 출입을 극도로 꺼려하는 재형이 제 발로 찾아왔다는 게 하도 신기해 김두현 박사가 흥미로운 연구감을 발견한 눈빛으로 그를 쳐다봤다. 그 눈빛이 껄끄러웠던지 재형이 짧게 혀를 차며 미간을 좁혔다.

"저 심각합니다."

"알아, 그러니 자진해서 왔겠지."

"그럼 그 실험용 모르모트 보는 것 같은 눈은 좀 거둬주시죠."

"신기해서 그러지. 병원 자체가 세균의 온상이라고 절대 오는 일 없을 거라던 자네가 이렇게 내 진료실에 앉아 있으니 말이야."

"오죽 급했으면 그랬을까 생각해 보셨습니까?"

"그렇겠지. 맘이 엄청 급했겠지."

"그럼, 빨리 진료 시작하시죠. 저 여기 오래 있고 싶지 않습니다."

"그래, 그럼 증상을 한번 말해보게."

재형의 차트를 들추며 김 박사가 말했다. 재형의 경우 모든 병의 근원이 심리적인 것에 기인하는 경우가 많았다. 워낙 완벽주의자다 보니 그에 따른 스트레스가 이만저만이 아니었다. 파생적으로 발생한 병이 바로 결벽증이었다. 강박증에 가깝다고 봐야 했지만 재형의 경우 사물과 사람 모두에 극도의 결벽증을 가지고 있었다. 오래도록 함께 일해온 최 비서와의 접촉도 용납을 못하니 이래선 그 누구와도 신체적 접촉을 할 수 없다고 봐야 했다.

"어떤 돼지감자가, 아니, 마녀가 있는데 말입니다."

"마녀?"

마녀라는 말에 김 박사가 시선을 올려 재형을 쳐다봤다. 재형이 말이 헛 나왔다 손을 저으며 급히 수정했다. 마녀니, 돼지감자니 하는 말은 여기서 거론할 소지가 못 됐다. 자신은 제게 닥친 이 어마어마한 일들에 대한 원인과 해결책을 구하면 그만이었다.

"아니, 그런 이미지의 여자가 있는데 그게 좀 이상합니다."

"여자?"

김 박사가 또 한 번 놀라 고개를 들고 재형을 응시했다. 재형의 입에서 여자라는 말이 나온 건 이번이 처음이었다. 실로 놀라운 변화였다.

"뭐 성별만 그렇다는 겁니다. 정말 눈 뜨고는 못 볼 몰골이거든요. 하여튼 그 녀석이 자꾸만 제 신경을 건드리는 겁니다. 어느 순간부터 이상하게 눈앞에 어른거리고, 눈만 감으면 나타나 잠도 못 자게 괴롭히고, 멍하니 서 있다 보면 제가 그 녀석을 생각하고 있더란 말입니다. 믿어지세요? 제가 멍을 때린다는 게?"

"흐음. 놀랍군."

"그것뿐만이 아닙니다. '나는 아무것도 몰라요' 하는 얼굴로 해 맑게 배시시 웃는 것도 속 뒤집히고, 밤톨같이 생긴 단발머리도 거슬리고. 특히나, 한마디도 안 지고 종알종알거리는 그 입술! 그, 그 입술이 정말 환장하겠단 말입니다."

호흡 한번 가다듬지 않고 거침없이 내뱉으며 열변을 토하는 재형의 모습에 김 박사가 눈을 초롱초롱 빛냈다. 확실히 그동안 보아왔던 증상과는 판이하게 다른 경우였다. 처음으로 여자가 관련되었다는 것도, 끊임없이 그 여자가 떠올라 미칠 것 같은 심정으로 뜬눈으로 밤을 지새운다는 것도 신기했다.

'짝사랑이군.'

증상은 딱 그랬다. 물론 본인은 그걸 절대 인정하지 않을 테지만. 입술에 환장을 할 정도면 거의 정확하다고 봐야 했다. 그렇다고 그대로 말한다면 거만함과 자아도취의 결정체인 정재형은 제 분에 못 이겨 자폭하고 말 것이다. 받아들일 수가 없을 것이다. 성별만 그런 눈뜨고 차마 볼 수 없을 정도라 말하는 그 여자에게 자신이 호감을 가지고 있다는 걸 어떻게 인정할 수가 있겠는가.

"자네 낯빛이 어두운 이유를 알겠군. 매우 심각해."

"대체 이게 무슨 병입니까?"

"흠. 명확히 결정 내리긴 아직 이르고 좀 더 알아보는 것이 좋을 것 같네."

"어떻게 말입니까?"

"더 많이, 더 자주 부딪쳐 보는 거지."

"네?"

"원인 제공을 한 당사자를 더 유심히 관찰해 보는 걸세. 대체 무슨 이유로 내가 이런 반응을 보이는지 직접 만나 알아보는 수밖에 없지."

"그게 지금 만나기가 어렵습니다."

만나기 어렵다 말하며 재형이 잘근 아랫입술을 깨물었다. 재형은 지금 제 얼굴에 묻어난 아쉬움을 아마 모를 것이다. 그녀를 못 만나 아쉽다는 제 속마음조차 모르는 사람이 어떻게 사랑을 알까. 그건 그녀를 곁에 두고 많은 시간을 보내다 보면 스스로 깨닫게 될 일이었다.

"혹시 신체적 접촉도 있었나?"

무심한 척 묻는 김 박사의 말에 재형이 눈을 번쩍 뜨고 고개를 끄덕였다.

"네. 그게 제일 이상합니다."

"어떻게?"

"그 녀석 손은 잡아도 소름이 안 돋아요. 거북하지가 않단 말입니다. 왜죠? 왜 그 녀석만 그렇죠? 이건 분명히 그 녀석이 저 모르게 제게 무슨 짓을 한 게 틀림없어요. 주술을 걸었다거나, 뭔가에 감염을 시켰다거나."

영화를 많이 보는 것도 아닐 텐데 참 상상력이 뛰어나다. 마녀도 아니고 좀비도 아닌데 주술에 감염이라니.

"손만 잡았나?"

"아니요. 이⋯⋯."

입술도 접촉했다 말하려다 재형이 입을 다물었다. 그건 이상하게 말하기가 어렵고 꺼려졌다. 마른침을 꿀꺽 삼키며 시선을 회피하는 재형의 귓불이 빨갛게 달아올랐다.

'흠. 키스도 했구만. 진도는 혼자 다 빼고 아니라고 하면 어쩌란 거야.'

속마음을 숨긴 김 박사가 천천히 고개를 끄덕였다.

"그래, 그렇구만. 일단 원인은 그 여자에게 있는 거 같으니 내 말대로 한번 해보게."

"어떻게 말입니까?"

"더 과감하게 행동해 보게."

"네?"

"엉거주춤 엉덩이만 걸치고 앉아 그 무엇과도 접촉을 거부하는 자네가 왜 유독 그녀와의 접촉에는 아무렇지 않은지. 더 많이 만져 보고, 닿아보고, 가까이 해보고 나서 다시 찾아오게."

과한 리액션까지 곁들이며 더 많은 접촉을 요구하는 김 박사를 재형이 생뚱맞게 쳐다봤다.

"뭡니까 그게?"

"치료 방법 제시지 뭐긴 뭔가."

"만지고, 닿고 뭐 그런 게 치료법이라고요?"

"해보게. 이보다 더 좋은 방법은 없을 거네."

"흐음."

전혀 믿음이 가지 않는 얼굴로 재형이 빤히 쳐다보자 김 박사가 입을 한껏 찢어 나만 믿으라는 듯 환하게 웃었다.

'그러니까 더 믿음이 안 가잖아요, 김 박사님.'

아무래도 오늘의 김 박사는 멀쩡해 보이지 않았다. 저보다 더 흥분한 얼굴로 코 평수를 넓히는 걸 보면 정상은 아닌 게 분명했다. 뭔가 음흉한 눈빛으로 눈썹을 들썩이는 김 박사를 가만히 바라보며 이쯤에서 주치의를 바꿔야 하는 건 아닌가 재형은 심각하게 고민했다.

JU홈쇼핑 사옥에 들어서는 건 왠지 남의 집을 허락 없이 방문하는 것처럼 껄끄러웠다. 건물주를 만나러 온 것도 아니고 다른 용무가 있어 온 것인데도 이상하게 재형이 신경 쓰였다. 회전문을 지나 로비로 들어서자 안면이 있는 보안요원이 그녀를 아는 척 반갑게 인사를 건넸다.

"어, 광개토 돼지감자!"

"어이쿠."

과한 반가움에 말이 얽혀 헛 나온 모양이었다. 영자를 가리키던 손가락이 민망함에 안으로 굽는 걸 보면. 영자에게 붙은 돼지감자란 별명을 JU 내에서 모르는 사람은 없을 것이다. 그로 인해 얼마나 막대한 피해를 입었는지. 정재형 대표의 만행이 또 한 번 이슈가 되었으니까.

보안요원이 머쓱함에 뒷머리를 긁적이며 어색하게 웃었다.

"오, 오랜만입니다."

"그러네요. 짜장면 이후로 처음이죠?"

"오늘은…… 철가방이 없네요?"

"네. 오늘은 얻어먹으러 왔습니다."

"아, 누구? 혹시."

오늘도 정재형 대표를 만나러 온 것이냐 은근슬쩍 떠보는 보안 요원의 말을 자르며 누군가 영자의 이름을 불렀다.

"영자 씨! 여기, 여기."

막 엘리베이터에서 내린 최선주 MD가 반가움을 온몸으로 표현 하며 그들 곁으로 달려왔다. 호들갑스럽게 흔드는 최선주 MD의 손 인사에 영자가 슬쩍 손을 들어 간단히 인사를 대신했다. 오랜 기간 함께 방송을 해오면서 친분이 쌓였다. 아르바이트를 그만뒀 다고 해서 관계가 쉽게 끊어질 사이는 아니었다.

"딱 맞게 도착했네."

"5분 빨랐어."

"오호! 5분씩이나?"

영자의 너스레에 같이 분위기를 맞추며 최선주 MD가 어깨동무 를 했다. 키 차이가 나는지라 꼭 언니가 동생을 안은 것 같았다. 정답게 걸어가는 둘의 모습에 보안요원이 기분 좋게 웃었다.

"밥 산다더니 어째 가는 방향이 좀 그러네?"

최선주 MD가 영자를 이끌고 가는 곳은 사옥 밖이 아니라 안쪽 이었다. 영자의 지적에 최선주 MD가 히죽 웃으며 능청스럽게 말 했다.

"이 근처에서 여기가 제일 맛나. 여기보다 더 맛있는 곳을 내가 본 적이 없네요."

"이건 사는 게 아니지."

"에헤이, 식권이 그냥 나오나? 이 회사에 몸과 정열을 바쳐 성 심성의껏 일하니 나오는 거지."

"하여튼 말발은 살아가지고."

"말발 하나로 먹고사는데 죽으면 안 되지."

직원식당으로 내려가는 계단을 불과 몇 발 앞에 두고 둘의 걸음이 우뚝 멈췄다. 누군가 그들 앞을 의도적으로 가로막은 탓이었다. 반짝반짝 파리도 앉다가 미끄러질 광택을 유지하고 있는 구두가 눈에 들어왔다. 다음, 칼날같이 잡힌 바지 선을 마주하고 그들은 뭔가 불길한 기운이 자신들을 향해 쏟아지고 있음을 감지했다.

"얼라리어."

재형의 섬세하고 차가운 얼굴을 마주하고 최선주 MD가 제 식대로의 짧은 감탄사를 내뱉었다. 원수는 외나무다리에서 만난다더니 희한하게 절대 마주칠 일이 없을 거라 생각했던 직원식당 가는 길목에서 그를 마주치게 될 줄이야. 이건 그녀 일생에서 손에 꼽힐 정도로 무척 희귀한 일이었다.

"뭐야."

재형이 무표정한 얼굴로 입술만 작게 달싹여 툭 내뱉었다. 그 말은 이쪽에서 하는 게 맞았다. 가는 길 막고 선 사람이 당당하게 할 말은 아니었다. 시비를 걸 생각으로 일부러 막은 게 아니라면 말이다. 속으로는 무수한 따짐의 말들이 툭툭 튀어나오고 싶어 발광을 해댔지만 최선주 MD는 능숙하게 작업용 미소를 휘날리며 천연덕스럽게 말했다.

"직원식당에 내려가는 길입니다. 물론 점심시간이라 밥 먹으러 가는 겁니다."

"그쪽한테 물은 거 아니야."

"아, 이쪽에 물어보신 거구나. 이쪽은 제 손님으로 온 겁니다.

제가 초대를 했지 뭡니까. 식권으로다가. 오호호호."

가타부타 말도 없이 무심한 얼굴로 둘의 대화를 듣고만 있는 영자를 재형이 가늘게 쏘아보았다. 아니, 정확히는 그녀의 어깨에 자연스럽게 올려진 최선주 MD의 손을 노려보는 것이었다.

'저게 왜 저기 올려져 있는 거야!'

마치 자기 물건에 남이 손을 댄 것처럼 불쾌했다.

"식권이 남아돌아? 왜 직원도 아닌 사람에게 식권을 남발해."

"제가 한 끼 굶으면 되죠. 뭘 그런 걸 걱정 다 해주시고."

명쾌하게 답하며 너스레를 떠는 최선주 MD를 재형이 매섭게 노려보았다. 재형이 하는 말의 뜻을 몰라 저러는 것이 아니었다. 웃는 낯으로 사람 염장을 아주 제대로 지르고 있었다. 그게 바로 최선주 MD의 주특기였다. 물론 재형은 아직 몰랐을 테지만.

"들었죠? 전 여기 얻어먹으러 온 겁니다. 그럼."

영자가 재형과 눈을 맞추고 처음 한 말이었다. 그리곤 쌩하니 시선을 돌려 계단 쪽으로 한 발 내딛었다. 영자와 나란히 움직이며 최선주 MD가 고개를 숙여 보였다. 자신을 스쳐 계단으로 내려선 영자를 향해 재형이 시비조로 말했다.

"네가 거지야? 얻어먹고 다니게?"

"네. 제가 요즘 좀 빈곤합니다."

수긍도 참 쉽다. 빈정거림에도 무덤덤하게 반응하고 이거야 원, 건드리는 재미가 없다.

영자와 최선주 MD는 재형을 뒤로하고 냉큼 식당으로 내려가 식권을 내고 접시를 들어 줄 섰다. 입안에 군침이 돌 만큼 맛있는 냄새가 식당을 가득 메우고 있었다. 타 회사에 소문이 자자하게 날 만큼 JU홈쇼핑의 직원식당 음식은 맛과 멋과 향의 삼박자를 고루 갖춘 산해진미들로 가득했다.

"와아, 오늘 영자 씨가 좋아하는 디저트도 나왔네. 티라미슈 예술이다."

"맛있겠다."

"그렇게 좋으면 정직으로 들어오면 되잖아."

호텔 뷔페식으로 진열된 음식을 바라보며 군침과 함께 담소를 나누던 둘 사이로 갑자기 재형이 끼어들었다. 화들짝 놀란 둘이 돌아보자 재형이 시큰둥한 표정으로 뒷짐을 진 채 영자 뒤편에 바짝 붙어 서 있었다.

"대, 대표님!"

웬만해선 놀라는 일이 없던 최선주 MD가 눈을 부릅뜨고 숨이 넘어갈 것처럼 크게 소리를 쳤다. 대표라는 말에 그녀 쪽을 돌아보던 직원들의 동작이 일시에 멈췄다. 마치 스톱 버튼을 누른 것처럼 신기하게 모든 사람들이 움직임을 멈추고 뚫어져라 그들을 쳐다봤다.

정재형 대표가 직원식당에 나타났다!

JU홈쇼핑 창립 이래 가장 서프라이즈한 일이었다. 누군가는 먹던 수저를 떨어트렸고, 누군가는 담던 음식을 놓쳤다. 요리사들은 만들던 것을 잊고 멍하니 재형을 보고 서 있었다. 자신의 전용 다이닝룸에서만 식사를 하던 재형이었다. 그런 그가 사람들로 득시글거리는 직원식당에 나타나다니 이걸 어떻게 믿으라는 거지? 모두 눈으로 보고도 믿을 수 없다는 표정이었다.

"싫은데요."

"야, 그런 말은 그렇게 쉽게 하는 거 아니랬지."

모두가 정지한 가운데 둘만 아무렇지 않은 듯 자연스럽게 움직였다. 재형의 투덜거림에 영자가 그를 돌아보며 불쑥 물었다.

"그건 내가 알아 할 일이고요. 그런데 당신, 왜 뭐 마려운 강아지처럼 자꾸 따라다녀요?"

갑자기 영자가 돌아서는 바람에 정면으로 그녀의 얼굴을 가까이 마주하자 재형이 당황해 움찔 멈췄다. 영자의 얼굴이 뚱하게 한쪽으로 기우는 것을 보며 재형이 재빨리 아무 일 없는 듯 표정을 굳혔다.

"따라다니긴 누가!"

"그럼 여긴 왜 온 건데요?"

"식당에 왜 왔겠어."

"으흠?"

"바, 밥 먹으러 왔지."

"오호."

못 미더운 듯 한쪽만 치켜 올라간 영자의 눈썹에 발끈한 재형이 입을 빠득거리며 눈에 쌍심지를 켰다. 사람이 하는 말을 왜 못 믿겠다는 거야. 절대 따라온 거 아니라니까!

극구 부인하며 사납게 쏘아보는 재형의 눈을 시큰둥하게 쳐다보며 영자가 턱을 까닥였다. 건방진 턱 짓이었다. 감히, 누구한테 그런 버릇없는 행동을 하는 거냐 눈을 치뜬 재형에게 영자가 건조하게 말했다.

"밥이 먹고픈 그대, 접시 들고 줄을 서시오."

"……"

영자의 턱이 가리킨 곳엔 깨끗이 세척되어 얌전히 쌓여 있는 접시가 놓여 있었다. 눈썹을 꿈틀거린 재형이 군말 없이 접시를 집어 들고 영자 뒤에 서는 모습을 직원들이 숨죽여 지켜봤다.

"줄이 왜 안 줄어들지?"

다시 앞을 향해 선 영자가 이리저리 고개를 움직여 줄이 움직이지 않는 원인을 찾았다. 원인은 하나였다. 모두들 재형을 보느라 움직일 생각을 하지 않고 있었다. 그에 영자도 재형을 돌아보며 위아래로 쓱 훑었다.

"뭐야. 왜 그런 눈으로 봐."

"아니, 전부 당신만 보고 있기에. 뭐 좀 신기한 게 있나 하고."

"야."

"별거 없는데 희한하네."

신기하다는 말보다 별거 없다는 말이 얼마나 기분 나쁜지 재형은 오늘 처음 알았다. 그도 그럴 것이 그를 향해 그런 말을 서슴없이 내뱉은 사람이 영자 말고는 여태 없었기 때문이다.

"식사 안 합니까?"

재형이 이를 악물고 좌중을 휘둘러 쏘아보며 서늘하게 내뱉자 모두들 화다닥 놀라며 다시 움직이기 시작했다. 이번엔 2배속 버튼을 누른 것처럼 무척 빠르게 움직였다.

재형은 영자의 뒤만 쫓으며 음식을 대충 접시에 담았다. 맛보기로 조금씩 음식을 담은 영자가 최선주 MD와 함께 자리를 찾아 앉자 서둘러 그들 앞자리로 걸어갔다.

반대편 식탁 위로 올려진 빈약한 접시를 둘이 동시에 쳐다봤다. 그 접시를 내려놓는 고운 손까지. 그 손을 따라 올라가자 예상했던 인물의 얼굴이 나타났다.

"뭘 봐. 밥 먹는 거 처음 봐?"

남의 자리에 동의 없이 앉고도 오히려 뻔뻔하게 나온다. 이런 걸 두고 적반하장이라고 하는 거지. 상대해 봐야 좋을 것 없다 둘 다 약속이나 한 듯 시선을 거두고 식사에 열중했다. 둘의 무관심에 입을 삐죽이며 재형이 포크를 든 채 빙글빙글 돌리기만 했다.

"와아, 이거 진짜 맛있다."

"줘봐."

최선주 MD가 감탄하며 고기 완자를 포크로 콕 집어 내밀자 영자가 날름 입으로 받아먹었다. 그에 재형의 시선이 완자를 찍은 포크에서 영자의 입술로 옮겨졌다. 오물오물 맛나게 완자를 씹으며 입술에 묻은 잔해를 영자가 혀로 말끔히 쓸어 음미했다. 왜 남이 먹던 포크로 음식을 먹느냐 타박하려던 말이 쏙 들어가고 마른침이 꿀꺽 삼켜졌다. 재형의 시선이 영자의 입술에 꽂힌 채 움직일 생각을 하지 않았다.

"음. 그러네. 이것만큼 맛있네."

서로 다른 음식을 조금씩만 담아 나눠 먹으며 입에 맞는 음식을 찾았다. 그래야 다음에 음식을 선택할 때 실수를 하지 않는다고 둘이 합의한 사항이었다. 영자가 가리킨 음식은 가리비를 버터에 살짝 구워 향을 가미한 음식이었다. 영자의 식도락을 믿는 최선주 MD였기에 음식을 보자마자 군침이 돌았다.

"나도 그것 좀 줘봐."

"야, 왜 남의 걸……."

재형의 말과 행동이 확연히 달랐다. 말은 왜 남의 걸 먹느냐였지만, 그는 영자가 가리비를 포크로 찍어 들어 올림과 동시에 자리를 박차고 일어나 그녀의 손목을 붙잡고 제 쪽으로 당겨 가리비를 한입에 덥석 물었다. 순식간에 일어난 일이었다.

툭. 챙. 덜그럭.

여기저기서 식기 떨어지는 소리가 요란하게 들렸다. 아닌 척 재형 쪽을 주시하고 있던 직원들이 놀라 떨어트린 것이었다. 두 번째로 기함할 일이 벌어졌다. 정재형 대표가 누군가 먹던 포크로 음식을 섭취했다. 그것도 본인이 직접 강제적으로 빼앗다시피 해서.

"그러게요. 왜 남의 걸 막 뺏어 먹는데. 희한하네."

비어버린 포크와 그것을 먹은 재형을 쳐다보며 영자가 꼬아 말했다. 꿀꺽. 씹을 사이도 없이 가리비가 그대로 목구멍을 통과했다. 이 순간 가장 당황스러운 건 재형이었다.

내가 왜 그랬지? 미쳤나? 돌았나? 왜 이런 짓을!

동작을 멈춘 채 어지럽게 흔들리는 눈동자가 그가 지금 제정신이 아님을 말해주고 있었다. 털썩. 영자의 손을 놓고 자리에 주저앉은 재형이 가만히 냅킨을 집어 입 주변을 닦았다. 구역질이 나야 마땅했다. 남이 먹던 포크였고, 남의 접시에 놓여 있던 음식이었다. 그럼에도 아무 거부감이 없었다. 오히려 영자의 말대로 이상하게 맛있었다. 입안에서 감칠맛이 났다.

재형이 혼자 혼란을 겪든 말든 다시 맛 삼매경에 빠진 영자가 해맑게 웃으며 포크와 수저질에 여념이 없었다. 처음 당황했던 것도 잊고 어느 순간 재형은 식탁에 팔을 올려 턱을 괸 채 지그시 영자를 바라봤다. 확실히 먹는 것 하나는 죽여주게 잘한다. 보는 사람이 먹지 않고는 못 견딜 만큼.

"왜지."

식사가 계속되는 가운데 재형이 혼잣소리처럼 중얼거렸다. 집중하지 않고는 들을 수 없는 작은 소리였다. 스푼으로 수프를 떠 후루룩 빨아들이던 영자가 힐끔 시선을 들어 그를 쳐다봤다. 마주 그 시선을 응시한 재형이 다시 입을 달싹였다.

"왜, 넌 되고 다른 사람은 안 되는 거지?"

후루룩.

"왜, 너만 아니고 다른 사람은 다 싫은 거지?"

후룩. 후루룩.

"이상해. 자꾸 너만 예외가 된다는 게. 신경이 쓰여."

"흐음."

먹던 것을 멈추고 영자가 재형을 정면으로 마주했다. 깜빡. 왕방울만 한 눈이 맑은 빛으로 반짝 빛났다. 물끄러미 자신을 바라보는 영자의 눈을 뚫어져라 직시하며 재형이 고운 미간을 찌푸렸다.

"대체 너 날 뭐로 감염시킨 거야."

빙긋이 영자의 입매가 매끄럽게 끌려 올라갔다.

6. 심장이 취해서

재형은 벽에 붙은 대형 메뉴판을 멍하니 바라보았다. 저곳에 적혀 있는 것들은 대체 무엇이며 자신은 왜 낯선 여자 앞에 서 있는 것일까.

"손님, 주문하시겠습니까?"

업무용 미소를 만면에 띤 점원이 재형에게 물었다. 벌써 다섯 번째 묻는 것이었다. 처음 해맑던 점원의 미소가 점점 억지웃음이 된 것은 다 이유가 있었다. 재형의 뒤로 긴 줄이 섰다. 모두 주문을 위해 대기하고 있는 사람들이었다. 그가 머뭇거리는 동안 줄이 점점 늘어나고 있었다.

"손님?"

재형이 건조한 시선으로 점원을 쳐다보았다. 그렇게 또 몇 분이 흘렀다. 억지 미소를 짓던 점원의 얼굴에 경련이 일었다. 지금 당장 주문을 할 게 아니면 옆으로 잠시 비켜나 있으면 좋으련만 딱 버티고 서서 메뉴판만 뚫어져라 노려보고 있는 통에 이러지도 못하고 저러지도 못해 미칠 지경이었다.

"흐음."

재형이 턱을 쓸며 뜸을 들였다. 테이크아웃은 난생처음 하는 주문이었다. 그가 주로 사람을 만나는 곳은 정해져 있었다. 영자와 만날 때만 이상하게 그 장소가 변경되긴 했지만 뭘 먹거나, 마시는 일은 없었다. 엔젤 카페에 들어가 보기도 했고, 자리에 앉아도 봤지만 이렇게 커피를 직접 주문해 본 적은 단 한 번도 없었다. 메뉴를 말하고, 돈을 지불하고 기다리다 받아오면 되는 아주 간단한 일이라고 말했는데 그게 말처럼 쉽지 않았다.

재형의 고운 미간이 심각하게 좁혀졌다. 태연한 척하고 있긴 하지만 손바닥에 자꾸만 진땀이 났다. 아메리카노 4잔. 그 간단한 주문을 그는 지금 30분째 입 밖에 내지 못하고 있었다.

"저렇게 그냥 둬도 괜찮을까요? 그냥 제가 가서 주문하는 게 나을 것 같은데."

"그래, 직접 보니 참 안쓰럽다."

"약속은 약속이에요. 세상에 공짜는 없죠."

"그렇긴 한데. 대표님께 저건 정말 극복하기 힘든 과제입니다."

"절대 강요한 거 아니에요. 보셨잖아요. 자기가 하겠다고 고집 피우는 거."

카운터가 훤히 보이는 곳에 자리를 잡고 앉은 영자와 최선주 MD와 최 비서가 재형을 주시하며 대화를 나누고 있었다. 호기롭게 나서긴 했지만 재형이 임무완수를 하고 돌아오는 건 절대 무리라고 보는 그의 최측근 최 비서와 어디 정말 하나 보자 따라나섰다가 동정표를 던지는 마음 약한 최선주 MD, 약속은 꼭 지켜야 한다 냉철한 시선으로 재형을 바라보는 영자의 의견이 분분했다.

"지켜봐 주자고요. 어떻게 하는지. 남아일언 중천금이라잖아요. 남자면 뱉은 말에 책임은 지겠죠."

"흐음."

엷게 미소를 띤 영자의 말에 최 비서가 낮은 신음을 흘렸다. 지금 생각해도 이해를 할 수가 없었다. 왜 재형이 저런 말도 안 되는 약속을 했는지. 오늘따라 주차를 하고 돌아올 자신을 기다리지 않고 먼저 올라간 것도 이상하기는 마찬가지였다. 재형의 말대로 뭔가에 감염되어서 정신상태가 이상해진 것 일까? 최 비서는 지금의 재형이 낯설었다. 제가 알던 재형이 아닌 것 같았다. 마치, 머릿속에 뭔가 다른 존재가 들어가 그를 조종하는 것만 같았다. 그렇지 않고서야 저런 무모한 짓을 자처할 이유가 없었다.

사건의 발단은 이랬다.

직원식당까지 영자를 쫓아갔던 재형이 기어이 영자에게 자신을 감염시켰다 억지를 부리며 그 감염체가 무엇이냐 닦달하고 악착같이 캐묻기를 멈추지 않았다. 세상에서 가장 싫은 게 밥 먹을 때 방해하는 것이라 누누이 말하고 다니던 영자였다. 신성한 식사시간에 찬물을 끼얹고도 적반하장으로 영자가 자신에게 무슨 짓을 했다고 덮어씌우는 재형이었다. 그런 재형을 향해 의미심장한 미소를 띠어 보인 영자가 은근슬쩍 미끼를 투척했다. 세상에 공짜가 어디 있냐는 아주 단순한 낚시질이었다. 겁 없이 재형에게 딜을 거는 영자도 그랬지만, 그에 심각하게 반응하는 재형이

심장이 뛰어서 185

더 신기했다.

　"좋아, 조건이 뭔지 말해봐."
　"아메리카노."
　"뭐?"
　"요 앞 별다방 거로다가 어디 보자, 하나, 둘, 어…… 저기 최 비서님 것까지 4잔. 정재형 씨, 당신이 직접 사주기."
　"대표님? 여기서 지금 뭐 하시는 겁니까?"

　뒤늦게 재형이 직원식당에 있다는 소식을 전해 듣고 헐레벌떡 달려온 최 비서가 재형을 멍하니 불렀다. 이게 대체 무슨 일이냐 놀라 묻는 것이었다. 천하의 정재형이 커피를 손수 사야 한다는 말은 들은 것 같은데 그게 사실은 아니겠지? 하는 눈빛으로 최 비서가 그를 바라보았다. 영자를 도전적으로 바라보던 재형의 눈이 덧없이 깜빡거리며 모로 기울어졌다.

　"뭐라고?"

　최후의 반항은 그것으로 끝났다. 씨익. 영자가 해맑게 웃으며 손가락 네 개를 척하니 재형의 눈앞에서 흔들었을 때 재형은 직감했다. 자신이 잠시 후 별다방의 카운터에 넋이 나간 채로 서 있을 것임을.
　긴장으로 입안이 바짝바짝 타들어갔다. 몇 마디 되지도 않는 그 말이 왜 이렇게 안 떨어지는 것인지. 등 뒤로 느껴지는 적의로 가득한 시선보다 자신의 성공 여부에 촉각을 세우고 있을 삼총사가 더 신경 쓰였다.

"아메리카…… 노."

"네. 아메리카노 한 잔이요?"

"아니!"

한 잔을 시키려고 이렇게 오래 버티고 있지는 않았겠지. 뭔가 주문이 엄청 복잡할 것이라 예상하고 있던 점원이 은근슬쩍 한 잔이냐 묻자 재형이 버럭 소리치며 손가락을 척 펼쳐 보였다. 엄지가 안으로 곱게 접힌 채 나머지 손가락이 쫙 펼쳐져 있었다.

"네?"

영문을 몰라 되묻는 점원을 한껏 노려보며 재형이 손을 더 힘차게 뻗었다. 움찔한 점원이 설마하며 조심히 물었다.

"아메리카노 4잔이요?"

이제야 말귀를 알아듣느냐 핀잔 섞인 눈빛으로 재형이 점원을 못마땅하게 쳐다봤다. 그에 기가 막히면서도 재형의 살벌한 포스에 눌려 뭐라 말을 하지 못하고 점원이 고개 숙인 채 기어들어 가는 목소리로 말했다.

"15,600원입니다."

주문을 무사히 마쳤다는 안도감에 다시 거만함을 되찾은 재형이 진땀을 뺐다는 것도 잊은 채 손끝으로 살짝 카드를 집어 점원의 손 위에 떨어트렸다. 힐끔, 재형이 눈치채지 못하게 그를 흘긴 점원이 초스피드로 계산을 마치고 그에게 진동 벨과 계산서를 내밀었다. 재형이 받을 생각을 않고 그것을 물끄러미 바라보고 있자, 점원이 투철한 직업 정신을 발휘해 친절하게 설명했다.

"벨이 울리면 주문하신 커피가 저쪽에서 나올 겁니다. 그때 받아가시면 됩니다."

"나더러 여기서 기다리라고?"

"아니요. 테이블에 앉아서 기다리시면 됩니다, 손님."

점원의 말에 재형이 자신을 주시하고 있는 삼총사의 테이블을 돌아봤다. 저기에 가서 앉아 세 명의 따가운 시선을 받다가 다시 일어나 커피를 받아가라고? 말도 안 돼. 재형이 점원의 손에서 카드만 슬쩍 집어 소독제를 뿌려 손수건으로 닦으며 딱 잘라 말했다.

"여기서 기다리지."

재형이 살짝 옆으로 비켜나 카운터 옆 진열장의 샌드위치와 브런치를 구경하는 척했다. 재형을 어이없이 쳐다보던 점원이 진열장 위에 진동 벨을 올려놓고 고개를 절레절레 흔들었다. 살다 살다 저런 손님은 또 처음이었다.

테이블로 가는 것보다 낫다고 판단하긴 했지만 그곳에 서 있는 것도 재형에게는 매우 불편한 일이었다. 사람으로 득실대는 카페 안 그 어디도 안전지대는 없었다. 고비 하나를 끙끙대며 겨우 넘으면 또 다른 고비가 그를 기다리고 있었다.

"미친놈."

자기애가 강한 재형이었지만 오늘은 자신을 욕하지 않을 수가 없었다. 대체 왜 이런 어처구니없는 짓을 벌인 것일까. 게다가 주문을 하고 나선 스스로 대견해하기까지 했다. 커피 4잔을 주문하고 대견함을 느끼다니. 미치지 않고서야 어떻게 그런 감정을 느낄 수가 있단 말이다.

자신이 지금 무엇을 위해서 이 짓을 하고 있는지 재형은 진열장 유리에 비친 제 모습을 뚫어져라 응시하며 곰곰이 생각했다. 감염의 원인이 미치도록 궁금해서? 글쎄. 솔직히 그건 아닌 것 같다.

'감염의 원인은 물렸거나, 물었거나. 그 둘 중에 하나다.'

자신의 알 수 없는 행동과 갈피를 못 잡고 둥둥 떠 있는 마음이 문제였다. 그 해결책으로 김 박사가 제시한 것이 더 많이 닿아보고, 만져 보고, 가까이해 보란 것이었다.

'닿고, 만지고, 가깝게 지내면…… 어떻게 되는 거지?'

상상이 되질 않는다. 팔짱을 낀 재형의 미간에 살짝 주름이 졌다. 심각하게 닿고, 만지고, 가깝게를 반복해 읊조리던 재형의 눈빛이 깊어졌다. 유리에 비친 재형의 실루엣 위로 영자의 모습이 겹쳐졌다. 영자가 그의 뒤쪽에서 한 손으로 목을 휘감고 다른 한 손으로 그의 가슴을 더듬었다. 영자의 도톰하고 말캉한 입술이 재형의 귓불을 살짝 빨았다. 붉게 물들기 시작한 재형의 귀를 할짝거리며 귓바퀴를 따라 혀를 움직인 영자가 그의 귀에 은밀하게 속삭였다.

'어떻게 될 것 같아요?'

흠칫. 재형이 소스라치게 놀라며 몸을 떨었다. 그와 동시에 진열장 위에 진동 벨이 울렸다. 빨간 불을 발산하며 삐— 삐— 울려대는 벨을 재형이 놀란 눈으로 쳐다보았다. 그의 시선이 다시 자신의 모습을 비추고 있는 진열장의 유리로 향했다. 방금 전까지 제 몸에 달라붙어 유혹하던 영자는 사라지고 없었다. 재형이 마른침을 꿀꺽 삼키며 천천히 삼총사의 테이블을 돌아봤다. 영자는 느긋하게 턱을 괸 채 처음과 다름없는 눈으로 자신을 바라보고 있었다. 재형이 덧없이 눈을 깜빡이자 그녀의 입 끝이 미묘하게 위로 올라갔다. 마치 재형이 상상한 것을 모두 알고 있다는 눈빛이었다.

덜컹. 재형의 심장이 내려앉았다. 설마, 진짜 다 꿰뚫고 있는 건 아니겠지? 서둘러 고개를 돌린 재형의 눈앞에 커피잔이 올려진 쟁반이 나타났다. 진동 벨이 울리고도 커피를 받아갈 기미가 보이지 않는 재형을 대신해 점원이 그가 있는 곳으로 직접 커피를 옮긴 것이었다.

"즐거운 시간 되십시오."

입은 웃고 있지만, 눈은 표독스러웠다. 확실히 눈은 진심을 담는다는 말이 맞는 것 같다. 생뚱맞은 생각을 하며 얼떨결에 쟁반을 받아 든 재형이 멍하니 서 있다가 주춤주춤 테이블 쪽으로 발을 움직였다.

"됐지?"

무뚝뚝하게 쟁반을 내려놓으며 재형이 의자에 털썩 주저앉아 다리를 꼬았다. 의도한 건 아니었지만 긴 다리를 뻗느라 몸을 틀었고, 버릇처럼 테이블과 살짝 거리를 뒀다. 그 결에 영자 쪽으로 돌려 앉은 자세가 되었다. 영자만 바라보겠다고 작정한 사람처럼. 영자와 시선이 마주치자 재형이 괜스레 헛기침을 했다. 멋쩍은 듯 시선을 피하는 그를 보고 영자가 싱긋이 웃었다.

"잘했어요."

"어?"

"잘 마시겠습니다."

상큼한 목소리와 더불어 잔을 들어 보이며 영자가 눈을 반달 모양으로 휘었다. 재형이 멍하니 그 눈을 바라보았다. 돼지감자 얼굴에 달이 떴다. 반짝반짝 예쁘게 빛나는 달이.

"대표님?"

재형이 손수 사온 커피를 믿을 수 없다 두 눈을 동그랗게 뜨고 바라보던 최 비서가 감격에 겨워 재형을 올려보다 뜨악해 그를 불렀다. 재형이 천천히 최 비서를 돌아보았다. 최 비서가 입만 벙긋거리며 말을 잇지 못했다. 최 비서의 시선은 재형의 얼굴이 아니라 다른 곳을 향해 있었다. 그 시선을 따라 고개를 돌린 재형이 놀라 헉하고 거친 숨을 삼켰다.

"이, 이게 왜 여기에!"

재형의 손이 제멋대로 움직여 영자의 한쪽 눈을 만지작거리고 있었다. 세상에서 가장 아름다운 보석을 발견한 듯 영자의 눈동자를 황홀하게 바라보던 조금 전 제 표정을 봤더라면 아마 더 화들짝 놀라 나자빠졌을 것이다. 그를 본 최 비서가 굳어 움직이지 않는 것보다 더.

"그러게요. 잔은 저쪽에 있는데 손은 이리로 뻗으셨네요."

놀라 기겁한 사람들의 반응이 무색하게 영자는 무척 덤덤했다. 재형이 손을 거둬 가슴 위로 크로스한 채 부르르 떨고 있는 것과는 무척 대조적이었다.

두구두구두구두구.

두근댈 틈도 없이 재형의 심장이 빠르게 뛰어댔다. 화르륵 달아오른 얼굴과 속절없이 깜빡이는 눈과 자꾸만 마른침을 삼키는 목과 바짝바짝 타들어가는 입술이 그의 알 수 없는 심경을 대변했다. 나는 지금 너 때문에 불타올라 속이 미친 듯이 타들어가고 있다고.

"뭐가 궁금하다고요? 얻어먹었으니, 약속대로 답을 해드려야죠."

쫑알쫑알 뭔가를 말하는 영자의 입술을 혀가 요염하게 핥고 지나갔다. 입술에 묻은 커피를 습관적으로 핥은 것인데 그로 인해 재형의 심장은 더 급격하게 요동을 쳐댔다. 이러다가 심장이 터져버리는 건 아닌지 걱정스러울 정도였다. 재형이 아플 정도로 뛰어대는 심장을 지그시 눌렀다. 그의 얼굴이 심각하게 일그러졌다.

"대표님, 몸이 많이 안 좋아 보이세요."

정재형 대표가 사온 커피를 영광스럽게 홀짝이던 최선주 MD가 재형을 돌아보며 걱정스럽게 말했다. 그에 동조하듯 최 비서가 낯빛이 하얗게 질린 채로 고개를 끄덕였다. 확실히 지금의 재형은 정상이 아니었다. 아침부터 컨디션이 안 좋다고 하더니 기어이 탈이 난 모양이었다. 이상하게 하는 행동마다 기묘하더라니.

"들어가서 쉬시는 게 좋을 듯합니다."

자리에서 일어서며 재형 쪽으로 다가서는 최 비서를 두고 재형이 영자의 손을 덥석 붙잡았다. 모두의 시선이 잡힌 영자의 손으로 쏠렸다. 이제 아예 자기 손인 양 마음대로 붙잡는다. 보는 사람도 오해할 정도였다. 혹시 그 손이 정재형의 손이 아닌가 하고. 그렇지 않고서야 한 치의 망설임도 없이 저렇게 덥석덥석 붙잡을 수는 없는 일이니까.

그 손이 누구의 손이냐는 논란을 떠나 다음으로 이어진 재형의 행동에 두 최 씨가 기함하며 눈을 동그랗게 떴다. 재형이 잡은 영자의 손을 끌어 제 가슴 위에 올려놓고 그녀의 얼굴 가까이 바짝 제 얼굴을 디밀었다. 그리곤 둘만 들을 수 있는 은밀한 목소리로 심각하게 속삭였다.

"그래, 몹시 궁금해. 이게 대체 왜 이러는지. 분명히 너 때문인 것 같은데. 그 이유가 뭘까?"

손바닥으로 전해지는 재형의 심장박동이 무척 빨랐다. 재형의 가슴에 닿은 손과 그 위를 덮은 제형의 손을 물끄러미 바라보던 영자가 시선을 들어 재형을 마주 보았다. 때 묻지 않은 순수함이 재형의 눈동자에 담겨 있었다.

'의외네.'

남은 한 손으로 턱을 괴고 영자가 밑에서 그를 올려보며 입술을 달싹였다.

"흐음. 글쎄요. 이유가 뭘까요?"

재형의 시선이 제 입술 바로 아래에 머문 영자의 입술을 뚫어져라 응시했다. 그의 눈동자가 영자의 입술을 섬세하게 더듬었다. 그녀의 도톰하고 새빨간 입술 위 주름 하나하나까지 세밀하게 눈에 담았다.

꿀꺽. 침이 넘어갔다. 왜 그런지도 모르게 저절로 침이 고이고 삼켜졌다. 숨을 크게 들이쉬고 천천히 내쉬며 두근거리는 심장을 다스리려 애썼다. 물론 아무 소용없는 일이었지만.

"후우우."

내쉰 숨이 그대로 영자의 얼굴 위로 흩어졌다. 그에 영자가 눈을 감았다 떴다. 그 짧은 순간이 재형에겐 억겁의 시간처럼 느릿하게 흘렀다. 사라락 그 큰 눈망울을 감췄다 드러내는 짧은 속눈썹마저 귀엽게 느껴졌다.

'눈까지 감염됐나 보다.'

영자의 얼굴에서 시선을 떼지 못한 채 깊은 한숨을 내쉰 재형이 손을 잡은 채로 일어섰다.

턱을 괸 채로 한 팔이 들린 묘한 자세로 재형을 올려다보는 영자를 그가 일으켜 세웠다. 얼떨결에 일어선 영자가 중심을 잡을 사이도 없이 재형이 영자를 옆구리에 끼워 덜렁 들어 올렸다.

"어어어."

몸이 허공으로 뜨는가 싶더니 눈 아래 바닥이 흔들렸다. 한 손은 재형에게 잡힌 채로 제 옆구리를 휘감고 다른 한 손은 쭉 뻗은 채로 흐느적거렸다. 이게 대체 무슨 일인지 깨닫기도 전에 영자의 몸이 본인의 의자와 상관없이 앞뒤로 움직였다. 마치 개구리 수영을 하는 것 같았다.

"난데없이 이게 무슨 봉변이죠?"

점점 현실감각이 되살아나자 영자가 제 허리를 휘감아 옆구리에 붙인 채 걷고 있는 재형을 향해 불퉁하게 물었다. 대낮에 과부보쌈하는 것도 아니고 이게 무슨 일인가 싶었다. 심장이 미쳐 날뛰는 이유에 대해 심도 깊은 대화를 나누자 한 건데 갑자기 사람을 들고 나르는 이 해괴망측한 일은 뭐란 말인가.

"조용한 곳으로 가."

"저도 발이란 게 달려 있긴 한데요."

"그 발이 어디로 튈지 모르잖아."

"답해주기로 한 건 하고 튈 건데. 그럼 상관없지 않나?"

"그거 안 해도 돼."

"예?"

고개 돌려 힘들게 재형을 올려보며 영자가 물었다. 하지만 재형은 입을 꾹 다문 채 영자를 든 채로 단숨에 길 건너 JU홈쇼핑 사옥으로 들어섰다. 들어서는 입구부터 재형과 그의 옆구리에 매달린 영자를 직원들의 놀란 시선이 쭉 뒤따랐다.

언빌리버블!

오늘 세상이 뒤집어지는 날인가 보다. 재형이 여러모로 사람을 놀라게 하고 있으니 말이다. 점심시간, 재형이 직원식당에 나타나, 돼지감자라 자신이 별명을 붙인 나영자의 음식을 뺏어 먹었다는 놀라운 소문이 삽시간에 건물 내부에 퍼진 게 바로 조금 전인데. 그보다 더 놀라운 일을 벌이며 사람들의 출입이 빈번한 로비를 지나 당당히 대표 전용 엘리베이터에 올랐다. 얼마나 태연했으면 옆구리에 낀 영자가 그냥 서류 가방처럼 여겨질 판국이었다.

"봤냐?"

"눈으로 보고도 믿질 못하겠다."

"완전 토픽감이다."

"오늘 로또 살까 보다. 세상에 절대 벌어질 수 없다 믿었던 일도 버젓이 일어나는데 로또라고 당첨이 안 될까."

"아깝다. 동영상으로 찍어서 두고두고 스트레스 받을 때마다 보는 건데."

"그러게."

엽기적인 장면을 바로 코앞에서 목격한 직원 둘의 시선이 자연스레 로비를 찍고 있는 두 개의 CCTV로 옮겨졌다. 아마, 저긴 찍혔을 거야 하는 일말의 희망을 품고.

재형이 최고의 선 장소로 지목했던 미팅룸의 문을 박차고 들어서 영자를 의자에 사뿐히 내려놓았다. 옆구리에 무자비하게 끼고 나설 때의 기세로 보아 바닥에 내다꽂을 것을 예상했는데 다행히 그러지는 않았다. 의자에 앉혀진 영자가 멀뚱히 테이블을 돌아 반대편에 앉는 재형을 쳐다봤다. 영자를 보지 않은 재형은 고뇌에 찬 표정으로 의자에 비스듬히 앉아 이마를 문질렀다. 납치하듯 들고튀긴 했는데 말을 어떻게 꺼내야 할지 몰라 머뭇거렸다. 바싹 마른 느낌의 입술을 손톱으로 깨작거리며 만져 대다 슬쩍 맞은편의 영자를 힐끔거렸다. 그러다 내내 재형을 쳐다보고 있던 영자와 눈이 딱 마주쳤다.

히끅.

너무 놀란 나머지 딸꾹질이 이상하게 나왔다. 입을 주먹으로 막고 눈을 동그랗게 뜬 채 히끅거리는 재형을 영자가 신기하게 바라봤다.

"딸꾹질을 참 묘하게 하네요."

고개를 갸웃이 기울인 영자의 입매가 살며시 위로 올라갔다. 그 입매를 바라보며 재형이 깊게 숨을 들이쉬었다. 그 순간 영자가 손을 뻗어 재형의 입과 코를 막았다. 재형의 눈이 더 커졌다. 위아래로 요란하게 움직이는 그의 눈동자가 지금 무슨 짓을 하는 것이냐 묻고 있었다.

"딸꾹질엔 숨을 참는 게 제일이죠."

"그렇다고 손으로 막아?"

영자의 손을 거두며 재형이 투덜거렸다. 어깨를 으쓱한 영자가 시큰둥하게 물었다.

"그럼 입으로 막아요?"

"입? 입으로 뭐, 뭘 막아?"

"마우스 투 마우스."

영자가 재형의 입을 막았던 손으로 제 입과 재형의 입을 가리켰다. 그에 재형이 눈을 깜빡이며 마른침을 꿀꺽 삼켰다. 입으로 입을 막는다는 건······ 키스? 영자의 말을 엉뚱한 쪽으로 해석한 재형의 귓불이 저도 모르게 붉어졌다.

"그래서 조용하게 단둘이 나눌 대화란 게 대체 뭐죠?"

영자의 입술로 빨려 들어가는 재형의 정신을 중단시키며 영자가 물었다. 그에 멍한 눈으로 재형이 영자의 눈을 올려보았다. 영자가 뭐라 말을 하긴 한 것 같은데 제대로 듣지 못했다.

"응?"

"절 왜 여기 끌고 왔냐고요."

영자가 비스듬히 턱을 괴며 손끝으로 톡톡 테이블을 두드렸다. 재형이 테이블로 시선을 옮겼다가 다시 영자를 쳐다봤다. 그의 정신이 서서히 현실로 돌아왔다. 눈앞에 돼지감자가 앉아 있다. 돼지감자는 못생겼다. 그런데 이상하게 혐오스럽지가 않다. 왜일까? 왜지?

재형이 영자를 올곧게 직시하며 두 손을 깍지 껴 턱을 괬다. 유심히 그녀의 얼굴을 바라보던 재형이 굳게 닫혔던 입을 열었다.

"좋아. 나도 네가 내건 조건을 하나 들어줬으니까. 너도 내 조건을 하나 들어줘야겠어."

"그건 아까 직원식당에서 물었던 질문에 대한 답이었던 걸로 아는데요?"

"바뀌었어."

"네?"

"그에 대한 답은 내가 스스로 알아낼 거야."

"아, 네. 뭐 그러시든지."

"그래서 네가 들어줘야 하는 것도 더불어 바뀌었어."

어느새 차분하게 말을 이어가는 재형을 영자가 무덤덤하게 바라보았다. 그가 별거 아니라는 듯 지나가는 투로 가볍게 말했다.

"내 옆에 있어."

"……?"

"일주일만."

태연하게 말하는 재형을 멀뚱히 쳐다보던 영자의 미간이 살포시 찌푸려졌다.

"너무 불공평한 거 아니에요? 난 고작 커피 한 잔 마실 시간을 뺏은 건데. 일주일이나 내놓으라는 건 뭔가 이치에 어긋난다는 생각 안 들어요?"

맞는 말이다. 그런데 거기에 동조하면 여기까지 돼지감자를 끌고 온 것이 말짱 도루묵이 되고 만다. 이왕 이렇게 된 거 한번 끝까지 가서 확인해 보자 싶었다. 뻔뻔함은 재형의 주특기였다.

"그럼 너도 똑같이 해."

"뭘요?"

"일주일 동안 날 네 곁에 두라고. 그럼 공평하지?"

"공평하다고요? 그게?"

"됐어. 그럼 그렇게 결론짓고. 당장 내일부터 시작하지."

그걸 지금 말이라고 하느냐 묻는 영자의 따가운 눈총을 애써 무시하며 재형이 자리를 박차고 벌떡 일어나 업무 지시를 하듯 단호하게 말했다.

"근무시간은 오전 10시부터 오후 4시까지. 일주일 급료는 백. 오케이?"

"급료?"

"알바라고 생각해."

"싫……."

싫다고 말하려는 영자의 입을 재형이 급히 손으로 막았다. 딸꾹질하는 재형의 입을 영자가 막았던 것과 똑같은 방법이었다. 영자가 힐끔 재형을 올려봤다. 말똥거리는 영자의 눈망울에 고스란히 제 모습이 담겨 있었다. 그 눈을 지그시 바라보던 재형이 아무렇지 않은 척 시치미를 뚝 뗐다.

"그 싫다는 소리 좀 그만해."

"……."

"약속은 칼같이 지킨다며. 이것도 꼭 지켜."

막았던 입에서 손을 떼고 냉큼 돌아선 재형이 성큼성큼 입구로 걸어가 문을 열고 나섰다. 도망치듯 쌩하니 사라진 재형의 모습에 혼자 남은 영자가 입을 삐죽거렸다. 테이블 위에 가만히 팔을 올려 턱을 기댄 영자가 눈을 가늘게 떴다.

"대체 무슨 생각을 하고 있는 거지? 참 종잡을 수 없는 인간이네."

기껏 끌고 와 한다는 소리가 일주일 동안 자기 옆에 껌처럼 딱 붙어 있는 아르바이트를 하라니. 세상에 그런 아르바이트도 있었던가? 그렇게 해서라도 꼭 알아내고 싶은 것. 왜, 돼지감자만 특별

한가. 왜, 가벼운 접촉에도 가슴이 미친 듯이 뛰어대는가.

"쉬울 수도 아주 어려울 수도 있는 문제지."

영자의 한쪽 눈썹이 묘하게 들썩였다. 엮이고 싶지 않은 사람과 계속 묘하게 엮이게 되는 건 인연일까? 악연일까?

특별한 뚱딴지가 되느냐, 여전히 원수 같은 돼지감자가 되느냐. 그게 고작 일주일에 달려 있다는 얘긴데. 영자가 제 가슴 위에 가만히 손을 올려보았다. 변함없이 한결같은 페이스로 뛰는 심장이 저는 멀쩡하다고 말하고 있었다. 삶을 위해 뛰는 것 말고 단 한 번도 누군가를 위해 열렬히 뛰는 것을 해본 적이 없는 심장이었다. 과연 그게 가능하긴 한 걸까?

"일주일이라."

정재형. 자타공인 조각미남. 몸 상태는 그럭저럭. 정신 상태는…… 유치찬란. 그래도 본성은 악의가 없다고 우겨본다면 심장이 두근거릴 가능성이 조금은 있을까? 답은 글쎄. 잘 모르겠다. 정재형을 상대로 그런 생각을 해본 적이 단 한 번도 없었으니까.

"시험 삼아 도전 한번 해봐?"

과연 나영자 인생에 남자란 것이 존재 가능한가. 영자 본인도 궁금하긴 했다. 정재형에게 Love는 아니어도 Like만이라도 느낄 수 있다면 다른 남자에게선 러브도 충분히 가능하리란 생각이 들었다.

"내가 맡은바 임무는 또 열과 성을 다해 하는 사람이거든."

탁. 테이블을 짚고 일어선 영자가 반짝 눈을 빛내며 입술을 매끄럽게 끌어 올렸다. 그리곤 주머니에 손을 집어넣고 돌아서 재형이 나간 문을 향해 다가서며 자신감 넘치는 목소리로 말했다.

"기대하시라. 완벽의 완벽을 기하는 나영자의 확실한 프로 정신을 보여 드릴 테니."

평소보다 일찍 집무실에 도착한 재형은 자리에 앉지 못하고 방향감각을 잃어버린 사람처럼 왔다 갔다 하며 안절부절못했다. 초조한 기색으로 손톱을 잘근거리다 심각한 표정으로 이마를 문지르는 등 전에 없이 평정심을 유지하지 못하고 불안해했다. 참다못한 재형이 문을 열고 나왔다.

"지금 몇 시지?"

최 비서가 즉시 시간을 확인했다.

"9시 50분입니다."

"뭐야, 아까 물었을 때보다 고작 5분밖에 안 지났다는 거야? 그 시계 고장난 거 아니야?"

최 비서가 제 손목시계 말고 컴퓨터 모니터의 시간을 재차 확인했다.

"정확히 9시 50분 맞습니다."

"그런데 왜 아직 안 오는 거지?"

"누구 말씀입니까?"

주차장에서 마주했을 때부터 뭔가 이상했었다. 다른 날보다 훨씬 들떠 보였고, 한편으로는 무척 불안해 보였다. 차 바닥을 탁탁거리며 초조하게 발바닥으로 두드리는 모습도 처음 보는 것이었다. 대체 오늘 무슨 일이 있기에 저럴까 싶었는데. 중요한 인물이 방문하는 날인가 보다.

"나 괜찮아 보여?"

"네?"

"나 멀쩡해 보이냐고."

"그, 그렇지 말입니다."

솔직히 몹시 이상해 보인다고 말하고 싶은 것을 꾹 참으며 억지로 내뱉은 말이 어색하게 튀어나왔다. 하지만 재형도 그다지 정상은 아닌지라 최 비서가 제대하고도 몇 년이 지난 군대식 말투를 썼다는 것도 알아채지 못했다. 그저 그렇지? 하며 고개를 끄덕일 뿐이었다.

스르륵.

문이 열리는 소리와 함께 누군가 안으로 들어섰다. 동시에 둘의 시선이 출입문으로 향했다. 결재서류를 들고 들어서던 패션 사업부 신입 이은수가 눈을 동그랗게 뜨고 그 자리에 멈춰 섰다. 자신을 바라보는 두 사람의 눈빛이 기대와 설렘에서 실망과 짜증으로 바뀌는 것을 지켜보며 이은수가 영문도 모른 채 흠칫 몸을 떨었다.

"제가 뭐 실수라도……."

"아닙니다. 결재서류 이쪽으로 주시죠."

"아, 네."

저를 향해 마뜩잖게 눈을 부라리다 차게 돌아서 집무실로 들어서는 재형을 얼떨떨하게 바라보다 주춤주춤 최 비서에게 다가가 서류를 내민 이은수가 사납게 닫힌 재형의 집무실을 눈짓으로 가리키며 조심스럽게 물었다.

"대표님 오늘 컨디션이 안 좋으신 모양입니다."

"그런가요? 전 평상시와 다름이 없어 보이는데."

별다른 기색을 드러내지 않으며 최 비서가 다른 부서의 결재서류와 함께 방금 받은 것을 챙겼다. 그는 재형이 집무실로 들어선 직후부터 아무 일도 없었던 것처럼 행동했다. 자신이 그런 것처럼 이은수에게도 아무 내색하지 말고 돌아가란 소리였다.

"네. 그, 그렇군요."

이은수가 고개를 끄덕이며 최 비서의 눈치를 살폈다. 망설이며 서 있는 이은수를 향해 최 비서가 엷은 미소를 띠었다.

"돌아가셔도 좋습니다."

"네. 그럼."

어색하게 마주 웃으며 이은수가 돌아서는 찰나 다시 문이 열리고 이번엔 쾌활한 인사말과 함께 영자가 들어섰다.

"좋은 아침입니다!"

이번엔 정말로 놀란 얼굴이 되어 최 비서가 자리에서 벌떡 일어났다.

"나영자 씨?"

"네. 최 비서님."

"영자 씨가 여길 어떻게."

"야! 너 왜 이렇게 늦었어!"

영자가 뭐라 답을 하기도 전에 문이 벌컥 열리고 재형이 나오며 소리를 높였다. 작은 소리로 주고받는 대화였다. 집무실 안에 있던 재형이 듣기에는 힘든 목소리였다. 그가 문밖에 동태를 살피며 귀를 기울이고 있지 않았다면 말이다.

"정확히 9시 55분 45초입니다만."

재형의 짜증스런 다그침에도 영자는 태연하게 손목시계를 확인했다. 그런 영자를 얄밉게 흘긴 재형이 성큼성큼 다가와 그녀의 손목을 덥석 잡고 다시 발걸음을 돌려 제 집무실로 들어섰다. 재형의 움직임을 따라 시선을 옮기던 최 비서와 이은수의 눈이 점점 커졌다. 둘을 집어삼킨 채로 재형의 집무실 문이 닫혔을 때는 너무 놀라 헉 하고 거친 숨을 삼켰다. 둘의 시선이 동시에 마주쳤다. 그리고 다음 순간 최 비서가 손가락 하나를 들어 입술에 세로로 세웠다.

"쉿."

"네. 쉿."

아직은 밖으로 이 일이 새어나가는 것을 막아야 한다는 게 최 비서의 생각이었다. 어제의 일도 엄청난 사건으로 일파만파 퍼지고 있는 판국에 영자가 재형의 집무실에 나타났고, 그런 영자를 재형이 뭐 마려운 사람처럼 급하게 제 집무실로 끌고 들어갔다는 사실이 알려지면 둘이 그렇고 그런 사이가 아니냐는 소문이 단박에 퍼지고 말 것이다.

재형의 행동이 다소 기묘하긴 하나 그것을 JU홈쇼핑 희대의 스캔들로 만들기에는 아직 뭔가가 부족했다. 그가 영자에게 보이는 것들이 그저 단순한 호기심인지, 아니면 호감인지 그것조차 불분명했다. 확신이 필요했다.

"가시죠."

최 비서가 고갯짓으로 입구를 가리키며 건조하게 말했다. 처음 보는 최 비서의 서늘한 눈빛에 잔뜩 주눅이 든 이은수가 고개를 끄덕이며 조심히 입구를 빠져나갔다. 모두가 사라진 공간에 홀로 남은 최 비서가 미간을 한껏 구기며 갑갑한 듯 넥타이를 느슨하게 풀었다. 그가 자신의 데스크에 한쪽 팔을 기대 비스듬히 선 채 재형의 집무실을 쏘아보며 눈을 가늘게 떴다.

"기다리던 사람이 영자 씨였어? 그럼 그렇다고 말을 해야 대비를 할 거 아냐. 대체 비서를 뭐로 생각하는 거야."

버럭 소리를 지르고 싶은 것을 억지로 눌러 낮게 내뱉고는 최 비서가 입을 씰룩거렸다. 요즘 재형이 하도 예고 없이 엉뚱한 행동을 하고 다니는 통에 그 뒷수습을 하느라 허리가 휠 정도였다.

"내가 이러다 제명에 못 살지."

재형에 대한 원망에 이어 신세 한탄으로 끝난 최 비서의 넋두리는 그의 집무실 안으로 전달되지 못한 모양이다. 어쩐 일인지 들어선 기세와 달리 쥐 죽은 듯 고요한 재형의 집무실 안이 궁금했다. 호기심 가득한 눈빛으로 재형의 집무실을 뚫어져라 응시하던 최 비서가 그쪽으로 움직이려는 발길을 돌려 제자리로 걸어 들어갔다.

오랜 경험으로 채득한 것 중 하나가 상사의 은밀한 비밀은 굳이 알아 좋은 것이 없다는 것이었다. 그런 건 절대 공유하는 것이 아니다. 괜스레 머릿속만 복잡해지고 몸만 고달파진다.

"그래서 제 첫 임무가 뭐죠?"

재형에게 잡힌 손을 힐끔 쳐다보다 그를 정면으로 응시하며 물었다. 그가 나란히 선 영자를 내려다보며 미간을 좁혔다. 일단 데리고 들어오긴 했는데 다음은 어떻게 해야 할지 재형 본인도 잘 몰랐다. 일주일 동안 옆에서 함께 지내자 말하긴 했는데 어떤 식으로 지낼지는 결정하지 못했다.

"흐음."

어디다가 영자를 앉혀야 할지 그것부터 난감했다. 주름이 잡힌 미간을 손끝으로 긁적이며 재형이 입술을 혀로 축였다.

"일단은 여기 앉아서 얘기하지."

망설이던 재형이 소파를 가리키며 덤덤함을 가장해 느릿하게 말했다. 그리곤 영자의 손을 놓았다. 말과 달리 쭈뼛거리며 걸음을 옮긴 재형이 소파를 두고 갈팡질팡하다 중앙 자리에 털썩 주저앉았다. 그런 재형을 영자가 물끄러미 바라보고 섰다. 재형이 아닌 척 힐끔거리는 게 느껴졌다.

"앉고 보자라. 그럼 그것부터 하죠."

재형과 달리 망설임 없이 성큼성큼 걸음을 옮긴 영자가 똑같이 털썩 주저앉았다. 재형의 무릎 위에 가로 본능을 서슴없이 발휘하며 앉아버렸다. 허벅지로 느껴지는 묵직한 무게감에 재형이 멍하니 눈을 깜빡거렸다. 재형을 똑바로 직시하며 영자가 히죽 해맑게 웃었다. 영자가 재형보다 더 태연스레 그의 목에 양팔을 휘감았다. 재형의 눈이 휘둥그레졌다.

"자아, 이제 얘기를 해볼까요?"

"이, 이 자세로?"

"왜요? 너무 멀어요?"

"아니, 왜."

"껌처럼 딱 붙으라면서요. 그래서 거기에 충실하게 임하는 건데. 마음에 안 드세요?"

"그게 아니라 갑자기 이러니까. 당황스러워서 그러지."

"어머나, 당황하셨어요?"

눈을 반짝이며 환하게 웃는 영자의 얼굴을 마주하고 있자니 절로 얼굴이 화끈 달아올랐다. 말 그대로 당황스러움이 재형의 얼굴에 숨김없이 드러났다. 바짝 긴장한 채 굳은 재형이 어쩐지 재미있어 영자는 그를 조금 더 놀려주고 싶었다. 지금이 아니면 또 언제 재형을 이렇게 놀려먹을 수 있을까. 기회는 지금뿐이다.

"흐음."

낮게 헛기침을 하며 슬쩍 고개를 돌리는 재형의 귓불과 목 언저리가 붉게 물들어 있었다. 그를 지그시 바라보던 영자의 입꼬리가 의미심장하게 말려 올라갔다. 그녀가 팔을 더 바짝 감으며 불쑥 얼굴을 가까이 가져갔다.

덜컹. 재형의 심장이 뚝 떨어지는 소리가 들린 것 같았다. 입안이 바짝 타들어가는 듯 그가 마른침을 꿀꺽 삼켰다. 눈앞으로 다가온 영자의 동그란 눈이 무척 부담스러웠다. 그의 동공이 불안스레 흔들리는 것을 보며 영자가 눈을 반달 모양으로 휘었다. 이 사람 보게. 긴장을 아주 제대로 타시네. 정재형스럽지 않게.

"이 정도면 만족하시려나?"

영자가 입술을 달싹이자 재형의 입술이 간질거렸다. 닿을 듯 말듯 아슬아슬한 거리에 있는 영자의 코가 재형의 날카로운 콧대에 베일 것만 같았다. 그의 흔들리는 시선이 그녀의 조막만 한 얼굴을 두서없이 훑어 내렸다.

"너…… 언제부터 이렇게 적극적이 된 거야."

"새로운 알바를 시작한 오늘 아침 10시부터요."

"뭐?"

"어제 오늘부터 일주일 동안 100만 원짜리 알바를 권해주셨잖아요. 아닌가요?"

"……."

"내가 잘못 들었나?"

당황해 흔들리던 재형의 시선이 차분히 가라앉았다. 아무 말 없이 쳐다보는 재형을 마주 응시하며 영자가 고개를 갸웃했다. 영자의 대담한 스킨십에 당황하던 것이 언제였나 싶게 재형의 눈빛이 무덤덤하게 변했다. 그 변화에 영자가 히죽 한쪽 입 끝을 끌어 올렸다. 그 입매를 묘하게 바라보며 재형이 입을 열었다.

"아르바이트란 말이지."

"아닌가요?"

영자가 또다시 반문했다. 재형의 고개가 모로 기울었다. 영자와 재형의 얼굴이 반대로 교차해 기울인 채로 마주했다. 그의 시선이 잠시 영자의 입술에 닿았다가 멀어졌다. 영자의 눈을 마주한 재형의 눈이 가늘어졌다. 영자의 눈은 그를 처음 만난 그 순간과 별반 달라진 게 없었다. 영자만 보면 이상하게 반응하고 행동하는 것은 단지 재형 혼자뿐이었다. 그게 왠지 억울하고 분했다. 왜, 나만 그래야 하지? 왜, 나만 안절부절못하고 당황스러워해야 하지? 이건 아주 많이 불공평한 거 아닌가? 그럼 똑같이 만들어야지. 그게 네 방식이잖아. 안 그래? 돼지감자?

"맞아."

재형의 입꼬리가 위험스럽게 치켜 올라갔다.

"일이지. 너 일 하나는 아주 확실하게 한다고 했던가?"

"뭐 일단은 그렇다고 해두죠."

일이 이상하게 꼬이고 있음을 직감한 영자가 슬쩍 한발을 물리며 조심스럽게 답했다. 재형이 손을 들어 영자의 머리를 느릿하게 쓸어내렸다. 귀밑으로 찰랑이는 영자의 짧은 머리카락이 재형의 손끝에서 간질거렸다. 그 느낌이 좋아 재형은 그녀의 머리카락을 계속 만지작거렸다. 영자의 고개가 머리카락에 닿은 손 쪽으로 돌아가는 것을 재형이 다른 손으로 막았다.

"그 턱은 제 겁니다만."

제 턱을 잡아 들어 올린 재형의 손을 눈으로 가리키며 영자가 말했다. 재형의 손에서 벗어나려 움직이는 영자의 턱을 그가 다시 제 쪽으로 고정시켰다. 목을 휘감은 영자의 손에서 서서히 힘이 빠져나갔다.

"붙어 있는 방법은 아주 다양하지."

"그런 거 별로 안 좋아하시는 걸로 아는데요."

"그랬지. 말했듯이 너를 제외한 모든 사람의 경우가 다 그랬어. 널 알기 전까진."

"그렇죠. 그게 정상이죠. 단 모든 사람에 저까지 포함되어야 마땅한 거죠."

"그런데 그게 아니니까 문제지."

재형이 조금 더 영자의 쪽으로 다가왔다. 그에 영자의 입술 바로 위에 재형의 입술이 머물렀다. 그의 목을 벗어난 손이 재형의 가슴을 지그시 눌렀다. 더 이상 진행하면 안 된다는 무언의 의사 표현이었다. 그 손에 무게를 더하며 재형이 다가오자, 영자가 몸을 뒤로 젖혔다. 하지만 재형은 멀어지지 않고 따라 몸을 기울여 거리를 단숨에 좁혔다.

"아직 일주일이나 남았는데 천천히 붙어도 되지 않을까요?"

"네 황금 같은 일주일과 내 다이아몬드보다 값진 일주일을 그렇게 허비할 순 없지."

"이건 아주 위험한 발상인 것 같은데."

"어떤 게 위험하단 거지?"

재형에게 안긴 채 거의 눕다시피 뒤로 젖혀진 영자 위로 몸을 겹쳐 오며 그가 은밀한 목소리로 물었다. 영자의 눈동자가 슬쩍 위로 올라갔다 내려왔다. 뭔가를 생각하는 눈치였다. 여기서 과연 어떤 대답을 해야 이 사람을 물러서게 만들 수 있을까 뭐 그런 생각을 하는 것 같았다.

"오늘도 아침 안 먹고 나왔죠?"

"그게 왜?"

"봐요. 이렇다니까. 밥을 안 먹으니까. 이렇게 생각 없는 행동이 막 나오죠."

재형이 손끝으로 영자의 이마 위로 흘러내린 머리카락을 쓸어 귀 뒤로 넘겨주며 물었다.

"그럼 네가 말해봐. 생각 있는 행동은 대체 어떤 건지."

"적어도 이렇게 갑자기 적극적으로 들이밀진 않겠죠."

"갑자기? 그건 네가 먼저 시작하지 않았나? 여긴 네 스스로 앉은 거 같은데? 아닌가?"

재형이 영자의 턱에서 손을 미끄러뜨려 유연하게 그녀의 몸 위를 스쳐 제 허벅지를 톡톡 두드렸다. 도발을 하긴 했다. 하지만 그건 단순히 업무에 충실하게 임하겠다는 마음 자세를 보여주기 위한 일종의 과도한 리액션이었다.

"그랬습니다만. 전 적당한 선에서 스톱을 하려 했지 이렇게 급진전될 거라곤 생각 못했습니다."

"급진전? 우리가 뭘 했는데?"

영자가 눈동자를 또르르 굴렸다. 가만 생각해 보니 그냥 몸이 붙은 것뿐 뭘 하진 않았다.

"흠. 아직 한 게 없네요."

"그래, 그런데 결과가 똑같진 않아. 난 그게 너무 화가 나."

"뭐가요?"

동그란 눈을 말똥거리며 순진하게 저를 쳐다보는 영자를 재형이 가늘게 뜬 눈으로 얄밉게 흘겼다. 돼지감자, 아니, 마녀는 확실히 염장질에 특출한 재주를 지니고 있었다. 순진무구로 위장한 채로 불시에 사람의 마음을 급습해 갈피를 못 잡게 만들어놓고는 또다시 이러지 마세요 모드로 불을 확 질러 버린다. 당하는 사람만 속 타 죽는 것이다.

"나만 손해 보는 것 같아. 그래서 지금 굉장히 억울해."

"손해라뇨?"

"난 네게 전혀 특별하지도 않고, 다른 사람과 다를 것도 없어. 더군다나, 나 때문에 심장이 뛰거나, 당황스러운 적이 단 한 번도 없었잖아."

"그야, 전 대표님께 아무런 감정이 없으니 그런 거죠."

"그래, 난 네게 억하심정이 있어."

그건 거기에 갖다 붙이는 게 아니었다. 영자는 억하심정으로 심장이 뛰는 건 아닌 걸로 안다 말하려다 그만두었다. 그렇게 말한다고 제대로 알아들을 것 같지도 않았다. 혐오의 대상이던 신체적 접촉이 영자에게만은 아무렇지 않다는 것이 억울하다 말하는 재형의 발상이 초등학생의 그것과 같아 보였다. 제 감정을 몰라 좋아하는 여자를 괴롭히는 그 유치함이 꼭 닮았다.

"다 무시하고 처음부터 다시 하죠. 당신이 정해놓은 순서대로 가요."

재형을 다독이듯 그의 가슴을 토닥이며 영자가 몸을 일으키려 했다. 그 순간 재형이 영자의 입술을 살짝 스쳐 제 입술을 그녀의 왼쪽 가슴 위로 내렸다. 예상 못한 재형의 갑작스런 행동에 영자가 움찔해 동작을 멈추는 사이 그가 그녀의 가슴을 입술로 지그시 눌렀다.

"싫어. 똑같이 만들어놓고 시작할 거야."

"……에."

두근. 영자의 심장이 아주 작게 동요했다. 그게 하필이면 재형의 입술이 그녀의 젖꼭지를 눌러서일 수도 있었고, 그 입술이 주는 감각에 묘한 기분을 느껴서일 수도 있었다. 아무튼 여태껏 단한 번도 타인에 의해 뛴 적이 없던 영자의 심장이 난생처음 뛰었다. 그것도 재형의 입술에 의해 타의적으로.

영자의 가슴에서 입술을 뗀 재형이 귀를 가져다 댔다. 심장의 울림에 귀를 기울이던 재형의 입매가 잠시 뒤 만족스럽게 끌려 올라갔다. 따스한 온기가 천천히 심장을 물들이는 것을 느끼며 영자가 멍하니 혼잣소리를 중얼거렸다.

"아, 취한다."

영자는 오늘 처음 알았다. 심장도 뭔가에 취하면 제멋대로 뛸수 있음을.

7. 마녀의 사생활

재형의 연이은 기행(奇行)으로 JU홈쇼핑 안의 분위기가 묘하게 흘러갔다. 회사 안은 물론이고 그가 움직이는 곳곳 그림자처럼 따라붙는 영자의 존재가 모두의 이목을 끌었다. 원래 그의 수행비서인 최 비서는 늘 그렇듯 재형의 뒤로 일정한 거리를 두고 뒤따랐다. 그런데 새로 생긴 그림자는 희한하게 옆으로 붙었다. 정재형과 나란히 서서 그와 함께 행동했다.

뭐 같이 걷고 행동하는 것쯤이야 비서 하나가 더 생겼다 여기면 그만이었다. 하지만 사람들에게 기막힘과 놀라움을 안겨준 건 그 때문이 아니었다.

"그건 뭐야?"

"토마토를 살짝 구워서 올리브 오일을 뿌리고 모짜렐라치즈와 어린 채소 잎을 곁들인 샐러드요."

재형의 물음에 답하며 영자가 제 앞에 놓인 접시에서 토마토 하나와 치즈, 어린 채소 잎을 함께 집어 입에 넣고 오물거렸다. 표정만 봐도 입안에서 사르르 녹는 것이 느껴졌다. 재형이 영자가 먹는 모습을 심취해 바라보았다. 절로 침이 꼴깍 삼켜졌다. 그런 재형을 멀뚱히 쳐다보던 영자가 샐러드를 집어 들며 입을 작게 달싹였다.

"아."

"……."

무슨 말인지 몰라 가만히 있는 재형의 입 앞으로 영자가 샐러드를 내밀었다. 재형이 머뭇거리며 입을 벌리자 영자가 그것을 그의 입속에 냉큼 밀어 넣었다. 저절로 움직인 입이 그것을 씹어 삼켰다. 예상했던 그대로의 맛이었다. 확실히 영자의 먹성은 없는 식욕도 돋우는 탁월한 효과를 지니고 있었다.

"그건?"

영자의 입속으로 사라지는 새빨간 음식을 가리키며 재형이 급히 물었다. 입안의 음식은 어느새 사르르 녹아 없어졌다. 음식을 씹던 영자가 혀를 내밀며 물 잔을 들어 꿀꺽꿀꺽 들이켰다. 매운 모양이었다.

"불낙."

"불낙?"

재형이 입을 벌림과 동시에 문제의 불낙이 그의 입속으로 들어왔다. 잠시 후, 재형이 눈을 동그랗게 뜨고 입을 헤벌린 채 급히 물을 찾아 벌컥거렸다. 제 몫으로 가져온 생수를 다 마신 재형이 주저 없이 영자의 물 잔을 들어 단숨에 비워냈다. 그러고도 여전

히 매운 듯 하아거리는 재형의 천진한 모습에 영자가 히죽 웃었
다.

"그런데요."

영자가 내민 아이스크림을 받아먹으며 재형이 눈을 말똥거렸
다. 그 눈을 정면으로 마주하며 영자가 무덤덤하게 물었다.

"왜 자꾸 내 걸 뺏어 먹어요?"

영자가 재형 앞에 놓인 깨끗한 빈 접시를 눈으로 가리켰다. 접
시는 처음부터 비어 있었다. 재형은 직원식당에 내려온 후 음식을
고르는 영자 뒤를 졸졸 따르며 뒷짐을 진 채 빈 접시만 빙글빙글
돌려댔다. 결국, 자리에 앉은 그의 접시엔 아무것도 담겨져 있지
않았다. 그는 영자의 맞은편에 앉아 영자가 먹는 음식을 꼬치꼬치
캐물으며 모른 척 그녀가 주는 음식을 덥석덥석 집어삼켰다.

"내가 언제."

"그래요. 뺏어 먹었다기보단 얻어먹었다는 표현이 맞으니까.
질문을 수정하죠. 왜 자꾸 얻어먹으려고 해요?"

시치미를 뚝 떼는 재형을 똑바로 직시하며 영자가 다시 물었다.
그에 슬쩍 시선을 회피하던 재형이 멋쩍은 듯 볼을 긁적이더니 시
큰둥하게 어깨를 으쓱거렸다.

"네 게 맛있어 보이니까."

"으음."

"방금 건 그래도 너무 매웠어. 나 매운 거 잘 못 먹어."

"흐음."

"단것도 별로야. 지금은 매우니까 먹는 거지."

"아웅."

재형이 하는 말에 무성의하게 고개를 끄덕이며 영자가 살짝 얼린 과일을 입에 넣고 오물거렸다. 기껏 묻는 말에 진심으로 답을 한 건데 돌아오는 반응이 영 시원찮았다. 그래서 불뚝 성질이 났다. 물을 땐 언제고 이젠 신경도 안 쓰고 음식 섭취에만 열을 올리는 영자가 못마땅했다.

"야."

"네?"

재형의 불퉁한 부름에 영자가 리치를 까서 입에 문 채로 그를 올려다봤다. 동그랗게 오므린 입술 사이로 새하얀 리치가 부끄럽게 모습을 드러내고 있었다. 그것을 쳐다보던 재형이 입을 다물었다. 그의 눈이 깜빡거렸다. 쭉 내밀어진 입술과 그 안에 갇힌 수줍은 과일 리치. 그 둘이 묘하게 재형의 시선을 사로잡으며 그의 심장이 서걱거리게 만들었다.

영자의 입술이 움찔거렸다. 리치를 쪽 빨아들이려는 움직임 같았다. 재형이 벌떡 몸을 일으켜 영자의 입을 덥석 머금었다. 아니, 그녀의 입술과 함께 리치를 제 입안으로 옮겨놓았다. 차가움과 부드러움이 공존하는 달콤 상큼한 리치가 재형의 입안을 맛있게 물들였다.

와장창!

재형이 몸을 날려 영자의 입술에 물린 과일을 뺏어 먹음과 동시에 여기저기서 뭔가 부서지는 소리가 들리며 난리 법석이 났다. 그 소리에 놀라 정신이 번쩍 든 재형이 뒤로 물러서며 의자에 털썩 주저앉았다. 영자의 입술이 전보다 더 붉어졌다. 그건 아마도 재형이 힘껏 빨았기 때문일 것이다.

"뭐죠?"

영자가 부은 입술을 만지작거리며 물었다. 그에 살짝 붉어지는 얼굴을 애써 감추며 재형이 아무렇지 않은 척 시치미를 뚝 떼고 심드렁하게 말했다.

"그건 하나뿐이었잖아."

"……."

"너 먹으면 나 먹을 게 없어지니까."

"그래서 뺏어 먹었다? 참 설득력 있는 답변입니다그려."

굳이 재형이 우기며 말하는 걸 반박해 그를 난처하게 만들고 싶지는 않았다. 다른 건 두 개씩인데 그것만 하나였다. 그래서 네가 먹을까 봐 내가 먹은 것뿐이다. 그리 말하는데 어쩌겠는가. 믿어줘야지. 남의 입에 물린 걸 먹었다는 게 다소 억지스럽긴 하지만 말이다.

"그러게 내가 가자는 곳으로 갔으면 이런 일도 없었을 거 아냐."

재형의 개인 다이닝룸을 두고 영자가 고집스레 저는 직원이니 직원식당에서 먹겠다고 하는 바람에 그가 마지못해 따라나선 것이었다. 어쩐지 영자가 오고부터는 혼자 밥을 먹는 게 싫었다. 뭐든 맛있고 복스럽게 먹는 영자가 곁에 있어야 입맛도 돌았다. 그리고 한편으론 그녀가 먹는 걸 같이 먹는 게 더 맛있었다.

그래서 매번 그녀가 직원식당에 내려올 때마다 이번엔 그림자처럼 재형이 그녀의 옆에 나란히 따라붙었다. 재형의 예측할 수 없는 행동에 직원들은 요즘 전에 없이 신기하고 등골 서늘해지는 묘한 경험을 하고 있는 중이었다. 정재형에게 절대 불가능하리라

여겼던 일들이 지금 그들의 눈앞에서 벌어지고 있었다.

방금 전 일어난 키스라고 하기도 뭣한 재형의 입술 먹방 사건처럼 눈으로 보고도 믿을 수 없는 일들이 요즘 빈번하게 일어나고 있었다. 나영자라는 앙증맞은 돼지감자로 인해.

"어디까지 따라올 거예요?"

"어?"

직원식당을 나온 후로도 줄곧 자신의 우측 한 보 뒤를 졸졸 따르는 재형을 힐끔 돌아보며 영자가 물었다. 그에 재형이 멍하니 영자를 바라보며 고개를 갸웃했다. 영자가 낮은 한숨을 내쉬며 손가락으로 위쪽을 가리켰다. 재형의 눈이 그 손끝을 따라 올라갔다.

"아. 미안."

"그럼. 전 잠깐 실례."

생각 없이 영자를 쫓다 보니 저도 모르게 여자 화장실 앞까지 오게 되었다. 온몸이 빨간색으로 도배된 여자를 가리키는 도형에 재형이 살짝 미간을 찌푸렸다. 뭔가 이상했다. 원래 약속한 건 영자가 재형을 따라다니는 것이었는데, 어느 순간부터 그 경계가 모호해졌다. 어떤 땐 영자가 재형을 따르고, 또 어떤 때는 재형이 영자를 따라다녔다. 마치 바늘과 실처럼.

불쾌하게 레이디라고 적힌 팻말을 쳐다보다 고개를 돌린 재형이 화장실 앞을 지나 천천히 걸음을 옮겼다. 화장실 입구가 보이는 곳으로 자리를 옮긴 재형이 우뚝 서서 이마를 문질렀다. 최 비서를 먼저 올려 보내길 천만다행이란 생각이 들었다. 하다 하다 이젠 여자 화장실까지 따라가는 바보 같은 짓을 최 비서가 보게 된다면 뭐라고 생각할까. 그걸 짐작하는 것조차 소름이 돋는다.

"도대체 뭐 하는 짓이냐, 정재형."

고작 약속한 일주일에서 이틀이 지났을 뿐이다. 어제 하루 처음으로 그녀를 먼저 퇴근시켰다. 약속은 약속이니 시간은 지켜줘야 했다. 하루 종일 붙어 있다 떨어지려니 그것도 왠지 모르게 어색했다. 서운함이라고 표현해야 할까? 뭔가 묘한 기분에 사로잡혀 잠을 설치다 나온 참이었다. 그래서인지 오늘은 꼭 뭐 마려운 강아지처럼 자기도 모르게 내내 영자의 뒤를 따라다녔다.

"가면 갈수록 이상해지고 있어."

"원래 이상했어요."

팔짱을 끼고 깊은 생각에 빠져 있던 그를 볼일을 마치고 나온 영자가 손끝으로 톡톡 건드렸다. 그에 화들짝 놀란 재형이 토끼눈으로 영자를 쳐다봤다.

"언제 나온 거야."

"방금."

"기척도 없이 갑자기 오면 어떡해."

"그럼, 나 지금 그쪽으로 걸어갑니다. 하고 오란 말이에요?"

"아니."

"그건 좀 오버죠?"

"어."

"좋네요."

"어?"

재형을 지나 엘리베이터가 있는 곳으로 걸어가며 영자가 지나는 투로 말했다. 좋다는 말이 귀를 통과함과 동시에 재형의 심장이 두근거렸다. 영자의 뒤통수를 바라보고 서 있던 재형이 성큼 다가서며 들뜬 목소리로 되물었다.

"방금 뭐라고 했어?"

"솔직해서 좋다고요."

"흠. 내가 원래 좀 한 솔직하지."

"자화자찬만 없다면 금상첨화인데."

영자의 칭찬에 우쭐해진 재형이 잘난 척 으스대자 곧바로 영자의 핀잔이 이어졌다. 그에 또 다운된 재형이 밉지 않게 영자를 흘겼다.

"외근 나가야 돼."

"다녀오세요."

"같이 가."

"어딘데 같이 가요?"

엘리베이터에 나란히 오른 영자가 재형을 대신해 버튼을 누르고 물러섰다. JU 건물 안을 휘젓고 다니는 건 익숙한 일이라 괜찮았지만, 외근은 좀 다른 문제였다. 대외적인 자리에 그녀를 끼고 가겠다는 건 일에 열중하지 않겠다는 것과 다름이 없었다.

"KUM."

"염장 지르러?"

정곡을 찌른 영자의 물음에 수긍도 부정도 하지 않는다. KUM 홈쇼핑에서 영자는 딱 한 번 아르바이트를 했다. 그것도 친구의 부탁 때문에 어쩔 수 없이 한 것이었다. 그쪽 인사과 담당과 미팅을 할 때 살짝 엿들었던 것으로 간단히 그것을 유추한 재형이 따로 영자에게 그것을 묻지는 않았지만 속으로 꽁하고 있었던 건 사실이었다. 보기보다 재형은 뒤끝이 길었다.

"거기 원래 주력이 식품이었는데. 알아?"

"그래요?"

"근래 들어서 우리에게 최고라는 타이틀을 빼앗겼지."

"지금은 거의 대등하다고 들었는데 아닌가?"

잔뜩 거만해진 밀투로 내가 이 정도다 잘난 척을 하려던 재형의 얼굴이 찡그려졌다.

"그게 다 누구 때문인데?"

"혹시, 그거 저 때문이라고 말하는 거예요?"

"네가 박차고 나가서 우리 매출이 훅 떨어졌잖아."

"에헤이. 말은 바로 해야죠. 모든 일의 발단은 당신이었지. 내가 아니었어요. 그걸 잊으면 안 되죠."

"그래서. 내가 다시 정직으로 레벨 업시켜 주겠다고 했잖아."

"배는 이미 떠났는데. 손 흔들면 뭐 하나."

"야."

투닥거리는 사이 그의 집무실이 있는 층에 도착했다. 재형이 먼저 씩씩거리며 내렸고 뒤따라 영자가 내렸다. 외근 준비를 하고 있던 최 비서가 찬바람이 쌩쌩 부는 재형을 힐끔 쳐다보며 사태 파악에 주력했다. 이건 또 무슨 모드인가 어떻게 대처해야 하나 최 비서가 조심히 가늠하는 사이 재형과 달리 히죽 웃으며 즐겁게 영자가 들어섰다.

"점심 맛있게 드셨어요?"

"네. 영자 씨도 식사 잘 하셨습니까?"

"네. 오늘도 완전 최고였어요."

"그렇게 보입니다. 표정이 아주 밝으시네요. 누구랑 달리."

쾅 소리를 내며 닫힌 문에 미간을 찌푸린 최 비서가 얼른 표정을 바꿔 눈을 찡긋거렸다.

"그러게 밥은 항상 든든하게 먹어야 한다고 그렇게 말했는데 영 말을 못 알아듣네요."

"그렇죠. 무조건 밥 힘이죠."

"역시, 최 비서님은 뭔가 통하는 구석이 있다니까요."

"비록 단기간이지만 같은 상사를 모시는 동병상련이랄까요?"

"그런 거죠?"

서로를 바라보며 의미심장한 눈빛을 주고받던 둘을 향해 불쑥 문을 열고 나선 재형이 고함을 버럭 질렀다.

"야! 돼지감자. 너 거기서 뭐 해!"

"대화 중인데요."

"그러니까. 왜 그놈이랑 그런 걸 하냐고."

화난 걸음으로 성큼성큼 다가온 재형이 영자의 어깨를 덥석 휘감아 제 품으로 끌어당기고는 멍하니 서 있는 최 비서를 죽일 듯 사납게 노려보았다. 그리곤 찬바람이 일 정도로 쌩하니 고개를 돌려 제 집무실로 들어갔다.

"하아."

최 비서의 입에서 허한 한숨이 터져 나왔다. 단지 영자와 담소를 나눴다는 것만으로 재형에게 적대적인 눈빛을 받아야 하다니. 억울해 돌아가시겠다.

"설마설마 싶지만. 이런 걸 두고 질투라고 하는 거겠지?"

처음엔 재형의 엉뚱한 행동을 뭐라 딱히 정의하긴 어려웠지만,

계속 그가 영자에게 하는 것을 두고 보자니 이건 이성에 대한 호감에서 나오는 행동이란 생각이 들었다. 천하의 정재형이 다른 누구도 아닌 자신이 돼지감자라 대놓고 디스한 여자에게 호감을 갖다니. 이건 정말 대단한 이슈거리였다.

그렇지만 그걸 떠들고 다닐 만큼 최 비서가 책임감이 없는 사람은 아니었다. 건물 옥상에 가서 임금님 귀는 당나귀 귀라고 빌딩 숲 사이를 가르는 바람에 대고 소리칠 수는 없으니 아무것도 모른 척 시치미를 떼고 지켜볼밖에.

최 비서가 고개를 설레설레 흔드는 사이 재형의 집무실 문이 다시 열렸다.

들어섰던 것과 똑같은 모습으로 나온 재형과 영자가 최 비서 앞을 지나 복도로 나섰다. 멀뚱히 돌아보는 최 비서에게 재형이 손가락에 뭔가를 끼운 채 돌리며 통보했다.

"차 가지고 간다. 따라올 필요 없어."

뒤도 한번 돌아보지 않고 곧장 엘리베이터에 오르는 재형의 뒷모습을 허탈하게 바라보며 최 비서가 혼잣소리를 중얼거렸다.

"……네. 그렇군요. 그런 거군요."

그가 손에 들고 있던 서류 가방을 그대로 책상 위에 내려놓았다. 기껏 챙겨놓은 자료들이 하나도 쓸모없게 되었다. 동종업계 협력 회의라는 명목으로 만나는 것임에도 꼭 다른 목적을 가지고 있는 사람처럼 KUM홈쇼핑 방문에 재형은 한껏 신이 나 있었다.

"그 이유가 바로 저거였군."

최 비서를 대동하지 않고 나영자를 끌고 간다는 건 분명 다른 이유가 있어서일 것이다.

"가령. 그 누군가를 놀려먹기 위해서라던가."

그밖에 다른 이유는 없으리라. 금방 영자가 다른 사람과 정답게 말을 나눴다는 이유로 화르륵 타올랐던 것과 대조적으로 발걸음이 무척 경쾌했던 걸 보면 말이다.

주차장으로 내려온 둘이 차를 앞에 두고 팔짱을 낀 채 나란히 섰다. 일단 키는 재형의 손가락에 끼워져 있었다. 문제는 차를 누가 운전할 것인가였다.

"제가 해요?"

"아니."

"그럼, 장롱면허 정 대표님이 하시게요?"

"흐음."

"참고로 전 오래 살고 싶습니다."

"그렇다고 정색해서 말할 건 뭐야."

"그만큼 간절하단 뜻이죠."

"나도 내 목숨 귀한 줄은 알거든?"

"그래서요?"

둘의 시선이 허공에서 맞물렸다. 잠시 말없이 눈을 가늘게 늘이던 재형이 결심이 선 듯 주머니에서 휴대폰을 꺼내 들었다.

"어, 난데. 운전 좀 하지."

[……]

"이봐."

[아, 네. 지금 가겠습니다.]

운전하란 말에 대답 없이 가만히 있던 최 비서가 한 템포 늦게 답했다. 최 비서가 왜 뜸을 들였을까 잠시 고민하던 재형이 이내 휴대폰을 끊고 영자를 향해 해결됐다 오케이 사인을 보냈다.

"처음부터 최 비서님 데려오지."

"마음이 급해서."

"네. 어련하시겠어요."

"둘만 있고 싶기도 하고."

혼잣소리처럼 이어진 말에 영자가 멀뚱히 재형을 올려봤다. 언제는 둘이 있지 않아서 둘만 있고 싶다고 하는 걸까 하는 의문이 들었다. 이틀째 재형의 집무실을 비롯해 JU에 들어서 줄곧 그의 얼굴만 보고 지냈다. 그런데 또 뭐가 필요해서 둘만 있고 싶다고 하는 건지 알 수가 없다.

"뭐 하게요?"

"어?"

"차에 둘이 타서 뭐 하려고요. 여기서 KUM까지 가는 게 고작인데."

"넌 어떤 때 보면 아예 감정이 없는 사람 같아. 그냥 둘이 있고 싶고, 그래서 둘만 드라이브하면 안 돼?"

"하나는 스피드광에 하나는 장롱면허에. 이 언밸런스한 조합이 드라이브라. 과연 그게 어울리기나 할까요?"

"안 될 게 뭐야. 둘 중 하나가 희생하면 되지."

"전 정중히 사양하겠습니다."

"또, 또 정색한다."

"2차전은 차에 타서 하시죠."

언제 나타났는지 모를 최 비서가 무척 사무적인 말투로 말하며 재형의 손에서 키를 빼 들고 운전석에 올랐다. 재형이 미간을 좁히며 최 비서를 쏘아보았다.

"저거 말투가 왜 저래?"

"그럴 만도 하죠."

"그럴 만하긴. 뭐가 그럴 만도 해."

"당신 같으면 소풍 가는데 치사하게 쏙 뺐다가 너 돗자리만 좀 갖고 다시 와 그러면 아이고 좋아라 하고 오겠어요?"

"누가 소풍 가?"

이해하기 쉽게 초등 수준으로 즐거운 소풍에 비유해 말했건만 재형은 더 못 알아듣는 듯 멍한 얼굴로 물었다. 아주 순진한 얼굴을 하고 있다. 정말 그게 무슨 소린지 모르겠다는 듯. 이런 답답이를 상대로 대체 무슨 말을 하고 있는 건지. 영자가 한숨을 푹 내쉬며 뒷문을 열고 올라탔다.

"야, 너 지금 그 한숨 뭐야. 나보고 쉰 거지. 내가 한심하단 거야. 뭐야?"

뒤따라 차에 오른 재형이 따발총처럼 쏘아대며 영자를 몰아붙였다. 그를 깔끔히 무시하며 영자가 운전석에 앉은 최 비서의 어깨를 톡톡 가볍게 두드렸다.

"최 비서님, 레츠 고!"

"네. 영자 씨."

죽죽 척척 잘 맞는 콤비처럼 주거니 받거니 하더니 최 비서가 신나게 차를 출발시켰다. 둘의 얼굴에 떠오른 엷은 미소에 재형의 눈에 쌍심지가 켜졌다.

"야. 니들 지금 뭐 하는 거야! 왜 웃어. 왜 웃냐고!"

재형이 고래고래 소리를 지르는 가운데 차는 유유히 주차장을 벗어나 도로 위를 달리기 시작했다. JU에서 KUM까지의 거리는 30분이 채 걸리지 않았다. 그 짧은 시간 동안 재형은 쉼 없이 불만을 토로하고 투덜거리며 광분을 토했다. 근래 본 히스테릭 중에 가장 과한 것이 아닌가 싶었다.

"여기서 먼저 내려서 올라가시는 게 빠를 겁니다. 전 주차해 놓고 따라가겠습니다."

"됐어. 넌 안 따라와도 돼."

KUM 사옥 앞에 도착해 정문 앞에 차를 세운 최 비서가 최대한 정중하게 말했지만 골이 잔뜩 난 재형에게 그게 통할 리가 없었다. 쾅 소리가 나도록 거칠 게 차 문을 닫고 내린 재형이 곧 다시 돌아와 여전히 차 안에 앉아 무심히 저를 바라보고 있는 영자의 손을 잡아 내리는 것을 도왔다.

"안 내리고 뭐 해."

영자가 내리기도 전에 자신이 차 문을 닫아버려 놓고 괜스레 영자에게 심통을 부린다. 그의 손에 이끌려 차에서 내린 영자가 그런 재형을 덤덤하게 바라보며 어깨를 으쓱했다.

"그러게요. 거기서 전 뭘 했을까요."

미리 연락을 받고 대기 중이던 비서실 여직원이 재형을 발견하고 급히 달려왔다.

"반갑습니다, 정재형 대표님. 저희 대표님께선 회의실에서 기다리고 계십니다."

여직원이 말을 하며 힐끔 재형의 옆에 선 영자를 보긴 했지만 이내 시선을 거뒀다. 아름다움을 사랑하는 재형답게 그를 보좌하는 최 비서의 외모도 수준급이었다. 재형이야 워낙 철벽같고 차가운 성격이라 가까이하기 꺼려지지만 최 비서는 달랐다. 늘 다정다감한 미소를 띠며 사람을 편안하게 대해주었다. 최 비서를 볼 수 있다는 기대감으로 선뜻 자처해 나선 길이었건만 재형의 곁에 평범의 극치를 보이는 작고 동글동글한 여자가 서 있었다. 절대 이럴 리가 없는데 대체 어떻게 된 일일까. 복잡한 심경을 깔끔히 숨긴 채 여직원이 업무용 미소를 지어 보였다.

재형이 말없이 무표정하게 고개를 끄덕였다. 재형의 그런 태도에 익숙한 듯 여직원이 그를 엘리베이터 쪽으로 안내했다. 그 뒤를 따라 걸으며 재형이 슬그머니 영자의 손을 잡았다. 영자가 물끄러미 올려보자 재형이 아무것도 아닌 척 시치미를 뚝 떼며 시선을 정면에 둔 채 걸었다. 잡은 재형의 손이 꼼지락거렸다. 마치, 잡은 손이 절대 떨어지면 안 된다 속삭이는 것 같았다. 재형 쪽으로 살짝 고개를 기울인 영자가 그의 손을 맞잡았다. 그에 무심한 척 걷던 재형이 영자를 돌아봤다.

"파이팅입니다. 목적 달성하고 돌아가자구요."

영자의 얼굴에 떠오른 해맑은 미소를 따라 환한 미소를 띠며 재형이 기분 좋게 고개를 끄덕였다.

"응."

영자의 응원에 힘입어 파이팅 넘치게 KUM의 대표와 만남을 가진 재형은 승자의 미소와 함께 회의실을 나섰다. 오늘 만남의 주된 목적은 영자와 함께 들어서면서부터 충분히 달성했다. 영자에 대해 이미 잘 알고 있는 KUM의 대표였다. 그가 은밀하게 영자의 영입을 추진하고 있었음을 재형도 모르지 않았다. 묘한 신경전이 벌어지는 가운데 그에 쐐기를 박듯이 재형이 영자의 어깨에 다정하게 손을 올리고 부드럽게 미소를 띠며 그녀의 귀에 대고 뭔가를 조곤조곤 속삭였다. 사실 귓속말을 할 정도로 주변이 시끄럽다거나, 중요한 내용은 아니었다. 하지만 보는 이로 하여금 속에 천불이 날 정도로 닭살스러워 보이긴 했다. 재형이 보통 사람과 똑같았다면 아마 그걸 제게 보이기 위한 연극이라고 생각했을 것이다.

정재형이 누구인가. 아무리 중요한 사람이라도 악수조차 하지 않는 결벽증 환자였다. 그런 사람이 아무 거리낌 없이 누군가의 어깨에 손을 올리고 자연스럽게 귓속말을 한다는 건 무척 친밀한 사이가 아니고선 도저히 불가능한 일이었다.

그런고로 정재형과 나영자는 아주 특별하고 긴밀한 사이임이 분명했다. 그렇다면 나영자가 정재형을 배신하고 KUM으로 오는 일은 없을 것이다. 그러니 포기하라는 말이다. 지금 재형이 보여주는 행동들은 모두 그것을 의미했다.

"10년 묵은 체증이 확 내려가는 것 같다."

"10년 묵은 변비가 아니라 참 다행이네요."

"에이, 넌 더럽게."

"변이 왜 더러워요? 먹은 게 나오는 건데?"

"그렇다고 그게 상큼한 대화 소재는 아니잖아."

"뭐, 그러네요."

최 비서가 기다리고 있는 차로 돌아온 둘은 언제 다정했냐는 듯 또다시 티격태격거렸다. 차에서 내릴 때와 달리 재형의 표정이 밝은 것으로 봐선 갔던 일이 잘된 모양이라 생각하며 최 비서가 시동을 걸었다.

"다시 회사로 들어가면 됩니까?"

"아, 전 가까운 지하철역에 내려주시면 됩니다."

최 비서의 말에 영자가 얼른 답했다.

"지하철은 왜."

"퇴근하려고요."

"됐어. 집 앞까지 가면 되지."

최 비서가 뭐라 말하기도 전에 재형이 끼어들어 결론을 내며 신경 쓰지 말고 가라 손을 휘저었다. 영자가 여전히 앞을 보며 무덤덤하게 말했다.

"집에 안 가는데요."

"집엘 왜 안 가."

"약속 있어요."

"무슨 약속."

"사생활인데요."

"너 아직 업무시간 안 지났어."

"5분 남았네요. 그럼 그동안 묵비권을 행사하도록 하죠."

"야."

궁금한 건 절대 못 참는 재형을 자극하며 영자가 느긋하게 팔짱을 끼고 좌석에 등을 기댔다. 재형이 불쑥 영자의 면전으로 얼굴을 드밀며 눈을 가늘게 떴다.

"말해. 뭐야."

재형이 애가 닳아 죽거나 말거나 전혀 관심도 없다는 듯 영자는 태연했다. 그가 눈에 한껏 힘을 주며 그녀의 눈을 뚫을 기세로 더 가까이 다가오자, 영자가 눈을 지그시 감고 옆으로 고개를 돌렸다. 그에 재형의 눈썹이 불만으로 꿈틀거렸다.

"정말 말 안 할 거야?"

재형이 말을 할 때마다 볼이 간질거렸다. 묵언 수행하는 스님처럼 무반응으로 일관하는 영자를 불퉁하게 쏘아보던 재형이 무슨 생각에선지 눈앞에 보이는 영자의 귀로 돌진했다. 그리곤 무작정 그녀의 귓불을 덥석 깨물었다. 놀란 영자가 귀를 가리며 고개를 돌렸다. 귀를 놓친 재형의 입술이 대신 그녀의 입술을 덮쳤다.

불시에 겹쳐진 입술에 둘의 눈이 동시에 동그랗게 커졌다. 영자가 팔을 풀고 그를 살짝 밀자 재형이 쉽게 떨어져 나갔다. 자리로 돌아가 좌석에 등을 붙이고 멍하니 앞을 바라보던 재형의 눈이 깜빡거렸다. 꿀꺽. 마른침을 삼킨 재형이 영자를 슬쩍 곁눈질로 살폈다. 영자는 무표정한 얼굴로 재형의 입술이 닿았던 제 입술을 손등으로 닦아내고 있었다.

"하지 마."

재형의 목소리가 무거웠다. 뭘요? 하는 눈빛으로 돌아보는 영자의 손을 잡아 내리며 재형이 그녀의 뒷머리로 손을 밀어 넣어 고정시켰다. 그리곤 좀 전의 당황스러움을 말끔히 지워낸 완벽한 키스를 그녀의 입술에 했다.

입술이 맞물리고 그의 고개가 모로 기울며 영자의 입술을 강렬하게 빨았다. 윗입술과 아랫입술을 서슴없이 빨아대며 입술 사이의 틈을 파고들었다. 입안으로 침범한 발칙한 혀가 그녀의 입안을 더듬어 혀를 휘감았다. 그의 키스는 서툰 만큼 아프게 강렬했고 뜨거웠다.

혀와 입술이 아릿하게 아팠다. 숨이 막혀 죽을 것 같은 순간이 오고서야 재형이 입술을 뗐다. 처음으로 흔들리는 영자의 눈동자를 마주한 재형이 화끈 달아오르는 얼굴을 황급히 반대편으로 숨기며 시큰둥하게 말했다.

"말 안 한 벌이야."

뒤로 누운 것도 아니고 앉은 것도 아닌 엉거주춤한 자세로 거친 숨을 몰아쉬던 영자가 몽롱한 머리를 좌우로 흔들며 중얼거렸다.

"거참, 두 번 말 안 했다간 아주 잡아먹겠네."

"그러게 왜 사람 성질을 돋워."

"직원 사생활에 그렇게 관심이 많을 줄은 몰랐네요."

"그냥 직원이 아니잖아."

자세를 바로잡아 앉던 영자가 불퉁하게 말하는 재형을 쳐다봤다. 그럼 뭐냐 물으려다 그만뒀다. 왠지 그 말은 입 밖에 내선 안 될 것 같았다. 뭐긴 뭐야. 돼지감자 아니면 마녀겠지. 스스로 그렇게 답을 내며 영자가 굳은 듯 운전에만 열중하고 있는 최 비서의 어깨를 톡톡 두드렸다. 그에 기겁하듯 오버스럽게 놀라며 최 비서가 눈을 동그랗게 떴다. 하마터면 운전대를 놓칠 뻔했다.

"여기 세워주세요."

모르고 지나칠 뻔한 지하철역을 가리키며 영자가 말했다.

"아, 예."

멍한 채로 영자가 가리킨 곳 가까이 차를 세운 최 비서가 몇 분 사이 파삭 늙은 것 같은 얼굴을 손으로 쓸어내렸다. 재형이 저렇게 적극적일 줄은 미처 몰랐다. 직원식당에서의 입맞춤은 생각 없이 한 행동이라 쳐도 이건 지극히 의도적인 키스였다. 잡아먹을 듯 강렬한 재형의 키스에 심장이 덜컥 내려앉는 것 같았다. 충격적인 일이었다.

　다른 사람이 함께 차에 타는 것을 극도로 꺼려하는 재형이라 기사를 따로 두지도 못하고 최 비서가 그를 보좌하는 내내 기사 노릇까지 병행하고 있었다. 그런데 영자는 예외였다. 어느 순간부터 스며들 듯 재형의 일상에 들어오더니, 이젠 그의 옆자리는 당연히 영자여야 한다는 생각이 들 정도로 자연스러워졌다.

　"그럼 내일 뵙겠습니다."

　"예."

　딴생각에 빠져 있다 자리를 옮겨 내릴 준비를 하며 영자가 건넨 인사에 최 비서가 황급히 답했다. 영자의 자리는 도로 쪽이라 내리려면 재형이 앉은 곳 문을 열어야 했다. 영자가 자신 쪽으로 몸을 기울여 저를 지나 내리려는 자세를 취하자 재형이 먼저 문을 열고 밖으로 나섰다. 그에 훨씬 수월하게 차에서 내린 영자가 밝은 얼굴로 재형에게도 작별 인사를 건넸다.

　"조심해서 들어가세요."

　고개를 숙여 정중히 인사를 건네고 돌아서는 영자의 손목을 재형이 붙잡았다. 영자가 잡힌 손목을 멀뚱히 내려 보는 사이 재형이 차 안으로 몸을 기울여 최 비서에게 지시했다.

　"먼저 들어가. 난 알아서 갈 테니까."

　그리곤 냉정하게 문을 닫고 영자의 손을 잡은 채로 호기롭게 걸음을 옮겼다. 차를 지나 지하도를 향해 걷는 재형과 영자를 최 비서가 멍하니 쳐다봤다. 정재형이 지하철을 타는 일은 절대 없을 것이라 생각했었다. 그리고 없을 것이라 확신했다. 아마, 재형은 영자를 배웅하고 다시 돌아올 것이다. 지하철은 대중교통이라 이용하는 사람들이 많았다. 게다가 특히나 이곳 강남역은 지옥철이라고 불릴 만큼 엄청난 인파로 유명했다.

꿈은 야무졌으나 현실에선 불가능한 일이었다. 그래서 최 비서는 재형이 돌아오길 기다려 함께 가기로 했다. 그를 곁에서 오래 지켜봐 온 비서로서의 직감이랄까 뭐 그런 게 있다고 그는 자부했다.

최 비서의 예상대로 재형은 지하도로 내려가는 계단 입구에서부터 머뭇거리며 멈춰 섰다.

무수히 많은 사람들이 그들 주변을 스치고 지나갔다. 그리고 더 많은 사람들이 계단을 오르고 내렸다. 재형의 눈엔 지하도의 입구가 거대한 쓰레기통처럼 보였다. 어둡고 암울하고 지저분하게 느껴지는 그곳을 그가 두려움 가득한 눈으로 뚫어져라 바라보았다. 그런 재형의 상태를 눈치챈 영자가 그의 손에서 제 손을 빼내려 하며 다정하게 말했다.

"고마워요. 기대도 안 했는데 여기까지 데려다 주시고. 그럼 전 이만."

"있어."

"네?"

"조금만 있어."

영자가 손을 빼지 못하게 꽉 움켜쥐고 그가 가빠지는 호흡을 다스리기 위해 안간힘을 썼다. 대체 왜 그렇게 힘들게 자신을 배웅하려는 걸까. 영자는 선뜻 이해가 되지 않았다. 이미 퇴근 시간인 4시도 지나 있었다. 재형이 일부러 이럴 필요가 없다는 뜻이었다.

"전 괜찮아요. 애도 아니고 늘 다니는 곳인데 혼자 갈 수 있어요."

"기다려…… 달라고."

잡은 손에 땀이 맺히는 게 느껴졌다. 기분이 나쁘다기보단 그가 굉장히 안쓰러웠다. 보통 사람에겐 평범한 일상이 그에겐 엄청난 고통을 동반하는 모험과도 같은 것이었다. 그 위험천만한 일을 왜 굳이 쓸데없이 나서서 하려는 것일까. 오기는 이런 데 부리는 게 아니었다.

"같이 가."

"어딜요?"

"네가 가려는 곳."

"왜요?"

그래 굳이 왜?

"궁금해졌어."

"뭐가요?"

"나와 만나지 않는 동안의 네 사생활이."

죽어라 지하철 입구를 노려보던 재형이 깊은 한숨을 내쉬며 영자를 돌아봤다. 그 두 눈에 담긴 진심이 영자의 시선을 붙잡았다. 너와 더 많은 시간을 함께하고 싶어. 그의 눈이 그렇게 속삭이고 있었다.

"이런. 그거 엄청 위험한 건데."

"뭐?"

"마녀의 사생활이 궁금하시다. 그 호기심이 불러올 파장에 대해 심각하게 생각해 보셨어요?"

"……아니. 생각해야 해?"

"하는 게 좋을걸요? 한번 빠지면 헤어 나오지 못할 수도 있으니까."

"뭐야, 그 정체불명의 확신은."

"대충 이런 거라고 해두죠."

영자가 맞잡은 손을 들어 힘차게 흔들었다. 재형의 몸이 앞뒤로 휘청거렸다. 그 결에 한 발을 계단 위로 내딛었다. 하마터면 중심을 잃고 계단 위로 나뒹굴 뻔했다. 심장이 덜컹 내려앉은 재형이 버럭 소리를 쳤다.

"야, 뭐 하는 거야!"

"어때요?"

"어떻긴 뭐가 어때."

"발. 괜찮죠?"

"어?"

영자가 계단에 닿은 재형의 발을 가리키며 물었다. 따라 시선을 내린 재형의 눈이 번쩍 뜨였다.

"어, 이게 언제."

"한 발을 내딛기가 힘들지 그다음은 그리 힘들지 않죠. 봐요. 이젠 저 아래가 그렇게 위험하게 느껴지진 않죠?"

영자가 재형의 곁으로 바짝 붙어서며 사람들의 출입이 빈번한 계단 아래 통로를 가리켰다. 천천히 영자의 시선이 가리킨 곳으로 고개를 돌린 재형이 고개를 끄덕였다. 맞잡은 손을 눈높이로 번쩍 들어 올린 영자가 씩씩하게 말했다.

"이게 바로 마녀효과라는 거죠. 용기백배. 무조건 돌진. 후퇴는 없다."

"그래서 네가 늘 겁이 없구나."

"저돌적이라고 해두죠. 진취적이란 말도 있고."

"하여튼 갖다 붙이긴 잘해."

"어디까지 갈진 모르지만 일단은 이 계단부터 내려가고 보죠."

"……후우. 그래."

깊게 숨을 들이쉬고 내쉰 재형이 영자의 손을 잡은 채로 조심스럽게 발을 움직였다. 영자의 말이 맞았다. 그녀가 어떤 마법을 부렸는지는 알 수 없지만. 확실히 계단을 내려가는 발걸음이 훨씬 가벼웠다. 발을 내딛을수록 두려움이 서서히 걷혔다.

맞잡은 손과 부대끼는 옷이 편안함을 느끼게 해주었다.

지하철이라는 건 주 교통수단으로 이용하기엔 다소 무리가 있었다. 사람이 너무 많았고, 복잡했으며 주변을 가득 메운 공기도 별로 좋지 못했다.

"흠흠."

목이 갑갑한 듯 재형이 연신 마른기침을 했다. 이러다 소독제도 부족해 산소마스크까지 들고 다녀야 하는 건 아닌지 걱정스러웠다. 지하철 안까지 어찌어찌해서 들어오긴 했는데 앉지도 못하고 그렇다고 어디 적당히 자리를 잡고 서지도 못한 채 재형이 엉거주춤 서 있었다. 그런 재형을 누군가 툭 치고 지나갔다. 그의 얼굴이 험하게 일그러지는 것을 보며 영자가 재형의 손을 잡아 열리지 않는 쪽의 출입문 쪽으로 이끌었다.

"여기 딱 서 있어요. 정확히 3코스 남았으니까. 좀 참아봐요."

등에 닿는 문의 차가운 촉감이 마음에 들지 않았지만 뭐라 토를 달지는 않았다. 만류하는 것을 굳이 우기며 따라나선 건 재형이었다. 누구를 탓하고 원망할 수도 없는 일이었다. 제가 자처한 일이니 책임도 끝까지 자신이 져야 하는 것이다.

"후우."

절로 한숨이 터져 나왔다. 반대편 문이 열리고 사람들이 물밀 듯이 밀려들어 왔다. 순식간에 지하철 안이 사람으로 넘쳐 났다. 사람들에게 떠밀린 영자의 몸이 재형 쪽으로 휘청 기울었다. 재형이 반사적으로 팔을 뻗어 영자를 품에 끌어안았다. 그의 두 팔이 영자를 감쌌다. 그의 가슴에 얼굴이 눌린 영자가 숨이 차 고개를 돌려 밭은 숨을 토했다.

"하아. 하아."

두근두근.

숨소리에 맞춰 심장의 두근거림이 들려왔다. 제 것은 아니었다. 귀를 통해 들리는 재형의 심장 소리였다. 영자의 숨소리는 점점 평온을 찾아갔고, 재형의 심장 소리는 더 빨라졌다. 영자의 등을 감쌌던 재형의 손이 그녀의 머리 위로 올라갔다. 그의 손이 부드럽게 영자의 머리를 쓰다듬었다. 영자가 고개를 들어 그를 올려 보았다. 그가 지그시 영자를 내려 보고 있었다. 둘의 시선이 허공에서 맞물리자 재형의 굳어 있던 입매가 부드럽게 말려 올라갔다.

"이봐, 마녀."

"……."

자신의 부름에 가만히 눈을 반짝이며 바라보는 영자의 두 눈동자가 무척 예뻐 보이는 건 어쩌면 재형의 착각일지도 몰랐다. 재형이 손을 움직여 그녀의 이마를 덮은 가지런한 앞머리를 쓱쓱 걷어냈다. 영자의 반듯한 이마가 드러나자 재형의 미소가 깊어졌다. 그가 고개를 내려 그녀의 이마에 가볍게 입술을 눌렀다.

"지키는 건 내가 해. 그러니까 넌 그냥 가만히 있으면 돼."

재형이 영자를 안은 채로 몸을 빙글 돌렸다. 둘의 위치가 순식간에 뒤바뀌었다. 재형이 따스하게 데워놓은 문은 전혀 차가움을 느낄 수 없었다. 그녀를 안은 손을 풀어 문을 짚은 재형이 든든한 성벽처럼 굳게 버티고 섰다.

"이런 장면 참 많이 봤는데."

"확실히 미디어 매체가 환상을 너무 키워놓긴 했어."

"그러게요. 이런 걸 내가 하게 될 줄은 또 미처 몰랐네."

"나도 몰랐어. 내가 이런 미친 짓을 하게 될 줄은."

등 뒤로 밀려드는 사람들의 물결에 재형의 미간이 자주 찌푸려졌다. 쉽게 극복할 문제는 아니었다. 움찔움찔거리는 게 눈에 훤히 보였음에도 애써 태연한 척하는 재형의 모습이 조금은 귀여웠다.

산 넘어 산이라더니 오늘이 딱 그날인 모양이다. 재형이 뜨악한 표정으로 눈앞의 건물을 가리키며 물었다.

"오늘 약속했다는 게 혹시."

"영화 관람입니다."

"아, 그렇군."

하필이면 사람 많기로 유명한 곳만 찾아 움직이는 건지. 괜히 따라나선 건 아닌가 슬며시 후회가 되기 시작했다. 재형이 심각한 표정으로 자꾸만 찌푸려지는 미간을 손끝으로 문질러 펴는 사이 영자가 표를 사서 돌아왔다.

"3편 동시상영. 지금부터 여섯 시간 마라톤인데 괜찮겠어요?"

"3편? 마라톤?"

"완전 득템이죠?"

"이런 걸 득템이라고 하는 건 좀 아니지 않나? 한참이나 철 지난 영화를 돈 내고 본단 말이야? 그것도 이런…… 극장이라고 부르기도 민망한 다 쓰러져 가는 곳에서? 금보다 더 값진 시간이라며? 그 금쪽같은 여섯 시간을 저기다가 내다 버릴 셈이야?"

"그래서 가는 겁니다. 가장 소중하게 보내야 하는 시간이니까."

"뭐라는 거야?"

"전 무조건 들어간다구요."

삼류극장이라 불러야 마땅할 세월의 흔적을 고스란히 담고 있는 극장을 바라보며 영자가 환한 미소를 지었다. 발걸음도 경쾌하게 극장 안으로 들어서는 영자를 재형이 못마땅하게 쳐다봤다.

"젠장, 왜 하필 이런 곳이냐고."

영자가 들어간 극장 문을 뚫어져라 바라보다 결심을 굳힌 재형이 무거운 발을 힘겹게 움직였다. 영자의 말대로 한 발 내딛기가 힘들지 그다음은 쉬울 것이다. 숨을 깊게 들이쉬고 한 발 한 발 영자의 뒤를 쫓아 극장 안으로 들어섰다.

극장 안을 휘둘러보던 재형이 쯧쯧 하며 혀를 찼다. 이럴 줄 알았다. 어쩐지 이게 과연 영화를 상영 중인 극장이 많나 싶더니 사람은 세 명이 고작이었다. 그중 영자를 찾는 건 크게 어렵지 않았다. 가장 작고, 가장 아담하고, 가장 눈이 가는 사람. 그게 바로 마녀 영자였다.

낡고 지저분한 복도를 걸어 내려가는 건 정말 고역이었다. 그걸 꾹 참고 영자가 앉은 곳으로 다가선 재형이 머뭇거리다 의자 끝에 조심스럽게 엉덩이를 걸치며 투덜거렸다.

"약속 있다더니. 왜 혼자야? 퇴짜 맞았어?"

"저랑 한 약속이니까요."

"어?"

약속이래서 혹시 저 말고 다른 누군갈 만나는 건 아닌가 싶어 따라나선 길이었다. 그 모질고 위험천만한 일들을 다 이겨내고 여기까지 따라왔는데 정작, 약속은 저랑 한 거란다. 이게 대체 무슨 소리지?

"어릴 때 아빠랑 손잡고 오던 곳이에요."

"……."

"아빠 꿈이 영화감독이었대요. 꿈을 이루진 못했지만 영화 무지 좋아하셨거든요. 그게 아주 어릴 때였어요. 다섯 살인가? 여섯 살 정도였을 거예요. 이상하게 다른 기억은 다 가물가물한데. 여긴 또렷하게 기억이 나요."

불이 꺼지고 화면에 오래전 봤던 광고가 나왔다. 그걸 보며 영자가 꿈을 꾸듯 몽롱한 목소리로 말을 이어 나갔다.

"참 좋았던 거 같아요. 영화를 보는 것도, 아빠랑 함께인 것도."

"추억의 장소라. 감회가 새롭긴 하겠네."

"오늘이에요."

"뭐가?"

"아빠와 마지막으로 영화를 본 게. 그 뒤론 쭉 혼자 왔어요. 보육원에서 받는 용돈을 꼬박꼬박 모아서 여기다 썼어요. 일 년에 딱 하루. 9월 24일. 오늘만."

보육원이란 말에 재형의 말문이 딱 막혔다. 몰랐다. 영자가 보육원 출신이란 것도 부모님이 안 계시다는 것도. 그냥, 독립심이 강해 혼자 사는 거라고만 단순히 생각했다. 그러고 보니 영자에 대해 아는 것이 하나도 없었다. 기본적인 이력서조차 찾아보지 않았다.

"그래도 오늘은 친구가 있어 든든하네요."

"친구?"

"아닌가? 그럼 상사?"

어두운 극장 안. 질이 좋지 않은 화면에서 흘러나오는 오래된 영화와 몇 안 되는 사람들. 그리고 그 속에서 유일하게 반짝반짝 빛나고 있는 딱 한 사람.

보육원 출신이란 건 아무런 상관이 없었다. 그녀가 고아든 아니든 그것도 상관없었다. 그녀는 재형에게 그냥 돼지감자였고, 마녀였으며…… 아주 특별한 존재였다.

"그런 거 아니야."

"그럼요?"

재형이 영자의 얼굴로 손을 뻗어 그녀의 귀를 만지작거렸다. 영자가 간지러운 듯 어깨와 고개를 움찔거렸다. 그 작은 움직임에 재형의 심장이 바스락거렸다. 귀를 만지던 재형의 손이 영자의 턱을 잡아 가볍게 들어 올렸다. 영자가 눈을 깜빡이며 그를 의아하게 바라보았다. 재형이 고개를 기울여 그녀의 입술에 입을 맞췄다.

"뭐예요?"

"내 대답."

"무슨?"

"이러고 싶은 사이라고."

영자의 허리를 휘감아 제 품으로 당긴 재형이 그녀의 입술을 삼켰다.

8. 마녀수프

영화를 보고 나오니 시간은 밤 10시를 훌쩍 넘어서고 있었다.

어둠이 내려앉은 거리 위로 걸음을 옮기며 영자가 찌뿌둥한 몸을 이리저리 움직이며 기지개를 켰다. 옆에 나란히 선 재형의 표정이 썩 좋지 못했다. 새로운 세상에 바짝 긴장해 있던 몸이 이상 징후를 보이고 있었다. 이마 위로 송골송골 맺히는 식은땀을 그가 손등으로 재빨리 쓸어냈다. 많이 힘들고 피곤했지만 이대로 헤어지기는 싫었다.

"오늘 고마웠어요."

영자가 함박웃음을 지으며 재형을 올려보았다. 재형이 도도하게 턱을 치켜세웠다.

"당연히 고마워해야지. 이 몸이 너 때문에 저런 곳에서 6시간이나 참고 있었는데. 영광인 줄 알아."

"아무럼요. 가문의 영광으로 여겨야죠."

"뭐야, 말에 영혼이 없잖아."

낮과 대조적인 음습한 거리를 마뜩잖게 두리번거리며 재형이 투덜거렸다. 히죽. 엷게 미소를 띤 영자가 성큼 그보다 한 발 앞서 나가며 재형을 향해 빙글 몸을 돌려 멈춰 섰다. 갑작스런 멈춤에 미처 대비하지 못한 재형의 몸이 그대로 영자의 몸과 부딪혔다.

"야, 갑자기 멈추면 어쩌자는……."

영자를 덮치다시피 기운 몸을 물리려는 재형을 영자의 두 손이 결박하듯 꼭 끌어안았다. 그에 재형이 움찔 동작을 멈췄다. 그의 놀란 눈동자가 또르르 영자의 동그란 머리에 닿았다.

"느껴져요?"

"……뭐, 뭐가?"

"영혼보다 더 솔직한 내 심장이 막 요동치는 거."

영자의 말에 재형이 가만히 그녀의 심장을 느껴보려 했다. 잠시 후, 재형이 영자를 제게서 떨어트렸다. 심각하게 굳은 얼굴로 자신을 쳐다보는 재형을 영자가 마주 올려 보았다. 다음 순간 영자의 몸이 허공으로 번쩍 들어 올려졌다. 점점 커져 가는 영자의 눈에 재형의 정수리가 보였다. 느닷없기는 재형도 마찬가지였다. 왜 이러나 물을 사이도 없이 재형이 그녀의 엉덩이를 받치고 안아 올려 그녀의 가슴에 가만히 귀를 가져다 댔다.

"네 가슴이 내 배에 닿아서 심장이 뭐라는지 하나도 못 느끼겠어."

"아."

키 차이가 불러온 비극적인 현실에 영자가 허무하게 고개를 끄덕였다. 재형은 지그시 눈을 감고 영자의 심장 소리에 귀를 기울였다. 두근두근. 듣기 좋은 리듬이 귓속으로 스며들었다. 재형의 입가에 사르르 미소가 번졌다. 자연스레 재형의 머리에 머문 영자의 손이 제멋대로 꼼지락거렸다. 위에서 내려다본 재형의 모습은 색다른 느낌을 선사했다. 부드럽게 휘감기는 머리카락이 마치 비단을 만지는 것처럼 기분 좋았다.

"다른 사람 머리카락 처음 만져 봐요."

"나도. 다른 사람 심장 소린 처음 들어봐."

"기분 좋다."

"응. 좋다."

단점이라고 생각했던 재형의 가식 없는 솔직함이 좋았다. 직설적인 독설가는 이제 영자에게 달콤함을 쏟아낸다. 거침없이 순수하게. 정말 좋아하나? 돼지감자를? 마녀를?

"오케이. 진심으로 고마워하고 있다고 인정해 주지."

"인정을 참 요란하게 받았네요."

영자를 사뿐히 바닥에 내려놓으며 재형이 선심 썼다는 듯 말하자 그녀가 피식 웃었다.

"앞으론 혼자 다니지 마. 길이 후져."

"와우. 그런 말도 쓸 줄 알아요?"

"지금 이게 감격할 일이야? 이봐. 길에 개미 새끼 한 마리 안 다니잖아."

"개미 전용로는 아니니까요."

"야."

달콤했던 순간이 언제였는지 둘은 금방 또 티격태격하며 듬성 듬성 세워진 가로등이 비추고 있는 길을 걸어갔다. 재형의 말대로 거리엔 인적이 드물었다. 간혹 한둘 오가는 사람조차 고개를 푹 숙이고 빠르게 걷거나, 술에 취해 비틀거리기 일쑤였다.

"초저녁부터 술에 취해서는 쯧."

비틀거리다 영자 쪽으로 휘청 넘어지려는 취객을 피해 재형이 냉큼 영자를 끌어 제 안쪽으로 옮겼다. 그러면서 취객이 자신에게 닿을까 또 질겁하며 걸음을 빨리했다. 그에겐 도처가 지뢰밭이었다. 멀어지는 취객을 사납게 쏘아보며 재형이 진저리를 쳤다.

"최 비서님 부르긴 시간이 그렇고. 택시 탈래요? 바래다 드려요?"

"누가 누굴 걱정해. 네 집이 먼저야."

"설마요."

"뭐가 또 설마야."

"나 버스 탈 건데?"

"……뭔 스?"

버스가 괴물이라도 되는 듯 재형이 과민 반응을 보였다. 화들짝 놀라 굳어 있는 재형이 재미있어 영자가 소리 내어 웃었다.

"하하하."

"왜 웃어."

"됐어요. 딱 여기까지."

"뭐가 됐어. 왜 웃었냐니까?"

"오늘 많이 힘들었을 거야. 그렇죠? 마녀의 사생활도 조금 알게 됐고. 이 정도면 괜찮지 싶은데. 더 가면 당신 너무 힘들어서 안 돼요."

진심을 담은 영자의 눈이 반달 모양으로 휘었다. 그 눈을 물끄러미 바라보던 재형이 입을 삐죽이며 천천히 걸음을 옮겼다. 반대쪽으로 고개를 돌린 재형의 귓불이 살짝 붉은빛을 띠었다.

"괜찮아. 그런 걸로 죽진 않아."

힘들지 않다 부정하진 않는다. 볼멘소리로 작게 투덜거리며 영자와 보조를 맞춰 걸을 뿐. 그런 재형을 영자가 걱정스럽게 바라보았다.

"버스는 포기해야 하나?"

"한 번이 어렵지 두 번째는 싫다며. 그럼 오늘이 처음이라 힘든 거지 다음엔 괜찮을 거 아냐."

"다음이요?"

"혼자 다니지 말란 말을 대체 뭐로 들은 거야?"

도로가 있는 큰길 쪽으로 나서며 재형이 눈을 가늘게 흘겼다. 무슨 말이냐 고개를 갸웃하는 영자의 머리를 톡톡 두드리며 재형이 툭 내뱉었다.

"1년에 한 번이라며. 같이 와. 나랑."

"1년마다?"

"그래."

그 1년이 얼마나 지속될지 명확히 정하지도 않고 무작정 1년마다라는 단서를 붙인다. 언제까지 곁에 있겠다는 말인지 가늠이 안 된다. 멍하니 재형을 바라보던 영자가 혼잣말처럼 중얼거렸다.

"징하네."

"징하다니! 야, 이건 배려고 친절이야."

"아, 예. 과잉 친절에 몸 둘 바를 모르겠네요."

"너 자꾸 말 그렇게 할래?"

"미안해서 그러지."

"뭐?"

답지 않게 기어들어 가는 목소리로 말하는 영자를 재형이 고개를 기울여 비스듬히 돌아봤다. 돼지감자가 붉은빛을 띠었다. 그를 보는 재형의 입가에 살며시 미소가 떠올랐다. 잘근 입술을 깨문 재형이 모른 척 그녀의 손을 잡고 버스 정류장을 향해 호기롭게 걸어갔다.

"너 그런데 자꾸 말이 짧아진다?"

"오우. 그랬어요? 이상하네. 나 친한 사이 아니면 말 안 놓는데."

남은 손으로 볼을 긁적이며 영자가 고개를 갸웃했다. 저도 모르게 말이 편하게 나온 모양이다. 그러고 보면 말투도 조금 부드러워진 것 같다. 먼 곳을 보는 것처럼 시선을 저만치 둔 재형의 입가가 웃음을 참느라 연신 씰룩거렸다.

"그래서 그런가?"

혼잣소리를 중얼거리며 또다시 고개를 갸웃 기울인 영자가 재형을 뚫어져라 쳐다봤다. 시선을 느낀 재형이 고개를 돌려 자신을 내려 보자 영자가 해맑게 눈을 말똥거리며 말했다.

"입 맞추는 사이라 그런 건가?"

"……."

일시정지 화면처럼 굳은 듯 있던 재형이 3초 후 눈을 깜빡이며 참았던 숨을 토해냈다. 더불어 붉어진 얼굴이 화르륵 타올랐다. 행동으로 할 때와 그걸 말로 들을 때는 느낌이 다르다는 걸 재형은 처음 알았다. 입 맞추는 사이라. 그건 단순한 행위가 아니었다. 부모와 자식도 사춘기가 되기 전 땅을 치는 매우 의미 있는 행위였다. 연인이 아니면 하기 힘든.

"버스 왔다."

재형이 생각에 빠져 허우적거리는 사이 영자가 그의 손을 이끌며 방금 도착한 버스에 올랐다.

"두 명이요."

영자가 뭔가를 기계에 대자 삐빅 소리가 났다. 얼떨결에 뒤따라 버스에 오른 재형이 주춤거리며 잔뜩 긴장한 채 주변을 두리번거렸다. 버스를 많이 보긴 했어도 지하철처럼 타보는 건 처음이었다.

"여기 앉아요."

영자가 빈자리를 가리키며 말하자 재형이 도리질을 쳤다.

"됐어."

"그럼 손잡이라도 잡아요."

"됐어."

"위험한데."

"됐어."

긴장을 풀지 못한 재형이 현실을 부정하듯 차창 밖만 바라보며 '됐어'를 연발했다. 할 수 없다. 어깨를 으쓱한 영자가 자리에 앉아 그를 올려다보았다. 재형은 턱 근육이 긴장해 뻣뻣하게 굳은 것이 빤히 보이는데도 태연한 척 굴었다. 잡은 채 놓지 않는 손이 어정쩡하게 허공에 머물렀다. 재형은 버스 손잡이 대신 영자의 손을 생명줄처럼 붙잡고 있었다.

버스가 출발했다.

덩달아 굳건히 버티고 섰던 재형의 몸도 휘청거렸다. 제 의지와 상관없이 버스가 움직이는 방향으로 휘청거린 재형의 눈이 놀라 동그랗게 커졌다. 그것도 잠시 바닥에 넘어지지 않아 다행이다 안도하던 재형이 부르르 몸을 떨었다. 얼떨결에 본능적으로 좌석 손잡이를 붙잡고 있는 제 손을 보며 재형이 경악스럽게 눈을 부릅떴다.

"하아."

온갖 세균의 온상인 버스에 탄 것도 엄청난 용기가 필요한 일이었는데 언제 누가 잡았는지도 모를 손잡이를 제가 덥석 붙잡았다는 게 충격적이었다. 그의 눈동자가 불안하게 흔들렸다. 덜덜 떨리는 손으로 손잡이를 놓고 슈트 재킷 안쪽 주머니로 손을 뻗었다. 소독제를 꺼내기도 전에 버스가 급정거했고 덩달아 재형의 몸도 중심을 잃었다.

"어어어."

재형이 제 쪽으로 기울어지는 것을 보며 영자가 고개를 뒤로 젖혔다. 순식간에 벌어진 일이었다. 재형이 손잡이를 잡지 않으려 몸을 틀다 비틀거리며 영자 쪽으로 기울어졌고, 워낙 키가 큰 탓에 영자의 품에 안기면서 창문에 머리를 박고 말았다.

"이봐요, 정재형 씨!"

"……시끄러워."

"아, 살아 있네."

"창문에 머리 부딪혔다고 사람이 죽어?"

"그러게. 왜 당신은 그럴 수도 있단 생각이 들었나 몰라."

"윙윙. 윙윙. 시끄러워 죽겠네."

"어. 그렇게 죽을 수도 있어요?"

"……큭. 방금 건 웃겼어……."

영자의 손을 꽉 붙잡은 채로 그녀의 몸에 기대 재형이 눈을 감았다. 쌔근쌔근 고른 숨을 내쉬는 재형을 멀뚱히 바라보며 영자가 허 하고 맥 빠진 한숨을 내셨다.

"웃긴데 자는 건 뭐야."

제 목에 입술을 대고 숨을 내뱉는 재형을 지그시 쳐다보며 영자가 그의 귀에 작게 투덜거렸다.

"당신은 웃겨 죽겠는지 몰라도 난 무거워 죽겠다구요."

버스 안 사람들의 시선을 집중시키는 묘한 자세로 목적지까지 간 영자가 그를 엎다시피 부축해 버스에서 간신히 내렸다. 영자의 전화를 받고 대기 중이던 최 비서가 급히 그들 곁으로 달려왔다.

"진짜 버스를 타신 겁니까?"

"그러게요. 탔네요. 버스를. 그리고 이렇게 모든 걸 소진하고 기절하듯 잠이 들었고요. 세상이 뒤집어져도 억만 번은 뒤집어졌을 일들이 오늘 하루 사이에 다 벌어진 것 같아요."

씩씩하던 영자의 목소리에도 기운이 빠져 있었다. 많이 힘들기는 영자도 마찬가지였던 모양이다.

"이젠 제가 모시고 가겠습니다. 들어가셔서 편히 쉬십시오."

"저도 그러고 싶은데 맘처럼 쉽지가 않네요."

"네?"

재형을 받아 부축하던 최 비서의 면전으로 영자가 불쑥 손을 들어 보였다. 그 손을 바라보던 최 비서의 눈썹이 들썩거렸다. 들린 손이 하나가 아니었다.

"안 떨어집니까?"

"네."

"거참. 곤란하게 됐네요."

"그러게요. 대략 난감입니다."

"그럼 할 수 없이 같이 가주셔야겠네요."

재형을 차로 옮기며 옆에 나란히 걷는 영자에게 최 비서가 할 수 없다 동행을 부탁했다. 영자가 재형의 손을 어떻게 빼야 하나 고민하며 물었다.

"어딜요?"

"야근하셔야죠."

뒷문을 열어 재형을 먼저 태우고 살짝 옆으로 비켜서며 최 비서가 빙긋이 웃었다. 열린 문을 멀뚱히 쳐다보던 영자가 짧게 입맛을 다시며 어깨를 으쓱했다. 손이 떨어지지 않으니 어쩔 수 없는 일이었다.

"야근하죠. 해야죠."

영자가 한숨을 푹 내쉬며 차에 오르자 최 비서가 콧노래를 흥얼거리며 문을 닫고 운전석으로 이동했다. 재형은 아주 깊이 잠이 든 것 같았다. 야근이 얼마나 길어질까 걱정하며 영자는 재형이 꽉 붙잡은 자신의 손으로 시선을 내렸다. 손등이 새하얗게 질려가고 있었다.

"일단 김 박사님이 오시기로 하셨습니다. 스트레스성 딥 수면 상태가 의심된다고 하시는데 일단 와서 보시겠다고 하시네요."

"네."

잠이 들어도 참 깊이 들었다 싶더니 역시 그냥 잠든 게 아니었던 모양이다. 침대 위에 누워 있는 재형을 바라보는 영자의 눈에 걱정이 깃들었다. 무리한다 싶더니 역시나 일이 벌어지고 말았다.

"잠시 여기 같이 계셔주시겠습니까?"

"있고 싶지 않아도 있어야 할 것 같아요."

조금 느슨해지긴 했지만 여전히 재형에게 붙잡혀 있는 손을 가리키며 영자가 말했다. 그에 고개를 끄덕이며 최 비서가 조용히 방을 빠져나갔다. 잠든 재형의 얼굴은 평상시 날이 서 불퉁거리던 것과는 무척 달라 보였다.

"꼭 애기 같네."

재형이 들었으면 기함할 말을 아무렇지 않게 툭 내뱉으며 영자가 길게 하품을 했다. 잠도 옮는 건가? 침대에 턱을 괴고 가만히 재형의 얼굴을 바라보던 영자의 눈이 가물거렸다. 눈을 깜빡거리다 기어이 잠을 이기지 못하고 눈을 감은 영자의 머리가 이리저리 흔들렸다. 그러다 툭 재형이 잠든 침대 위로 엎어졌다.

"예민하신 분인데 아무리 흔들어도 깨어나질 않으시더라고요."

"그래?"

"혹시 심각한 문제가 발생한 건 아닌가 해서 전화드렸습니다."

"잘했어. 어디 한번 보자고."

침실 문을 열고 들어서던 김 박사의 눈이 호기롭게 빛났다. 따라 들어서던 최 비서의 입에서도 짧은 탄성이 흘러나왔다.

"내 살아생전 저런 모습을 보게 되리라곤 단 한 번도 생각해 본적이 없는데. 오늘 보게 되는군."

"정말 믿기 힘든 장면이긴 합니다."

"절호의 찬스를 그냥 지나칠 순 없지. 자자, 이런 희귀한 장면은 기념으로 길이길이 남겨둬야 한다고."

"네. 네?"

호들갑스레 주머니에서 휴대폰을 꺼낸 김 박사가 서둘러 잠든 둘의 사진을 찍었다. 그것도 파노라마 기능을 이용해 여러 장을 한꺼번에 찍었다. 그 모습을 멀뚱히 지켜보던 최 비서도 은근슬쩍 휴대폰을 꺼내 모른 척 시치미를 떼며 한 컷을 제 폰에 남겼다.

"죽은 듯 잠들긴 했지만 죽진 않았어."

재형의 눈을 뒤집어보고 그의 호흡을 체크하고 심장박동을 확인한 김 박사가 간단하게 진단을 내렸다. 그건 그냥 봐도 알 수 있는 것이었다. 굳이 왕진을 오지 않아도 되었음에도 오겠다고 고집을 부린 이유를 최 비서는 이제야 알 것 같았다. 재형이 손을 풀지 않아 잡혀 있는 사람이 있다 말한 것이 김 박사가 왕진을 자처한 결정적인 이유였다.

"보자 보자. 얼마나 놓치기 싫었으면 그렇게 꽉 붙잡고 있는지 한번 살펴볼까?"

김 박사의 본격적인 볼일은 이제부터였다. 재형의 손에서 영자의 손을 빼내는 것. 둘의 손을 이리저리 살펴보던 김 박사가 재형의 손을 슬쩍 들어 올렸다. 재형의 손이 영자의 손에서 쉽게 떨어져 나왔다. 서로의 숨소리를 들으며 심신이 안정되어 불안이 사라진 결과라 볼 수 있었다. 아플 정도로 꽉 잡았던 손에 압력이 풀리고 그냥 살짝 잡고 있는 정도로 바뀌어 있었다.

"곁에만 있으면 괜찮다 이거지? 이젠 제 침실까지 끌어들였으니 확인 사살만 남은 거네."

"확인 사살이라뇨?"

"뭐 그런 게 있어."

자신만 아는 비밀이라도 있는 듯 의미심장하게 웃으며 김 박사가 재형의 손을 내려놓았다. 그러자 재형이 몸을 뒤척이며 본능적으로 영자의 손을 찾아 잡았다. 그에 김 박사와 최 비서의 눈이 뚫어져라 재형의 손과 얼굴을 쳐다봤다.

"이놈 이거 혹시 깬 거 아냐?"

"그걸 저한테 물으시면 어떡합니까."

"흔들어도 안 일어나는 인간이 뭘 본능만 살아서 제 거 마냥 처자 손을 덥석덥석 붙잡아?"

"거참. 신기하네요."

"신기까진 아니고 이로써 한 가지 사실은 확실해졌네."

자리를 털고 일어서며 김 박사가 확신에 차서 말했다.

"뭐가 말입니까?"

궁금해 묻는 최 비서를 향해 히죽 웃어 보이며 김 박사가 은밀하게 속삭였다.

"이놈 동성애자도 아니고, 고자도 아니란 거 말일세."

"……아."

"미숙이가 엄청 좋아하겠군."

"그럴까요?"

"미숙이가 말은 안 해도 이놈 때문에 맘고생을 많이 했거든. 이놈 고자는 아닌가, 이성을 싫어하는 게 다른 이유가 있어 그런 건 아닌가 하고 말이야. 보통 결벽증이라도 이 정도로 사람을 꺼려하진 않거든. 재형이가 좀 특별한 케이스였지."

"그러셨겠네요. 이해합니다."

미숙은 재형의 모친 이름이었다. 김두현 박사는 미숙의 학교 선배였다. 재형은 물론 집안사람 모두의 심리 상담을 하다 보니 미숙의 고민을 들어주는 것도 덩달아 그의 업무 중 하나가 되어버렸다. 최 비서는 재형에 대한 미숙의 걱정을 십분 이해했다. 충분히 그런 생각을 하고도 남음이 있었다. 그래서 그 많은 선을 지치지도 않고 주선했던 모양이다. 아들이 온전한 남자이길 바라는 간절한 마음을 담아.

"깨우지 말고 이대로 두게. 그동안 경계심만 가지고 잔뜩 긴장해 지낸 저도 많이 힘들었을 테니 좀 편히 쉬게 둬."

"예. 알겠습니다."

"저쪽도 같이."

"네?"

"있어야 편하게 잘 거야."

"……아."

재형의 곁에 잠든 영자를 턱으로 가리키며 김 박사가 단단히 일렀다. 따라 영자를 돌아보던 최 비서가 고개를 끄덕였다. 금방 포기하고 사색이 되어 돌아오리라 예상했던 재형이 근 일곱 시간이 넘게 사람들 속에 섞여 있었다. 그것도 그토록 혐오하던 대중시설을 이용하면서. 참 대단한 일이었다.

이래서 사랑이 위대하다고 하나 보다.

자다 깨더라도 험한 일은 일어나지 않으리라 생각하며 최 비서는 조심히 침실 문을 닫았다. 김 박사를 배웅하고 다시 안으로 들어선 최 비서가 메모지를 꺼내 뭔가를 적어 냉장고에 붙여두었다.

"일어나면 물부터 찾겠지."

재형은 자신이 집에 있을 때 누군가 함께 있는 것을 극도로 싫어했다. 그래서 최 비서도 그가 있는 집 안을 들락거린 적이 없었다. 오늘같이 그가 정신을 잃은 것처럼 깊이 잠든 일도 없어 인사불성인 그를 침대로 옮길 일도 없었다. 그는 자기 관리가 철저한 사람이었다. 하나 흐트러짐 없이 정리 정돈된 물건들처럼.

이제부턴 뭔가 달라지지 않을까 일말의 기대를 걸며 최 비서가 조용히 재형의 집을 나섰다.

새벽녘 지끈거리는 머리를 손으로 누르며 재형이 힘겹게 눈을 떴다. 새벽 어스름이 창을 통해 방 안으로 스며들고 있었다. 꼭 약속이나 한 것처럼 이 시간에 잠이 깨곤 했다. 영자의 집에서 그녀를 물었던 이후로 줄곧 그랬다.

"환상의 시간이다 이건가."

깊은 한숨을 내쉬며 창 반대쪽으로 고개를 돌리던 재형의 눈이 뭔가를 포착하고 일시정지 됐다. 그의 눈이 덧없이 깜빡거렸다. 분명히 잠에서 깼다고 생각했는데 아직도 꿈속인가 싶었다. 그가 조심스럽게 손을 뻗어 눈앞에 있는 영자의 얼굴을 슬쩍 건들렸다. 손끝으로 부드러운 살의 느낌이 전해졌다.

"어라."

손의 움직임이 더 과감해졌다. 그가 영자의 볼을 어루만졌다.

"으음."

잠든 영자가 입맛을 다시며 몸을 뒤척였다. 재형이 놀라 손을 움찔했다. 다행히 잠을 깨진 않은 것 같았다. 그의 입매가 살며시 위로 말려 올라갔다. 신기했다. 영자가 자신의 침대에 엎드려 잠을 자고 있다는 사실이 믿기지 않았다. 재형이 영자의 짧은 속눈썹을 손끝으로 쓸자 손끝이 간질거렸다.

"큭큭."

재형이 웃음을 참지 못하고 입 밖으로 흘렸다. 그 순간 영자가 고개를 번쩍 들고 눈을 긁적였다. 다행히 눈을 감고 있었지만 놀란 재형은 순간적으로 눈을 질끈 감고 잠든 척을 했다. 길게 하품을 하며 흐느적거리던 영자가 엉금엉금 침대 위로 기어올라 왔다. 그리곤 재형의 옆에 바짝 붙어 누워 이불을 끌어당겼다. 재형이 몸을 들어 이불을 가져가기 쉽게 해주었다. 재형의 베개를 나란히 베고 누운 영자의 입가에 만족의 미소가 번졌다.

잠든 건가 슬쩍 한쪽 눈을 실눈을 뜨던 재형의 몸 위로 영자의 한 팔과 한쪽 다리가 척하니 걸쳐졌다.

'윽.'

비명을 속으로 삼키며 재형이 눈을 질끈 감았다. 사락사락. 이불 스치는 소리와 함께 영자의 얼굴이 재형의 얼굴 가까이 붙었다. 머리를 조금 옆으로 움직이자 말캉한 것이 볼에 닿았다. 확인해 보지 않아도 그게 뭔지 알 것 같았다. 재형이 누운 채 옆으로 몸을 움직였다. 볼에 닿은 입술의 면적이 더 많아졌다. 더불어 재형의 입술에 번지는 미소도 짙어졌다.

'좋다.'

꿈이든 현실이든 상관없었다. 지금 그의 기분이 매우 좋다는 것만 중요했다. 마녀의 황홀했던 새벽이 그의 침실도 함께 물들였다.

　잠 하나는 밥 먹는 것만큼이나 잘 자는 영자였다.

　오늘은 다른 날과 달리 더 잠을 잘 잔 것 같아 개운했다. 기분 좋게 눈을 뜨던 영자의 눈이 깜빡거렸다. 영자의 몸이 뒤로 쓱 물러났다. 엉덩이가 저만치 빠진 묘한 자세로 영자가 슬금슬금 침대를 빠져나왔다.

　그녀가 벅벅 머리를 긁적이며 재형의 침대와 잠든 재형을 번갈아 바라보았다. 그리고 방금 전 자신이 누웠던 자리를 보며 고개를 갸웃했다. 별일이다. 남의 침대에서 잠이 들다니.

　"언제 저기까지 올라갔지?"

　잠결에 이불을 찾아 올라간 모양이다 간단히 결론을 내린 영자가 머쓱함에 어깨를 으쓱거렸다. 혼자 자는 것에 익숙해 다른 사람과 함께 잠을 잘 못 자는 편인데 이상하게 간밤에는 꽤 편하게 잔 것 같았다.

　"거참. 묘한 데서 다 익숙해지네."

　멀뚱히 서 있던 영자가 이리저리 주변을 두리번거리다 문을 열고 침실을 나섰다. 계속 남자 침실에 머물러 있기가 어색했다. 밖으로 나온 영자가 집 안을 휘둘러봤다. 보통 정돈이 잘됐다 싶은 집보다 훨씬 더 깨끗하고 완벽하게 정리가 되어 있었다. 과연 정재형의 집이다 싶었다.

　밤에 왔을 때는 잡힌 손을 뺄 생각부터 하느라 집 안을 살펴볼 여력이 없었다. 천천히 주방 쪽으로 걸어간 영자가 갈증을 느끼며 냉장고로 다가갔다. 주인 허락 없이 냉장고를 여는 게 조금 마음에 걸렸지만 물 한 잔 먹는 걸로 타박하진 않겠지 생각했다.

"어?"

문에 붙은 메모지를 발견한 영자가 그것을 떼어 읽었다. 영자에게 남긴 최 비서의 메모였다.

너무 곤히 잠드셔서 두고 갑니다.

"외간 남자랑 단둘이 두고 갈 생각이 나던가요? 아무리 그래도 여잔데. 이건 좀 아니지."

대표님께선 푹 자고 일어나시면 괜찮으실 거랍니다.

"뭐 죽진 않을 거라고 본인이 장담했으니."

출근은 늦게 하셔도 됩니다. 연락 주시면 대기하고 있겠습니다.

"야근했는데 그 정돈 해주셔야죠."

야근이란 말이 살짝 걸리긴 했지만 어쨌든 업무의 연장이라고 했으니 늦은 출근은 마땅한 처사라고 생각했다. 갈아입을 옷도 없고, 남의 집에서 씻기도 뭣했다. 그러니 집에 가서 준비하고 올 시간은 주는 게 맞았다.

식사 좀 챙겨주시겠습니까? 지금 가사도우미를 구하는 중이라 아침 준비가 힘듭니다. 죄송하지만 부탁 좀 드리겠습니다. 영자 씨가

권하는 음식이면 대표님도 맛있게 드실 겁니다.

"이건 좀 많이 곤란한 부탁인데."

남을 위해 뭔가를 만든다는 건 영자로서도 드문 일이었다. 음식을 먹는 건 좋아하지만 만드는 건 서툴렀다. 메모를 다 읽은 영자가 냉장고 문을 열고 생수를 꺼내 따 마시며 안을 휘둘러봤다. 제법 구색이 잘 갖춰져 있었다. 꼭 선전에 나오는 냉장고 안처럼 꽤 그럴싸했다.

"없을 것 없이 완벽하게 재료가 갖춰져는 있는데 딱 하나가 빠졌네."

마시던 생수의 뚜껑을 닫으며 영자가 쩝 하고 입맛을 다셨다.

"음식 솜씨."

일단은 부탁을 받았으니 하긴 해준다만 절대 맛은 책임지지 못한다. 채소 칸을 열어 필요한 재료를 꺼내 발로 쓱 문을 닫고 돌아선 영자의 눈썹이 들썩였다. 아무나 맛볼 수 없는 특제 수프를 만들어 드리리다. 의미심장한 미소를 곁들였다.

채소는 이미 잘 다듬어져 있었다. 썰기만 하면 되게끔 세척까지 완벽하게 되어 있는 채소를 도마 위에 올리고 칼을 치켜들었다.

"다지기 기술을 발휘해 볼까나."

혼잣말을 하며 타다닥 채소를 썰어 바로바로 냄비에 담았다. 색깔 별로 구분을 지을 필요도 없었고 조리법을 달리할 필요도 없는 아주 간단한 요리였다.

채소를 몰아넣은 냄비에 물을 넣고 뽀글뽀글 끓이기만 하면 됐다. 냄비를 불 위에 올리고 강약을 조절하며 주걱으로 안을 휘저었다. 눌어붙는 걸 방지하려면 신경을 써서 저어야 했다.

"이것도 꽤 손이 많이 가는 요리라고."

"과연 여기에 요리라는 이름을 붙일 수 있을까?"

잠겨 허스키해진 목소리가 바로 귀 옆에서 들렸다. 화들짝 놀라 돌아보자 재형이 허리를 굽혀 제 얼굴 옆에 얼굴을 대고 있었다.

"놀래라. 언제 일어났어요?"

"신기한 일이군. 네가 놀랄 때도 다 있고."

"한참 집중하고 있는데 갑자기 목소리가 들리니까 그렇죠."

"집중이 필요할 것 같지도 않구만."

"더 자도 되는데. 조금 더 있어야 해요."

재형이 허리를 펴고 냉장고로 걸어가다 식탁 위에 놓인 생수를 발견하고 그것을 열어 마셨다.

"그거 내가 마시던 건데."

영자의 지적에도 아랑곳없이 물을 시원하게 들이켠 재형이 입을 손등으로 쓸어내며 생수를 다시 식탁 위에 올려놓았다.

"네 요란한 칼질에 자고 싶어도 더 잘 수가 없었어."

"아. 그래요? 하도 심취해서 하다 보니."

"꿀꿀이죽처럼 보이는 이게 그렇게 대단하단 말이야?"

영자의 옆으로 다가와 등을 싱크대에 기대며 재형이 시큰둥하게 물었다. 냄비를 휘젓던 주걱으로 손등을 찍어 묻은 죽에 살짝 혀를 댄 간을 본 영자가 만족스레 고개를 끄덕였다.

"오케이."

"오케이 같은 소리 한다. 아직 한참은 더 손을 봐야……."

"먹어봐요."

영자가 재형의 말을 가로막고 주걱을 흔들며 자신만만하게 말했다. 그에 가만히 영자를 쳐다보던 재형이 영자의 양손을 잡고는 주걱으로 그녀의 손등을 다시 한 번 찍었다. 그리곤 그녀의 손등에 묻은 것을 혀로 할짝거렸다.

"이게 무슨 맛이야?"

그가 눈썹을 갈지자로 휘며 인상을 썼다. 재형이 손을 거두자 영자가 쿨하게 돌아서 불을 끄고 국자를 들어 그릇에 수프를 떴다. 그 모습을 물끄러미 바라보고 있던 재형이 그릇이 놓인 식탁으로 걸어가 앉았다.

너무 놀려먹은 게 아닌가 은근히 영자의 무표정한 얼굴이 신경쓰였다. 제 몫의 수프까지 떠 식탁 위에 내려놓은 영자가 그의 맞은편에 앉았다. 그리곤 그릇 옆에 놓인 스푼을 턱으로 가리키며 말했다.

"이건 죽이 아니라 수프예요."

"수프?"

"나영자표 특제수프."

이번엔 재형이 군말 없이 수저를 들어 수프를 한 스푼 떠서 입에 넣었다. 그가 눈동자를 올려 영자를 직시했다.

"이상하네."

"뭐가요?"

"맛이 아까랑 달라."

"어떻게요?"

제 몫의 수프를 떠서 입에 넣어 오물거리며 영자가 건성으로 물었다. 다시 수프를 입에 넣은 재형이 한쪽 입술을 말아 올리며 묘한 미소를 지어 보였다. 그와 눈이 마주친 영자가 눈을 말똥거렸다. 의미를 알 수 없는 미소였다.

"이건 마녀수프야."

"마녀수프?"

"너처럼 사람을 홀려."

"이게 뭘 해요?"

이해를 못하겠다 고개를 갸웃하며 묻는 영자를 두고 재형이 말없이 수프를 먹었다. 장담할 만했다. 마녀의 특제수프라는 말이 딱 어울리는 음식이었다. 수프에서 돼지감자 맛이 났다. 너무 맛있었다. 보기와 달리.

영자가 그릇을 치우는 동안 욕실로 들어가 간단히 샤워를 마치고 나온 재형이 목욕 가운을 걸친 채로 거실 소파로 걸어왔다. 딱히 할 일이 없던 영자가 소파에 앉아서 그가 나오길 기다리고 있었다. 다가온 재형이 그녀의 머리를 톡톡 두드렸다. 영자가 올려보자 그가 턱으로 욕실을 가리켰다.

"씻고 나와."

"……."

"왜, 너 안 씻어?"

"씻어야죠."

"빨리 씻어. 어제도 안 씻고 잤지."

"당신이 손을 잡고 안 놔주니까. 못 씻은 거죠."

"그래?"

소파를 돌아 영자의 옆자리에 털썩 주저앉은 재형이 덜 마른 머리를 뒤로 쓸어 넘겼다. 재형이 팔을 올리자 가운이 벌어져 그의 가슴이 보였다. 그놈의 키 차이 때문에 앉아서도 재형의 가슴이 정확히 영자의 눈높이에 들어왔다. 영자가 비스듬히 눕다시피 기대고 있던 탓도 있었지만 재형이 지나치게 반듯하게 상체를 세운 탓도 있었다.

"운동 좀 하시나 봐요?"

"관리 안 하면 몸은 금방 훅 가니까."

"아, 그렇구나."

"넌 운동 안 해?"

"운동할 시간이 없어서요."

"먹을 시간은 있고 운동할 시간은 없고?"

"안 해도 건강하니까."

"그건 또 어디서 나온 자신감일까?"

재형이 의미심장하게 눈을 빛내며 그녀의 팔을 덥석 잡아당겼다. 그리곤 그녀의 몸을 제멋대로 만지작거렸다. 그 때문에 재형의 맨가슴이 영자의 눈 바로 앞에서 아른거렸다. 닿을 듯 말 듯 눈앞을 어지럽히는 재형의 단단한 가슴에 영자가 눈을 빠르게 깜빡거렸다.

"이봐. 완전 물렁살이구만. 어디서 잘난 척이야."

"남의 살 마구 만지고 그러지 맙시다."

"왜 또 손해 보는 기분이야? 그럼 너도 만지던가."

재형이 영자의 허리를 잡아 가까이 당기자 그녀의 얼굴이 그의 가슴에 밀착됐다. 그런데 하필이면 벌어진 가운 사이로 조막만 한 얼굴이 쏙 들어갔고 얼떨결에 그녀의 입술이 그의 젖꼭지에 닿았다. 순간 둘이 동시에 얼음처럼 굳었다.

"씨, 씻으러 갑니다."

영자가 갑자기 몸을 벌떡 일으켜 재형의 상체가 뒤로 젖혀졌다. 영자가 성큼성큼 단숨에 욕실로 걸어가 문을 열고 들어섰다. 문 닫히는 소리를 들으며 재형이 눈을 깜빡거렸다.

"……어."

한 박자 늦게 답하며 재형이 슬그머니 벌어진 가운을 추슬렀다. 가운 안 한쪽 젖꼭지가 화르륵 불타올랐다. 꿀꺽. 마른침을 삼킨 재형이 자리에서 일어서 천천히 드레스 룸으로 걸어갔다. 왜 가운을 입은 채로 소파에 앉았을까 후회가 되었다.

"아흐."

신경질적으로 가운을 벗어 바닥에 내던지며 재형이 펄쩍 뛰었다. 셔츠 중 하나를 걸치며 연신 한숨을 내쉬었다. 화끈거리는 젖꼭지가 꼭 떨어져 나갈 것만 같았다. 단추를 잠그다 말고 벽에 손을 짚고 기댄 재형이 왼쪽 가슴을 지그시 누르며 잘근 입술을 깨물었다.

"이건 또 왜 미친놈처럼 뛰고 난리야. 휴우. 미치겠네."

재형이 미리 준비해 놓은 칫솔을 사용해 양치질을 하고 세수를 한 영자가 문손잡이를 잡아 돌리려다 말고 깊게 심호흡을 했다. 요 며칠 심장이 자주 페이스를 잃고 제멋대로 뛰어댔다. 그 원인이 재형임은 확실했다. 하지만 사랑은 아니라고 확신했다. 싫지는 않고 조금 좋은 면은 있는 것 같고, 가끔 심장이 반응을 보이긴 하지만 이걸 사랑이라 단정 짓기엔 뭔가가 부족했다.

"이게 대체 무슨 감정이지?"

찌릿한 전율이 흐른 것 같은 입술을 손으로 만지작거리며 영자가 고개를 갸웃했다.

"호감인가?"

'이러고 싶은 사이.'

'입 맞추고 싶은 사이?'

재형과 자신의 목소리가 번갈아 들렸다. 그런 사이란 연인 같은 사이를 말하는 걸까? 키스는 나름 거부감도 없었고, 기분도 괜찮았다. 그럼 다른 건? 문득 방금 전 제 입술에 닿았던 재형의 젖꼭지가 떠올랐다. 하필이면 신체 부위 중 그런 곳과 입술이 닿을 건 뭐람. 그럼 어디랑 닿아야 정상인데? 입술과 닿아 정상이라고 표현해야 하는 건 입술인가 생각하다 고개를 저었다. 그 어느 것도 마땅하다고 할 만한 게 없었다.

애무는 섹스의 전초전이라고 인숙이 말했었다. 섹스. 섹스라. 얼굴이 화끈 달아올랐다.

"와우. 나영자 생각이 너무 앞서 가는 거 아니야? 섹스라니. 완전 언빌리버블이다."

그것도 정재형과의 섹스를 상상하다니 참 대단하다는 생각밖에 들지 않았다. 점점 이상한 방향으로 흘러가는 생각을 고개를 세차게 흔들어 떨쳐 내고 문을 힘차게 열었다. 때마침 영자가 갈아입을 만한 옷을 골라 문 앞에 두려던 재형과 딱 마주쳤다.

"뭐야. 샤워 안 했어?"

"세수만 했는데요."

"샤워 안 해?"

"갈아입을 것도 마땅찮고 해서 집에 가서 하려고."

"거기 샤워실 없잖아."

"집 앞 대중탕 가면 돼요."

"대, 뭐라고?"

대중탕도 재형에게는 신세계였다. 어떻게 그런 곳에서 옷을 벗고 몸을 씻을 수가 있는지. 그의 상식으로는 도저히 이해불가였다. 불결했다. 움찔움찔 미간을 찌푸리던 재형이 무슨 상상을 했는지 사색이 되어서는 영자의 양 팔뚝을 붙잡고 눈을 한껏 가늘게 떴다.

"여기서 해."

"네?"

"옷 여기 있으니까. 여기서 하고 가."

"그게 좀……."

"어서 들어가서 옷 벗어."

영자가 열어놓은 문 안으로 그녀를 밀어 넣고 저도 함께 들어서며 재형이 들고 있던 옷을 옆에 내려놓았다. 그가 몹시 서두르며 영자를 재촉했다.

"빨리 씻어."

"왜 이래요?"

"거긴 병균의 온상이야. 병 옮으면 어쩌려고 그래."

"청결의 상징인 대중탕이 병균의 온상이라니. 그게 말이 돼요?"

"온갖 사람들이 벌거벗고 활보하는 곳이야. 어떻게 믿고 가. 여기가 안전해."

"그다지 안전해 보이지는 않는데요."

기다리다 못한 재형이 그녀의 옷 속으로 손을 집어넣었다. 자기가 벗겨 버릴 기세로 덤비는 재형을 저지시키며 영자가 고개를 저었다.

"이러시면 무척 곤란합니다."

"……아."

손에 영자의 맨살이 닿았다. 그가 어쩔 줄 몰라 하며 어정쩡하게 서 있는 사이 영자가 제 옷 속에서 그의 손을 뺐다.

"나도 곤란해."

호흡이 살짝 흐트러진 재형이 마른 입술을 혀로 축이며 긴장한 목소리로 말했다.

"뭐가요?"

"너 병 걸리면 내가 무척 곤란해져."

"왜요?"

"아픈 건 싫으니까. 마음껏 만질 수도, 안을 수도 없잖아."

"괜찮다니까요. 얼마나 많은 사람들이 대중탕을 이용하는데. 당신 논리대로라면 그 사람들 전부 병에 걸렸게요."

옷을 추스르는 영자를 지그시 바라보던 재형이 잘근 입술을 깨물었다. 그의 시선이 영자의 몸을 천천히 훑어 내렸다. 그에 영자가 조금 어색함을 느끼며 뒤로 한 발 물러섰다. 물러선 거리만큼 재형이 다가섰다. 영자가 멀뚱히 가까워진 그를 올려다봤다.

"그리고 원할 때 이것도 마음껏 할 수 없을 거잖아."

"뭘요?"

맑게 빛나는 영자의 눈을 응시하며 재형이 그녀의 얼굴을 양손으로 부드럽게 감쌌다. 그리곤 그녀의 입술로 시선을 옮겼다가 다시 그녀의 눈을 바라보았다. 마주한 눈이 야릇하게 얽혔다. 재형이 영자의 입술을 취했다. 강렬하게 그녀의 입술에 키스를 퍼부은 그가 작은 틈을 만들며 고혹적으로 속삭였다.

"키스하고 싶어."

"해놓고 하고 싶다고 말하는 건 반칙이죠."

"내 맘이야."

짧게 입을 맞춘 그가 가늘게 눈을 빛내며 투정 부리듯 말했다.

"내가 하고 싶을 때 언제든 할 거야."

언제는 그러지 않았느냐 말하려던 영자의 입이 재형의 입술에 의해 틀어 막혔다. 여기서 이러면 안 되는데. 그를 말리려 뻗은 손에 재형의 가슴 돌기가 만져졌다. 손이 제멋대로 움직였다. 이상하게 그의 단단한 가슴을 자꾸 매만지더니 저도 모르게 어느새 그 돌기를 손가락으로 만지작거리고 있는 자신을 발견했다.

'아침을 잘못 먹었나 봐.'

재형의 말대로 사람을 홀리는 수프였던 모양이다. 둘이 약속이나 한 듯 서로를 탐닉하는 걸 보면.

9. 사랑병

"이상합니다."

"그래, 이상하겠지."

"제가 이럴 줄은 정말 몰랐습니다."

"자네가 그럴 줄은 나도 정말 몰랐네."

"네?"

심각하게 진료실 의자에 마주 앉아 증상에 대해 말하던 재형이 김 박사의 말에 처음으로 의문을 제기했다. 아직 자기가 뭘 어떻게 했다는 말도 하지 않았는데 그럴 줄 몰랐다는 건 대체 무슨 의미일까. 재형이 의아한 눈으로 쳐다보자 김 박사가 고개를 돌려 시선을 외면하며 시치미를 뚝 뗐다.

"요즘 제 발로 잘도 찾아와서 하는 소릴세. 자네가 이럴 줄 어찌 알았겠나."

"정작 필요할 땐 왕진 안 오시겠다고 버티시니까 제가 올 수밖에요."

"나 이래 봬도 잘나가는 의사야."

"네. 압니다. 그래서 이렇게 제가 왔잖습니까."

"아니 다행이군."

요즘 김 박사와의 대화가 점점 버거워진다. 상담을 하러 온 것인지. 아니면 놀림을 당하러 제 발로 온 건지 도무지 감을 잡을 수가 없다. 김 박사는 어째 갈수록 능글맞아지고 있었다.

"그래서 증상이 어떻다는 건가."

재형의 눈빛이 짙어지는 것을 감지한 김 박사가 얼른 말머리를 돌렸다. 미심쩍음을 완전히 걷어내지 않은 재형이 시큰둥하게 말을 시작했다.

"증상이라기보단 전에 처방해 주신 게 좀 과하게 작용을 했습니다."

"과해? 어떻게 과하단 말인가. 자세히 말해보게."

"흠. 그게 닿으면 더 닿고 싶고, 만지면 더 만지고 싶고. 뭐 그런."

"그야 뭐 당연한 거고."

"그, 부위가 좀 광범위해지기도 하고. 시간이 길어지기도 하고."

"좋은 현상이군."

"그럴까요? 이게 좋은 걸까요?"

"왜, 그렇게 해서 기분이 나쁜가?"

김 박사의 직설적인 눈빛에 슬쩍 고개를 돌려 시선을 외면한 재형이 이마를 긁적이며 지나가는 투로 말했다.

"좋으니까 더 문제죠."

"좋으면 좋은 거지. 문제 될 게 뭐 있나."

"밤도 같이 보내고."

"흐음."

그야 이미 알고 있는 사실이었다. 김 박사의 입가에 머문 의미심장한 미소를 눈치채지 못한 재형이 깊은 한숨을 내쉈다. 뒷말을 잇기가 멋쩍었던지 재형이 뒷목을 쓱쓱 문지르며 이번엔 제법 빠르게 말했다.

"세, 섹스도……."

"그래, 그래. 세, 뭐! 섹스!"

"박사님, 조용히 좀."

손을 잡고 한 침실에서 고이 잠든 것까지는 김 박사도 보아 잘 알고 있는 사실이었다. 그 희귀한 장면을 고이고이 간직하기 위해 사진까지 찍어놓질 않았던가. 업무로 스트레스를 받을 때면 그 사진을 보며 얼마나 박장대소를 하며 좋아라 하고 있는데 그보다 더한 일이 있었다니 놀랄밖에. 눈을 부릅뜨고 버럭 소리를 지르며 일어선 김 박사를 재형이 진정시켰다.

"아, 미안하네. 너무 놀라서 그만."

"이래서야 어디 비밀 유지가 되겠습니까?"

"쏘리. 쏘리. 그러니까 그 문제의 마녀와 섹스를 했단 말이야?"

"아니요."

"아니야?"

기어들어 가는 재형의 부정적인 말에 김 박사도 금세 다운된 목소리로 실망감을 드러냈다.

"어째 제 섹스 여부에 김 박사님이 많은 관심을 가지고 계신 것 같습니다."

"치료 목적이야. 치료. 그건 그렇고 섹스는 하지도 않아 놓고 왜 들먹여."

"그게 할 뻔했다는…… 말입니다."

심드렁하게 차트에 낙서 같은 것을 휘갈기던 김 박사의 눈이 다시 커졌다.

"직전까지 갔단 말이야? 그런데 왜 안 했어."

"해야 합니까?"

"하는 게 정상이지."

"가능할까요?"

"왜 작동이 제대로 안 되던가?"

김 박사의 시선이 제 아랫도리로 향하는 것을 느낀 재형이 사납게 김 박사를 흘기며 다리를 신경질적으로 꼬았다.

"제 건 아무 하자 없습니다."

"그런데 왜 안 했어."

"그런 건 함부로 하면 안 되니까."

"섹스를 함부로 하면 안 된다는 건가. 섹스 상대를 함부로 대하면 안 되는 건가."

재형의 말문이 딱 막혔다. 그가 마른침을 꿀꺽 삼키며 낮은 한숨을 내쉬는 모습을 김 박사가 유심히 살폈다. 아마도 두 번째가 맞지 싶다. 머뭇거리며 말을 쉽게 내뱉지 못하는 것으로 봐선 그 귀여운 마녀를 잡아먹기 직전까지 갔다가 멈춘 모양이다. 싫어서가 아니라 상대가 상처받을까 봐 염려되어서.

"하고 싶었는데 할 수가 없었어요. 싫어서가 아니라. 그게. 이걸 어떻게 설명해야 할지."

"소중히 여겨주고 싶었겠지."

"네……."

답을 하고 보니 뭔가 가슴이 뭉클했다. 몰랐는데 그랬던 모양이다. 옷 속을 파고든 재형의 손이 영자의 가슴을 만졌을 때, 그녀의 엉덩이와 바지 버클을 풀려고 했을 때, 그녀가 움찔거리며 몸을 바르르 떠는 것을 느꼈다. 그래서 멈췄다. 처음 보는 겁먹은 듯 흔들리는 영자의 눈동자에 재형의 심장이 덜컹 내려앉았다. 재형도 겁이 났다. 영자가 자신의 행동으로 인해 상처를 입었을까 봐.

"이게 대체 뭐죠? 처음엔 만져도 닿아도 아무렇지 않은 게 이상했고, 다음엔 더 만지고 싶고, 자꾸만 닿고 싶고 안고 싶어지고 그러다가. 입술만 보면 키스하고 싶고, 계속 곁에 두고 싶고, 모든 게 궁금해지고. 같이 공유하고 싶고. 그 녀석 모든 걸 다 가지고 싶은데. 겁이 나요. 날 싫어할까 봐. 거부할까 봐. 그래서 상처 입을까 봐."

고해성사를 하듯 조곤조곤 제 마음을 있는 그대로 쏟아내는 재형을 김 박사가 부드러운 시선으로 바라보았다. 아버지의 그것처럼 다정다감한 김 박사의 눈을 마주 바라보며 재형이 긴장한 티가 역력한 엷은 미소를 지어 보였다. 김 박사가 만년필을 내려놓고 차트를 덮었다. 재형을 지그시 응시하며 김 박사가 차분히 말했다.

"자넨 이미 알고 있는 것 같은데. 아마도 그게 맞을 걸세."

"하지만……."

"결국. 사랑도 병이지. 치유 불가능한 매우 지독한 병이라네."

마주한 재형의 눈이 잠시 흔들리다 확신으로 굳었다. 그런가 보다. 저는 아마도 마녀 나영자를 사랑하게 된 모양이다. 기적처럼 그에게 사랑이 찾아왔다.

'그 사랑이 얼마나 거대하고 위대한가 하니. 그로 인해 다른 하찮은 병 따위는 모두 지워지고 작아지고 그러다가 사랑에 묻혀 사라지기도 하지. 그게 사랑의 힘이야.'

처음, 중학생인 어린 재형을 만났을 때의 모습이 떠올랐다. 잔뜩 날을 세우고 경계하듯 자신을 바라보고 있던 재형에게선 한 치의 흐트러짐도 발견할 수 없었다. 하루에도 수십 번 씻고 옷을 갈아입으며 사람에 대해 극도의 거부감을 보이는 재형을 걱정해 그의 모친이 직접 울며 부탁을 했었다.

돈에 눈먼 인간들이 저지른 만행에 어린 재형은 상처 입고 숨는 대신 지독하게 자신을 몰아붙였다. 납치와 폭행. 그로 인해 숨이 끊어질 위기에 놓인 재형은 쓰레기처럼 하치장에 버려졌다. 아무것도 걸치지 않은 맨몸으로. 숨 쉬는 것조차 버거운 그곳에서 온갖 쓰레기에 파묻힌 채 하루를 꼬박 버티고 죽을힘을 다해 빠져나왔다.

범행을 사주한 이는 평소 그를 무척이나 아끼고 사랑해 주던 작은아버지였다. 그랬던 그가 돈에 영혼까지 팔 줄은 몰랐다. 그 사건으로 재형은 공황장애까지 겪게 되었다. 심리 치료를 하면서 조금씩 나아지긴 했지만, 인간에 대한 배신감은 쉽게 사라지지 않았다. 그랬던 재형이 다른 사람이 되어 제 앞에 앉아 있었다.

생각에 잠긴 재형을 김 박사가 흐뭇하게 바라보았다. 사랑이 어떻다는 걸 모르는 사람은 없다. 알면서도 인정하지 못하는 건 사랑이란 것 자체가 자신과는 아무런 관계가 없다고 단정 짓고 살았기 때문이다. 사람과의 접촉이 싫은데 어떻게 사랑이란 걸 할 수가 있을까. 그건 재형에겐 도저히 불가능한 일이었다. 만약, 그런 일이 생긴다면 그건 기적이겠지 했었다.

그 기적이 일어났다.

"그럼 이제 어떻게 하면 됩니까?"

"하고 싶은 대로 하면 되겠지?"

"하고 싶은 대로라면……."

"진심이란 걸 알았으니 상대에게 충실하게 사랑을 알려야지. 그럼 실패했던 섹스도 다시 할 수 있을 거야. 이번엔 아주 완벽하게 말일세."

"김 박사님."

그걸 말이라고 하느냐 쏘아보는 재형의 눈빛을 깔끔히 무시하며 김 박사가 귀찮다는 듯 손을 휘저었다.

"진료 끝. 나 바쁜 사람이야. 이 뒤로도 쭉 상담 밀렸다고."

"저도 바빠요."

"그러니까. 꺼지라고."

김 박사의 가차 없는 퇴출 명령에 재형의 콧잔등이 한껏 찌푸려졌다. 명망 높은 심리학 박사의 입에서 나왔다고는 도저히 믿어지지 않는 말을 아무 거리낌 없이 내뱉으며 퇴출명령을 내리는 김 박사를 못마땅하게 쏘아보며 재형이 자리에서 일어났다.

"네. 꺼지겠습니다."

따라 불퉁하게 답하며 재형이 문을 열고 나섰다. 문이 닫힘과 동시에 문을 사이에 둔 둘의 얼굴에 미소가 떠올랐다.

재형이 나간 것을 재차 확인한 김 박사가 서둘러 전화기를 들고 번호를 눌렀다. 상대편의 목소리가 들리자 초조하게 기다렸던 것과 반대로 아주 느긋한 목소리로 놀리듯 말했다.

"어이, 하미숙이. 잘 지내지?"

전화기 저편에서 다다닥거리는 소리가 들렸다. 그에 눈을 찡그렸다 펴며 김 박사가 귀를 휘적거렸다.

[누구 놀려? 지금 내 심정이 어떤지 제일 잘 알면서 무슨 헛소리야.]

"싸움닭도 아니고 뭘 그렇게 푸다닥거려. 내가 아주 서프라이즈한 소식을 전해주려고 했는데. 이거 그냥 접어야겠네."

뭔가 묘한 뉘앙스를 풍기며 뜸을 들이는 김 박사의 말에 뭔가 있다 싶었던지 미숙이 미끼를 덥석 물었다.

[서프라이즈? 그게 뭔데?]

"알지? 지 잘난 맛에 사는 결벽증 최고봉 정재형이. 그놈이 요즘 불치병에 걸려서 고생을 아주 제대로 한다지. 아마?"

[뭐! 불치병?]

"그래, 어떤 사람은 이것 때문에 심장이 말라 죽기도 하지."

놀란 미숙의 목소리에 만족스런 미소를 띤 김 박사가 은밀하게 목소리를 낮춰 뭔가 대단히 심각한 분위기를 조성했다.

[흑흑. 우리 재형이 불쌍해서 어떡해.]

"불쌍하지. 도저히 헤어 나올 수 없는 심각한 병에 걸렸으니까."

[말해. 받아들일 준비 됐어. 흑흑.]

"그놈이 글쎄 사랑에 걸렸어."

[……뭐?]

흐느껴 울던 미숙의 울음이 뚝 그쳤다. 큭큭큭. 음흉한 웃음을 흘리던 김 박사가 기어이 박장대소를 했다.

"푸하하하. 네 아들이 사랑병에 걸렸다고. 그놈이 사랑을 한다네."

전화기 저편에서 침묵이 흘렀다. 빠득빠득거리는 게 이를 갈고 있는 모양이다.

[야! 김 박!]

"왜."

[너 진짜! 내가 그것 때문에 얼마나 속이 썩고 있는지 뻔히 알면서 놀릴 생각이 나?]

"놀리긴. 너 아직 못 들어봤지? 재형이 요즘 마녀 하나 끼고 사는 거."

[누굴 끼고 살아?]

"마녀. 그것도 섹스가 하고 싶은 마녀."

[……지금 뭐라고 그랬어?]

"네 아들이 마녀랑 사랑에 빠졌단다. 리얼로다가."

[마녀?]

"왜. 마녀라니까 싫냐?"

[마녀면 여자란 소리잖아.]

"그렇지."

[리얼리?]

"완벽한 리얼."

이번엔 뭔가 다른 침묵이 이어졌다. 전화기 이쪽과 저쪽에서 뜻이 같은 웃음소리가 이어졌다.

최선주 MD가 진행하는 등뼈갈비가 생방 중이었다.

스튜디오 안 카메라 뒤편에서 방송 진행 상황을 진두지휘 중인 최선주 MD 뒤로 나란히 재형과 영자가 섰다. 팔짱을 끼고 심각하게 무대를 지켜보던 재형이 탐탁지 않은 듯 미간을 찌푸렸다. 모니터에 실시간으로 표시되는 판매현황을 확인하곤 또 혀를 찬다.

"전에 네가 했을 때보다 영 저조해."

"그래도 전부 최선을 다하고 있어요."

재형이 불퉁하게 던진 말에 영자가 덤덤하게 말했다. 옆에 선 영자를 돌아보며 재형이 입을 삐죽거렸다. 영자는 무척 진지하게 방송을 모니터하고 있었다. 시청자의 입장에서 방송을 보고 개선할 점이 있으면 말해달라는 최선주 MD의 부탁을 받고 그에 응하는 중이었다.

방송이 영자의 존재 유무로 극과 극을 달려서는 안 된다는 생각에 적극적으로 동조했다. 물론 누군가가 물건의 판매에 지대한 상승효과를 만들어낸다는 건 판매자에겐 무척 좋은 일이었다. 사람 하나가 일당백의 일을 쉽게 해내는 데 안 좋을 수가 없다. 그런데 문제는 그 사람이 더 이상 그 일을 하지 않는다는 것이다.

"왜 거절했어? 진짜 내가 한 말 때문에 상처 입어서 그랬던 거야?"

재형이 무심한 척 지나가는 투로 물었다. 여전히 스테이지를 주시한 채 영자가 어깨를 으쓱했다.

"그럴 수도 있고 아닐 수도 있고."

"대답이 왜 그래. 그렇단 거야? 아니라는 거야?"

"그렇다면 어쩌고, 아니라면 또 어쩔 건데요?"

아무리 생각해도 말꼬리 잡고 늘어지기가 영자의 주특기인 것 같았다. 더불어 무심한 얼굴로 사람 염장 지르기도 포함해서.

"궁금하잖아. 나 때문인 거 같아서 괜히 찔리고."

"와우. 무한한 발전입니다. 잘난 척의 최고봉 정재형이 찔린다는 말을 다 하고."

"야. 내가 한발 물러서서 미안한 척하면 너도 못 이기는 척 괜찮다 그것 때문이 아니다. 이렇게 말해줘야 하는 거 아니야? 예의상?"

"예의가 필요한가요? 지금 그 질문에?"

5초를 못 가는 정재형의 미안함에 영자가 태클을 걸며 고개를 돌려 그를 올곧게 직시했다. 속을 꿰뚫는 듯한 영자의 적나라한 눈빛에 재형이 입을 꾹 다물었다. 꼭 사람을 나무라는 눈빛이었다. 넌 지금 그래서 예의를 차려 말하고 있느냐 묻는 것 같아 속이 찔끔했다.

"발단은 그쪽이 맞아요. 여러 가지 사정이 겹치면서 계속 이 일을 하기가 힘들어진 것도 있지만."

"무슨 일?"

"노코멘트."

"너랑 나 사이에 비밀이 어디 있어."

궁금한 건 못 참는 재형이었다. 어서 비밀을 털어놔라 재촉하는 재형의 얼굴을 영자가 빤히 쳐다봤다. 그녀의 고개가 모로 갸웃 기울었다.

"너랑 내가 무슨 사인데요?"

얼굴이 뚫어져라 빤히 바라보는 영자의 시선이 부담스러웠다. 손을 들어 괜스레 볼을 긁적이던 재형이 슬며시 시선을 피했다.

"노코멘트."

도도하게 턱을 치켜들고 정면을 주시하는 재형의 뻔뻔한 태도에 영자가 허 하고 입을 벌렸다. 영자가 그의 앞으로 자리를 옮겨 발끝을 세워 섰다. 그리곤 불쑥 그의 옷깃을 잡아 아래로 당겼다.

"비밀이 없다면서요. 너랑 나 사이엔."

얼떨결에 아래로 고개를 숙인 재형의 눈앞에 영자의 왕방울 눈이 자리했다. 영자가 입을 뾰족하게 내밀며 일부러 심술난 표정을 지어 보였다. 재형의 시선이 자연스레 그녀의 입술에 닿았다. 영자의 입술이 재형의 시선을 사로잡은 채 달싹거렸다.

"무슨 사이냐고요. 너랑 내가."

재형을 따라 집요하게 파고들어 보자 작정하고 달려들었다. 그것이 얼마나 사람을 피곤하게 하는지 본인도 깨닫기를 바라며 일부러 한 일이었다. 재형이 영자의 머리 위로 손을 올렸다. 그에 영자의 눈동자가 위로 향했다. 영자의 머리를 부스스 헝클던 재형의 손이 그대로 미끄러지듯 내려가 그녀의 뒷머리를 감쌌다. 영자가 고개를 갸웃하며 그의 눈을 응시했다.

"말했잖아."

"응?"

"이러고 싶은 사이라고."

그의 얼굴이 더 가까이 다가왔다. 영자의 입술을 머금은 재형이 다른 손으로 그녀의 허리를 휘감아 바짝 끌어당겼다. 작은 영자의 몸이 재형의 품속에 쏙 들어갔다. 재형이 얼굴을 틀어 더 깊이 그녀의 입술을 삼켰다.

시원찮게 올라가는 주문 수량에 한숨을 푹 내쉬던 최선주 MD가 주변의 수군거림에 인상을 팍 구기며 사납게 뒤를 돌아봤다. 최선주 MD의 몸이 그대로 굳었다. 눈이 커지고 입이 벌어진 채로 바로 뒤쪽에서 벌어지는 열렬한 애정 행각을 목격했다. 대범하게도 생방이 벌어지고 있는 스튜디오 안에서 키스신을 연출하고 있는 인물들은 그녀도 익히 아는 사람이었다.

"아무리 급해도 때와 장소는 좀 구분을 해주시면 좋겠습니다만."

그래도 이곳이 자신의 방송이 진행 중인 스튜디오임을 인지한 최선주 MD가 들릴 리 없는 그들을 향해 부질없이 중얼거렸다.

재형의 품에 안긴 영자가 숨이 막힌 듯 꼼지락거리며 벗어나려 했다. 거친 숨을 몰아쉬며 입술을 거둔 재형이 진지한 눈으로 영자를 바라보았다. 흐트러진 호흡을 가다듬으려 애쓰며 마주 재형을 바라본 영자의 눈에 불만이 깃들었다.

"하아. 그래서 뭐냐구요. 키스하고 싶은 사이가 어떤 사인데요."

이번엔 꽤 집요했다. 장난스럽게 받아치며 재형을 놀려대던 것과는 사뭇 다른 분위기로 살짝 홍조 띤 얼굴을 손바닥으로 감싸며 영자가 불퉁거렸다. 영자의 손 위에 제 손을 겹치며 재형이 짧게 입을 쪽 맞췄다. 영자의 눈이 동그래졌다. 영자의 눈을 지그시 응시하며 재형이 부드럽게 속삭였다.

"좋아…… 해."

"……응?"

"그런 것 같아. 나 너 좋아하는 거 같아."

"……."

언제는 못생긴 돼지감자라 상종도 하기 싫다더니. 이제는 그 돼지감자를 마녀라 부르며 좋아한다고 고백까지 한다. 그것도 그가 처음 돼지감자라는 별칭을 붙였던 바로 그 스튜디오에서.

"뭐라고요?"

"키스하고 싶은 사이는 그런 거래."

"네?"

"좋아하거나, 좋아서 미치겠거나, 좋아 죽겠거나."

"으음."

"김 박사님이 나 너 때문에 병 걸렸대."

"무슨 병?"

"사랑병."

그의 입술이 매혹적으로 말려 올라갔다. 멀뚱히 그를 바라보던 영자의 눈동자에 고스란히 그의 아름다운 얼굴이 맺혔다. 재형의 얼굴에서 빛이 났다. 그의 미소에 가슴이 또 빠른 템포로 뛰기 시작했다. 영자의 눈이 깜빡거렸다. 재형의 미소 띤 얼굴이 너무 환해서 눈이 부셨다.

좋아서 미치겠고, 죽겠는 게 결국은 사랑이란 병에 들게 만드는 거구나. 영자의 얼굴에도 사르르 미소가 번졌다. 영자가 옷깃을 잡았던 손을 위로 올려 재형의 목을 휘감았다.

"혹시 그거 전염성이 강하다고 하진 않던가요?"

"그건 안 물어봤는데."

"아마 그렇다고 하실 거예요."

"어떤 근거로?"

"나도 증상이 비슷한 거 같아서."

"……정말?"

"응. 정말."

지켜보는 사람들은 전혀 생각하지도 않고 남이 들으면 닭살 돋아 날아갈 것 같은 멘트를 아무렇지 않게 남발하는 둘을 최선주 MD가 기막힌 눈으로 쳐다봤다. 방송이 끝난 것도 모르고 자신들만의 세계에 빠져 있는 둘이 어이없었다.

"병 맞네. 확실히 병이야. 지들만 눈에 보이고 다른 건 하나도 눈에 안 보이는 건 아주 심각한 병이지. 암."

"저기, 다음 방송 준비해야 하는데 어떡하죠?"

곁으로 다가온 피디가 곤란한 표정으로 물었다. 최선주 MD가 피디를 뚱하게 돌아보며 어깨를 으쓱했다.

"낸들 압니까. 여기를 지들 안방으로 아는 사람들이 알겠지요. 결벽증만 무서운 줄 알았더니. 세상에! 결벽증 환자가 사랑에 빠지는 게 더 무섭네요."

"그러게요."

"우린 일단 철수. 다음 방송은 다음 팀이 알아서 하도록 하고 갑시다."

"네."

듣던 중 반가운 소리였다. 서로가 한 몸인 듯 부둥켜안은 채 떨어질 줄 모르는 재형과 영자를 남겨두고 모두가 서둘러 스튜디오를 정리했다. 주변이 분주하고 소란스러운 것도 인지하지 못한 채 둘은 서로에게 집중했다. 지극히 감정에 충실한 둘이었다. 사랑이라고 깨닫는 것이 어려웠지. 알고 나서 인정하는 건 쉬웠다.

"어, 4시다."

"뭐?"

"나 퇴근."

"야. 야. 넌 이 상황에서 퇴근이 하고 싶어?"

"일은 일이고 사랑은 사랑이죠."

"그런 게 어디 있어."

"여기요."

"이 씨!"

재형의 품에서 쏙 빠져나온 영자가 손을 흔들며 재빨리 스튜디오를 벗어났다. 방금 사랑한다고 고백을 했는데 그건 그거고 이건 이거다 딱 잘라 말하며 자신을 두고 달아나는 영자가 괘씸했다. 자기는 그 말을 하기 전과 하고 난 후의 심장이 똑같이 미친 듯이 뛰어대서 설레고 긴장돼 죽겠는데 영자는 아무렇지 않은 듯 쌩하니 내뺐다.

"사랑한다는데 퇴그은?"

씩씩거리며 콧김을 내뿜던 재형이 영자의 뒤를 쫓아 스튜디오를 나서며 그녀를 향해 삿대질을 해댔다.

"야! 돼지감자. 너 내가 사랑한다고 말했다고 우쭐하거나, 자만하고 그럼 안 되는 거야."

다음 방송을 위해 스튜디오로 이동하던 팀들의 눈이 휘둥그레졌다. 더불어 복도를 오가던 직원들의 얼굴에도 경악이 떠올랐다. 대체 정재형 저 인간이 무슨 소릴 지껄이고 있는 것인지 당최 알 아듣지 못하겠다는 얼굴이다. 재형의 삿대질을 따라 홍해가 갈리 듯 사람들이 길을 터주었다. 모세의 기적에 버금가는 재형의 사랑 타령에 이은 삿대질의 기적이었다.

"야, 너 오늘 연장근무야."

저만치 걸어가던 영자가 깔끔하게 안녕을 고하며 손을 흔들었 다. 재형의 걸음이 뛰듯이 빨라졌다.

"정 퇴근하고 싶음 우리 집으로 하라고. 나 아직 할 말 안 끝났 어."

재형이 이동하는 길목 곳곳 폭탄이 터졌다. 직접 귀로 듣고도 그의 입에서 나온 말이라는 믿음이 들지 않았다. 그를 따라 직원 들의 시선이 움직였다. 기어이 앞서 걷던 영자를 쫓아 정문을 나 서는 재형을 직원들이 묘하게 쳐다봤다.

"들었냐?"

직원 하나가 옆에 선 직원의 옆구리를 찌르며 물었다. 그에 옆 구리를 찔린 직원이 고개를 끄덕였다.

"사랑한다던데. 맞나?"

"퇴근을 집으로 하란다. 그것도 우리 집."

"가엾은 돼지감자 씨에게 신의 가호를."

정재형의 사랑이 정상적일 리가 없다 생각한 직원들이 그에게 쫓기듯 달아난 영자에게 측은지심을 느꼈다. 퇴근을 핑계로 내뺄 정도면 얼마나 두렵고 무서워 그랬을까 그 기분이 이해가 되고도 남음이 있었다.

"왜 이렇게 늦어."

회전문을 통과하자 바로 옆에서 기다리고 있던 동호가 불퉁하게 말했다. 손목시계를 확인한 영자가 손가락 두 개를 펼쳐 보였다.

"2분 늦었다."

"2분은 늦은 거 아닌가?"

"막무가내로 약속 잡고 찾아온 건 너거든?"

"집에도 없고 연락도 안 되니까 그렇지."

"전화기가 먹통이야. 톡만 돼."

주머니에서 휴대폰을 꺼내 흔들며 영자가 덤덤하게 말했다. 성큼 다가온 동호가 휴대폰을 뺏어 제 번호를 눌렀다. 신호가 가지도 않고 끊겼다.

"그러게 휴대폰 좀 바꾸라니까."

"톡만 돼도 의사전달은 다 돼."

"어이, 거기 스톱."

영자를 뒤따라 나온 재형이 둘 사이를 파고들어 동호의 손에서 휴대폰을 뺏었다. 단박에 동호의 눈이 찢어졌다.

"당신 뭐야!"

"그것도 안 돼."

"뭐가 안 돼!"

"당신이라고 부르는 거 우리 마녀 전용이야."

"마녀?"

영자의 휴대폰을 이리저리 살핀 재형이 그것을 그대로 제 슈트 안주머니에 넣었다. 그에 버럭 성질을 내며 동호가 손을 뻗었다.

"그걸 왜 거기 넣어."

제게로 뻗어오는 손을 가볍게 피한 재형이 영자를 제 쪽으로 끌어당겼다.

"뭐야, 너. 이건 반칙이지."

"뭐가요?"

얄밉다 흘기는 재형의 눈을 해맑게 바라보며 영자가 시치미를 뚝 뗐다. 그에 입을 씰룩거린 재형이 그녀를 안은 팔에 더 힘껏 힘을 주었다.

"전염됐다고 자기도 사랑한다고 해놓고 딴 놈을 만나?"

"이놈은 당신이 생각하는 그런 놈이 아닙니다만."

"그놈이 그놈이야. 남잔 다 똑같아."

"형제나 마찬가진데요?"

"남매겠지."

"아. 그런가?"

주거니 받거니 투닥거리는 폼이 무척 다정했다. 순식간에 외면당한 동호가 눈에 쌍심지를 켜고 둘에게 달려들었다. 바짝 붙다시피 마주한 둘을 억지로 떼어놓으며 동호가 씩씩거렸다.

"남매 좋아하고 자빠졌네. 누가 너랑 남매래!"

버럭 소리치는 동호를 둘이 멀뚱하게 바라보다 영자가 시선이 마주치자 고개를 갸웃했다.

"그렇지? 역시 우린 형제지?"

"너 가슴 달린 남자였어?"

자연스레 재형의 시선이 영자의 하체로 향했다. 그 장면에서 발끈한 건 동호뿐이었다. 가슴은 손으로 만져 보기까지 해서 완벽하게 확인을 했지만 아직 거기는 보지 못했다. 단순한 논리로 물었고, 단순하게 이해했다. 영자가 이마를 긁적이며 고개를 저었다.

"아닌데요. 여자 맞는데요."

"그런데 무슨 형제야? 여자 남잔 남매지."

"의미가 그렇단 거죠. 형제처럼 다정 살벌한 사이다 뭐 그런."

기가 막힌다. 동호가 아는 세상에서 가장 엉뚱한 사람은 단연 나영자 하나뿐이다 생각했는데 그게 아니었다. 또 다른 나영자가 존재했다. 지금 상황에서 형제니 남매니 하는 게 왜 대화의 주가 되는 건지 동호는 도무지 이해가 되지 않았다.

"아 씨! 됐고. 나 영자랑 할 말 있으니까 댁은 좀 꺼져."

"네가 누군데 내 여자랑 할 말이 있단 거야?"

"뭐래냐? 누가 누구 여자라고? 이 인간이 돌았나. 뭐 잘못 먹었어? 무슨 헛소리를 지껄이고 지랄이야."

"방금 못 들었어? 얘 남자 아니고 여자라는 말? 그러니까 내 여자지. 내 남자냐?"

말문이 탁 막혔다. 뭐 이런 말 같지도 않은 엉뚱한 논리가 다 있나 싶었다. 말의 핵심을 완벽하게 벗어났다. 영자는 네 여자가 아니라는 말을 한 것인데. 남자가 아니니 내 여자가 맞다고 괴변을 늘어놓는 이 기묘한 인간은 대체 뭐란 말인가. 태어나 말문이 막혀보긴 처음이었다.

보육원 생활을 하며 세상에 상처 입을 때마다 악을 쓰며 다져온 입심이었다. 동호가 사납게 노려보며 이죽거리면 누구나 상대하기를 꺼려했다. 이런 인간은 처음이었다.

"아무튼 이쪽은 제 동생 같은 앱니다."

"동생은 무슨. 너랑 나랑 7개월 차이 나거든!"

"태어난 년도가 다르다. 그럼 누나라고 세상이 정해놓은 걸 어쩌겠어."

"나는 절대 너 누나로 인정 못하거든."

"그래서 네가 버르장머리를 말아 먹었단 소릴 듣는 게지."

"이 씨!"

"됐고. 찾아온 이유나 듣자. 뭐야?"

발끈해 눈을 부라리던 동호가 입을 씰룩거리며 다른 곳으로 시선을 돌렸다. 며칠 동안 연락도 제대로 안 되고 괜히 걱정이 돼서 집에 갔더니 간밤에 집에 오지 않은 듯 빨래가 그대로 널려 있었다. 뭔가 이상하다 생각하며 전화를 했더니 받지도 않는다. JU홈쇼핑에서 당분간 다른 아르바이트를 하기로 했다고 하더니 그게 대체 뭐기에 외박까지 하는 건지. 괜스레 불안하고 초조해졌다.

전에도 여러 번 휴대폰이 먹통일 때가 있어 톡을 했던 게 생각나 보내봤더니 잠시 후 답이 왔다. 일하는 중인데 4시쯤 돼서야 퇴근을 한다고 했다. 그래서 무작정 회사 앞에 가겠다고 톡을 날리고 답이 오든 말든 무시했다.

걱정되고 보고 싶어서 왔단 말이 차마 입에서 떨어지질 않았다. 동호가 괜스레 툭툭 땅만 걷어차며 툴툴거렸다. 그러다 또 와락 화가 치밀었다. 방금 전 들었던 내 여자란 말이 동호의 성질을 돋웠다. 제가 뭔데 처음 보는 허여멀건 놈이 영자에 대해 권리를 주장하느냐 말이다. 15년을 알고 지내면서도 저는 아직 제대로 고백도 한번 못해봤는데 갑자기 툭 튀어나온 놈이 내 여자라고 뻔뻔스럽게 말하고 있었다. 더 기막힌 건 영자가 스스럼없이 재형에게 안기고 그의 말에 아무런 토를 달지 않는다는 것이다. 제 여자를 빼앗긴 것처럼 기분이 상당히 나빴다.

"술이 고파 그런다. 너 요즘 술도 잘 안 사주고 엄청 바쁜 척하는 거 아냐?"

"그랬나? 왜, 기분 안 좋은 일 있어?"

"그래. 완전 환장할 일 생겼다."

"뭔데?"

"에이 씨! 몰라 빨리 술이나 사."

"가자. 누나가 동생 술 하나 못 사주겠어?"

"누나는 무슨."

"어딜 가."

동호와 함께 가려는 영자의 팔을 재형이 붙잡았다. 멀뚱히 돌아본 영자가 턱으로 밖을 가리키며 말했다.

"같이 가던가요."

"뭐?"

"동생이 술이 고프다는데 안 사줄 순 없잖아."

"그걸 왜 네가 사냐고."

"동생이니까."

불퉁하게 말하는 재형에게 환한 미소를 띠어 보이며 영자가 눈썹을 들썩였다. 유난히 동생임을 강조하는 영자를 재형이 미덥지 못하게 흘겼다. 말려도 갈 기세였다. 그렇다고 혼자 보낼 수는 없었다. 동호의 의도가 엄청 불순해 보였다. 더군다나 자신을 향해 적의를 드러내는 놈을 어떻게 믿고 영자를 덜렁 보낸단 말인가. 재형이 못 이기는 척 시큰둥하게 말했다.

"어딘데."

아닌 척하긴 했지만 불안이 담긴 물음이었다. 낯선 장소로 간다는 건 언제나 재형에겐 고역이었다.

"얼마 안 멀어요. 걸어서 금방이야."

"그러니까. 그 금방이 어디냐고."

"가보면 압니다."

"따라오지 마."

뜸을 들이는 재형을 동호가 툭 쏘아붙이며 앞서 걷기 시작했다. 영자를 낚아채 그대로 데려가고 싶었지만 그럴 수가 없었다. 저때문에 잘 다니던 JU홈쇼핑도 그만두고 광개토 반점 일을 도왔다. 영자가 모아놓은 돈도 동호가 사고를 칠 때마다 야금야금 빼먹었다. 철이 없어 그런 게 아니었다. 이상하게 잘하려고 하는데 그때마다 일이 틀어졌다. 미안했지만 어쩔 수가 없었다. 동생이라고 살뜰하게 보살펴 주는 영자의 마음을 외면하기가 힘들었다. 아니, 그건 핑계였다. 그녀의 도움이 없었으면 아무것도 할 수가 없었을 것이다.

그래서 지금 자신 있게 나설 수가 없다. 재형이 입은 슈트나 그의 몸에서 배어 나온 품위가 저와는 많이 다른 것 같아 주눅이 들었다. 그의 자신감에 질투가 났다.

"저게 어디서 명령이야! 내 발로 내가 가는데 네가 무슨 상관이야!"

앞서 걷는 동호를 쫓아 영자의 손을 잡아끌며 재형이 걸음을 옮겼다. 재형은 가봤자 거기가 거기지 하며 스스로를 다독이며 두려운 마음을 한쪽 구석으로 몰아내려 애썼다.

포장마차.

건물도 없이 말 그대로 포장만 두른 간이 점포에 앉아 술을 마신다는 것 역시 재형으로선 단 한 번도 생각해 본 적이 없는 일이었다. 안으로 들어선 것까진 어찌어찌했는데 자리에 앉는 건 쉽지 않았다.

제대로 닦이지 않은 테이블과 누가 앉았을지도 모를 정체불명의 파란색 플라스틱 의자가 무척 불결하게 보였다. 머뭇거리며 서 있는 재형을 올려보며 영자가 바로 옆자리 의자를 팡팡 두드렸다. 재형이 눈동자만 굴려 영자와 의자를 번갈아 바라보았다. 앉아야 하는데 앉고 싶은데 몸이 마음처럼 움직여 주질 않았다.

자리에서 일어선 영자가 그의 품을 뒤적여 소독제를 꺼냈다. 그리곤 의자와 테이블에 아낌없이 뿌린 뒤 깨끗한 티슈로 빡빡 문질러 닦았다.

"저 웬만해선 이런 거 안 합니다. 가문의 영광으로 접수해 주세요."

능청스럽게 한쪽 눈을 찡끗하며 영자가 두 손을 펼쳐 재형이 앉을 의자를 가리켰다. 재형이 한결 부드러워진 얼굴로 주춤주춤 의자에 걸터앉았다.

"이모, 여기 왜 빨리 안 나와요!"

둘의 다정한 모습에 짜증이 난 동호가 포장마차 주인에게 신경질을 냈다. 주문한 우동과 소주를 테이블에 내려놓으며 주인이 미안해했다.

"오늘 손님이 많아 그래. 총각이 이해 좀 해줘."

"네. 고맙습니다."

여전히 투덜거리는 동호를 대신해 영자가 상큼하게 말했다. 동호가 소주를 따 잔에 부어 단숨에 들이켰다. 그 모습을 지켜보던 영자도 소주를 제 잔에 따랐다. 동호가 빈 잔을 내려놓자 그 잔도 채우며 영자가 건배하고 잔을 부딪쳤다.

"댁은 왜 안 마셔요?"

굳은 얼굴로 가만히 앉아만 있는 재형을 흘기며 동호가 물었다. 영자와 동호가 잔을 연달아 비우는 사이 재형은 멀뚱히 그들을 바라보기만 했다. 술도 마시지 않을 거면서 왜 따라나섰느냐 타박하는 눈빛으로 동호가 재형을 쏘아보며 그 앞에 잔을 놓고 소주를 채웠다.

"술 못하나?"

제 몫의 술을 단숨에 비워 탁 소리가 나게 내려놓으며 동호가 도발했다. 그에 꿀꺽 마른침을 삼키며 잔을 힐끔 내려 본 재형이 영자가 만류하기도 전에 잔을 들어 입안에 술을 털어 넣었다. 그렇게 경쟁하듯 이어진 술자리가 꽤 길어졌다. 제겐 술도 제대로 주지 않은 채 둘이서 아홉 병이 넘게 비워냈다. 곤드레만드레 취해서 흥얼거리는 동호를 영자가 심드렁하게 바라보았다. 술이 센 척 온갖 폼은 다 잡았지만 사실 동호의 주량은 소주 한 병이었다. 그런 놈이 오기로 혼자 세 병이 넘게 비웠으니 취해 쓰러지는 게 당연했다.

"에휴. 오늘도 집에 들어가긴 글렀네."

한 병은 영자가 천천히 그들의 보조를 맞춰가며 마신 거였고, 나머지 다섯 병을 재형이 마셨다. 아마 마지막엔 술이 자기를 마시는 건지, 자기가 술을 마시는 건지도 모르고 마셔댔을 것이다. 동호와 비슷한 포즈로 그토록 혐오스럽게 바라보던 테이블에 재형이 머리를 대고 누워 있었다. 술에 취해 잠든 재형을 가만히 내려 보며 영자가 깊은 한숨을 푹 내셨다.

"당신 말대로 됐네요. 퇴근은 일단 그 집으로 합시다. 어쩔 수 없이."

동호의 바지 뒷주머니에서 휴대폰을 꺼낸 영자가 호철에게 전화를 걸었다. 동호의 만취 상태를 알리자 호철이 혀를 차며 곧 가겠다고 했다. 마흔다섯의 노총각 호철은 보육원 봉사활동을 통해 알게 된 동호와 영자를 친자식처럼 아끼고 보살펴 주었다. 자립심이 강한 영자는 자신의 제안을 정중히 거절해 그냥 두고 보호와 관심이 필요한 동호는 양자로 들이겠다고 했었다. 그런데 고집불통 동호가 절대 그럴 일은 없을 거다 못을 박으며 버텼다. 그러면서도 광개토 반점의 2층에서 호철과 군말 없이 지내는 걸 보면 마음이 영 없는 건 아닌 것 같았다. 강한 척해도 마음은 여렸다.

동호를 호철에게 넘겨주고 최 비서의 도움을 받아 영자와 재형은 그의 아파트로 갔다.

술에 취해 인사불성인 재형을 침대에 눕히고 영자는 거실로 나와 소파에 누웠다. 맨 정신으로는 도저히 재형의 옆에 누울 수가 없었다.

"사랑이구나. 이게."

영자가 그의 향기로 가득한 집 안의 공기에 절로 두근거리는 심장을 지그시 누르며 혼잣말을 중얼거렸다. 그녀가 숨을 깊게 들이켜며 매끄럽게 입술을 끌어 올렸다.

"아, 취한다."

정재형에게 저도 모르게 흠뻑 취해 버렸다.

다음날, 전날의 달콤함은 어디로 갔는지 아침부터 둘의 투덕거림이 이어졌다.

"샤워하고 내 옷 입으면 된다니까."

"싫다고요. 너무 커서 바보처럼 보일 거잖아."

"몸에 붙는 거라 그렇게 안 커. 봐봐. 살은 네가 더 많지."

현관문을 열고 나서며 재형이 샤워 후에 그대로 제 옷을 입고 나온 영자에게 핀잔을 주었다. 자신이 욕실 앞에 준비해 둔 옷을 매번 영자가 외면해서 살짝 서운한 기분이 들었다. 잠깐만 입고 있다가 매장 가서 새로 사면 되지 않느냐고 아무리 구슬려도 소용이 없었다.

"으이구. 말도 지독스럽게 안 들어."

"어, 그건 당신이 저한테 할 말은 아니죠."

"아니긴 뭐가 아니야. 네가 말은 더 안 듣거든?"

영자의 다 마르지 않은 머리를 재형이 마구 헝클었다. 재형의 손을 떼내려 버둥거리며 영자가 툴툴거렸다.

"이런 걸 두고 적반하장이라고 하죠."

"뭐야?"

"차가워. 그만 헝클어요."

"내 맘이야."

"에이, 진짜."

재형의 손에서 벗어나려 내빼는 영자를 재형이 순식간에 낚아

채 어깨에 둘러멨다.

"으아아. 이건 반칙이죠."

"그러게 누가 그렇게 크다 말래?"

큭큭거리며 즐겁게 걷던 재형의 걸음이 우뚝 멈췄다. 덩달아 흔들리던 영자의 몸도 움직임을 멈췄다. 1미터 앞. 열린 엘리베이터 안에서 누군가 내렸다. 한 층에 한 집. 웬만해선 이웃과 마주칠 일이 없는 곳이었다. 그런데 재형의 집이 있는 곳에 엘리베이터가 멈추고 사람이 내렸다.

또각또각. 하이힐의 경쾌한 소리가 복도에 울려 퍼졌다.

재형 앞에 우뚝 멈춘 하이힐이 그의 어깨에 매달려 제 쪽을 힘겹게 쳐다보고 있는 영자를 신기하게 바라보았다.

"마녀다!"

탄성에 가까운 말이 미숙의 입에서 흘러나왔다. 미숙의 등장에 당황한 재형이 눈을 깜빡거렸다.

"어머니?"

"그래, 내가 네 어미다."

"여긴 어떻게."

"그러게 내가 여긴 왜 왔을까?"

하이 톤의 듣기 좋은 목소리가 묘한 뉘앙스를 풍겼다. 미숙의 눈은 여전히 영자를 향해 있었다. 그에 재형이 뒤로 한 발 물러서며 경계 태세를 갖췄다.

"어떻게 아셨어요?"

"네 러블리를 아주 즐거워하는 인간이 하나 있지."

"아, 진짜. 김 박사님! 그렇게 입이 싸서 무슨 상담을 한다는 거야!"

김 박사를 곱씹으며 씩씩거리는 재형을 두고 미숙이 영자 앞으로 불쑥 다가서며 손가락을 우아하게 움직였다.

"안녕? 마녀?"

"아, 예. 안녕하세요."

거꾸로 매달린 채 어설픈 인사를 건넨 영자가 히죽 입술을 끌어올려 웃었다. 미숙은 재형의 모친답게 아주 우아하고 고운 미모를 가지고 있었다. 고혹적인 매력이 철철 넘치는 얼굴로 미숙이 영자를 빤히 바라보았다.

"그래서."

미숙이 대뜸 입을 열어 영자와 재형을 번갈아 쳐다보며 물었다.

"섹스는 성공했고?"

순간 둘의 눈이 이게 무슨 소린가 하며 놀라 커졌다. 화끈 달아오른 얼굴을 영자가 두 손으로 감쌌다. 영자를 내려 품에 안고 그녀의 귀를 막으며 재형이 버럭 미숙을 불렀다.

"어머니!"

"아우, 귀청이야."

재형의 고함에도 태연하게 귀를 휘적거린 미숙이 고개를 모로 기울이며 입을 달싹였다.

"왜. 또 실패했어?"

귀를 막았음에도 들린 생뚱맞은 말에 영자가 멀뚱히 재형을 올려봤다. 재형의 얼굴도 온통 붉은빛을 띠고 있었다. 그의 얼굴을 빤히 바라보다 미숙을 돌아보며 영자가 순진하게 말했다.

"잠깐 고민은 했는데."

"뭘?"

자신을 향해 스스럼없이 말을 걸어오는 영자가 귀여워 미숙이 환하게 웃으며 물었다. 미숙과 재형을 한 번씩 돌아보던 영자가 어깨를 으쓱하며 조심스럽게 말했다.

"덮칠까 말까 하고."

"덮치지."

"덮쳐. 그걸 뭘 고민해."

동시에 덮치지 왜 망설였냐 말하는 둘을 가만히 올려보던 영자가 해맑게 웃었다.

"그럴 걸 그랬나요?"

10. 동단지 꽃이 피다

사랑한다고 고백한 게 불과 하루도 지나지 않았다.

서로에 대한 감정에 솔직하고 그걸 표현하는 데 있어 전혀 거리낌이 없는 재형과 영자였다. 하지만 지금 미숙이 하는 말은 접수가 제대로 되지 못하고 있었다. 우아하게 찻잔을 들어 기울이는 미숙을 앞에 두고 재형의 집 거실 소파에 다시 착석한 둘이 서로 얼굴을 마주 보며 눈을 깜빡거렸다. 방금 내 귀에 들린 말이 네 귀에 들렸느냐 묻는 표정이었다.

"따로 준비할 것도 없어. 어차피 저놈 성격상 제집에 아무거나 못 들이게 할 테니까. 다른 건 다 두고 마녀만 들어오면 돼. 마녀가 자기 거라니까 지금처럼 들어와서 편하게 살면 돼."

"어디를요?"

고개를 갸웃하며 조심스럽게 묻는 영자를 곱게 바라보며 미숙이 검지로 제가 앉은 소파를 콕콕 찍었다. 그 검지 끝과 소파를 영자와 재형이 물끄러미 쳐다봤다.

"소파에요?"

"소파에 들어앉아서 뭐 하라고?"

"으이그. 이 집에 들어오란 소리지. 척하면 척해야지. 둘 다 진도가 왜 그렇게 느려?"

눈치가 없어도 너무 없다 핀잔을 주는 미숙을 재형이 어이없게 바라봤다.

"어머니가 진도가 너무 빠른 거죠. 이러다 우주도 뚫고 나가시겠습니다."

"하긴. 우주로 나가야 별이 있지."

"네?"

미숙의 생뚱맞은 별 타령에 재형의 미간이 살짝 찌푸려졌다. 우주에 별이 있는 건 당연지사긴 한데 대화의 주제와는 많이 벗어나 있었다. 우주까지 나가 별을 봐서 뭘 어쩌겠다는 건지. 재형이 눈썹을 휘며 고개를 갸웃하는 사이 미숙이 미소 띤 얼굴을 불쑥 영자에게 내밀었다.

"여기 저녁 뷰가 끝내주는데. 봤어?"

"아니요."

"어머. 왜?"

"네?"

"밤에 뭘 했기에 하늘도 한번 못 봤을까?"

방글방글 의미심장한 미소를 띤 채 미숙이 눈을 반짝였다. 재형의 집에서 밤을 보낸 게 두 번이었던가? 그 두 번 동안 뭘 했던고

하니 잠만 잤다. 손 잡힌 채 끌려와 자고, 술에 취한 재형 침대에 눕혀두고 소파에서 자고. 말 그대로 순전히 잠만 잤다.

"하늘을 안 보여줘서 잠만 잤습니다."

"하늘을 보여줘야 별도 따고 하지. 저놈이 그래서 문제야."

"늘 밤에 오면 커튼이 쳐져 있어서 밖을 볼 생각을 못했네요."

"전자동시스템이거든. 해 떨어지면 자동으로 커튼이 쳐져."

"와우, 진짜요?"

"그래, 봐봐. 저기 커튼 양쪽에 센서 붙어 있는 거 보이지?"

"오! 그러네."

별을 따네 마네. 하늘을 봤네 못 봤네 하는 중요한 대화를 나누는 이 중요한 순간에 커튼에 설치된 전자동시스템을 들먹이는 둘을 미숙이 묘하게 쳐다봤다. 얼굴을 맞대고 한곳을 바라보며 알콩달콩 대화를 나누는 둘의 모습이 무척 보기 좋았다.

오래도록 상상해 왔던 모습이었다.

훌쩍. 미숙이 눈시울을 붉히며 코를 훌쩍였다. 그에 별구경 대신 커튼 구경 삼매경에 빠져 있던 둘이 놀라 미숙을 돌아봤다.

"우세요?"

"왜……."

눈을 언제 꺼냈는지 모를 레이스 손수건으로 콕콕 눌러 닦으며 미숙이 울컥해 말했다.

"너무 좋아서."

"좋아서 울다니요?"

"늘 바라왔던 모습이거든. 저놈 옆에 예쁜 각시 하나 붙어 있는 거 꼭 보고 죽어야지 했는데. 흑."

"각시…… 요?"

각시란 갓 결혼한 여자를 이르는 말로써 보통 신랑이 새 신부를 부를 때 쓰곤 한다. 말인즉, 미숙이 재형의 옆에 붙어 있을 각시로 영자를 찍었다는 것이다.

"그래, 이제 죽어도 한이 없다."

"설마요. 지난달에 주문해 놓은 신상 백도 이달이 출시고, 피부 시술도 아직 열 번이나 더 남았고, 유럽 크루즈 여행도 다음 주에 예약해 놓으셨잖아요. 더 읊어드려요? 그거 다 못하고 어떻게 죽어요. 말도 안 되는 소리지."

재형이 미숙의 일정을 하나하나 들먹이며 절대 그럴 리 없다 고개를 내저었다. 훌쩍이던 것을 딱 멈추고 미숙이 갑자기 호호호 웃기 시작했다. 그에 영자의 눈이 번쩍 커졌다. 이건 또 뭐지?

"어머머, 얘가 이래. 아닌 척하면서 얼마나 세심한지 엄마 일거수일투족을 다 꿰고 있다니까?"

"하하."

"그럴 수밖에요. 어머니가 늘 제 카드로 결제하시니까 모르고 싶어도 모를 수가 없잖아요."

"어쩜. 엄마 용돈 주는 것도 아주 후해서 카드가 한도가 없어요. 오호호호."

조금 오버한다 싶게 너스레를 떨던 미숙이 갑자기 급한 일이 생겼다며 자리에서 일어섰다. 따라 일어선 재형과 영자를 향해 미숙이 그냥 편하게 있으라며 손을 내저었다.

"약속 있는 걸 깜빡했네. 피부과 예약이 2시거든."

"지금 11시도 안 됐는데요?"

"얘는, 그전에 밥도 먹고 차도 마시고 해야지."

"아무렴요. 어련하시려고요."

"아, 이제 홀가분하게 여생을 보낼 수 있겠다. 그럼 마녀, 아니, 우리 재형이 각시는 얼른 정리해서 들어오도록 하고. 아 참, 양가 상견례부터 해야 하는구나. 부모님께 연락부터 드려야지."

다다닥 쏟아내는 미숙의 말을 듣다 재형이 움찔했다. 영자에겐 연락드릴 부모님이 안 계셨다. 무심코 한 말에 영자가 상처를 입을 수도 있었다. 재형이 힐끔 곁에 선 영자의 눈치를 살폈다. 영자의 얼굴엔 여전히 미소가 머물고 있었다. 그녀가 더 환하게 웃으며 입을 달싹였다.

"어릴 때 부모님이 돌아가셔서. 보육원에서 자랐습니다."

숨길 이유가 없었다. 그건 부끄러운 것도, 죄스러운 것도 아니니까. 힘든 시절을 보냈지만 얼마 되지 않는 어린 시절의 추억은 무척 행복했고, 따스했다. 그거면 되었다. 자신은 부모님의 사랑을 충분히 받고 있었다는 증거였으니까.

"그래?"

미숙이 다시 영자에게로 몸을 돌렸다. 가만히 영자를 바라보던 미숙이 천천히 그녀에게 다가섰다. 미숙이 손을 뻗어 자그마한 영자의 머리를 쓰다듬었다. 그리곤 자신의 품으로 영자를 끌어안아 토닥였다.

"그래도 인사는 드려야지. 잠드신 곳 어딘지 알지?"

"……네."

"그래. 날 잡아서 빨리 인사드리러 가자."

"네."

울컥 가슴속에서 따스한 뭔가가 치밀어 올라 눈시울이 붉어졌다. 재형의 품과는 또 다른 포근함이 느껴졌다. 미숙의 품에서 소리 없이 눈물을 흘린 영자가 얼른 손바닥으로 눈물을 쓸어냈다.

"그럼. 나중에 다시 보자."

밝게 손을 흔들며 집을 나서는 미숙을 배웅하고 돌아서던 둘이 거실 입구에 멈춰 서 고개를 갸웃했다. 아직도 콧잔등이 찡해서 코를 훌쩍거린 영자가 눈을 깜빡거렸다. 뭔가 대단히 엄청난 일이 벌어진 것 같은데 그게 뭐였는지 잘 모르겠다.

"아, 옷 사러 가기로 했지."

"그랬나?"

"나가던 길인데 들어와 버렸네. 가자."

"응."

다시 신발을 신고 현관문을 열어 복도를 걸었다. 엘리베이터에 올라 주차장으로 갈 때까지 둘은 연신 고개를 갸웃거렸다. 눈썹을 긁적이던 재형이 영자에게 멀뚱히 물었다.

"아까 어머니가 너더러 뭐랬지?"

"마녀?"

"그거 말고 또 뭐라고……."

둘의 눈에 느낌표가 팍 하고 떠올랐다. 둘이 동시에 외쳤다.

"각시!"

각시의 뜻을 다시 떠올리며 둘이 눈을 동그랗게 떴다. 그리고 잠시 후, 둘의 얼굴에 홍조가 깃들었다. 둘은 아직 진도도 다 못 뺐는데, 결혼은 생각도 못하고 있었는데. 오히려 재형의 어머니가 서두르고 있었다.

"보통은 이럴 때 넌 내 아들 발끝에도 못 미친다. '주제 알고 꺼져!' 하면서 돈 봉투 던지고 그러지 않나?"

"평범한 상류층은 아마 그러겠지."

"응?"

"봤다시피 우리 모친이 좀 유별나거든."

"유별난 자식을 둬서 그런 건 아니고?"

"피차일반이지."

"쿡."

"훗."

긴장할 틈도 없이 웃음이 터져 나왔다. 마주 보며 웃음을 터트리던 재형이 영자의 머리를 쓰다듬으며 나직하게 말했다.

"이렇게 된 거 진짜 결혼까지 해버릴까?"

"이러지 말아요. 나 그렇게 쉬운 여자 아니야."

"그러니까 모셔오지. 아무것도 필요 없이 마녀 하나만 극진히 모셔온다잖아."

"음. 생각은 좀 해보죠."

"뭐야. 튕기는 거야 지금? 천하의 정재형이 청혼을 하는데?"

"너무 빠르잖아. 아무리 LTE 시대라지만. 생각할 시간은 줘야죠."

"흐음. 그럼. 하루 줄게."

선심 쓰듯 말하며 정면으로 돌아서 뒷짐을 지는 재형을 영자가 고작 하루? 하며 쳐다봤다. 더는 못 준다 고집스레 정면을 주시하는 재형을 영자가 빤히 올려봤다. 보면 볼수록 재형의 귓불이 붉게 타올랐다. 영자의 얼굴에 빙그레 미소가 번졌다.

쪽.

영자가 발을 돋워 재형의 목을 끌어안고 그의 볼에 입을 맞췄다. 엉거주춤 옆으로 몸이 기운 재형이 얼떨떨한 표정으로 눈을 깜빡거렸다. 재형을 바라보는 영자의 눈이 반달로 휜 채 반짝반짝 빛났다. 그를 바라보는 재형의 눈 속에 부드러움이 담겼다. 재형의 입가에 사르르 미소가 번졌다.

"시작은 네가 먼저 했어."

"응?"

"오늘 옷 사러 못 가겠다."

야릇하게 입매를 끌어 올린 재형이 영자의 허리를 휘감은 채 그녀를 벽으로 몰아 붙였다. 자신에게 매달린 채 눈을 동그랗게 뜨고 바라보는 영자를 사랑스럽게 바라보며 재형이 고개를 살짝 틀어 기울였다. 그의 입술에 환하고 매력적인 미소가 걸렸다.

"컴백 홈. 오늘 별 제대로 보여줄게."

그가 매력이 철철 넘치는 입술을 영자의 입술에 겹쳤다. 부드럽고 달콤하게 영자의 입술을 취하며 재형이 그녀를 소중하게 감싸 안았다.

미숙이 우주가 어떻고 별이 어떻고 할 때는 모른 척 시치미를 떼더니 그보다 더한 음흉하기 그지없는 별을 보여주겠단다. 키스에 취해 벌어진 입술 사이로 흐트러진 호흡을 내뱉으며 영자가 은밀하게 속삭였다.

"난 별 한두 개로 만족 못하는데."

"어?"

"난 우주쇼 굉장히 좋아하는데."

"우주쇼?"

"별이 우수수 떨어지죠. 수도 없이 많이 엄청 눈부시게. 정신이 아늑해질 만큼 황홀하게."

씨익. 재형의 입술 끝이 위험스럽게 치켜 올라갔다. 그의 붉은 입술이 감미롭게 달싹였다.

"오늘, 이제까지 본 것 중에 가장 화려하고 위대한 우주쇼를 보게 될 거야."

"와우. 벌써부터 심장이 취하는 것 같은데요?"

"뭐가 취해?"

"심장이 정재형한테 취해서 미친 듯이 뛴다구요."

"하하."

엘리베이터가 멈추자 영자를 번쩍 안아 허리에 걸친 채로 재형이 내렸다. 재형의 목을 끌어안고 그의 품에 안긴 영자가 그의 얼굴 곳곳에 입을 맞췄다. 재형의 한쪽 눈이 영자의 입술에 습격을 당했다. 그가 키득거리며 사정하듯 말했다.

"이러다 넘어지겠어. 앞이 보여야 문을 열지."

"아, 쏘리."

고개를 내려 재형의 목에 입술을 쿡 눌러 찍는 영자의 배려 깊은 행동에 재형이 쉽게 문을 열고 들어섰다. 신을 벗고 영자의 신발까지 벗겨 안으로 들어선 재형이 본격적으로 영자의 입술에 키스를 퍼부으며 으르렁거렸다.

"이 먹방은 내가 너보다 더 잘할걸? 각오해."

"에이, 그건 두고 봐야 알 일이죠."

"뭐야. 지금 나 도발하는 거야?"

"도전이라고 해두죠. 누가 누가 잘하나 같은?"

침실 문을 열고 안으로 들어서 사뿐히 영자를 침대에 눕힌 재형이 재킷을 벗어 던지고 셔츠의 단추를 천천히 풀어내며 영자를 직시한 채 의미심장하게 말했다.

"보나 마나 내가 윈이야."

반쯤 단추를 풀어낸 재형이 나머지를 느릿하게 음미하듯 풀며 영자의 곁으로 한 발 한 발 다가섰다. 완전히 가슴을 드러낸 그가 영자의 위로 천천히 몸을 타고 오르며 나직하게 속삭였다.

"기대해도 좋아."

야릇하게 말려 올라간 재형의 입술이 영자의 아랫입술을 빨았다. 입술 사이 단단한 이빨이 영자의 입술을 살짝 깨물었다. 아찔한 통증과 함께 밀려든 묘한 쾌락에 영자가 낮은 신음을 흘렸다. 그에 재형의 얼굴 가득 사랑스런 미소가 번졌다.

정말이다. 사랑이 꽃 피운 뚱딴지는 볼수록 예뻤다.

결국, 다음날이 되어서야 옷을 사러 매장에 들렀다. 매장에 있는 옷들 중 예쁘다 싶은 걸로 골라 직원에게 내밀었다. 수북이 쌓인 옷을 들고 탈의실로 영자와 함께 들어간 직원의 얼굴에 웃음꽃이 피었다.

여러 차례 옷을 갈아입은 영자가 탈의실 문을 열고 나타날 때마다 재형의 얼굴에 의미를 알 수 없는 묘한 표정이 떠올랐다. 급기야 영자가 상체는 지나치게 붙고, 치마는 너풀너풀거리는 섹시 버전의 원피스를 입고 나왔을 때는 팔걸이에 기대 있던 팔이 휘청 미끄러지기까지 했다.

"이쯤 되면 정말 아니다 싶죠?"

재형의 마음을 잘 안다는 듯 영자가 치맛자락을 들어 펄럭이며 눈을 찡긋거렸다. 재형이 어색한 미소를 띠며 이마를 긁적였다. 빙글 한 바퀴 맴을 도는 영자를 바라보며 재형이 가만히 턱을 쓸었다. 확실히 영자의 말이 옳았다.

"이건 미디어의 폐해라고 봐야 해. 능력 있는 남자가 좋아하는 여자 데리고 옷 사러 와서 인형 놀이 한판 거나하게 하고 홀딱 반해서 눈이 반짝반짝하는 걸 너무 많이 보여줬어. 다 그런 줄 알았지. 옷도 옷 나름이고, 사람도 사람 나름이란 걸 이제야 알겠다. 미안."

"그러게 그냥 캐주얼 쪽으로 가자니까."

"역시 여자 말 들어 손해 볼 게 없단 말이 빈 말이 아니었어."

가뿐하게 자리를 털고 일어난 재형이 영자에게 다가가 한 팔로 그녀의 어깨를 감싸 안았다. 계산대를 향해 걸어가며 재형이 영자의 귓가에 속삭였다.

"그냥 가면 살인나겠지?"

"입은 옷만 수십 벌인데. 그렇겠죠?"

"이거 하나만 사서 집에서 입어."

"집에서?"

"벗기기 쉽게 되어 있어."

"으흠."

입은 옷 하나만 계산하고 나온 뒤통수가 꽤 뜨끔했다. 그전 같았으면 대놓고 시리게 쏘아줬을 텐데 지금은 영자에게 온통 신경이 쏠려 그런 것에 연연할 틈이 없었다. 누군가와 함께 공개된 장소에 와서 옷을 고른 것도 처음이었다. 신기했다. 그전엔 그렇게 어렵고 힘들었던 일들이 영자와 함께라면 그 무엇이든 가능했다.

"사람들 사이에 있는 게 이젠 좀 덜 어색하네요."

에스컬레이터를 타고 아래층으로 내려가며 영자가 말했다. 재형이 별거 아니라는 듯 능청스레 어깨를 들썩였다.

"괜찮아. 여기 너만 있다고 생각하면 되니까."

"오, 그런 방법이 있었구나."

"날 보고 괜히 황금 브레인이라고 하는 게 아니야. 위기도 기회로! 이게 내 인생 슬로건이라고."

오랜만에 자아도취의 시간을 가지는 재형의 기분에 맞춰 영자가 엄지를 치켜세웠다. 그에 재형의 턱이 더 거만하게 치켜 올라갔다. 에스컬레이터에서 내릴 때도 재형은 영자를 챙겼다. 기분이 묘했다. 누군가의 보살핌을 받는다는 게 이렇게 기분 좋은 일이란 걸 처음 알았다. 씩씩하게 나아가기. 절대 포기하지 않기. 하루 세 번은 웃고 살기.

늘 마음속으로 되새기는 말이었다. 세상이 아무리 험하고 각박해도 자신은 그런 세상을 향해 적의를 드러내지 말자 다짐하고 또 다짐했었다.

"뭐든 정말 잘 먹어. 같이 있으면 막 뺏어 먹고 싶을 만큼."

휘핑크림이 듬뿍 얹어진 카푸치노를 먹고 있는 영자를 사랑스럽게 바라보며 재형이 말했다. 입술에 묻은 크림을 혀로 핥으며 영자가 히죽 웃었다.

"먹을래요?"

영자가 제가 먹던 잔을 내밀며 장난스럽게 말했다. 재형이 잔을 든 손과 그녀의 반짝이는 눈을 번갈아 바라보다 상체를 기울여 고양이처럼 혀를 날름거려 휘핑크림을 먹었다. 그의 입가에 미소가 번졌다.

"맛있다."

"단거 싫어한다더니."

"엄청 강한 단것에 벌써 중독돼서 이런 건 이제 아무렇지도 않아."

"응? 어떤 거?"

"이런 거."

달콤한 크림의 잔해가 남은 두 입술이 잔을 사이에 두고 겹쳐졌다가 떨어졌다. 뭐지? 하며 커졌던 영자의 눈이 금세 반달 모양으로 휘었다.

"오, 확실하게 단데요?"

"죽여주게 달아. 그렇지?"

"응."

제 몫으로 시킨 레몬 티는 손도 대지 않고 재형은 영자의 카푸치노를 계속 탐했다. 순식간에 반 이상이 비어버렸다. 잔에 꽂혀 있던 빨대를 빼서 쪽쪽 빨아대던 영자가 주머니 속 휴대폰을 꺼내 들었다. 재형이 동호에게서 빼앗아 챙긴 것이었다.

"다시 사자니까."

"구관이 명관이랍니다. 쓸데없는 스팸 받을 일 없고 이게 저한텐 딱이에요."

"누구야?"

"으음."

톡이 들어와 있었다. 전화 통화가 안 되면 톡을 날려야 한다는 걸 누구보다 잘 아는 동호의 톡이었다.

「투덜이 — 너 자꾸 이런 식으로 외박하면 옥상 폭파시켜 버린다!」

외박에 대한 경고치고는 무척 격한 문구를 날렸다. 톡을 보던 영자의 한쪽 눈썹이 치켜 올라갔다.

"반란군이요."

"뭐?"

"집으로 돌아오지 않으면 폭파시키겠다는데요?"

"누구 집을?"

"옥상 마이 하우스를."

발끈해 당장 쫓아가 요절을 낼 듯이 사납게 눈을 빛내던 재형이 잠시 눈동자를 굴리더니 차분하게 카푸치노 잔을 들었다. 집을 폭파한다는데 좀 전보다 더 느긋해진 재형을 영자가 의아하게 쳐다봤다. 그에 재형이 손을 뻗어 영자의 입술에 묻은 크림을 쓸어 제혀로 날름 먹어 치우며 태연하게 말했다.

"그러라 그래."

"응?"

"어차피 더 이상 갈 일도 없는데 폭파를 시키든 말든 무슨 상관이야."

"제 집인데요."

"이젠 우리 집이 네 집이야."

"나 아직 결정 안 했는데."

"야, 자꾸 튕긴다고 그게 막 튕겨지는 게 아니야. 그러다 혹 튕겨 나가면 어쩌려고."

"제가 그렇게 유연하지가 못해서 다행스럽게도 멀리 튕기진 못한답니다."

"그러니까 튕길 생각하지 말고 그냥 와."

타이르듯 말하는 재형을 영자가 물끄러미 바라봤다. 영자의 시선을 느낀 재형이 쳐다보자 영자가 히죽 웃었다.

"신기하네."

"뭐가."

"결혼은 평생 생각도 안 하고 있던 사람이 이젠 그걸 기정사실로 받아들이고 있잖아요."

"음. 그러고 보니 그러네. 희한하네."

공감하며 고개를 끄덕이다 재형이 폰을 꺼내 펜으로 다이어리를 콕콕 눌렀다.

"그날이 언제라고?"

"응? 무슨 날?"

"거기 다 쓰러져 가는 극장 가는 날."

"음. 됐어요. 이젠 가고 싶어도 못 가."

살짝 기운이 빠진 목소리로 영자가 말하자 재형이 시선을 들어 그녀를 가만히 응시했다. 조금은 씁쓸한 듯한 미소가 드물게 영자의 얼굴에 떠올라 있었다. 재형이 고개를 갸웃하며 물었다.

"왜. 나랑 가기 싫어?"

"그런 거 아닌데요."

"그럼 뭐야. 내가 말했지. 다신 거기 혼자 가지 말라고. 길목이 너무 음침해. 위험해."

톡톡 잔을 잡은 손의 손가락이 움직였다. 엷은 미소를 띠며 회상에 잠긴 듯 뭔가를 생각하던 영자가 혼잣소리처럼 중얼거렸다.

"얼마 안 있으면 없어진대요."

"없어져? 왜."

"말 그대로. 그쪽 동네가 좀 음침하잖아요. 오래된 건물도 많고. 주인이 허물고 건물 새로 짓는대요."

"새 건물이면 더 좋지 않나? 청결해지고 밝아지면 음침한 분위기도 사라질 거고."

"그래도 때론 낡은 게 좋은 것도 있어요. 극장이 사라지면 아빠와의 추억도 사라지겠죠. 아마?"

"……."

재형이 말을 잊은 채 가만히 영자를 바라보았다. 조곤조곤 아무렇지 않은 척 말을 이어가는 영자의 얼굴에 아련한 슬픔이 어렸다. 그것을 바라보는 재형의 가슴도 뭉클하게 아려왔다. 재형이 겉으로 마음을 드러내지 못하고 속으로 삼키는 영자를 대신해 지그시 왼쪽 가슴을 눌렀다.

사랑이 감염되는 것처럼 아픔도 전이되나 보다. 사랑은 정말 묘한 힘을 가졌다. 서로 다른 몸과 마음을 마치 하나인 것처럼 만들어 버리니까.

"아프지 마."

"네?"

"너 지금 아프잖아."

"응? 나 멀쩡한데?"

뜬금없는 재형의 말에 영자가 눈을 말똥거리며 히죽 웃었다. 저는 아무렇지 않다 해맑게 웃지만 그 웃음 속에 감춰진 아픔을 재형은 이제 알 수 있었다. 혼자인 것이 외롭지 않은 사람은 없다. 항상 웃지만 아픔이 없는 사람이 없듯이. 두렵고, 외롭고, 슬프고, 아픈. 그 모든 것을 화사한 미소 하나로 퉁 쳐 버리는 저 조그만 뚱딴지가 재형은 너무 안쓰럽고 슬펐다.

"미안."

"이건 또 뭐래? 웬 미안?"

장난스레 그의 말을 받아치던 영자의 얼굴에서 미소가 천천히 지워졌다. 그의 눈에 어린 눈물이 영자의 시선을 붙잡고 놓아주지 않았다. 이 남자 울 줄도 아네? 그것도 다른 사람도 아닌 못난이 돼지감자 때문에.

톡. 또르르. 그의 눈에서 흘러내린 눈물이 볼을 타고 내려와 테이블 위로 떨어졌다. 어린아이처럼 순수한 눈물이었다. 촉촉이 메마른 가슴을 적시는.

영자가 손을 뻗어 그의 눈가에 어린 눈물을 닦아주었다. 재형의 눈이 사르르 감겼다가 떠졌다. 긴 속눈썹 끝에 눈물의 잔해가 매달렸다. 제 볼에 닿은 영자의 손을 잡아 손등과 손바닥에 입을 맞췄다.

"그동안 몰랐던 거 미안해. 앞으론 진심으로 웃을 수 있도록 해줄게. 아파도 웃고, 슬퍼도 웃고. 그것도 좋은데. 이젠 그런 일 없을 거야. 항상 기쁘고 좋은 일만 가득할 거야. 약속해."

유심히 재형을 바라보던 영자가 테이블에 있던 냅킨을 펼쳐 그 앞에 내밀었다.

"괜찮아. 여기 있어."

손수건을 꺼내며 재형이 냅킨을 정중히 사양했다. 영자가 고개를 절레절레 흔들며 더 가까이 냅킨을 밀었다. 그에 재형이 고개를 갸웃하며 물었다.

"눈물 닦으라는 거 아니었어?"

"아닌데요."

"그럼?"

"공증 받아놓으려고요."

"공증?"

"사람 말을 어떻게 믿어요. 서류가 짱이지."

"뭐야?"

"여기 딱 적으세요. 나 정재형은 돼지감자 나영자에게 항상 기쁘고 좋은 일만 만들어주겠다. 그래서 그녀의 아름답고 환한 미소를 고이고이 지켜주도록 노력하겠다."

"이건 또 무슨 뚱딴지같은 소리야?"

재형에게 잡힌 손을 슬쩍 빼내 양손으로 턱을 괴고 살포시 고개를 한쪽으로 기울인 영자가 눈을 깜빡깜빡거렸다. 그녀가 해맑은 미소를 전면에 띠며 입을 달싹였다.

"뚱딴지니까."

"……"

"쓰시죠. 남아일언 중천금."

포켓에서 만년필을 꺼내 뚜껑을 열며 재형이 게슴츠레하게 눈을 떴다. 그가 하얀 냅킨에 영자가 말한 것들을 긁적이며 입을 삐죽이 내밀었다.

"이거 뭔가 휘말린 기분이야."

"이게 바로 뚱딴지 효과랍니다."

"무슨 효과?"

"암울한 분위기도 환하고 상큼 발랄하게 만드는 마법의 효과라고나 할까요?"

재형의 사인이 날인 된 냅킨을 들어 살랑살랑 흔들며 영자가 눈을 찡긋거렸다. 의자에 등을 기대며 눈을 가늘게 뜬 재형이 영자의 얼굴을 얄밉게 흘겼다. 그러다 훗 하고 웃고 말았다. 어쩌면 우는 사람도 웃게 만드는 재주는 재형보다 영자가 훨씬 더 많은 것 같았다.

"확실히 낚인 거지. 이건."

"빙고."

배시시 웃는 영자의 얼굴이 전보다 더 예뻐 보였다. 뚱딴지라서 그런가?

영자를 최 비서에게 넘기며 고이 자신의 집에 데려다 놓으라 협박을 하고 혼자 영자의 집으로 왔다. 이곳으로 오기까지 엄청난 고난과 역경을 딛고 왔다. 옥상에 올라 난간을 잡고 헉헉 거친 숨을 몰아쉬었다. 식은땀을 닦고 호흡을 가다듬은 뒤 등을 곧게 펴고 섰다. 아무렇지 않은 척 옷매무새를 고치고 턱을 거만하게 치켜세웠다.

"자식이 감히 누굴 협박해."

영자의 집에서 희미하게 불빛이 새어 나오는 걸로 봐선 동호라는 자식이 저 안에 있는 것이 분명했다. 재형이 입을 씰룩거리며 영자의 집을 무섭게 노려봤다. 감히 남의 여자 집에 함부로 들어가 점령한 것도 모자라, 폭파를 하니 마니 하는 개념 없는 녀석의 개념을 찾아주리라 재형은 주먹을 불끈 쥐었다.

김 박사가 들었으면 아마 네 개념부터 찾고 남의 개념을 찾아주던 말던 하라며 핀잔을 주었을 것이다. 물론, 자신은 너무 완벽해서 무결점 인간이라고 생각하는 재형에겐 씨알도 안 먹힐 말이었지만 말이다.

"죽었어."

호기롭게 한 발을 내딛던 재형의 몸이 휘청거리며 옆으로 기울었다. 기를 쓰고 온 신경을 소비해 혼자서 이곳으로 오느라 기력을 다 소모해 발에 힘이 빠졌다. 가까스로 평상까지 걸어간 재형이 눈앞에 집을 두고 평상 위에 벌렁 드러누웠다.

"너 조금 있다가 보자."

재형의 이마에 맺힌 식은땀을 옥상 위를 지나던 바람이 식혀주었다. 꼭 영자가 손으로 세심하게 닦아주는 것처럼 기분이 좋았다. 재형이 가슴 위에 다소곳이 두 손을 모아 깍지 꼈다. 두근두근 심장이 영자의 손길을 느낀 것처럼 뛰고 있었다.

"이번엔 인사가 꽤 부드럽네. 다시 마녀의 영역에 들어온 걸 환영한다 이거지?"

싱긋이 입매를 끌어 올린 재형이 가만히 눈을 감았다. 조금만 쉬었다가 다시 투지를 불태우며 적지로 쳐들어가야지. 놈이 적임을 재형은 단박에 알아차렸다. 영자를 바라보는 눈빛과 저를 바라보는 눈빛이 무척 상반됐다. 똑같은 흘김인데 영자에겐 제 마음을 몰라줘서 미워 죽겠다였고, 재형에겐 정말 살의를 담은 죽여 버리겠다였다.

"너 이 자식. 딱 거기서 기다려. 내가 너 완전히 곤죽을 만들어 버리겠어."

혼잣소리를 중얼거리던 재형의 목소리가 점점 잠잠해졌다. 어느새 곤한 잠에 빠져 버린 재형 곁을 부드러운 바람이 맴돌았다. 귀한 몸이라 절대 아무 곳에나 앉지도 눕지도 못한다던 재형이 허름한 평상 위에 누워 곤한 잠에 빠져들었다. 이것 또한 마녀의 영역 안이었기에 가능한 일이 아니었을까.

주인 없는 집에 덩그러니 혼자 앉아 팔짱을 낀 채 꿍해 있던 동호가 벌떡 자리에서 일어섰다. 아무래도 영자는 오늘도 집에 들어오지 않을 모양이었다. 동호의 눈에 쌍심지가 켜졌다.

콧김을 쌩쌩 내뿜으며 동호가 입을 씰룩거렸다.

"여자가 겁도 없이 외박이나 하고. 그거 진짜 지가 남잔 줄 아는 거 아냐?"

만날 입에 붙은 우리는 형제란 말이 씨가 된 것 아닌가 쓸데없는 생각을 하며 몇 발 되지 않는 주방으로 걸어가 싱크대를 뒤졌다. 호철에게 조퇴를 선언하고 쏜살같이 달려와 영자가 있나 없나 확인하느라 저녁을 제대로 챙겨 먹지 못했다.

혼자 사는 게 영 신경이 쓰여 문단속을 철저히 하라고 그렇게 일렀건만 여전히 자물쇠도 제대로 채우지 않고 다녔다. 아무리 가져갈 게 없다고 해도 그렇지. 문도 안 잠그고 다니는 사람이 어디 있냐며 영자를 곱씹었다. 벌컥 문을 열고 들어서니 적막이 동호를 맞이했다. 영자가 없는 집은 이상하게 사람이 살았던 집 같지 않

은 삭막한 사막 같은 분위기를 자아냈다. 그래서 영자가 없을 때
는 오기 싫었다. 그녀가 있어야 집도 살아 있는 듯 생기가 돌았다.
살림은 소박해 가져갈 게 없다 해도 자기 몸은 지키고 살아야 하
지 않느냐 말이다. 이렇게 허술하게 문단속을 하는 걸 알면 나쁜
놈들이 그냥 두겠느냐고 그렇게 누누이 말했건만 늘 소귀에 경 읽
기였다.

"도대체가 지가 여자라는 자각이 없어요. 자각이."

시곗바늘이 9시를 가리키고 있었다. 그 말은 동호가 영자의 집
으로 쳐들어와 점령한 지 벌써 다섯 시간이 넘어서고 있음을 의미
했다. 꼬르륵거리는 배를 붙들고 먹을 것을 찾는 하이에나처럼 이
곳저곳을 뒤적였지만 라면 하나 나오지 않았다.

"뭐야 이건. 수돗물 마시고 배 채우던 게 언젠데 아직도 이러고
살아."

구시렁거리며 마지막 서랍을 열었던 동호가 신경질을 내며 쾅
소리가 나게 닫았다. 짜증이 치밀었다. 항상 이런 식이다. 저를 위
한 음식은 제대로 챙겨놓질 않는다. 보육원 시절에도 그랬다. 애
들은 많고 먹을 건 적고 가끔 들어오는 후원금을 쪼개고 쪼개 쓰
느라 보육원은 늘 가난에 허덕였다. 그렇다고 보육원 원장님이 나
쁜 사람은 아니었다. 자신이 할 수 있는 한 온 힘을 다해 아이들을
보살폈다. 그래서 아이들은 참고 견뎠다. 배가 고파도 아파도 모
두 이겨내려 애썼다. 영자는 그에 도가 튼 아이처럼 행동했다. 제
몫의 음식도 나누고 먹은 것도 없이 온갖 잡일은 다 도맡아하고.
아픈 아이가 있으면 밤을 꼬박 새우며 돌봤다. 그 보살핌 속에 큰
아이가 동호였다. 그래서 아직도 이렇게 사는 영자를 보면 가슴이

아리고 화가 났다.

　자신이 도움이 되지 못한다는 것에서 오는 비참함이 자꾸만 삐뚠 행동과 말투로 나와 그것도 속상했다.

　"에이 씨. 속상하게."

　이럴 줄 알았으면 가게에서 뭐라도 먹을 만한 걸 들고 올 걸 그랬다. 텅 빈 냉장고를 채워둘 만한 것으로.

　"먹방의 신은 무슨. 그게 다 못 먹어서 그런 거지. 먹을 수 있을 때 많이 먹어두려고."

　발로 싱크대를 뻥 차다가 삐끗해 깨금발을 뛰었다. 맨발인 걸 깜빡했다. 눈물이 찔끔 나려는 걸 참고 신발을 꿰찼다. 언제 들어올지 모를 영자를 무작정 기다리느니 가게에 가서 먹을거리를 들고 오는 것이 더 나을 것 같았다.

　문을 열고 나선 동호가 그대로 우뚝 멈췄다. 우려가 현실로 나타났다. 웬 낯선 침입자가 기막히게도 옥상의 평상을 점령하고 누워 있었다. 주변에 상가가 많고 건물 안에도 노래방이며 당구장 같은 것이 있었다. 그런 점을 감안했을 때 취객이 잘못 올라온 것일 수도 있었다.

　조심조심 남자를 향해 걸어가던 동호의 걸음이 삐딱해졌다. 단 한 번 본 것으로 뇌리에 팍팍 새겨진 인물이었다. 천하태평으로 남의 집 평상에서 잠든 재형의 모습을 시리게 내려 보며 동호가 기막힌 듯 헛웃음을 터트렸다.

　"뭐냐. 이 어이없는 인간은?"

　오라는 영자는 안 오고 재수 없는 놈이 대신 나타나 잠을 자고 있었다. 지금 잠이 와? 동호가 발끝으로 툭툭 재형의 긴 다리를 건드렸다. 확 걷어차고 싶었지만 영자가 걸려 참았다.

"어이, 이봐."

"으음……."

재형이 낮은 신음을 흘리며 몸을 뒤척였다. 귀찮은 듯 반대편으로 돌아눕는 재형의 모습에 동호가 콧방귀를 뀌었다.

"이 자식이 진짜. 여기가 무슨 자기 집 안방인 줄 아나."

동호의 발길질이 더 사나워졌다. 영자고 뭐고 지금은 불뚝 성질이 나서 참고 볼 수가 없었다. 영자도 자기 여자라고 우겨대더니 여기도 마치 자기 집이라 말하는 것 같아 기분이 나빴다.

"야. 야."

"뭐야……."

재형이 인상을 찡그리며 실눈을 떴다. 눈꺼풀이 무거운 듯 제대로 뜨지 못한 채 주변을 두리번거리던 그가 동호를 발견하고 동작을 멈췄다. 떠지지 않는 눈을 비벼 억지로 눈꺼풀을 들어 올린 재형이 냅다 동호의 다리를 걷어찼다.

"아! 이 씨! 뭐야!"

정강이를 붙잡고 펄쩍펄쩍 뛰며 동호가 버럭 소리를 질렀다. 그런 동호를 무섭게 쏘아보며 재형이 옷 속에서 소독제를 꺼내 사방에 뿌려댔다.

"세균 덩어리가 감히 누굴 건드려."

"뭔 헛소리야!"

소독제의 싸한 냄새에 콧잔등을 찡그리며 동호가 털썩 평상에 주저앉았다. 재형이 그런 동호에게 또다시 소독제를 뿌렸다. 동호가 손을 휘저으며 신경질을 냈다.

"대체 뭘 뿌리는 거야?"

"소독제."

"뭐?"

"99% 살균 능력을 갖춘 소독제지."

"그걸 왜 사람한테 뿌려?"

"사람이 가장 무서운 세균 덩어리니까."

"하아. 뭐 이런."

"됐고. 그래서 여길 뭐 어떻게 폭파를 시키겠다는 거야?"

재형이 소독제를 다시 품에 넣으며 말했다. 동호가 눈에 한껏 힘을 주며 재형을 사납게 쏘아보았다. 분명히 영자에게 보낸 톡 내용이었다. 그걸 재형이 알고 있다는 건 영자가 재형과 함께 있었다는 말이다.

빠직. 동호의 이마에 힘줄이 돋았다.

"기름 붓고 불붙일 거다. 왜!"

"그건 방화지 폭파는 아니지."

"그럼 가스 틀어놓고 불붙이면 되지!"

"그럼 여기만 날아가는 게 아니잖아."

"다이너마이트 터트릴 거야."

"어디서 구할 건데."

"사제…… 폭탄……."

"제조법 알아?"

"……뭐야, 당신."

흥분해 버럭거린 것이 무색하게 태연히 조목조목 걸고넘어지며 그건 별로 좋은 방법이 아니라고 말하는 재형을 동호가 멍하니 쳐다보았다. 처음 봤을 때도 뭔가 이상한 놈이라고 생각은 했지만 지금 보니 확실히 정신이 온전한 놈은 아닌 것 같았다.

쌍심지를 켜고 적의를 가득 담아 노려보던 것과는 사뭇 다른 눈빛으로 동호가 멍하니 재형을 바라봤다. 그에 사방하게 앞머리를 뒤로 쓸어 넘긴 재형이 느긋하게 팔짱을 끼고 한껏 내리깐 눈으로 동호를 직시했다.

"뭘 것 같아?"

"또라이?"

퍽! 말이 끝남과 동시에 동호의 뒤통수로 재형의 일격이 가해졌다. 앞으로 쏠린 머리를 번쩍 들어 올린 동호가 씩씩거리며 재형을 무섭게 노려봤다. 그 눈빛을 깔끔히 무시하며 재형이 자리에서 천천히 일어나 동호 앞에 우아하게 버티고 섰다. 그리고는 고혹적인 자태로 팔을 뻗어 별이 반짝이는 하늘을 손끝으로 가리켰다.

"나로 말할 것 같으면 저 우주를 지배하는 능력자께서 온갖 심혈을 기울여 완성한 위대한 창조물이란 말이지."

간단명료하게 자신에 대해 설명을 늘어놓은 재형이 거만한 눈빛으로 동호를 내려 보며 눈썹을 들썩였다. 어때, 나 좀 대단해 보이지? 이상한 눈빛으로 저를 쳐다보는 재형을 꺼림칙하게 올려보며 인상을 구겼다.

"맞네. 또라이."

또 한 번 자신을 격하해 말하는 동호를 마뜩잖게 쏘아보며 재형이 입을 이죽거렸다.

"하찮은 인간의 눈으로 어찌 신들의 심오함을 알아볼 수 있겠어."

저는 마치 인간이 아닌 것처럼 말하며 재형이 재킷 안주머니에서 명함 케이스를 꺼냈다. 케이스를 열어 손끝으로 명함을 집어 동호의 면전에 내밀었다. 재형을 힐끔 쳐다보며 동호가 손을 뻗자 그 손등에 명함을 툭 떨어트렸다. 단번에 동호의 코와 입이 씰룩거렸다.

동호가 뭐라 쏘아붙이려 입을 열려는 찰나 재형이 검지를 들어 척척 흔들었다.

"기분 나빠 하지 마. 내가 원래 신체적 접촉을 무척 싫어하거든."

"그렇다고 명함을 그딴 식으로 줘? 기분 나빠. 그것도 엄청 나쁘다고!"

"뭐야. 너 설마 나 만지고 싶었던 거야?"

"누가 그렇데."

"그럼 됐지. 뭐가 문제야."

말을 하면 할수록 이상하게 말려드는 느낌이었다. 차라리 상대를 말자 신경질적으로 명함을 잡아 구기던 동호의 눈이 움찔했다. 동호가 다시 손을 펼쳐 구겨진 명함을 살폈다. 익숙한 회사명이 적혀 있었다. 뭐야, 사내 커플이었어?

비록 영자가 아르바이트였긴 했지만 같은 회사에서 일하니 사내 커플이라고 할 수 있지 생각했다. 회사명 아래 직위가 적힌 부분을 심드렁하게 보던 동호의 눈이 커졌다. 번쩍 두 눈을 부릅뜬 동호가 재형과 명함을 번갈아 쳐다봤다.

"대표이사 정재형?"

"님 자를 붙여야지."

"하아. 이게 말이 돼?"

"왜 말이 안 돼. 이 정도 비주얼과 브레인이면 그 정돈 돼야지."

"영자가 대표이사랑 사귄다는 게 말이 되냐고."

"아, 하나 정정하지."

정정이란 말에 동호가 그럼 그렇지 하는 눈으로 재형을 올려봤다. 동호는 명함이 잘못됐거나 둘의 관계가 잘못됐거나 둘 중의 하나라고 생각했다. 재형의 입매가 매끄럽게 말려 올라갔다. 도심의 화려한 네온사인을 조명 삼아 선 재형의 모습이 그의 말처럼 무척 우월하고 위대해 보였다. 그가 매혹적인 붉은 입술을 달싹였다.

"우린 곧 결혼할 거야."

"……뭐?"

동호는 제 귀를 의심했다. 분명 뭔가를 잘못 들었다고 생각했다.

"영어로는 웨딩, 일어로는 게콩, 프랑스어로 마리야지, 스페인어로 마트리모니오, 라고 하지. 더 읊어줘?"

"말이 안 되잖아."

"뭘 죄다 말이 안 된데. 제대로 못 알아듣는 네 귀가 문제야. 말이 문제가 아니라."

"영자랑 만난 게 언젠데."

"만난 건 두세 달 전이고. 좋아하게 된 건 그보다 뒤라고 할 수 있지."

너무나 자신만만하게 말하는 재형을 동호가 뭐 이런 게 다 있나 하는 눈으로 쳐다봤다. 영자를 안 세월로 따지자면 자신이 단연

위였다. 자그마치 15년이었다. 그 긴 세월을 영자만 바라보고 살아왔다 그런데 난데없이 두 달 전에 만났다는 놈이 영자와 결혼을 한단다. 사랑이 그렇게 훅 하고 갑자기 생겨나는 거냔 말이다. 놈이 말도 안 되는 헛소리를 지껄이고 있었다.

"장난치지 마."

"장난일까?"

"내가 더 오래 좋아했어."

"으음. 사랑을 시간으로 따지면 안 되지. 알아? 사랑엔 시간도 공간도 그 무엇도 제약이 될 수 없어. '얼마나'가 중요한 게 아니라. '어떻게'가 중요한 거야, 애송이."

"이 씨……."

반박하고 싶은데 그럴 수가 없다. 재형은 모든 면에서 자신보다 월등히 우월했다. 하지만 이렇게 쉽게 포기할 순 없었다.

"흥. 과연 당신 같은 사람의 부모님이 영자를 좋다고 받아들이실까?"

비장의 카드를 꺼내 들 듯 이건 어찌할 수 없을 거다 자신감을 드러내며 득의양양하게 말하는 동호를 향해 재형이 싱긋이 미소를 지어 보였다. 그 미소가 동호를 불안하게 했다.

"나보다 우리 어머님이 영자를 더 원하고 계셔. 하루라도 빨리 몸만 들어오라고 난리시거든."

"돈 거 아냐? 대체 영자 뭘 보고?"

"그러니까. 네가 애송이란 거야."

"뭐!"

"영자니까 가능한 거지. 그녀는 모두가 사랑할 수밖에 없는 무한 매력덩어리니까."

동호의 입이 꾹 다물어졌다. 말을 하면 할수록 자신이 더 비참해짐을 느꼈다. 잘근 입술을 깨문 동호가 울컥한 목소리로 낮게 중얼거렸다.

"이게 무슨 자다가 봉창 두드리는 소리냐고. 결혼이라니. 미친."

"기분 같아선 둘둘 말아 한강에 집어 던지고 싶지만, 우리 뚱딴지가 그래도 엄청 아끼는 동생이라니까. 기회를 주지."

선심 쓰듯 말하는 재형을 동호가 잔뜩 날이 선 눈초리로 쳐다봤다. 그런 동호의 머리를 손가락 끝으로 톡 건드리자, 동호가 거칠게 반항하며 미친 듯이 머리를 흔들었다. 길이 안 든 강아지처럼 앙앙거리는 게 무척 재밌었다. 이래서 영자가 이놈을 곁에 둔 건가?

"얌전히 동생의 본분을 지키면 처남 자리 하나는 내주지."

"됐거든."

"반항하면 얄짤 없어."

"하아. 웃기고 있네."

"절대로 영자 안 보여줄 거야."

"……"

이미 승기는 재형이 쥐고 있었다. 불퉁하게 재형을 바라보고 있던 동호가 콧김을 내뿜으며 빠득빠득 이를 갈았다. 그러면서도 뭐라 반항의 말을 내뱉지는 않았다. 재형이 다시 손끝으로 톡톡 동호의 머리를 두드렸다.

"좋아, 못난이 처남. 우리의 새로운 관계 성립을 축하하는 의미에서 이 집은 네게 주지. 폭파시키지 말고 얌전히 가지고 있어. 그래도 내 마누라한텐 단 하나뿐인 친정이니까."

"쳇. 잘난 척은."

"당연하지. 잘났으니까."

삐죽이 입을 내밀며 불만을 드러내긴 했지만 싫다고 하진 않는다. 졌다. 영자의 단 하나뿐인 친정이란 말에 동호의 마음이 울컥했다. 언제든 와서 마음 편히 쉴 수 있는 친정이 여자들에겐 꼭 필요하단 말을 동호도 어디선가 들었던 것 같다. 생긴 것 같지 않게 배려심이 남다른 재형이 조금 아주 조금 동호의 마음을 비집고 들어왔다.

재형이 재미가 들린 듯 손끝으로 톡톡 동호의 머리를 두드리며 말했다.

"자, 매형 해봐, 매형."

"아 씨. 그만해. 간지럽다고."

투덜거리면서도 재형의 손을 쳐내지는 않는다. 어렴풋이 느낄 수 있었다. 이것이 재형이 할 수 있는 최고의 호감 표시라는걸.

"접촉도 싫다는 사람이 결혼은 어떻게 한데."

"그러니까 사랑이 위대한 거지. 섹스가 가능한 유일한 존재를 만들어주니까."

"야!"

섹스란 말에 눈이 뒤집힌 동호가 벌떡 일어나 재형의 멱살을 붙잡았다. 불같이 달려드는 동호의 머리를 밀어내며 재형이 그가 할 수 있는 최고의 협박을 했다.

"너 이거 영자한테 이른다."

"아우. 진짜!"

어쩌지 못하고 재형을 밀쳐 내며 멱살을 놓은 동호가 엄한 평상을 걷어차다 비명을 지르며 바닥에 주저앉았다. 동호가 아픈 발을 붙잡고 어린아이처럼 울음을 터트렸다.

"아이 씨. 아파 뒤지겠네. 젠장."

아픈 게 마음인지. 발인지 한번 터진 동호의 울분은 쉽게 사그라지지 않았다.

지시사항이 있다는 인터폰에 재형의 집무실로 들어와 메모 준비를 하던 최 비서의 눈이 방금 재형이 한 말에 덧없이 깜빡거렸다.

"한 번만 더 말씀해 주시겠습니까?"

귀를 휘적거린 최 비서가 재차 물었다. 제가 뭔가를 잘못 들었다고 생각했다. 멍하니 자신을 바라보며 다시 한 번을 말하는 최 비서를 못마땅하게 쏘아보며 재형이 방금 했던 말을 그대로 읊었다.

"일주일 뒤에 결혼할 거니까. 식장이랑 하객이랑 신혼 여행지 다 알아보고 가능한 빨리 처리하라고."

"뭘 하신다고요?"

"결혼. 영어로 웨딩, 일어로 게콩, 스페인어로……. 내가 이걸 대체 몇 번을 말해야 돼. 왜 다들 한 번 말하면 제대로 알아듣지를 못하냐고."

이빨을 꽉 깨문 채 잇소리를 내며 매섭게 노려보는 재형을 좀 전보다 더 넋 빠진 얼굴로 바라보며 최 비서가 마른침을 꿀꺽 삼켰다. 듣기는 했지만 믿기는 어려운 말이었다. 여태 그토록 많은 선을 보고도 자신의 인생에서 결혼이란 건 절대 없다 선언했던 재형이었다.

물론, 영자와 아주 돈독한 관계를 유지하며 JU홈쇼핑 내에 전례에 없던 닭살을 생성 중이긴 했지만 그게 어느 날 불쑥 결혼이란 결과물로 나타날 줄은 몰랐다. 그것도 영자가 이상한 아르바이트를 시작한 지 불과 5일 만에 이런 일이 일어나리라곤 상상도 하지 못했다. 약속한 일주일을 다 채우지도 않았는데 난데없이 결혼을 하겠다니. 그걸 누가 선뜻 믿을 수 있겠느냔 말이다.

"외람된 질문입니다만. 누구랑?"

"외람된 걸 알면 묻지 마."

"그래도 혹시 실수라도 할까 봐."

"뚱딴지다, 왜."

"네? 누구시라고요?"

최 비서의 눈이 동그래졌다. 뚱딴지는 처음 듣는 말이었다. 나영자가 아닌 전혀 예상 밖의 인물이었다. 꿀꺽. 꿀꺽. 연신 마른침을 삼키며 눈을 깜빡이는 최 비서를 재형이 한심하게 쳐다봤다.

"저래서 무슨 비서를 한다고. 뚱딴지가 무슨 꽃인 줄 몰라?"

"꽃이요?"

"그래. 꽃이다. 아주 앙증맞고 귀여운 꽃."

"뚱딴지는 돼지감자의…… 어라."

말을 하다 문득 그 의미를 깨달은 최 비서의 얼굴에 미소가 서서히 번졌다.

"나영자 씨와 하십니까?"

"그럼 내가 누구랑 해."

"아, 아닙니다. 그러니까. 결혼 날짜가……. 일주일 뒤…… 맞습니까?"

좋아 웃던 것도 잠시 최 비서의 얼굴에 난처함이 깃들었다. 재형의 사회적 지위상 하객으로 오는 사람들의 수는 상당할 것으로 예상된다. 그 많은 인원을 다 수용할 정도의 럭셔리하고 청결한 곳이 과연 있을까 미리부터 걱정이 앞섰다. 게다가…….

"감당이 되시겠습니까? 하객 수가 만만치 않을 텐데."

"만만해."

"네?"

"영자 쪽 세 명. 우리 쪽…… 세 명."

둘이라 말하려다 말고 최 비서를 힐끔 쳐다본 재형이 한 명을 더 추가했다.

"총 일곱이란 말씀입니까?"

"간단명료하게 초스피드로 할 수 있도록 해. 결혼식 자체가 중요한 건 아니니까."

"아, 네."

하긴. 많이 나아지긴 했지만 타인과의 접촉에 상당한 거부감을 느끼는 재형이 사옥 외의 장소에서 수많은 사람들과 오랜 시간을 피곤한 상태로 지낸다는 건 현실성이 없었다. 이미 알바를 핑계로 영자는 재형의 집에 눌러 살다시피 하고 있는 상태였다. 재형의 말대로 결혼식이 중요한 건 아니었다. 정식 부부가 된다는 게 중요하지.

"아담하고 간단하게 준비하겠습니다."

"오케이."

모든 복잡한 문제는 죄다 최 비서에게 떠넘기고 재형은 홀가분한 기분으로 집무실을 나섰다. 혼자 방송 모니터를 위해 스튜디오로 내려간 영자를 찾아 엘리베이터에 올랐다. 엘리베이터 안에 영자의 체취가 남아 있었다.

"달콤해."

재형만 이용하던 터라 알싸한 소독제 냄새만 나던 곳이었다. 사탕 냄새 같기도 하고 아이스크림 냄새 같기도 한 달콤한 냄새가 재형의 콧속으로 스며들었다. 재형이 기분 좋은 미소를 달고 엘리베이터에서 내리자 그를 발견한 직원들이 반갑게 인사를 건넸다.

언제는 눈이 마주칠까 늘 재형의 시선을 피해 요리조리 숨어 다니는 직원들이 얼마 전부터 그를 보면 미소를 띠며 인사를 하기 시작했다. 그에 재형도 조금 어설프지만 손을 들어 인사를 대신했다.

"이것도 뚱딴지 효관가?"

직원들의 인사를 받으며 제3스튜디오로 들어선 재형이 최선주 MD와 나란히 서서 방송을 보고 있는 영자를 발견하고 환하게 웃으며 다가섰다. 그가 온 걸 모르는 영자가 최선주 MD의 귀에 뭐라고 속닥거리며 심각하게 말을 주고받았다.

오늘의 식품은 영자가 마지막으로 참여해 완판 최고 기록을 갱신했던 간장게장이었다. 먹기가 성가신 음식인 만큼 시식 아르바이트들이 고전을 면치 못하고 있었다. 그를 보고 영자가 이런저런 소스를 제공하며 좀 더 쉽고 맛있게 먹는 요령을 알려주고 있었다.

"저건 이빨로 부수기 힘드니까 미리 먹기 좋게 살짝 가위집을 내줘."

"안 그래도 부수고 뜯다가 다 튀어서 사람들이 힘들어하긴 하더라."

"방송 전엔 꼭 우유라도 조금 섭취하고 오라고 하고."

"공복이 더 낫지 않아? 그래야 배가 고파서 더 많이 먹지."

"방송 헛했네. 많이가 아니라 맛있게가 중요한 거지. 속이 쓰리면 부담돼서 오히려 먹기가 힘들어. 그럼 자기도 모르게 조금 꺼려하게 되고. 먹는 속도도 느려지고 표현력도 떨어지게 돼."

"음. 일리 있어. 오케이 접수완료."

고개를 끄덕이며 오케이 사인을 보내는 최선주 MD의 눈에 곱디고운 손 하나가 불쑥 들어왔다. 이 손이 뉘 손인가 파악할 틈도 없이 재형이 그 손으로 영자의 어깨를 감싸 제 쪽으로 끌어당겼다.

"이봐, 최 MD. 요즘 우리 뚱딴지를 너무 격하게 부려먹는 거 같아."

"언제는 돼지감자라고 구박하더니. 언제 뚱딴지로 승격했답니까?"

"내가 마녀를 사랑하게 되면서부터."

"으흠. 참 별칭이 다양도 하지. 돼지감자였다가, 마녀였다가 이젠 뚱딴지라. 대표님 마음의 변화를 고스란히 담은 별칭인 듯싶습니다."

"사수가 누구야? 김 대리지? 말발로 몰아치는 거 봐선 딱 김 대리 삘이야."

"오! 단번에 알아채시네요."

"졸따구는 벌써 MD인데. 자기는 아직도 대리라니. 말발만큼

열정적으로 일했으면 벌써 국장도 달았겠다."

"입은 살았는데. 그놈의 스트레스가 사람을 많이 지치게 합지요."

"사수라고 편들기는."

"이게 바로 직장인의 돈독한 우정 아니겠습니까?"

능청스런 최선주 MD의 말에 재형이 짧게 혀를 찼다. 그 친구에 그 친구란 말은 쏙 뺐다. 영자는 아무리 쫑알거려도 귀찮다거나 피곤하지 않으니까. 저 말발과는 완전히 격이 다르다.

"됐고. 이제 그만 반환해. 더 못 빌려줘."

"안 그래도 그러려고 했습니다. 어쩐지 오래 참고 계신다 했다니까요."

"너 자꾸 그러면 하객 명단에서 확 빼버린다."

"이런. 어쩝니까? 전 이쪽 하객인데."

이미 영자에게 전해 들어 결혼에 대해 알고 있던 최선주 MD가 얄밉게 웃으며 영자의 한쪽 팔에 팔짱을 꼈다. 무척 충격적이고 서프라이즈한 일이었지만 축하는 해줬다. 안 어울리는 듯 묘하게 어울리는 둘이었다. 가만히 생각해 보면 이보다 더 잘 맞아떨어지는 짝이 없었다.

"어딜 잡아!"

영자를 덥석 안아 들고 저만치 멀어진 재형이 최선주 MD를 사납게 흘겼다. 제 것에 왜 함부로 손을 대느냐 화를 내고 있었다. 잡을 곳을 잃은 채 허공에 떠 있는 팔을 내리며 최선주 MD가 입맛을 다셨다. 알고 보니 재형은 지독한 소유욕을 가진 남자였다. 제 몸에 손을 대는 것을 극도로 싫어하던 것이 이제는 영자의 몸에 손을 대면 치를 떠는 것으로 바뀌었다.

"죄송합니다. 버릇이 돼서 그만."

눈치 백단 최선주 MD가 알아서 한발 물러섰다. 거센 콧방귀를 남기고 영자와 함께 멀어져 가는 재형을 최선주 MD가 씁쓸하게 바라봤다.

"사랑이 꼭 좋은 쪽으로 사람을 변하게 하는 건 아닌가 봐."

최선주 MD의 독백을 뒤로한 채 로비를 지나 정문으로 나온 재형이 영자의 손을 잡고 미리 대기 중이던 자신의 차로 걸어갔다. 너무 과다하게 업무를 맡겼다고 최 비서를 두둔하는 영자의 말에 재형이 큰마음 먹고 기사를 따로 두었다.

둘이 뒷좌석에 오르자 새로 온 이 기사가 고개를 숙여 인사를 건네곤 천천히 차를 출발시켰다. 이 기사는 누구와 달리 필요한 말 외엔 절대 남발하지 않는 묵직한 입을 가지고 있었다. 재형이 갈 곳을 미리 일러두었던지 이 기사는 아무런 질문 없이 차를 목적지로 몰았다.

"어라? 여긴."

삼류극장 근처의 대로변에 차가 멈춰 서자 영자가 고개를 갸웃했다.

"내리자."

먼저 차 문을 열고 내린 재형이 영자가 내리기 쉽게 손을 잡아 주었다. 재형이 이끄는 대로 극장 앞으로 간 영자의 얼굴에 묘한 미소가 머물렀다. 좋은데 자꾸 보면 마음이 아플 것 같아 딱 일 년에 한 번만 오는 곳이었다. 하지만 그것도 올해로 끝이었다. 이곳이 허물어지고 나면 다시는 오지 못할지도 몰랐다. 자신이 알던 곳이 아닌 곳으로 변해 버리면 가슴만 더 아플 것 같았다.

"내가 요즘 이상한 취미가 생겼는데 말이야."

생각에 잠긴 영자의 곁에 바짝 붙어서며 재형이 툭 던지듯 말했다. 영자가 고개를 돌려 바라보자 재형이 마주 시선을 맞췄다.

"고건물 수집."

"고건물 수집이요? 그게 뭐지?"

"이를 테면 눈앞에 있는 낡고 오래된 건물을 사들여서 내 걸로 만든다는 거지."

영자의 고개가 갸우뚱 모로 기울었다. 재형이 하는 말을 선뜻 알아듣지 못한 눈치다. 재형이 지그시 영자의 얼굴을 바라보며 미소를 띠었다. 그에 점점 영자의 눈이 동그랗게 커졌다.

"뭘 사요?"

"내 컬렉션 NO.1이야."

재형이 고갯짓으로 극장을 가리키며 말했다. 영자가 멍한 눈으로 낡고 오래돼 흉물처럼 보이는 극장을 돌아봤다. 다시는 볼 수 없을 거라 생각했던 극장이 그대로 남아 있을 거라는 재형의 말에 가슴이 뭉클거렸다.

재형이 영자를 뒤에서 끌어안고 그녀의 귓가에 조곤조곤 속삭였다.

"우연히 1990년대 여기 극장 사진을 구했거든? 그래서 그때 모습으로 깨끗하게 복원하려고. 뭐 낡은 채로 세월의 흐름을 느끼게 두는 것도 좋겠지만 외관이 꼭 폐허 같잖아. 그땐 아주 그럴싸했던데. 여섯 살 꼬마 숙녀에겐 완전 좋아 보였을 것 같아."

"……아."

"감격해도 눈물은 안 돼. 그럼 내가 곤란해져. 절대 우는 일 만들지 않겠다고 했는데 어기면 곤란하지."

"기뻐서 우는 건 패스. 봐줄게요."

"너그럽기도 하셔라. 그래도 울지 마. 뚱딴지는 웃는 게 제일 예쁘니까."

재형이 영자의 귓가에 감미롭게 속삭이며 입을 쪽 맞췄다. 제품에 쏙 들어오는 영자를 안고 흔들흔들 기분 좋게 몸을 이리저리 흔들며 재형이 말을 이었다.

"앞으로는 자주자주 오자. 아버님 추억 위에 우리 추억도 차곡차곡 쌓아서 올 때마다 좋은 곳으로 만들자."

"응."

"나중에 우리 애들도 데려와서 외할아버지 얘기, 우리들 얘기 모두 모두 들려주자."

"응. 그래요. 추억 많이 많이 만들어요."

"완전 횡재했다 싶지. 세상에 이런 남자가 어디 있냐? 사랑하는 여자 위해서 건물도 딱 사주고. 진짜 땡잡았지?"

"그러게 재수 옴 붙었다 생각했는데 횡재네요."

"뭐? 재수 오옴?"

"첫 이미지가 그랬다는 말이죠. 그냥 넘어가요."

"야, 이게 그냥 넘어갈 일이야? 천하의 정재형을 재수 옴이라고 부르는데?"

"와아. 몰랐는데 뒤끝도 상당히 기네요?"

영자가 고개를 젖혀 재형을 말똥말똥 올려다보며 싱긋이 웃었다. 재형의 미간에 잡힌 주름이 꿈틀거렸다. 손을 뻗어 미간을 쓱

쓱 문질러 편 영자가 양손으로 재형의 볼을 장난스럽게 잡아당겼다.

"야!"

"오. 잘생긴 낯짝도 이러면 못생겨지는구나."

"이게 진짜!"

자세를 낮춰 재형의 품에서 쏙 빠져나온 영자가 혀를 날름거리며 뛰어갔다. 빠득 이를 간 재형이 주먹을 불끈 쥐어 흔들어 보이며 그 뒤를 쫓았다.

"뚱딴지 취소야. 넌 마녀야, 마녀. 사람 속 박박 긁어서 약만 올려놓는 나쁜 마녀."

"아유, 어쩐데. 이젠 그 마녀한테 홀려서 영락없이 결혼까지 하게 생겼는데?"

"괜찮아. 내가 두고두고 복수할 거니까."

긴 다리로 단숨에 따라붙어 영자를 붙잡은 재형이 눈을 가늘게 빛내며 의미심장한 말을 내뱉었다. 허리를 낚아챈 재형의 팔이 간지러워 영자가 까르르 웃음을 터트렸다. 그런 영자를 제 앞으로 돌려세운 재형이 카리스마 넘치는 얼굴로 그녀를 직시했다. 웃음을 멈춘 영자가 올곧게 그를 마주 응시했다. 재형이 그윽한 눈빛으로 영자를 바라보며 말했다.

"잘 들어, 마녀. 날 홀린 건 너지만. 널 붙잡은 건 나야. 이제부터 저주를 퍼붓겠어. 평생, 영원히 넌 내게서 벗어나지 못해. 내가 사랑으로 널 완벽하게 사로잡을 테니까."

"흐음."

재형의 얼굴이 가까워졌다. 그의 입술이 영자의 입술 위에서 매력적인 미소를 머금었다. 그 입술을 지그시 바라보며 영자가 경쾌하게 말했다.

"콜."

환한 미소가 재형의 얼굴 가득 사르르 번졌다. 따라 미소를 머금은 영자의 입술이 덥석 그의 입술을 덮쳤다. 길고 긴 키스가 이어졌다. 서로를 향한 마음을 담은 키스였다. 부드럽고 감미로운, 그와 동시에 폭풍처럼 격정적인 키스가 끝없이 이어졌다. 마치 서로의 숨을 집어삼켜 제 것으로 완벽하게 흡수하려는 듯이.

"하아아. 컬렉션2는 안 궁금해?"

"하아. 하아. 2도 있어요?"

잠시 벅찬 호흡을 내뱉으며 재형이 묻자 영자가 그런 것도 있느냐 궁금한 얼굴로 눈을 빛냈다. 영자의 입술을 야금야금 취하며 재형이 장난스럽게 말했다.

"버릇없는 네 동생한테 던져 줄까 했는데. 길 좀 들여놓고 주려고 내가 일단 접수하고 있는 중이야."

"동생? 동호요? 동호한테 컬렉션2를 준다고요?"

"그럴 거야. 거기가 우리 마녀 친정이 될 거거든."

"친정?"

"처음 내게 마법을 부렸던 장소이기도 하지. 마녀의 집이라고 들어는 봤나 몰라."

"아."

자신의 집을 떠올리며 영자가 탄성을 터트렸다. 정재형이 이렇게 섬세하고 배려 깊은 사람이라는 걸 처음엔 몰랐다. 제멋대로인 왕 싸가지에 결벽증 환자. 나르시시즘의 최고봉. 재형에게 붙은

수식어는 전부 부정적인 것들뿐이었다. 그런데 그건 단순히 그의 겉모습과 까칠한 성격만 보고 사람들이 붙인 말이었다.

영자가 아는 재형은 달랐다. 섬세하고 예민했으며 지독하게 솔직한 사람이었다. 사랑하는 사람에겐 모든 것을 올인하는 바보같이 순수한 사람이었다. 이런 사람을 만난 건 정말 행운이었다.

못생기고 볼품없는 돼지감자를 뚱딴지 꽃으로 피워낸 사람이었다.

"좋아. 당신이 너무 좋아."

재형의 입술을 빨고 핥으며 영자가 달콤하게 속삭였다. 영자를 번쩍 안아 올려 제 허리에 그녀의 다리를 휘감은 재형이 그녀의 심장에 귀를 기울이며 가만히 눈을 감았다.

"음. 좋아. 네가 좋아서 미칠 것 같아."

결혼식은 재형의 주문대로 간단하게 치르도록 준비되었다.

초대된 인원 외에 사람이 없었으면 좋겠다는 재형의 특별 주문에 결혼식은 섬에서 이뤄졌다. 그것도 사람이 살지 않는 외딴 무인도에서. 차라리 크루즈가 낫지. 아무리 그래도 이건 좀 도가 지나쳤다.

"세상에 이런 일이에 나올 이야기지. 이건."

기껏 차려입은 정장이 갑갑한지 보타이를 끌러내며 동호가 투덜거렸다. 그런 동호의 머리를 호철이 세차게 후려쳤다.

"일생일대의 좋은 추억이다 생각해야지. 이놈이 초반부터 어디서 파투질이야."

"바람이 장난이 아니니까 그렇죠. 뭐야 사방이 뻥뻥 뚫려서 조금만 걸어가면 바다고. 이건 당최 재미가 없잖아. 재미가."

"넌 결혼을 재미로 하냐?"

"파티라며. 그럼 뭐가 흥에 겨워야지. 이게 뭐냔 말이죠."

"파티는 무슨. 피로연이겠지. 그건 결혼식이 끝나고 나서 하는 거고. 지금은 결혼식 준비 중이잖아."

"그게 그거지 뭐. 잔치가 영어로 파티 아니에요?"

티격태격하는 동호와 호철을 한심하게 쳐다보고 있던 재형의 곁으로 김 박사가 다가왔다. 그는 오늘 결혼식의 주례를 맡았다. 그냥 결혼서약만 하고 말 거라고 하는데도 굳이 주례를 서겠다고 우겨 할 수 없이 주례를 세웠다.

"고맙지?"

"네?"

난데없이 고맙지 않느냐 넌지시 묻는 김 박사를 재형이 멀뚱히 돌아봤다. 그런 재형을 의미심장하게 바라보며 김 박사가 어깨를 툭 쳤다.

"자네에게 사랑이란 것에 대해 알려준 사람이 바로 나잖아. 안 그래?"

"뭐. 그런 셈이죠."

"그 덕분에 오늘 결혼식도 하는 거고. 그렇지?"

"그렇…… 죠?"

뭔가 말하는 투가 이상하다 생각하며 재형이 마지못해 고개를 끄덕였다. 그런 재형을 향해 눈을 반짝 빛내며 김 박사가 적극적인 자세로 대화를 이끌어갔다.

"게다가 주례도 맡아서 해주고 말이야."

"그건. 굳이 안 해주셔도."

"알아서 척척. 세상에 이런 주치의가 어디 있냔 말이지."

자아자찬이 끊이지 않는다. 다른 사람도 이런 기분인가? 제가 잘난 척을 할 때 상대도 이런 기분을 느끼는 건가 곰곰이 생각하는 재형에게 바짝 다가서며 김 박사가 은밀하게 말했다.

"그런 의미에서 부탁 하나만 하세."

"부탁이요?"

"내가 말이야. 이번에 논문 하나를 써볼까 하는데 말이야."

"……."

"그게 결벽증 환자에게 사랑이 미치는 영향에 대한 거라네. 한데 거기에 적합한 대상이 딱 자네라."

김 박사가 말을 채 끝맺기도 전에 재형이 결혼식 준비에 한창인 최 비서를 부르며 앞으로 걸어나갔다.

"어이, 최 비서. 여기 김 박사님 급한 일 생겨서 지금 돌아가셔야 된단다. 빨리 배 띄워."

빠른 걸음으로 최 비서를 향해 걸어가는 재형을 김 박사가 간절하게 목 놓아 부르며 뒤쫓았다.

"이봐, 정재형이. 내 말 좀 자세히 들어봐. 이게 논문이 발표만 되면 아주 획기적인 치료법이 생기는 거라니까. 이봐!"

사람이 많지 않음에도 무인도엔 활기가 넘쳐 났다. 모인 사람들이 다들 특이해서 그런 것이 아닌가 싶었다. 치마는 절대 어울리지 않는다고 했던 영자에게도 웨딩드레스는 제법 잘 어울렸다. 짧은 미니 탑 드레스는 영자의 귀여운 외모를 더 돋보이게 해주었다. 얌전히 한 켠에 마련된 간이 신부대기실에 앉아 주변 사람들의 모습을 기분 좋게 바라보던 영자의 곁으로 미숙이 다가왔다.

"기분은 어때?"

"아, 어머니."

"오, 이거 뭔가 색다른데?"

"네?"

"만날 무뚝뚝한 아들 녀석한테만 어머니 소리 듣다가 예쁜 며느리한테 들으니까 더 좋다. 완전 좋아."

"훗. 앞으로 많이 불러 드릴게요."

"그래, 그래. 네가 부르면 아무리 들어도 안 질릴 것 같아."

영자의 손을 맞잡아 다독이며 미숙이 다정하게 미소를 지어 보였다. 미숙을 바라보는 영자의 얼굴에도 환한 미소가 번졌다.

"잘살아. 행복하게."

"네. 어머니."

"저놈이 좀 독해 보여도 속이 많이 여려."

"네."

"중학교 때 아버지 돌아가시고 자기가 이제 집에 가장이라는 책임감이 너무 무겁게 짓눌렀던 모양이야. 뭐든 완벽해야 한다고 자기 자신을 매몰차게 몰아세우더니 그게 결벽증으로 나타나더구나. 얼마나 힘들었으면 그랬을까. 연약한 엄마 챙기느라 고생이고, 재산 뺏어가려 혈안인 가족, 친지들하며 수많은 사람들에게 상처 입고 그에 맞서 싸우느라 많이 버거웠을 거야. 그래서 생긴 사람에 대한 불신이 이상한 방향으로 틀어져서 사람에게도 결벽증을 가지게 만들었다고 하더구나."

오래된 이야기를 하듯 조곤조곤 말하는 미숙을 영자가 아련하게 바라보았다. 재형에게 그런 아픔이 있는 줄 미처 알지 못했다.

그저 까칠한 성격에서 비롯된 결벽증인 줄로만 알았다. 그게 상처 때문인 줄 미리 알았더라면 더 많이 감싸주고 다독여 주었을 텐데. 늘 투닥거리기만 한 것 같아 미안했다. 영자의 눈가에 살짝 이슬이 맺혔다. 미숙이 그런 영자의 얼굴을 가만가만 쓰다듬었다.

"그래서 나는 네가 너무 고맙고 반가워. 그놈이 사랑에 빠진 것도 기적 같고. 사람들과 조금씩 관계를 넓혀가는 것이 신기하고. 혹여 널 놓치면 어쩌나 급하게 결혼하라고 말도 안 되는 성화를 부렸는데도 거부감 없이 받아들여 주고. 세상에 이런 복덩이가 또 있나 싶어."

"아니에요. 제가 과분한 사랑을 받고 있는 거예요. 조건 없이 무조건적인 사랑으로 저를 끌어안아 줄 사람이 재형 씨와 어머니 말고 또 있을까요? 다신 없을 것 같아요."

"그렇게 생각해 주면 정말 고맙지. 서로 아끼고 사랑하면서 살아. 그거면 돼. 할 수 있지?"

다독다독 마치 친정 엄마처럼 영자를 헤아리는 미숙의 마음이 고마웠다. 자꾸만 붉어지려는 눈시울을 애써 진정시키며 영자가 싱긋이 해맑게 웃었다. 영자의 고개가 힘차게 끄덕여지는 걸 보면 미숙이 와락 영자를 품에 끌어안았다.

"그래서. 우주는 봤는데 별은 언제 따려나?"

"네?"

"별이 따기 힘들면 달도 괜찮은데."

은근히 이젠 손주까지 바라는 진정한 LTE 급 미숙의 바람에 영자가 대뜸 동조하고 나섰다.

"아. 그럼 오늘 밤에 시도 한번 해볼까요?"

"이왕이면 별도 달도 다 따렴."

"넵, 어머니. 왕창 딸 수 있도록 노력해 보겠습니다."

"아유. 기특해. 예뻐 죽겠다니까."

영자의 볼에 입을 맞추려 입술을 오므리는 미숙의 면전으로 하늘거리는 면사포가 드리워졌다.

"어라?"

영자가 제 얼굴을 가린 면사포를 슬쩍 들어 앞을 바라보자, 재형이 입을 씰룩이며 미숙에게 투덜거리고 있었다.

"어머니, 정말 이러실 겁니까? 제 거에 자꾸 입대지 말라고 그렇게 부탁드렸는데."

"내 며느리 내가 좀 예뻐하겠다는데. 무슨 질투야?"

"적당히 하셔야죠. 이건 뭐 볼 때마다 쪽쪽이니. 우리 뚱딴지 얼굴 다 닳겠다구요."

"어머머! 뭘 얼마나 했다고."

"닳아요. 저 하나로도로 벅차다고요. 이 조막만 한 얼굴 어디에 입술 비벼댈 곳이 있다고. 만날 쪽쪽이야. 쪽쪽이."

뒤쪽으로 드리워져 있던 면사포를 앞으로 돌려 영자의 얼굴을 가린 건 재형이었다. 나름의 보호막이었다. 재형만큼이나 영자 홀릭에 빠져 버린 모친으로부터 영자를 보호하려는. 서로를 견제하듯 가늘게 흘기는 둘 사이에서 영자가 면사포를 양손으로 든 채 큰 눈망울을 말똥거렸다.

"신랑 신부 입장 준비하셔야 됩니다."

"알았어."

급히 달려온 최 비서의 말에 시큰둥하게 답한 재형이 영자의 허리를 잡아 사뿐히 들어 올렸다. 영자의 몸이 허공으로 날아올랐다가 얌전히 내려왔다. 재형이 새하얀 장갑을 낀 손을 내밀었다. 그 손을 빤히 바라보던 영자가 사르르 행복한 미소를 얼굴 가득 띠며 제 손을 그 위에 올렸다. 영자의 손을 지그시 감싸 쥔 재형이 그녀를 리드해 버진 로드로 향해 다가갔다.

그 뒤를 미숙과 최 비서가 흐뭇한 표정으로 뒤따랐다.

결혼으로 골인하기까지의 길은 짧았지만 그 뒤로 이어진 길은 길고 아름다울 것이다. 이 버진 로드를 지나면 끝없는 행복이 이어지리라. 재형은 확신했다. 영자의 면사포를 걷고 그녀의 입술에 감미로운 키스를 하며 재형이 나직하게 속삭였다.

"사랑해, 마녀. 정재형만의 뚱딴지가 된 걸 진심으로 환영해."

재형이 낙인을 찍듯 영자의 목덜미로 입술을 내려 살짝 깨물었다. 그 짜릿함에 전율을 느끼며 영자가 화사한 미소를 지어 보였다.

아무도 없던 쓸쓸한 무인도에 세상 단 하나뿐인 뚱딴지 꽃이 피었다. 못생기고 투박한 돼지감자가 마녀로 둔갑해 싹퉁 바가지 유아독존 정재형을 홀리더니, 그의 유일한 뚱딴지가 되었다.

정재형의 삭막한 심장에 아름다운 뚱딴지 꽃이 피었습니다. 오래도록 시들지 않는 불멸의 꽃이.

Epilogue 1

검은 상복을 입은 소년은 새하얀 도자기 인형처럼 단아하고 아름다웠다. 그와 동시에 무척 차고 냉담했다. 사시사철 눈에 휩싸인 만년설처럼 소년의 얼굴은 시리게 차가웠다. 태어나 단 한 번도 웃어본 적이 없는 것처럼 소년의 표정은 굳어 있었다.

"애가 어쩜 울지도 않아."

"독해서 그렇지. 못 들었어? 저 어린 게 변호사 선임해서 재산 지키려고 법정 싸움까지 벌인 거?"

"아버지가 그렇게 아픈데 그럴 정신이 어디 있어? 참 독하다 못해 무섭네. 무서워."

상주가 되어 빈소를 지키는 어린 소년에겐 그들의 독설이 더 참혹하고 두려운 것이었다. 조그만 홈쇼핑 회사를 운영하던 소년의 아버지는 3년 전 말기 간암 판정을 받고 투병생활을 하면서도 회사를 지키기 위해 고군분투했다. 모든 것을 다 바친 회사였다. 가족의 미래와 행복이 달려 있는 삶의 터전을 병마로 인해 잃고 싶지는 않았다.

그랬던 아버지가 죽음을 앞두고 혼수상태에 접어든 6개월 전 모든 것이 변하기 시작했다. 어서 병을 이기고 일어나라 말하던 친척들이 회사 일에 관여하기 시작했고, 둘도 없는 죽마고우라 자처하던 이들이 회사를 헐값에 인수하기 위해 온갖 치졸한 수를 쓰기도 했다. 세상 물정 모르고 귀하게만 자란 어머니를 꼬드겨 아버지의 인감을 빼내려고도 했다. 회사가 부도 위기에 몰렸다며 일부러 헛소문을 퍼트려 거래처를 채어가기도 했다. 그들 모두가 아버지가 정정할 때 그 밑에 빌붙어 생계를 유지하던 이들이었다.

세상이 등을 돌려도 절대 그들은 너희를 지켜줄 것이라고 철석같이 믿고 있던 아버지가 어리석었다. 피식. 곡소리 한번 내지 않던 재형이 실소를 터트렸다. 살기 위해, 어머니를 지키기 위해 이를 악물고 그들과 맞서 싸운 재형을 향해 사람들은 독종이라고 했다. 어린것이 돈에 눈이 멀어 표독스러운 독기를 품었다고 욕을 해댔다.

"그러라지. 멋대로 하라 그래."

재형의 혼잣소리에 문상을 왔던 회사 직원이 고개를 갸웃했다. 문상객이 와도 곡소리를 내지도 제대로 예의를 갖춰 맞아주지도 않는 재형의 불손한 태도를 사람들은 그저 어려 아무것도 몰라 그런 거라고 했다.

하지만 그들이 틀렸다. 재형은 절대 그들에게 고개를 조아리지 않을 작정이었다. 그들은 아버지에게 안녕을 고하고 머뭇거리다 재형에게도 어색한 인사를 건넸다. 재형이 법정까지 가서 싸워 이기지 않았다면 텅 비었을 빈소였다. 조문객은 눈을 씻고 찾아봐도 보기 힘들었을 것이다. 아무것도 없는 빈털터리에겐 그 무엇도 뜯어낼 게 없었다. 먹을 것이 없으면 절대 오지 않는 것이 더러운 하이에나들이었다. 썩은 고기라도 뜯어먹을 게 있어야 주변을 맴돌며 기회를 엿본다.

세상이 그렇게 더럽고 무서운 것임을 재형은 6개월 사이 뼈저리게 느꼈다.

"누가 뭐라던 아무 상관 없어. 난 어머니와 아버지의 회사를 지켜내기만 하면 되니까. 추악하기 그지없는 그들의 손아귀에서."

장례는 오일장으로 거하게 치러졌다. 모든 것이 끝나고 너무 울어 실신한 어머니를 병원에 입원시키고 돌아오는 길이었다. 김 기사가 모는 아버지 차를 타고 집으로 이동하다 재형이 중간에서 내렸다.

"먼저 들어가세요."

"어딜 가시게요. 많이 지쳐 보이시는데 들어가서 쉬시죠."

"조금 걷다가 들어갈게요. 속이 갑갑해서 바람 좀 쐬고 싶어요."

"그럼 조금만 쐬고 돌아오십시오. 가을이라도 저녁엔 쌀쌀합니다."

"네."

재형은 멀어지는 차를 무심한 눈길로 바라보며 깊은 한숨을 내쉬었다. 하루 종일 가슴이 갑갑해 미칠 것만 같았다. 사람들 앞에서 내색을 할 순 없었다. 어머니가 쓰러지고 자신마저 힘들어하는 걸 보면 또 어떤 악랄한 생각들을 할지 알 수 없었다. 그들에게 나약해진 모습을 보여주고 싶지 않았다.

허무한 한숨을 내쉬며 천천히 거리를 향해 발을 내딛었다. 낯선 거리, 낯선 사람들. 모든 것이 낯설었다. 그래서 오히려 괜찮았다. 아무도 자신을 모른다는 게. 더는 가식의 가면을 쓰고 서 있을 필요가 없었으니까.

영화는 무척 길고 지루했다.

여섯 살 꼬맹이가 이해할 수 있는 내용이 아니었다. 영자는 길게 하품을 하며 의자에 눕다시피 몸을 늘였다. 끔뻑끔뻑 자꾸만 무겁게 내려앉는 눈꺼풀을 견디지 못하고 급기야 잠이 들어 버렸다.

코로롱. 코로롱.

스크린을 가득 메운 영화에 깊이 빠져 있던 민중의 귀에 요상한 소리가 들린 건 그때였다. 고개를 돌려 소리의 근원지를 바라보던 민중의 입에 미소가 번졌다. 어느새 어린 영자가 잠이 들어 코를 골고 있었다. 영화는 이제 막바지를 향해 달리고 있었다. 민중은 겉옷을 벗어 영자의 몸에 덮어주었다. 평일 저녁이라 극장엔 손님이 별로 없었다. 영자의 코 고는 소리는 영화 소리에 묻혀 바로 옆자리가 아니면 들리지 않았다. 포근한 미소를 지으며 잠든 영자를 다독거린 민중이 다시 스크린에 집중했다.

오늘도 영화사에 보낸 시나리오가 퇴짜를 맞았다. 흔한 일이었다. 수십 군데 시나리오를 보내도 좋은 답변을 받기는 힘든 게 현실이었다. 어쩌다 관심을 가지고 연락이 오는 곳에서도 작품만 바라지 그의 이름을 바라지는 않았다. 작품을 헐값에 넘기라는 것이다. 그렇게 되면 그의 이름 대신 다른 누군가의 이름이 작품에 걸리게 될 것이다.

지금 상영 중인 영화가 그러하듯이.

민중의 꿈은 영화감독이었다. 힘들게 자신의 힘으로 대학까지 나왔다. 대학 시절 독립영화제에서 상도 받았었다. 그때까지만 해도 뭐든 하면 잘해낼 수 있을 거라고 생각했다. 민중은 자신의 재능을 믿었다. 하지만 현실은 그렇게 녹록지가 못했다.

자신 있게 완성해 투고한 수많은 시나리오가 외면과 냉대를 당했다. 삭막한 영화판은 이름 없는 신인의 작품을 원하지 않았다. 유명 감독이나 시나리오 작가의 감투를 뒤집어쓰고 미디어의 관심을 받는 작품을 원했다. 그 혹독한 현실에 무릎을 꿇고 대필 작가로 자신의 작품을 헐값에 넘긴 게 한두 번이 아니었다. 마냥 자존심을 내세우며 언젠가는 기필코 자신의 이름을 내건 작품을 만들고 말리라는 고집을 피울 수는 없었다.

영자의 엄마는 영화배우를 꿈꾸며 연극판을 전전하는 무명배우였다. 그녀는 민중의 작품을 좋아했다. 그가 작품을 쓰고 보여줄 때마다 좋다고 박수를 쳐주고 꼭 잘될 거라 힘을 북돋아주었다. 사랑할 수밖에 없는 여자였다. 같이 있으면 주변이 환해지는 여자였다. 행복하게 만들어주고 싶었다. 하지만 아무리 노력해도 돌아오는 건 허무와 좌절이었다.

가난 속에 태어난 어린 딸을 굶기고 싶지 않아 공사 현장에 뛰어들었다. 병이 들어 고생하는 아내를 더 이상 외면할 수가 없었다. 꿈은 꿈으로 두고 현실로 돌아와야만 했다. 하지만 그것을 깨달았을 때는 이미 늦은 후였다. 아내는 심부전을 알고 있었다. 도저히 손을 쓸 수 없는 상태에 이르러서도 그녀는 괜찮다고 그를 안심시켰다. 결국, 약 한번 제대로 써보지 못하고 아내를 떠나보내야 했다.

딸 영자만은 그렇게 잃고 싶지 않았다. 자신의 몸이 부서지는 한이 있더라도 열심히 일해 영자를 행복하게 만들어주리라 맹세했다.

"으응."

"더 자. 아직 집에 도착하려면 멀었어."

"응."

등에 업어도 모른 채 깊이 잠든 영자가 몸이 흔들리자 칭얼거리며 눈을 떴다. 그런 영자를 다시 다독여 재우고 민중은 어둠이 내려앉은 거리를 터벅터벅 걸었다. 아내와의 추억이 고스란히 남아 있는 길목이었다. 영화를 보고 나와 그녀를 바래다주며 첫 키스를 했었다.

"날도둑놈."

엄한 처녀 인생만 망쳐 놨다. 씁쓸하게 웃으며 민중은 잠든 어린 딸을 업은 채 걷고 걸었다.

어디를 얼마만큼 걸었는지 가늠조차 되지 않았다. 주변은 여전히 낯설었고, 사위는 어두웠다. 사람들이 재형을 툭툭 치고 지나갔다. 멍하니 바라본 사람들의 얼굴에 조소가 어렸다. 모두가 그를 비웃고 있는 것 같았다.

네까짓 게 아무리 발버둥 쳐봐야 결국엔 무너져 짓밟히고 말 것이라고. 절대 무너지지 않겠다고 날을 세우고 독하게 굴어봐야 어린것의 치기 어린 행동으로밖에 보이지 않는다고. 힘들게 버티고 선 그를 조롱하고 비웃었다.

거리가 휘청거렸다. 하늘이 흔들리고 사방이 빙글빙글 맴을 돌았다.

"헉헉."

숨을 쉴 수가 없을 정도로 가슴이 갑갑해졌다. 비틀거리며 균형을 잃고 거친 숨을 몰아쉬는 재형의 온몸으로 식은땀이 흘렀다. 정신이 까마득히 멀어졌다 돌아오기를 반복했다. 누군가 또다시 재형의 몸을 치고 그대로 지나쳤다.

털썩. 재형이 힘없이 무너져 무릎을 꿇었다.

누가 좀 도와줘. 아무라도 좋아. 내 손을 좀 잡고 일으켜 줘. 숨을 쉴 수가 없어. 견딜 수가 없어. 미칠 것만 같아.

"아……."

바닥에 무릎을 꿇고 흐느적거리던 재형이 힘겹게 몸을 일으켜 질질 끌리는 발을 움직였다. 하지만 몇 발 움직이지 못하고 마주 오는 누군가와 부딪치고 말았다. 힘없이 휘청거린 재형의 몸이 아래로 곤두박질쳤다.

"어어어. 이봐요, 학생."

영자를 업은 채 민중이 한 팔로 재형을 받아냈다. 민중의 어깨에 기댄 재형이 눈을 감은 채 흐트러진 호흡을 쏟아냈다.

"힘들어…… 쉬고 싶어. 나도…… 누군가에게…… 기대 울고 싶어……."

또르르 볼을 타고 흘러내린 눈물이 민중의 어깨를 적셨다. 민중이 안쓰러운 눈으로 재형을 바라보았다. 아직 소년티를 채 벗지 못한 어린 나이였다. 무엇이 이다지도 이 어린 소년을 힘들게 했을까. 소년의 몸에서 희미한 향냄새가 풍겼다. 나이에 맞지 않은 검은 양복. 소년은 누군가를 잃고 무척 힘겨운 시간을 보냈음이 분명했다.

"으응. 뭐야?"

머리를 반대편으로 옮기다 재형과 부딪친 영자가 이마를 문지르며 부스스 눈을 떴다. 눈앞에 누군가의 머리가 있었다. 잠에서 깬 영자의 눈이 똘망똘망 맑게 반짝거렸다.

"영자, 깼어?"

"응."

"그럼 우리 이제 체인지 좀 해야겠다."

"응?"

"오빠가 많이 피곤한가 봐."

민중의 등을 타고 내려온 영자가 멀뚱히 정신을 잃은 재형을 바라봤다. 민중이 방향을 틀어 재형을 들쳐 업었다. 어쩐지 지금은 편하게 쉬게 해주고 싶었다. 민중의 등에 업힌 재형의 눈에서 눈물이 흘렀다.

'아버지……'

그의 고운 볼을 타고 흘러내린 눈물을 가만히 바라보던 영자가 고개를 갸웃거렸다.

"아빠, 오빠 울어."

"그래, 그렇구나."

"아픈가 봐."

"음. 마음이 많이 아픈가 보다."

"마음이 아파?"

"응."

다박다박. 민중과 보조를 맞춰 걸으며 영자가 걱정스레 재형을 올려보았다. 축 늘어져 힘없이 흔들리는 그의 길고 가는 손이 눈에 들어왔다. 그 손을 멀뚱히 바라보던 영자가 손을 뻗어 재형의 손가락을 붙잡았다.

"아프지 마, 오빠."

손가락 끝으로 전해진 따스함이 지치고 힘들었던 재형의 심장을 포근하게 물들였다. 여린 눈물을 흘려내던 눈에서 눈물이 그쳤다. 차게 굳어 표정 없는 얼굴을 만들어놓던 입매가 사르르 풀어졌다. 보일 듯 말 듯 옅은 미소가 재형의 입가에 머물렀다.

가슴 위에서 뭔가가 간질거렸다.

툭 쳐내도 금방 다시 날아들어 가슴을 간질였다. 무겁게 짓눌려 잘 떠지지 않는 눈꺼풀을 힘겹게 밀어 올리고 실눈을 뜬 재형이 깜빡깜빡 제 가슴을 간질이는 생명체를 바라보았다. 동글동글 자그마한 얼굴이 눈앞을 왔다 갔다 하며 그의 시선을 어지럽혔다.

"뭐야."

"아, 일어났다."

꿈인 줄 알았다. 제 가슴 위를 토닥거리는 손길조차도 그저 환상이라고 생각했었다. 그런데 아니었다. 재형의 목소리에 반응하며 손바닥을 짝짝 쳤다. 그리곤 재형의 얼굴 위로 바짝 제 얼굴을 디밀었다.

"이제 괜찮아?"

"뭐?"

"안 아파?"

"무슨 소리야?"

꿈이 아니었다. 말을 하고 있었다. 재형의 눈이 서서히 커졌다. 재형의 동공을 가득 채운 꼬맹이는 그를 똑바로 응시한 채 끊임없이 질문을 던지고 있었다. 재형이 상체를 벌떡 일으키자 바짝 붙어 있던 영자가 그와 머리가 부딪치며 그 반동으로 뒤로 벌렁 넘어졌다.

"아야."

"뭐야. 너 누구야."

넘어져 일어나려 버둥거리는 영자를 사납게 쏘아보며 재형이 차게 말했다. 그의 신경은 바짝 날이 서 있었다. 순간 납치가 아닐까 의심했던 것이 조금씩 풀린 건 영자의 천진난만한 행동 때문이었다.

"아코코. 아파."

겨우 몸을 일으켜 앉은 영자가 재형의 이마와 바닥에 각각 부딪친 이마와 뒤통수를 두 손으로 감싸 문지르며 입을 한껏 오므려 아픔을 호소했다. 앙증맞은 입술에서 연신 호호거리는 소리가 들렸다. 그런다고 아픈 이마와 뒤통수에 닿을 것 같지 않았지만 영자는 순진하게 계속 아픔을 물리듯 호호거렸다.

"여기 어디야?"

"으응. 우리 집."

"너희 집? 내가 왜 여기 있어?"

사방을 훑으며 재형이 물었다.

"오빠가 아파서 아빠한테 업혀서 잠들었어."

"아빠?"

"응. 그래서 어젯밤에 여기서 코코 잤어."

재형이 누워 있는 방은 세 평 남짓의 좁은 공간이었다. 간소한 세간이 전부였다. 초라하고 빈곤하기 그지없는 좁은 방 안에서 재형은 몇 년 만에 처음으로 숙면을 취했다. 어떻게 그럴 수가 있지? 이 방의 열 배 남짓한 제 방에서도 늘 불안하게 얼마 안 되는 잠을 겨우 자고 놀라 일어난 적이 한두 번이 아니었다. 늘 누군가에게 쫓기듯 불안하고 초조했다. 나이 또래 아이들이 겪는 공부로 인해 생긴 불안이 아니었다. 나이와 어울리지 않는 삶에 대한 불안이었다.

"뭐 하는 거야?"

재형의 손바닥만 한 파스를 힘들게 떼어낸 영자가 그것을 제 이마에 철썩 붙였다가 눈을 부릅떴다. 파스에 눈이 따끔거리고 이마가 화끈거렸다. 영자가 고개를 세차게 흔들었다. 파스를 떼어내려는 모양이었다. 그러다 잉잉 울음을 터트렸다.

"눈 아파. 잉잉."

"그걸 거기 붙이면 당연히 아프지."

파스는 작은 이마는 물론 눈이 거의 덮일 정도로 영자에겐 컸다. 영자의 팔을 잡아 가까이 끌어당긴 재형이 파스를 떼내자 눈물이 그렁그렁거리는 커다란 눈망울이 나타났다. 훌쩍거리며 조막손으로 눈물을 닦는 영자를 가만히 바라보던 재형이 훗 하고 낮게 웃었다. 하는 짓이 귀여웠다.

"아빠도 아프면 이거 붙인단 말이야. 이잉."

"아빠?"

"응."

그럴 수 있다. 다만 근육통이나 타박상에 붙인 것을 어린 영자가 오해했을 수도 있었다. 반창고가 만병통치약이라 생각하는 것처럼, 아이의 눈엔 아프면 파스를 붙이는 것이 굉장한 치료법으로 비쳐질 수도 있었다.

"오빠도 이제 안 아프잖아."

"어?"

"가슴 아파서 울었잖아. 근데 지금은 안 아프잖아."

"……."

"내가 여기 아야 하지 말라고 이거 붙여서 그런 거야."

"아……."

영자가 콕 손끝으로 가리킨 가슴으로 재형이 시선을 내렸다. 검은 셔츠 위로 새하얀 파스가 붙어 있었다. 잠결에 느꼈던 간질거리는 느낌이 바로 이것이었나 보다. 재형이 제 가슴 부위에 붙은 파스를 만지작거렸다. 정말 그런가 보다 엉뚱한 생각이 들었다. 어쩌면 이것 때문에 간밤에 편한 잠을 잤던 건 아니었을까.

"그러네. 이상하게 안 아프네."

재형의 목소리가 가늘게 떨렸다. 그동안 아무도 재형에게 괜찮은지, 아프지 않은지 물어보는 사람이 없었다. 그저 득달같이 달려들어 하나라도 더 빼앗아 갈 궁리만 했었다. 아직 어른이 되지 못한 소년과 그의 여린 모친을 상대로 그들은 모진 말을 거침없이 쏟아냈다. 차곡차곡 쌓인 생채기가 어느새 재형의 가슴에 굳건한

빗장을 채웠다.

"아프면 호호 하면 더 좋아."

"……어."

"내가 호호 해줄까?"

재형의 눈가에 다시 어린 눈물을 발견한 영자가 쪼르르 다가와 그의 눈에 호호 입김을 불었다. 살포시 감겼다 떠진 재형의 눈동자 가득 귀여운 영자의 얼굴이 맺혔다. 재형이 떨리는 손을 뻗어 영자의 머리를 쓱쓱 문질렀다.

"고마워."

울컥. 눈물이 쏟아졌다. 파르르 떨리는 입가엔 분명히 미소가 머물렀는데 눈에선 연신 눈물이 흘렀다. 눈물이 흘러내린 제 볼을 닦아내는 영자의 조막손이 너무 따스해서…… 너무 고마워서.

"내 이름은 재형이야. 정재형."

"재여형."

"재형. 잊지 마."

"응. 꼭꼭 기억할게."

제 볼에 머문 영자의 손을 가만히 감싸며 재형이 더 환하게 웃었다.

집으로 돌아온 재형은 문득문득 그때의 일이 떠오르면 싸한 파스 향이 나는 셔츠를 꺼내 거기에 얼굴을 묻었다. 묘했다. 파스 향에서 평온을 느끼다니.

재형은 그 뒤로도 줄곧 불안하거나 힘들 때면 파스 향을 찾곤 했다. 알싸하게 코끝을 파고드는 그 향이 재형에겐 평안의 상징과도 같은 것이었다.

"이름이 뭐였더라."

무척 단순한 이름이었는데. 기억이 가물가물거렸다.

"여자, 연자?"

갸웃 기운 고개가 똑바로 세워지고 짙은 한숨이 흘러나왔다. 이름이 중요한 건 아니었다. 꼬마에게서 나던 파스 향이 언제나 그와 함께하고 있으니 그거면 되었다. 재형은 꼬마를 잊지 않고 있었다.

"나아, 여엉, 자아. 나영자."

제 이름을 한 자 한 자 또박또박 내뱉는 아이의 앙증맞은 입술만 뇌리에 깊게 새겨졌다.

Epilogue 2

재형은 두려움 가득한 얼굴로 눈앞에 있는 생명체를 바라보았다.

방 안을 가득 채운 묘한 냄새에 재형의 인상이 팍 구겨졌다. 그는 뭔가 중대한 일을 앞둔 사람처럼 비장한 기운을 풍기며 생명체의 아랫도리로 손을 뻗었다.

"으아앙!"

힘찬 울음소리와 함께 다온이 버둥거렸다. 그에 당황한 재형이 어쩔 줄 몰라 하며 주변을 어지럽게 두리번거렸다. 그러다 우측 정리함에 가지런히 정렬되어 있는 기저귀를 발견하고 그중 하나를 얼른 집어 들었다. 새 기저귀를 들고 뚫어져라 다온이를 내려보던 재형이 결심을 굳히듯 눈을 질끈 감고 다시 손을 뻗었다.

찌직거리는 기저귀 테이프 소리를 들으며 상체를 멀리 한 채 재형이 실눈을 떴다. 배꼽을 덮고 있던 기저귀 윗부분을 슬쩍 들추자 그윽한 대변의 향기가 사방으로 흩어졌다.

"욱!"

콧속을 파고드는 향기를 급히 차단시키며 재형이 숨을 꾹 참았다. 그가 떨리는 손으로 기저귀를 완전히 펼쳤을 때 황금빛 찬란한 대변이 그를 맞았다. 단번에 재형의 눈이 부릅떠졌다. 손의 떨림이 더 격해졌다. 들고 있던 새 기저귀가 툭 침대 위로 떨어졌다.

"흐음."

재형이 마음을 진정시키려 눈을 질끈 감고 호흡을 가다듬는 찰나 다온이 몸을 뒤척였다. 뒤집기 단계에 들어선 다온은 요즘 시도 때도 없이 뒤집기에 열중했다. 다른 때 같으면 잘한다, 잘한다 응원을 해줬을 테지만 지금은 그럴 수가 없었다.

"노, 노, 노, 노우! 정다온, 안 돼!"

재형이 놀라 소리치며 다온을 붙잡아 올렸다. 엉덩이에 똥과 함께 눌어붙어 있던 기저귀가 침대 위로 툭 떨어졌다. 기저귀의 낙하를 따라 재형의 시선도 옮겨졌다. 모든 것이 마치 슬로모션처럼 천천히 보여졌다. 다온의 엉덩이에서 떨어져 나온 기저귀가 방향을 틀어 똥이 묻은 부위가 침대 시트와 맞닿는 장면을 재형은 한순간도 놓치지 않고 똑바로 직시했다.

그의 눈이 실시간으로 커지며 경악을 담아냈다.

"……흐억!"

다음 순간. 재형이 참았던 숨을 토해내며 진저리를 쳤다.

"뭐 해요?"

목욕 준비를 마치고 방으로 들어온 영자가 다온을 든 채 굳은 듯 서 있는 재형의 옆구리로 끼어들며 물었다. 재형의 눈이 제 겨드랑이 아래에서 눈을 말똥거리며 저를 올려보는 영자의 눈과 마주쳤다. 영자가 벗겨진 채로 기분 좋은 듯 까르르거리는 다온과 팔을 덜덜 떨고 있는 재형을 번갈아 바라보며 알겠다는 듯 히죽 웃었다.

"음. 완벽하게 똥 범벅을 만들어놨군요."

"난 최선을 다했어."

"물론 그랬겠죠."

"정말이야. 기저귀 갈려고 벗기는데 이놈이 버둥거렸단 말이야."

"전에도 말했죠. 기저귀는 순식간에 갈아야 하는 거라고. 머뭇거리다간 소변 테러나, 대변 테러를 당할 수도 있다고."

"그래도 저번처럼 내 옷에 휘갈기진 않았어."

"그렇군요. 대신 침대 시트를 버려놨네요."

재형의 옆구리에서 빠져나간 영자가 물티슈를 뽑아 다온의 엉덩이를 닦아주었다. 목욕을 시키긴 하겠지만 똥을 묻힌 채로 욕조에 들어갈 수는 없는 노릇이었다.

"대충 닦았으니까. 일단 욕실로 데려가야겠어요. 물로 더 씻고 욕조에 넣어야죠."

"어떻게?"

"수건으로 감싸서 데려가야죠. 잠깐이라도 엉덩이 닦은 후라 시려요."

영자의 말에 다온을 겨드랑이에 끼운 재형이 얼른 수건 함을 열어 수건을 꺼냈다. 다온의 헐벗은 몸을 재빨리 수건으로 감싸고 열린 문으로 쏜살같이 달려 욕실로 향했다. 물을 받아놓을 테니 다온을 데려오라는 지엄한 영자의 명령에 재형이 침대에서 놀고 있던 다온을 데리러 방으로 들어갔을 땐 이미 온 방 안이 암모니아 향기로 가득 차 있었다. 어찌나 먹고 싸고를 잘하는지. 위와 대장 하나는 정말 잘 타고난 것 같았다.

재형은 문을 그대로 닫고 내빼고 싶은 걸 억지로 참고 방 안으로 힘겹게 발을 내딛었다.

"이건 아무리 해도 적응이 안 돼."

다온을 안아 들고 세면대에서 엉덩이를 씻기며 재형이 고개를 살래살래 흔들었다. 그래, 오줌 세례는 이제 어느 정도 적응이 되었다. 희한하게 사내아이들은 기저귀를 갈려고 걸치고 있던 것을 개방하면 고추를 세우고 오줌을 쫙쫙 쏟아댄다. 그 때문에 버린 옷이 여러 벌이었다. 그래도 오줌은 싸고 나면 그만이었다. 비교적 깔끔한 편이었다. 한데 문제는 대변이었다.

"냄새에 여기저기 묻고. 얼마 전까진 그래도 안 움직여서 괜찮았는데. 요샌 뒤집기 한 판에 완전 재미가 들렸어. 사방에 다 묻혀. 아주 죽겠다. 죽겠어."

"잔소리가 아주 아줌마 급이네?"

"잔소리를 안 할 수가 없잖아. 이 봐. 손에 냄새가 배겨서 지워지질 않잖아."

"그러게 내가 한다니까."

재형의 뒤에서 그를 끌어안으며 영자가 애교스럽게 몸을 흔들었다. 그에 깊은 한숨을 내쉰 재형이 다온을 어깨에 척 걸치고 돌아섰다.

"똥 치우다 헛구역질하는 사람보고 어떻게 그 짓을 계속하라고 하겠어."

"입덧 때문에 그러지 조금 있음 괜찮아져요."

"됐어. 육아도 공동 책임이야. 이 정돈 충분히 해줄 수 있어. 내가 할 수 있는 건 시간 날 때마다 해줄게."

"기저귀 갈 때마다 나보다 더 죽을 것 같은 얼굴 하고 있는 거 알아요?"

재형에게서 다온을 받아 안으며 영자가 놀리듯 말했다. 삐죽 입술을 내민 재형이 소매를 걷어붙이며 투덜거렸다.

"아직 적응이 덜돼서 그래. 조금만 더 능숙해지면 당신보다 더 뛰어날걸?"

"네네. 아무렴도 나중엔 기저귀 홍보대사까지 할 수 있을 거라 믿습니다."

"당신 지금 나 놀리는 거지?"

욕조로 다가서 허리를 숙이던 재형의 입술에 영자가 쪽 하고 입을 맞췄다. 그에 발끈해 씩씩거리던 재형의 입가에 사르르 미소가 번졌다. 다온이를 목욕 그물에 눕히는 걸 도우며 재형이 영자 쪽으로 입술을 쭉 내밀었다.

"이왕이면 다홍치마."

"다온이 힘들어요. 빨리 씻겨야 해."

"칫. 당신 자꾸 나보다 다온이를 우선시하는 경향이 있어. 이런 식으로 나오면 나 정말 가만히 안 있을 거야."

"어머! 무서워라."

전혀 무섭지 않은 얼굴로 무섭다 너스레를 떨며 다온을 조심히 씻기는 영자를 쌜쭉하게 흘기다 재형이 영자의 입술을 나름 집어 삼켰다. 화를 내듯 입술을 살짝 깨물고 물러나는 재형을 영자가 눈을 동그랗게 뜨고 돌아봤다.

"……아야."

"참고 있는 사람 자극해 놓고 나 몰라라 시치미 뗀 벌이야."

목욕 마무리를 도우며 재형이 심드렁하게 말했다. 삐친 듯 영자와는 눈도 마주치지 않았다. 요즘 재형은 둘째를 가져 입덧을 시작한 영자를 아끼고 배려하는 마음에 그녀를 건드리거나, 자극하지 않으려 애쓰고 있었다. 참고 인내하느라 요즘은 도를 닦는 기분이었다. 나날이 쌓여가는 스트레스는 최 비서와 직원들의 희생으로 어느 정도 해소되는 듯했지만 이렇게 장난하듯 영자가 자극하고 나 몰라라 할 때는 정말 참기 힘들었다.

적당한 애정 표현은 태교에 좋다고 쪽쪽거리고 보듬고 저는 하고 싶은 걸 다 하면서 재형이 한 번만 더 해달라 부탁하면 언제 그랬느냐 모른 척으로 일관했다. 내심 서운한 마음이 들었다. 키스 몇 번으로 입이 닳는 것도 아니고 괜히 구걸하는 기분이 들어 저도 똑같이 해주겠다 마음먹은 게 한두 번이 아니었다.

"에이, 그렇다고 사람을 물기만 하면 안 되죠."

목욕을 마친 다온을 수건으로 감싸 안고 욕실 문을 나서는 재형 곁에 바짝 붙어선 영자가 톡톡 그의 어깨를 두드리며 애교 섞인 목소리로 말했다. 그에 어깨를 앞으로 빼며 재형이 콧방귀를 뀌었다.

"흥. 돈 터치 미. 건드리기만 해봐."

"오호."

치사해도 어쩔 수 없다. 자기 몸에 손도 대지 못하게 해서 안달 나게 만들겠다며 재형이 건드리지 말라 경고했다. 그렇다고 쉽게 물러설 영자가 아니었다. 다다다 재형의 곁에 다시 붙은 영자가 그의 허리를 와락 껴안았다. 얼마나 격하게 달라붙었는지 재형의 몸이 앞으로 휘청거렸다.

"야, 다온이 떨어뜨릴 뻔했잖아!"

"절대 안 놓칠 거면서."

"허. 그걸 어떻게 장담해. 아차, 하다가 놓치면 어쩌려고."

"에이, 또 그 정도로 격하게 덤빈 거 아니다 뭐."

"이게 격한 게 아니야? 허리 부러질 뻔했는데?"

허리 옆으로 빠끔히 고개를 내민 영자를 나무라며 재형이 눈에 살짝 힘을 줬다. 그에 아랑곳하지 않고 눈을 빠르게 깜빡이며 영자가 재형의 품에 꼭 안긴 다온을 사랑스럽게 바라봤다.

"완전 안정적인 자세! 이젠 완벽하게 케어가 되는데요?"

"말 돌리지 마."

"아차차. 허리. 허리가 부러질 뻔했댔지."

"허리가 얼마나 중요한 건데 그렇게 함부로 덤벼."

방에 들어서 다온을 침대에 눕히고 손에 익은 동작으로 척척 오일을 발라 마사지를 해주는 재형을 영자가 사랑스럽게 바라봤다. 투덜거리긴 해도 영자가 힘들까 다온의 기저귀며 옷 입히는 것까지 모두 재형이 혼자 다 했다.

"다온이 목욕하면 푹 자는데."

"마사지해 주면 더 잘 자지."

"그렇죠. 아주, 아주 깊게 자겠죠."

"그렇겠지."

이불까지 덮어 눈을 가물거리는 다온을 부드럽게 다독거리는 재형의 얼굴에 다정한 미소가 머물렀다. 그 미소를 따스하게 바라보던 영자가 그의 몸을 타고 올라 목에 팔을 휘감았다. 갑작스럽게 시야를 가리고 나타난 영자의 얼굴에 재형이 살포시 눈썹을 휘었다.

"뭐야? 왜 이래?"

이래 봐야 소용없다. 고개를 틀어 영자의 시선을 회피한 재형이 무심한 척 다온이 잠든 것을 확인했다. 시원하게 속도 비우고 목욕을 하고 난 후라 나른했던지 다온은 금세 잠이 들었다.

시선은 다온에게 두고 온 신경은 이미 영자에게 쏠려 있었다. 재형의 허리에 다리를 휘감고 안정적인 자세를 취한 영자가 그의 목덜미에 입술을 지그시 누르고 있었다. 절대 틈을 보여주지 않으리라 굳게 다짐했건만 억눌린 신음이 절로 흘러나왔다.

"으흐음."

"나 오늘 일부러 더 일찍 목욕시켰는데."

"그럼 더 푹 자겠네."

"당신 허리 쓸 일 만들려고 그런 건데."

재형의 목덜미를 지분거리던 영자의 입술이 그의 귓불을 빨고 깨물며 찌릿한 자극을 선사했다. 후우. 길게 뱉어낸 숨결이 고스란히 재형의 귓속으로 스며들었다. 움찔. 재형이 저도 모르게 몸을 떨었다. 아기 침대 난간을 부여잡은 재형의 손이 부르르 떨렸다.

'참아야 한다. 절대로 무너져선 안 돼.'

귓바퀴를 맴돌며 영자가 혀를 날름거렸다. 재형의 발가락이 꽉 오므라들고 신음이 점점 짙어졌다. 그의 손등에 힘줄이 불거졌다. 안 된다고 하니 영자가 더 농후하게 자신을 자극하는 것 같았다.

쪽. 영자가 재형의 입술에 입맞춤을 했다. 그에 재형의 입술이 삐죽거렸다.

"이런다고 누가 허락할 것 같아?"

"격렬하지만 않으면 태교에도 좋다고 하던데."

"뭐가."

"당신이 생각하는 그거?"

"누가."

"우리의 영원한 멘토 김 박사님께서."

"야, 넌 뭘 그런 걸 김 박사님한테 물어."

버럭거리려다 소리를 낮추고 눈을 부라리며 재형이 영자를 나무랐다. 그런 재형을 빤히 쳐다보며 영자가 환한 미소를 지어 보였다. 그 미소 진 얼굴을 심통맞게 바라보며 재형이 얄밉게 눈을 흘겼다.

"안 물어봤는데. 어찌나 친절하신지 이쯤 되면 이런 걸로 고민할 텐데 하며 전화 주셨더라고요."

"그놈의 영감탱이. 하여튼 이상한 쪽으로만 촉을 세운다니까."

"당신 성격을 너무 잘 아셔서 그런 거 아닐까요? 첫째 때도 엄청 소심하게 조심조심 행동했었으니까. 이번에도 그러려니 하고 알아서 전화주신 거죠."

"아무리 그래도 남의 애정사에 너무 관심이 많아. 확 주치의 바꿔 버릴까 보다."

발끈해 주먹을 불끈 쥔 재형이 매달린 영자가 휘청거리자 반사적으로 그녀의 엉덩이를 받쳐 올렸다. 그에 둘의 시선이 바로 코앞에서 맞물렸다. 반짝반짝 해맑게 빛나는 영자의 눈동자를 게슴츠레하게 바라보며 재형이 엉덩이를 받친 손을 꼼지락거렸다. 손에 닿는 촉감이 기분 좋았다.

"만날 그 소리. 그러면서 무슨 일만 생기면 조언을 구하잖아요. 아무리 그래도 우리한테 그만큼 애정 가지고 대해주시는 분 없어요."

"알아. 그러니까 쌤 까지도 못하지."

"점점 말투도 김 박사님이랑 닮아가."

"어이, 마녀. 그런 저주는 하는 게 아니지."

"으흠. 오랜만인데요? 그 마녀 소리?"

음흉하게 눈을 빛내며 영자가 재형을 직시했다. 재형이 그런 영자를 의미심장하게 마주 보며 야릇하게 입가를 끌어 올렸다. 영자가 손을 들어 그의 반듯한 이마와 날렵한 콧대를 천천히 손으로 쓸어내렸다. 그녀의 손가락이 재형의 입술로 내려와 톡톡 문을 두드리자, 재형이 입을 열어 손가락을 깨물었다. 간질간질 입안에 들어간 손가락이 그의 혀를 간지럽혔다.

"큭큭."

"마녀가 대놓고 유혹하는데 안 넘어올 건가?"

물었던 손가락을 놓고 그 손등에 입술을 누르며 재형이 살짝 눈동자를 올려 영자를 응시했다. 입맞춤을 받은 손으로 재형의 얼굴을 감싼 영자가 제 입술로 그의 입술을 덮었다. 감미롭고 달콤하게 그의 입술을 야금야금 머금으며 영자가 나직하게 경고했다.

"자꾸 튕기면 안 될 텐데. 그러다 진짜 혹 튕겨 나가는 수가 있는데."

재형의 손이 그녀의 골반을 스쳐 등을 더듬어 올라 그녀의 뒷목을 부드럽게 받쳤다. 맞물린 입술을 틀어 빈틈없이 그녀의 입술을 취하며 재형이 그녀의 입안으로 혀를 밀어 넣었다. 권리를 주장하듯 영자의 입안 곳곳을 탐하며 재형의 혀가 또 다른 혀를 찾아 휘감았다.

숨이 벅차오르고 심장이 미친 듯 뛰어댔다. 세월이 흐르면 변할 거라던 사랑은 시간이 갈수록 짙어지고, 함께할수록 더 갈망하게 만들었다. 좋아서 좋다. 사랑해서 사랑이 고파진다.

"하아. 마녀는 이상하게 날이 갈수록 기술이 느는 것 같아?"

"으으음. 어떤 기술?"

"사람 혼을 쏙 빼놓는 기술?"

"응?"

"점점 더 빠져들게 만들어 헤어 나오지 못하게 만드는 기술?"

"아하."

"하면 할수록 더 하고 싶어지는 놀라운 능력?"

"와아. 정말 저한테 그런 서프라이즈한 기술이 있단 말이에요?"

잠든 다온이 깨지 않게 영자를 안은 채로 발소리를 죽여 방을 빠져나온 둘이 문이 닫히자마자 격렬한 딥 키스 퍼포먼스를 펼쳤다. 블랙홀에 빨려들 듯 서로에게 깊이 빠져 주변은 전혀 신경 쓰지 않았다. 침실로 들어서기도 전에 옷을 모두 벗어 던진 둘이 서로의 몸을 탐하며 연신 짙은 신음을 흘려냈다.

봉긋이 솟은 영자의 가슴을 한입 가득 머금은 재형이 만족스런 미소를 띠며 장난스럽게 혀를 움직였다. 그에 영자가 까르르 웃으며 허리를 휘었다. 매끄러운 곡선을 그리는 영자의 등을 피아노를 두드리듯 리드믹컬하게 손가락을 움직여 타고 오른 재형이 그녀의 뒷머리를 파고들어 굶주린 승냥이처럼 맹렬하게 그녀의 입술을 덮쳤다.

"으응. 아파……."

"그동안 굶은 만큼 다 먹어 치울 거야."

"하아아. 안 돼요. 우리 별이가 깜짝 놀라요."

"아, 깜빡했다."

너무 빠져들다 보니 영자의 뱃속에 별이가 있다는 것을 깜빡 잊었다. 놀란 눈으로 재형이 영자의 배를 걱정스럽게 바라보았다. 그에 영자가 쿡쿡 웃고는 배를 부드럽게 쓰다듬으며 소곤소곤 나직하게 속삭였다.

"별아, 지금 아빠랑 엄마가 엄청 오랜만에 사랑을 나누거든? 그러니까 네가 좀 많이 이해해 주렴. 아빠가 예의 없이 들이닥쳐도 시크하게 받아주고, 엄마가 과격하게 움직이면 롤러코스트 탔다 생각하고 신나게 즐기면 돼. 이 정돈 대수롭지 않게 받아줄 수 있지?"

"……뭐 하는 거야?"

"대화."

"무슨 대화가 그래?"

"진심을 담아 말하면 애도 다 알아듣고 이해한데요."

미덥지 못한 말을 진지한 눈빛으로 엄숙하게 하는 영자를 재형이 묘한 표정으로 바라보며 물었다.

"혹시 그것도…… 김 박사님?"

"아니요."

영자가 절레절레 고개를 저었다. 하긴 그렇게 농도 짙은 말을 김 박사님이 할 리가 없지 하며 고개를 끄덕이던 재형의 귀에 영자의 상큼한 목소리가 들렸다.

"어머님이 알려주셨어요."

"……"

재형이 눈을 동그랗게 떴다. 가만히 영자를 바라보던 재형이 눈을 가늘게 뜨고 입을 삐죽이 내밀었다. 첫째 다온이를 낳은 게 언젠데 아직도 둘의 섹스에 훈계를 두시는지 이건 관심이 과해도 너무 과한 거다.

"고부간의 대화가 왜 그래."

"응?"

"만날 음흉한 것투성이야."

"어머나. 이건 여자와 여자 간의 수다라고요. 그리고 어머니 말씀 하나 틀린 거 없이 얼마나 도움이 되는데."

"고부가 사이가 너무 좋아도 문제야. 이건 도대체가 비밀이 없어요. 비밀이."

"이게 다 우리 부부 사이가 오래도록 달콤하기를 바라는 마음에서……"

"됐고. 그 녀석은 이해했대?"

길어지는 영자의 말을 뚝 자르며 재형이 눈짓으로 넌지시 영자의 배를 가리켰다. 뱃속에 자리를 잡고 있는 별이를 말하는 것이었다. 살짝 도톰해진 배를 가볍게 톡톡 두드리며 영자가 고개를 끄덕였다. 그에 재형이 눈썹을 의미심장하게 들썩이며 영자에게 야릇한 눈빛을 보냈다. 그가 와락 영자의 허리를 휘감아 제 다리 위로 끌어 올리며 매혹적으로 속삭였다.

"우린 하던 거 마저 할까?"

"양해도 구했으니까. 이젠 좀 더 과감하게 해도 되지 않을까요?"

"그럼, 그럼. 우리 별인 그렇게 속 좁고 그런 애가 아니야. 아마 눈 감고 귀 막고 코코 깊이 잠들 준비하고 있을지도 몰라."

"으음. 그럼 이것부터 먹어볼까?"

재형의 몸 위로 올라온 영자가 눈을 찡긋하며 그의 몸을 타고 아래로 내려갔다. 그녀의 움직임을 따라 재형의 몸에 흔적이 남겨졌다. 부드럽고 짜릿한 마녀의 키스로 재형의 몸이 달콤하게 물들어가고 있었다.

"달밤에 이게 무슨 청승이래?"

나무젓가락을 두 개로 분리하며 동호가 못마땅함이 역력한 목소리로 툴툴거렸다. 밤 11시가 넘은 시간에 아무런 양심의 가책도 없이 마실 나온 김에 들렀다며 쳐들어온 불한당들을 동호가 얄밉게 쏘아보았다.

"좋잖아. 달도 훤하고 바람도 좋고."

"딱, 잠자기에 좋은 날씨죠."

"에이, 잠 못 자는 거 뻔히 아는데 뭘 아닌 척하고 그래."

"그가 그래요? 나 아주 잘 자요. 완전 숙면한다니까."

"밤마다 허벅지 찌르며 욕구를 억누르느라 불면증에 시달린다며?"

다 안다는 듯 은밀한 눈빛으로 고개를 끄덕이는 재형을 불퉁하게 쳐다보던 동호가 쭉 찢어진 눈으로 재형 옆에 찰싹 달라붙어 있는 영자를 노려보았다. 그에 영자가 나는 아무것도 모른다 시치미를 뚝 떼며 지글지글 맛있게 구워지고 있는 돼지고기를 뒤집었다.

"이놈의 집안은 어떻게 된 게 비밀이 없어. 비밀이."

"그러니까 패밀리지."

"닥치고 고기나 구워 드셔."

"닭이 있어야 치고 고기를 굽지. 일단 지금은 없으니까. 고기만 굽자?"

"야, 넌 지금 농담이 나오냐?"

방실방실 웃으며 노릇노릇 잘 익은 고기를 후후 불어 재형의 입 앞에 내미는 영자를 동호가 사납게 쏘아보았다. 그런 동호의 머리 위에 재형이 상추를 탁탁 털었다. 물기가 그대로 남아 있던 상추에서 튄 물이 동호의 머리카락과 얼굴로 떨어졌다. 그에 짜증을 내며 동호가 신경질적으로 머리와 얼굴을 손으로 대충 닦아냈다.

"아 씨. 그걸 왜 남의 머리에 털어요!"

"그러는 넌 왜 남의 마누라한테 막말이야."

"허어. 내 누나거든요?"

"누나면 막 대해도 된다고 누가 그래. 하고 싶으면 네 여자 구해서 해."

"내 여자한테 왜 막말을 해요. 예뻐해 줘도 모자랄 판에."

"그래, 말 잘했다."

재형이 동호를 시니컬하게 쏘아보며 상추에 고기와 땡초와 마늘을 1:2:3의 비율로 쌌다.

"예뻐서 죽을 만큼 사랑스러운 남의 마누라한테 넌 왜 함부로 쏴대. 확 죽을라고."

"허. 예뻐 죽어? 완전 기막힌⋯⋯!"

벌어진 동호의 입에 재형이 싼 쌈이 쏙 들어왔다. 매끄럽게 입매를 끌어 올려 매혹적인 미소를 띤 재형이 친절하게 동호의 머리와 턱을 위아래로 사뿐히 눌러주었다. 그가 환하게 웃으며 말했다.

"꼭꼭 씹어 드셔, 처남? 이 매형의 사랑이 듬뿍 담긴 쌈이니까. 응?"

동호의 머리를 쳤던 상추로 싼 쌈은 들어간 재료만큼이나 엄청나게 매웠다. 콧김을 내뿜으며 쌈을 씹어 삼킨 동호가 소주를 병째 들어 벌컥벌컥 들이켰다.

"으악! 매워 죽겠잖아!"

"그래. 그게 바로 매형의 사랑 맛이야. 까불면 죽어. 오케이?"

"이 씨!"

투덜투덜거리면서도 주면 주는 대로 잘도 받아먹으며 분위기를 맞추는 동호를 재형과 영자가 기특하게 바라보았다. 오래도록 짝사랑해 오던 여자를 빼앗겼다는 울분에 한동안 재형만 보면 삐딱선을 타던 동호가 어느 순간부터 그를 매형이라 부르며 조금씩 거리를 좁혔다. 곁에서 지켜본 재형의 모습은 지고지순 그 자체였다. 보통 아이를 낳고 나면 사랑이 식어 여자를 외롭게 하는 남편들이 많다던데 재형은 오히려 그 반대였다. 더 살갑고 다정하게. 어떤 때는 손발이 오그라들도록 영자만 바라보고 그녀에 대한 사랑을 숨김없이 표현했다.

나도 그럴 수 있을까.

스스로에게 물은 질문에 동호는 고개를 저었다. 자신의 사랑은 어린아이처럼 철없는 사랑이었다. 시간이 가면 갈수록 상대를 힘들게 할 뿐이었다. 그래서 깔끔하게 포기하고 두 사람의 사랑에 힘이 되어주기로 했다. 물론 과하게 둘을 사랑해 주고 예뻐해 주는 사람이 주변에 넘쳐 나 동호의 응원은 개미 똥구멍만큼의 효력도 발휘하긴 힘들었지만. 일단 마음은 그렇다. 부담이 되거나, 신경이 쓰이는 존재는 되지 않도록 노력하자 다짐했다. 그게 동호 자신이 할 수 있는 최선이라 생각했다.

시무룩하게 고기 하나를 집어 입에 넣어 오물거리며 다른 곳으로 시선을 돌린 동호를 재형이 물끄러미 바라보았다. 히죽. 입가를 끌어 올린 재형이 자리에서 반쯤 일어나 동호의 머리를 마구 헝클었다.

"어휴. 이건 어떻게 날이 갈수록 귀여워져."

"아이 씨! 진짜! 머리에 손대지 말라구요."

짜증내며 투덜거리는 모습까지 귀엽다. 제 목을 끌어안고 본격적으로 머리 헝클기에 나선 재형에게서 빠져나오려 안간힘을 쓰며 동호가 버럭버럭 소리를 질렀다.

"하지 마! 하지 말라고! 진짜 매형이고 뭐고 가만 안 둔다."

"용돈 끊는다."

"그러든지 말든지."

"여기 확 폭파시켜 버리는 수가 있어."

"쳇. 뭐 어떻게. 기름 붓고 불붙이고?"

"그건 방화라니까."

"가스 틀고 불붙이던가 그럼."

"그럼 여기 이 건물 다 아수라장 된다고 했지. 피해는 너 혼자로

족해. 난 선한 사람이야. 그런 악랄한 짓은 못해."

"아, 그럼 그냥 부숴 버리던가. 맘대로 해. 내 집도 아닌데 무슨 상관이야."

툴툴거리며 소주병을 입에 가져다 대는 동호의 뒤통수를 재형이 시원하게 후려쳤다. 그 덕에 동호의 입으로 들어갔던 소주까지 밖으로 튀어나왔다.

"아, 진짜!"

"자식, 말하는 거봐라. 네 집인데 왜 상관이 없어."

"산다고 다 내 집인가? 수틀리면 확 차버리고 광개토로 나르는 수가 있어."

"그럼 팔고 가던가."

"내가 왜. 그건 집 주인이 알아서 해야지."

"그러니까 네가 해야지."

"뭐…… 요?"

뭔가 대화가 이상한 방향으로 흐르는 것을 감지한 동호가 말끝에 '요' 자를 살짝 붙이며 재형의 눈치를 살폈다. 재형이 만면에 거만한 미소를 지은 채로 품에서 뭔가를 꺼내 척하니 동호의 면전에 내밀었다. 건물등기부였다. 서류를 보던 동호의 눈이 묘하게 휘었다.

"이건."

"이 건물 다 네 거야."

"왜요?"

"왜긴 내가 너한테 팔았으니까 그렇지."

"저 산 기억 없는데요. 그리고 살 돈도 없고."

금세 시무룩해진 동호가 쓸쓸하게 입맛을 다시며 잔에 소주를 따랐다. 동호가 들어 올리는 잔을 낚아챈 재형은 그것을 깔끔하게 비워내며 비스듬히 한쪽 입매를 끌어 올렸다.

"그거 제 거예요."

"이 술 한 잔 방금 팔았다."

"뭘요?"

"이 건물."

"……말도 안 돼."

"넌 이 매형이 빈말하는 거 봤냐?"

"말이 되냐고. 여기 땅값이 얼만데. 이걸 소주 한 잔에 나 같은 놈한테 팔아?"

빈 잔에 술을 따라 동호에게 내밀며 재형이 짧게 혀를 찼다.

"그렇지, 말이 안 되지."

"거봐요. 금방 후회할걸."

"그런데 너 그거 아냐?"

제 몫의 잔에도 술을 따라 들어 올리며 재형이 야릇한 미소를 머금었다. 그에 동호가 고개를 갸웃하며 멀뚱히 물었다.

"뭘요?"

"여기가 마녀의 신비한 옥상 하우스란 거."

"뭔 소리래?"

"여기선 말도 안 되는 아주 이상한 일들이 자주 일어나거든."

"술에 뭐 탔어요?"

재형이 옆에 앉아 고기 먹방에 한창인 영자를 와락 끌어안았다. 그리곤 감미롭기 그지없는 눈빛으로 그녀를 바라보며 달콤하게 속삭였다.

"여기서 돼지감자가 마녀로 변하는 걸 봤고, 마녀의 신비로운 마법을 경험했지."

"돼지감자? 마녀? 누구, 영자요?"

퍽. 영자의 이름을 막 불러대는 동호의 머리로 재형의 사정없는 주먹이 날아들었다. 동호의 손에 든 잔에서 술이 출렁거렸다. 이를 빠드득거리며 고개를 번쩍 들어 올린 동호의 눈에 영자를 그윽하게 바라보는 재형의 모습이 보였다. 그에 불퉁하게 치솟던 화가 그대로 사그라졌다. 가만히 제 손에 들린 잔을 내려다보던 동호가 천천히 잔을 입으로 가져가 기울였다.

기묘한 기운을 담은 달이 동호의 술잔 속에서 흔들리고 있었다. 동호는 그 달을 단숨에 삼켜 버렸다.

"사랑이라는 마법에 빠져 버렸어. 사랑을 모르던 내가."

동호의 귀로 달빛처럼 감미로운 재형의 목소리가 스며들었다.

"그 사랑에 미쳐서 혈육도 뭣도 아닌 놈을 처남으로 받아주고, 술 한 잔에 건물도 넘기고? 참 잘한다."

"마녀가 너한테 신경 쓰는 게 싫어서 그런다."

"뭘 신경?"

"이제 사랑도 하고 결혼도 하고. 행복해지길 간절히 바라잖아. 우리 마누라가."

"내가 알아서 한다고 신경 끄라 그래요. 야, 너 그거 엄청난 오지랖이거든?"

"닥치고 술이나 마셔. 꼴통 처남."

거친 말과 달리 포근한 미소를 짓고 있는 재형을 멀뚱히 바라보며 동호가 괜스레 찡해오는 콧잔등을 구기며 빈 술잔을 흔들었다.

"벌써 삼키고 없거든요."

"저 봐봐. 날름날름 잘도 삼키면서. 어울리지 않게 거절이야. 가지고 꺼져."

"됐다니까."

"야, 안 받아? 어디 매형의 고귀한 선물을 내팽개쳐. 이게 죽을라고."

"아이 씨. 나도 존심이란 게 있거든요."

"네놈이 어서 결혼을 해야 우리 마누라가 나한테만 올인할 거 아냐. 어서 다른 여자한테 꺼지라고. 이거 들고 꺼져 버려."

"싫다고요."

"야, 그거 하지 마."

"뭘 또."

"싫은데요. 그거 우리 마누라 거야."

"뭐든지 다 지 마누라 거래."

툴툴거리며 또 소주병을 집어 드는 동호에게 달려드는 재형을 영자가 끌어안아 말렸다. 티격태격대지만 그 속에 담긴 것이 서로에 대한 사랑임을 굳이 말하지 않아도 다 알고 있었다. 별이 쏟아질 듯 무수히 많이 떠 있는 밤. 마녀의 작은 옥탑방에는 여전히 사랑이라는 마법이 흐르고 있었다.

THE END